西漢文學思想史

張峰屹 著

臺灣商務印書館 發行

序一

羅宗強

我在為張毅的《宋代文學思想史》寫的序中，對我國文學思想史的研究對象、研究範圍和研究方法，對它與文學史、文學批評史的聯繫和區別，作了簡要的說明。那個說明是我對於文學思想史學科的一些主要問題的界定，是自己的一些粗淺認識。那些認識，至今尚未改變。我自己所進行的文學思想史研究，從《隋唐五代文學思想史》、《魏晉南北朝文學思想史》到現在正在進行的《明代文學思想史》，就都是以那些認識為基礎展開的。但是，在那些論述裏，我迴避了一個問題，那就是：什麼是文學？文學思想的產生，顯然是在有了文學創作之後，是文學創作的經驗的總結。或者說，是文學創作之後的一種感悟，一種理性的思索。但是，文學思想又對文學創作產生影響，一些重要的文學思想觀念，常常推動著文學創作的發展，影響文學創作的走向。文學思想和文學創作的關係，就好像雞和蛋的關係一樣，糾結不清，也就難分難解。

因此，什麼是文學的問題不解決，什麼是文學思想的問題也就無法圓滿的解決。那麼什麼是文學呢？這實在是一個看似容易而解決起來又十分複雜的問題。我們有過各種各樣的關於文學的定義，那些定義從純理論的角度看，大多可以說周全而且嚴密。但是用在文學批評或者文學史撰寫的實踐上，卻就常常會遇到難以解決的困難。至今為止，要找出一個適應一切時期、適應一切地域的文學創作實際的關於文學的定義，實在十分的困難。這些問題，最終恐怕只能留給文學理論家去解決。我有時浮想聯翩，是不是可以從另一個角度來考慮這個問題呢？比如說，我們可以把「文學」看作一個彈性的概念，它沒有嚴格的義界。它可能有一個狹義的界定，也可能有一個廣義的界定。狹義的文學定義，對於文學的特徵、對於它與非文學的區別，可能規定得嚴格一些。使用狹義的文學定義，在文學批評和文學史撰寫中，就可能把以往我們列入文學的不少作品排除在文學之外。而廣義的文學定義，對於文學的特性、對於它與非文學的區別，可能規定得模糊一些，就是說，它在有的地方，可能與非文學界線不清。使用廣義的文學定義，我們就可能把一些雖不具文學的全部特徵、但卻具有文學的某些方面特徵的作品，歸入文學的範圍。例如一篇有文采的文告，一篇有故事性的新聞，甚至一篇有文采的理論文章（如我們的文學史中通常敘述的先秦諸子的作品）歸入文學之內。對文學採取廣狹二義的這種界定，在以後文學的發展中可能更具意義。例如，現在在網上出現的一些作品，如果用以往的文學定義去規範，可能就解釋不了。它們真是五花八門，有的乾脆就稱自己的作品為「非小說」。那麼，「非小說」是什麼呢？它不是新聞，不是公文，不是學術論文，也沒有說是其他的什麼文體。這「非小說」是不是文學？其實，已經出現的大量實錄性質的傳記、報告，如果用狹義的文學定義去衡量，實際很難處理。說它是文學吧，它有時幾乎完全沒有審美的價值；說它不是文學吧，它又有一點文學的因素。如果文學有了廣狹二義，願意採用廣義文學定義的研究者，可以把這類作品收入文學之內；願意採用狹義定義的研究者，可以把這類作品排除在文學之外。見仁見智，各從所好。這樣用於批評，用於文學史研究，就可以各得其所。

文學的定義，有時候恐怕還要涉及它的社會角色、它的功用問題。雖然從理論的層面上說，文學這一概念的義界，與它的社會角色、它的社會功用的界定，是有差別的。但是如果我們從社會角色、社會功用考察它，我們就會發現，關於文學這一概念的含義的界定，事實上不可避免的要受到影響。

無論我們採取的是廣義的文學概念，還是採取的狹義的文學概念，都如此。而對於文學的社會角色、它的功用的認識，不同的社會群落的視角事實上存在差別。文學是什麼？政治家看到它是一種為政治服務的工具，這就必然要為它加上目的性的成分，比如說，對它提出某種理性的或是先驗的要求。如果我們說文學是一種虛構的、有形象、有審美價值的、不求實用的作品，那麼從政治工具的角度看，就不夠全面。但是，如果從創作者的角度看，那麼他有可能認為文學只是用來抒發一己情懷，用來娛樂，或者用來對社會現象表示某種評價，純粹是個人的事，並無政治的目的（當然也不排除有的創作者從政治家的視角去看待文學）。從這一角度出發，要給文學下一個定義，那麼可能又是另一種情形。如果我們從接受者的角度看呢？接受者如果把自己當作受教育對象，他有可能要求文學具有政治目的性；如果接受者的閱讀只是為了感情上的需要，如娛樂、消閒、或者審美，那麼他就會從娛樂、消閒或者審美的角度來理解文學的含義。這就是說，不同的社會階層、不同的社會群落，對於文學的特性可能有不同的理解，並由此影響到文學定義的界定。

影響文學定義界定的，還有不同文體的不同特點問題。我們要找到一個適用於一切文體的文學的概念，事實上是很難的。不同的文體有不同的特點。詩、散文、小說、戲劇和電影、電視的文學腳本的特點就有很大的差別。例如關於虛構性的問題。抒情詩和紀實性的散文，表現的主要是真實的感情和事實，虛構性可能表現並不充分，但虛構性的不充分卻不排除它們有著強烈的審美魅力。小說、戲劇、電影和電視文學腳本，敘事特點有重要的地位，而以此要求抒情詩就不合適。那麼在廣義和狹義的文學概念中，是不是還要考慮不同文體的不同特點，而加以有區別的界定，這些都是尚未解決的問題。

什麼是文學的問題既然存在著諸如採取廣義和狹義的可能，存在著不同層面的不同視角和不同文體的不同特徵的問題，也就存在著研究者選擇不同標準的可能。就我們研究文學史和文學思想史而言，首先要解決的就是我們是採取廣義的文學定義，還是採取狹義的文學定義。我在撰寫我國古代文學思想史時，考慮到我國文學發展後期在文學與非文學間的界線已經比較清晰，如果採用廣義的文學界定，可能無法處理大量的非文學作品，同時也就必定把文學作品淡化。因此我傾向採取狹義的文學界定。在撰寫《魏晉南北朝文學思想史》和《隋唐五代文學思想史》時，我特別重視虛構和獨創性，重視文學的審美價值，重視形象和辭采的美，重視抒情的深度。用這些標準來考察文學思想的發展趨向和衡量它們的價值，用這些標準來追索文學思想、文學思潮之間的聯繫。在實際操作中，我已經把我認為的非文學排除在外。由於我國文學發展的後期，成熟的文學作品和作家數量已極大，把非文學作品排除出去，絲毫也不影響文學思想史的描述。因此，這種排除可以說是在不知不覺中完成的。也因此，在已完成的文學思想史中，自然而然的也就把什麼是文學的問題回避了。

但是，到了寫漢以前的文學思想史時，情形就完全不同了。文學與非文學之間的界線並不明顯。事實上差不多所有的文學史都沒有嚴格的區分文學與非文學。一切有文字的東西，都被列入文學的範圍。這可能有一個原因，就是要區分文學與非文學甚為困難。如果採用狹義的文學界定，那麼除了詩、賦之外，剩下的就不多了。即使詩、賦，也還存在著不少需要解決的問題。或者正因為這些原因，差不多所有的文學史事實上都採用了廣義的文學界定。這種廣義的文學界定，當然不可能用於以後的文學史編寫。道理很簡單，因為用於以後的文學史編寫，就可能把數量極大的非文學作品包括進去，文學史也就沒法寫下去。這其中一個雖存在而並未明言的理由，就是漢以前是我國文學發展的初期階段，漢以後文學從總體上說，才逐步走向成熟。因之選取的標準，也就自然而然的不同。這一點，反映在文學批評、文學思想上特別的明顯。

那麼，這種不同的選取標準，如何來統一呢？我想，一個可行的辦法，就是說明漢以前處於初期狀態的文學批評、文學思想與漢以後處於成熟期狀態的文學批評、文學思想的差別。

這就涉及到文學獨立成科的問題了。一九二四年，日本學者鈴木虎雄在他的《中國文學史》中，提出魏晉是文學自覺的時代。一九二七年，魯迅在《魏晉風度及文章與藥及酒之關係》中說：「用近代的文學眼光看來，曹丕的一個時代可說是『文學的自覺時代』，或如近代所說是為藝術而藝術（Art for Art's Sake）的一派。」後來我國的文學史家就都說：魯迅說魏晉是文學的自覺時代。直到近來，也還有人在這樣說。其實，魯迅只不過是引用了鈴木虎雄的說法，並且把它解釋成「為藝術而藝術」而已。當然，近年也有學者對魏晉是文學的自覺時代這一說法提出不同的看法。他們說，漢代已經追求文采的華美，已經有意識的追求文學技巧表現的藝術性，已經注意文學的形式美。文學的自覺始於何時，實在是一個撰寫文學史、文學批評史、文學理論史和文學思想史無法回避的問題。

要解決這一問題，首先要確定什麼是「文學的自覺」？魯迅說是「為藝術而藝術」；有的學者理解為注意到文學的藝術特色。我的理解是文學獨立成科。它擺脫經學附庸的地位，從政治的工具走向抒一己情懷。作這樣的理解，是從文學發展的實際出發來考量的。我一直想就這個問題作一些探索，但因為我們的文學思想史，是從後往前寫，把周秦兩漢的文學思想史放到最後，打算在寫周秦兩漢文學思想史時再來解決這個問題，因此也就至今未能實行。

門人張峰屹把西漢的文學思想作為他的博士論文研究課題，他也就自然而然的要對這一問題作出回答。通過對西漢的文學創作與批評實際作了細緻的全面的考察，他提出了西漢文學觀念的存在形態是文學與非文學的混融態、萌發態、過渡態。他認為西漢沒有專門的文學理論著作，《毛詩大序》與《禮記．樂記》向被許多學者視為文藝理論著作，而其實是儒家的經典。子書、經解中涉及文藝問題的論述，以往也被學者們當作文學理論看待，如《新語》、《新書》、《淮南子》、《春秋繁露》、《法言》、《太玄》和四家《詩》解等，而其實，它們是政論、哲學或經學著作。漢代人對屈原的評論，主要是依經立論，並非從文學的角度。峰屹從各個層面分析了西漢時期文學思想依附於經學觀念的實際情況，從而得出了上述的結論。他的這一研究結論，我是完全贊成的。我在很久以前就有這樣的感覺，但是沒有進一步的研究，未加證實。現在峰屹研究了，而且證實了。我覺得這是峰屹在中國古代文學思想史研究中的可喜成績。當然，這是一個大問題，完全改變了以往學術界的看法，不一定能為學者們所普遍接受。不過，我覺得這個問題是值得探討的。魏晉以前和魏晉以後，文學思想確實存在明顯的差別。這差別的根本點是什麼，我覺得就是文學從附庸走向獨立。魯迅說的「為藝術而藝術」，其實也是指文學擺脫附庸地位，回歸自我。

除了在這個重要問題上提出一個全新的見解之外，峰屹的論文在西漢文論的一些具體問題上也提出了不少的新的解釋。如：指出「發憤著書」說除了以往所說的遭際不平的「發憤」之外，還有有所作為的「發奮」；對於「《詩》無達詁」，認為嚴格說不是文學理論，而是解經的方法。它對於文學思想的價值，只在於對閱讀的啟發作用；對於以往把《詩大序》和《樂記》中的詩樂發生論看作「物感說」，他也有不同的看法。他認為，其理論重點是「以心感物」，更重視心的作用。對這些具體問題的認識，可以看出峰屹對於材料清理和分析的細緻，看出他從事研究的嚴肅態度。

峰屹治學勤謹，而為人樸厚真誠，重情誼。一九九七年冬和一九九八年上半年，我大病一場，給家人帶來許多的麻煩。老妻與從外地趕回來的女兒，為我求醫問藥，四處奔走。後來在北京醫院住院治療，學術界的朋友們和南開中文系的同事們給了無微不至的關懷。峰屹和他的師兄弟們為了照顧我，更是付出了巨大的時間和精力。東嶺在京工作，每週幾次，騎車從西城大汗淋漓的跑到東城看我；其聖工作離不開，一有空就從天津往北京跑。峰屹和他的師弟孫學堂，和我的妻子，在北京輪流護理我。他們住在醫院附近條件極差的小旅店裏，不辭苦辛，細心照料。有一次，夜裏十時左右，我出現了呼吸困難。峰屹跑去打電話告訴東嶺，那一份至誠，讓我感動得老淚盈眶。師弟子之間，情同親人。我能夠康復到目前這種狀態，有他們的一份辛勞。現在每當我坐在燈下工作的時候，想起當時情景，仍然感念不已。人間至可貴者，也就是這一份關愛的真情吧！現在峰屹的博士論文要出版，要我寫一篇序，我覺得，除了學術之外，也應該記下這一份珍貴的感情經歷，以為永久的紀念。

二〇〇〇年三月五日於南開大學之北村寓所

序二

顏崑陽

二〇一〇年，天津南開大學舉辦「中國古代文學思想史國際學術研討會」。在這次會議中，我第一次遇到張峰屹教授。他發表論文，在中國古代文學「抒情言志」的主流傳統之外，對「遊戲筆墨」的書寫現象，撥開眾所輕視的迷霧，而提出別具隻眼的詮釋視域；讓我很感驚訝，留下非常深刻的印象。

二〇一二年，張教授受邀到淡江大學中文系，做短期的學術交流。我請他到博士班「中國文學史理論」的課堂上，向研究生們專題演講。他的博學與明辨，再次讓我驚訝。在這學術過度專業分工的時代，「博通」的學者越來越少了。

張教授在臺灣的時間雖然短暫，但是除了論學之外，生活上卻也與我有些機緣往來；我們曾一起在花蓮，談山說海、憶舊語、話新知，我感覺到他是個純樸的性情中人。前些天，讀到其尊師羅宗強教授為《西漢文學思想史》所作的序文，更被張教授關懷、照顧恩師病體的那份真誠所感動，也印證了我對他初見的感覺。

人文學問，尤其是中國的人文學問，「文格」與「人格」不能切分；這雖是老話，卻是常新的真理。在這「人」已幾近「物化」，甚至「消失」的時代，我仍然堅持這個信念：先能真實的做個「人」，而後才能做出真實的「人文學問」。

就因為這樣的緣故，為張教授這本「人文學問」的著作寫序，竟是一樂也。

學術專著，總是客觀冷硬的抽象概念性知識，很少讓人讀之而感動者。許多年前，我讀到羅宗強教授的《隋唐五代文學思想史》，所得卻不僅是對文學思想的認知，而更是「文心」直覺的感動。為什麼如此？我不斷回想著那樣的經驗，有些明白因為羅教授這本書的字裡行間流動著「士人」的精神生命：陳子昂的精神生命；王維、孟浩然的精神生命；岑參、高適的精神生命；李白、杜甫的精神生命；韓愈、柳宗元、白居易、元稹、李商隱……等等文學家的精神生命；當然羅教授自己的精神生命也已融貫其中矣。

幾年之後，我認識了羅教授，那麼真誠、博通而贍才，非只學術卓爾成家，更精擅詩文、書畫的創作。他就是一個優秀的文學家，文學家當然能「體會」文學家；其後讀到他為門生張毅教授《宋代文學思想史》所作的序文，云：「文學畢竟是人學，描寫人的生活、人的理想、人的心靈，社會上的一切影響，終究要通過心靈才能流向作品。」因此，羅教授之治「文學思想史」，掌握到獨具隻眼的鎖鑰：「士人心態的變化是文學思想變遷的關鍵」。當然，想要理解古代的「士人心態」，絕非史料考證、鋪排，或套入某些抽象概念理論的框架，就能獲致「體貼」的詮釋；唯有學者帶著自身精神生命的存在體驗，契入歷史情境中，藉由文本而與古代士人相對「談心」，才能獲得「具體解悟」。羅教授就是這樣在掌握古代士人的「心態」吧！我終於更加明白為什麼羅教授的《隋唐五代文學思想史》那麼豐沛地流動著「士人」的精神生命，而讓我讀之感動不已。

中國的人文學問，「文格」與「人格」不能切分，這又讓我做了一次貼切的印證。

二十世紀以降，知識生產分工越趨瑣碎，各種知識專業學科化之後，彼此籓籬不可跨越；學者們也無意跨越，而多「得一察焉以自好」者；乃各個固守狹小如牢房的專業領域，不知方尺窗外，還有什麼更廣大的學問視野！其所為者，恐不在真理的無限創發；而僅是以學求食，知識也不過做為謀生的工具而已；研究的是儒是法是道是釋、是文是詩是辭是賦、是戲曲是小說，又有何差別！都是一堆「死文字」罷了，與「人」的精神生命、存在體驗、終極關懷全無貼切的關係；於是「學究」一倉庫、「專家」滿街跑，能博通而創發的學者竟爾難得！

知識專業界域的切割，使得近幾十年來，中國思想史或哲學史、中國社會史、中國經學史、中國史學史、中國文學批評史或理論史、中國文學史等學科，各成銅牆相隔、鐵壁互絕的專業知識界域。其實，從知識原產場域的存在經驗情境與過程觀之，並沒有不能跨越、會通的界域；也就是當我們從觀念上，拆除抽象、封閉的知識籓籬，而回歸到「人」之生命存在所相即、開顯，總體混融而不住衍變的世界，便可會悟到「真理」乃是原生於「人」所「感知」之總體、衍變的存在情境，其中各種要素交相滲透、彼此辯證，終而依藉符號，形式化為各種產品。偏執某些知識界域的切分，都是在封閉、排除真理更多可能性、創發性的意義。

近些年來，在長期歷經知識專業界域過度切分之後，前面所說總體混融、不住衍變、多元要素交涉辯證，已成為我的學術觀念基調，並明切表達在幾篇論文及演講詞中。因此，我認為所謂思想史、社會史、經學史、史學史、文學批評史、文學史等學科，都只是從總體切割為片面、從衍變抽離為固態、從多元縮減為單一，進而概念化表述為一種界域封閉的知識；但是，「說世界，非世界」，在這類片面、固態、封閉之知識的遮蔽下，吾人所真切相即的世界既無由開顯，而自身生命的存在也毫不覺察地被遺忘了。「人文學問」之中，已經沒有「人」了。

然則，人文的學問，其中必須有「人」；並且在理解、詮釋以至建構為系統性知識的過程中，也應既知其「分」而又知其「通」。我認為各種人文知識的「意義結構」，在藉由符號形式進行顯題化、系統化建構時，縱然必須選擇其中某一「顯性」要素，做為「主位」的認識對象；但也得同時考量它與其他「隱性」要素、「賓位」對象之間，如何彼此交涉、相互辯證，而「共顯意義」；這是一個總體而動態歷程的「意義結構」，其實是中國古代以《周易》、《文心雕龍》為「典範」（paradigm）的「知識型」（Épistème）。二〇一二年六月間，我在臺灣清華大學「中國文學批評研究工作坊」研討會中，提出這個源於中國古代人文學之本質論及方法論的「典範」。準此，各種被片面切分的知識之間，並非截然無涉，可以自成銅牆相隔、鐵壁互絕的界域。它們只是認知及表述上，主賓顯隱的分別而已。例如「文學史」知識，雖以「文學作品」為「顯性」要素，為「主位」對象，卻不能將它孤立認識；而必須同時理解到「文學」與其他相關的「隱性」要素、「賓位」對象，例如文化思想、政治處境、社會階層化、宗教信仰、歷史意識等，諸多因素之間如何彼此交涉、相互辯證，而「共顯意義」。以此類推，「文學思想」等其他領域的知識，「意義結構」亦然。因此，在中國古代文學家的「實存」世界中，「文學」從來不曾、也不可能「獨立」，更無所謂「純文學」與「雜文學」之分。漢代以前固然如此，魏晉之後也是如此。「為藝術而藝術」，乃是近現代「五四」新知識分子既反儒家傳統又受西方美學影響之文化意識形態的投射，是一種不切乎中國古代歷史實境的幻想。

我抱持這樣的學術觀念，在閱讀羅宗強教授及其門生，一系列「中國古代文學思想史」的著作時，就經常產生「與我心戚戚焉」的共鳴。「中國古代文學思想史」是羅教授獨闢蹊徑所建立的學科。「五四」以降，他面對中國思想史、文學批評史或理論史、文學史之專業切分，僅識其「區別」卻不知其「關聯」的學術型態；乃尋思中國古代文學研究，如何能做到各知識領域之間，「分而能通、通而能分」；而以「文學思想」為基地，會通古代文學家總體混融的歷史處境，從各因素之間的交涉、辯證，去詮釋歷代「文學思想」的內涵及變遷。羅教授所執教的南開大學文學院，就是這一門學術的重鎮，由歷代「文學思想史」，推及「士人心態史」，成果非常豐碩，儼然已形成特色鮮明的學派。張峰屹教授的《西漢文學思想史》正是其中成果之一。

羅教授早已建立了「中國古代文學思想史」的知識本質論與方法論，對於文學思想史與文學批評史或理論史、文學史之間的區分及關聯，在他自己的著作及為門生的著作所撰寫的序文中，已闡述得非常清楚。其中，最引起我的共鳴，厥為「歷史還原」的研究進路。我理解到，羅教授所謂「歷史還原」並非實證史學的「歷史重塑論」；也就是並非僅就歷史文獻的考證，重塑純為客觀的歷史事實。他所指出的研究進路，乃是強調「古代文學思想史」的「詮釋」，首先就要做到原典文本的正確解讀；那不僅是文字訓詁而已，更重要的是原典所蘊含「文學思想」的意義，必須契入產生這種思想的「具體環境」，才能獲致深確的理解。假如容我以「詮釋學」進一解，也就是對「歷史他在性」的文本進行詮釋時，必須限定在「歷史語境」的基壤上，契入其中而體會之；而且所謂「歷史語境」始終都處在動態中，並非僵固之物。「文學思想」乃是「文學家」面對他所處的文化傳統及當代社會情境在進行「思想」，因此詮釋「文學思想」，當然必須了解古代文學家在文化、社會，尤其政治處境中，所抱持或顯或隱的「心態」。「士人心態史」也就成為研究「文學思想史」的要件之一。這是研究古代文化或文學所必要的「歷史同情理解」，在這「理解」的基礎上，才能進一步有些合理的批判。「五四」以降，新知識分子之「反傳統」已成文化意識形態，未理解而先批判，罵盡古人，而漸積為刻薄之風；其因就在於對待古人，缺乏「動態語境」的觀念，沒有「歷史同情理解」的體貼心。

羅教授的「中國文學思想史」，或可一矯這種習氣。

張峰屹教授這本《西漢文學思想史》，的確實踐了其師所建立的知識本質論及方法論。我仔細閱讀，他對於西漢士人由文化傳統及當代社會，尤其政治與經學處境所導致的「心態」，詮釋得非常貼切而深入；而且能準確地辨識這種歷史處境的演變，就在「動態語境」的基礎上，恰當地區分出三個時期，並結合政治與經學處境所導致「士人心態」的改變，以詮釋各時期「文學思想」的內涵及轉向，其中經學處境的影響尤深。同時，他也能適切地運用文學創作與批評的文本，深度揭明政論、辭賦、樂府詩歌等作品，以及文學家的創作行為，所隱含的文學思想。這顯然是在西漢士人總體存在情境的基礎上，從文化思想史或經學史、政治及社會史、文學批評史、文學史之與「文學思想史」之間，彼此交涉、相互辯證的關係，去詮釋「西漢文學思想」的生成與變遷。張教授在其師所開闢的學術蹊徑上，走得昂首闊步，成果斐然。

我仔細閱讀，還發現張教授也的確能實踐其師所教示「原典文本的正確解讀」。許多原典的徵引，都不是籠統印象的淺說，而能經由契入歷史語境的深度理解，再依藉文本分析，而獲致確當性的詮釋。其中，不少對原典的詮釋，頗具獨見，這在羅教授的序文中，已指出多處。此外，另如關於《旱雲賦》是否為賈誼所作，馬積高的《賦史》認為「把災異與政治聯繫起來，這種現象是漢武帝以後才出現的事」，因而將《旱雲賦》斷為「非賈誼所作」。張教授不同意這個說法，舉出《左傳》二條文本為例，證述「把災異與政治聯繫起來」的現象，東周時期已有之。又例如對於枚乘《七發》，他不同意劉勰《文心雕龍．雜文》所提出「始邪末正」之說，也就是劉勰所讀出的文本之意，乃是前面描述聽琴、飲食、跑馬、遊覽、田獵、觀濤六件事，皆是「發乎嗜欲」，應該戒除；而最後所描寫方術之士的「要言妙道」，才是枚乘正面勸諫之旨。劉勰之後的讀者，也多持此說。張教授認為這是誤讀，因而分析文本，論證聽琴等六事皆非淫邪的「伐性之斧」、「腐腸之藥」，反而與方術之士所言，同屬療癒的「妙道」。凡此，都可見張教授在「原典文本的解讀」上，的確下了很深的工夫，才不致落於人云亦云的謬說。

同時，由於他對枚乘《七發》、《柳賦》以及路喬如《鶴賦》、鄒陽《酒賦》、羊勝《屏風賦》等，這一類作品的細讀；而看出漢代辭賦由賈誼《鵩鳥賦》、《弔屈原賦》這一類「自我抒情言志」的作品，轉向「歌功頌德、遊戲逞才」的筆墨。其中，隱含著士人對於「詞章」書寫之「心態」的改變，這在西漢文學思想史上，具有值得詮釋的意義。因此，張教授在文人「自我抒情言志」的主流傳統之外，對於「遊戲筆墨」特別重視；而在本書中，專立章節，另眼詮釋與評價；漢賦的意義及價值，的確應該在「抒情言志」的主流傳統之外，另闢「遊戲筆墨」及「語言藝術」的詮釋視域。這是張教授為西漢文學及其思想所開拓的一條值得繼續探尋的路徑。

這本書是張教授的博士論文，標示一個學者重要的里程碑；但是，畢竟距離終站還遠。張教授在這座里程碑之後，學問又已精進十餘年，更有可觀之處。從這座里程碑宏大的規模，我想見他歷經數十年後到達的終站，應該可以顯揚其師羅教授所創設「中國古代文學思想史」這門學問。

二〇一二年十月顏崑陽序於臺灣淡江大學中文系

目錄

引言

本書的研究目的，是要描述西漢二百三十年間萌芽狀態的文學觀念的發展歷程。把握其文學觀念演變的自然脈絡，揭示各個發展階段的特點，並努力描述出這二百三十年間文學觀念的發展趨向和總體特徵，以確定其在中國文學思想發展史中的歷史地位。

西漢是中國歷史上第一個歷時長久的一統王朝（秦雖統一中國，但是僅有十五年的國運），它的建設和發展，較之以往，有著新的內涵。春秋戰國時期，政治失序，沒有權威，思想文化百花齊放，多恣而繁榮。短壽的秦王朝，在政治建設上雖有貢獻，但倏忽十五年間，政治統治不及完善，文化的整肅或發展更未暇顧及。西漢王朝所繼承的，就是這樣一份失序又繁榮的政治、文化遺產。鑑於戰亂初定、經濟崩潰、百廢待興的實際，劉漢統治集團最初採取了清靜無為、輕刑減賦、不擾民耕的策略，以圖復甦經濟、發展生產並穩定政局。與此同時，在政權建設方面，以退為進，從隱忍中謀專制。這便引導和鼓勵黃老之學大興於漢初。隨著經濟的復甦和發展、異己勢力的漸被消除，皇權也就漸漸抬頭。到景帝初年，以「七王之亂」被翦滅為標誌，西漢王朝的集權政治開始確立。與之相伴隨的，便是顯赫近七十年崇尚無為而治的黃老之學行將退出歷史舞臺。到武帝即位，獨裁政治的時機已然成熟，這個歷史上頗有作為的帝王便毫無顧忌地實行一姓專制了。他「外事武力，內興功業」；在思想文化領域，以「罷黜百家，獨尊儒術」的表象，大行「以儒術緣飾吏事」之實際。儒學越出於百家之上獨自顯達了，同時也遭受到從未有過的無奈。這樣的政治、文化狀況經歷了五十年之後，歷史又發生了變化。自昭帝初年到西漢末，政局動盪多變，外戚、中宦、權臣交替專權，皇權在總體上呈示為衰落的局面。一個有意味的現象卻是，在武帝首倡「獨尊儒術」時代未曾真正尊顯的儒學，到西漢後期卻大盛起來。昭帝初年召集的鹽鐵會議，奠定了儒學興盛的根基；宣帝末年召集名儒討論《五經》同異的石渠閣會議，以其有眾多碩儒的參與和宣帝親臨決議的待遇，更使儒學燦發出從未有過的光芒。但是，在專制的時代，政治才具有決定生死存亡的最高權威。西漢後期的一個多世紀，像宣帝這樣皇權專制的情形，只不過維持十餘年而已（宣帝前期還是霍氏專權）；絕多的時間裏，乃是外戚交替擅權的軍人政府執政。於是，在這一時期，儒學的地位便十分尷尬：一方面是地位被空前提高了，如太學生的數量極大增加，全國各地各級行政區域廣設教習經學的學校使之極大普及，風靡上下的災異論政思潮，儒生中有多人位至三公之職；另方面是儒學又受到空前輕視和宰割，一個最明顯的表現就是儒生頻遭貶廢囚殺，有時一次殺戮即百餘人！或是上千人被視為異己而遭排斥。在此種情形下，到西漢末年，隨著儒士的疏離政治，道家思想又復歸思想界。因此，西漢後期，思想文化的發展趨勢，便呈現為本儒兼道、由儒而道的走向。

在上述道、儒嬗變的政治文化背景下，西漢的文學創作和文學觀念也隨之浮沉俯仰。從高祖初到景末武初，是西漢文學觀念發展的第一個時期。在創作傾向上，從賈誼辭作的濃情質實到枚乘賦作的失情華麗，反映出這一時期文學觀念的多元並存及其發展趨向；而體現在四家《詩》解、子書、政論以及《淮南子》中的文藝觀念，也與這一時期的創作傾向基本吻合，共同呈示著道儒交糅、重情尚用的特徵。自武帝初至昭帝初的約五十年間，是西漢文學觀念發展的第二個時期。這一時期的文學創作，呈現為兩種情形：一是以司馬相如為代表的大賦創作，由於皇權極盛下儒學的「緣飾」地位和士人的俳優或類俳優地位，再加之以大賦體制上鋪排誇飾、艱澀繁辭、喪失真情的特色所決定，使大賦在諷諫上表現出意圖和效果的相悖情形，從而實際地顯示著逞才遊藝的特徵；二是東方朔、司馬遷、董仲舒以及孔臧等人的非大賦（小賦、辭）創作，或直抒胸臆，情真意切，或詠物托志，感慨誠懇。從文學發展的角度看，無論是大賦的逞才遊藝，還是非大賦的抒情、詠物，都是文學觀念極大發展的表徵。在這一時期的經學文獻中，也可見出文學觀念的某些內容。《詩大序》和《禮記・樂記》，都是這一時期最終寫定的文獻，情志與教化並重，詩樂與政教共說，不僅是它們的共同特徵，顯示著西漢文學觀念的主要特色，也同時是前此儒家文藝觀念的集成；董仲舒所提出的「《詩》無達詁」和「中和之美」思想，在某種意義上說具有創新品質，但它同樣還本是經學的思想，初不為文藝而發。我們在挖掘它文學理論的涵義時，充分注意了這一特點。武帝時期最值得稱賞的，是司馬遷的著述思想——「發憤著書」。考之司馬遷的家族出身和他一生的遭際，再衡之《史記》的寫作實際，便可發現「發憤著書」實有兩重含意：一是基於其孝祖情結和聖人情結之上的責任感和使命感，在這一意義上可以釋之為「發奮」；二是緣於不平慘怛的身世遭際以及歷史家高瞻遠矚縱觀歷史的深刻認識而產生的一種歷史憂患，在這一意義上可以釋之為「發憤」。因此，司馬遷「發憤著書」的著述思想，不唯「坎坷人生造就成功創作」一層意義而已。總觀武帝時期的創作和經學文藝觀念，總體上與當時的社會思潮相一致，即呈現著儒家精神。從昭帝初到西漢末，是西漢文學觀念發展的第三個時期。這一時期，又可以元、成之際為界限，劃分為兩個階段。前一階段，創作上的代表作品就是揚雄的五篇大賦，基本上是對司馬相如的摹仿（但在寫作上已有了新的發展）。它們在某種意義上可視為揚雄初仕時昂揚進取心態的表現。另外，王褒將仕前夕所制的《中和》、《樂職》、《宣布詩》以及配套的

《四子講德論》，劉向的多次上書言說政事，都是西漢後期之初儒學極大昌盛的反映。而劉向、翼奉、匡衡等人的經學思想中所呈示出來的文藝觀念，更是體現著經學對文學思想的深入滲透。到了後一階段，情況就有了新變。隨著士人對政權的不斷疏離，道家思想回歸思想界。做為這一變化的前兆，王褒寫於宣帝末年的《洞簫賦》，已經啟動了文風的變化（儘管此作還有教化的尾巴，也還有鋪誇的痕跡）；而揚雄、劉歆、班婕妤等人的小賦和辭作，更著實地表現出這一階段回歸自我、重視抒情、不求華贍的創作傾向。作為這一階段文學思想的主要體現者，揚雄本儒兼道的文學觀念，正是西漢後期文學觀念本儒兼道、由儒而道發展趨向的縮影。

如果簡要地歸納西漢二百三十年間文學思想演變的歷史，就是沿著道儒兩種思想交叉、交替、發展演進的歷史，由道（黃老）而儒，又在一定程度上回歸道家。我們所以如此來描述這段歷史，是遵照西漢時期文學觀念尚未獨立而附著於社會思潮之上的實際情形而言的。

現在，就讓我們步入那遙遠的時代。

第一章　高祖至呂后時期文風的演變

從劉邦稱帝到呂后末（前二〇二～前一八〇）的二十餘年間，天下初定，朝野上下忙於穩固政權，發展生產，未遑興於文學之事。文學創作似並不豐富（今僅存皇室諸人的少許楚歌），涉及文學觀念的論說文字也只在陸賈《新語》中可見些許。從這些為數不多的材料，約略可以看出西漢初年文風及文學觀念的演變趨向。它們與當時的政局、社會思潮相互關聯，呈示著文學觀念發展變化的軌跡。

第一節　楚聲的演變及其政治文化根源

一

從文學創作看，秦世十五年間，吟詠鮮聞①。漢世最初的歌詠，直承戰國末的楚歌、楚辭而來。《文心雕龍．辨騷》說：「自《風》《雅》寢聲，莫或抽緒，奇文鬱起，其《離騷》哉！固已軒翥詩人之後，奮飛辭家之前。……其文辭麗雅，為詞賦之宗。……名儒辭賦，莫不擬其儀表。」清人王士禛更明確指出：「《三百篇》既亡而《楚詞》興，《楚詞》不競而古詩作。學士大夫將自兩漢以溯《風》《雅》之濫觴，舍《楚詞》無由。」（《帶經堂詩話》卷三）這便提示我們，考論漢初的詩歌創作，不可忽視楚歌、楚辭的綰帶和影響。

高祖初至呂后末的詩壇，確是楚聲獨步。項羽《垓下歌》、劉邦《大風歌》，已開漢初楚聲復興之先河。其後，楚聲一時唱響漢廷。劉邦的《鴻鵠歌》，據《史》《漢》張良傳，劉邦欲廢太子而立戚夫人子如意，未果，乃謂戚夫人曰：「為我楚舞，我為若楚歌。」是《鴻鵠歌》為楚聲之證。《西京雜記》卷一云：「高帝、戚夫人善鼓瑟擊筑。帝常擁夫人倚瑟而弦歌，畢，每泣下流漣。夫人善為翹袖折腰之舞。」可知戚夫人楚歌、楚舞俱為擅場。孝惠元年（前一九四），呂后囚禁戚夫人，並令其舂米。戚夫人作《舂歌》，即是楚聲。劉邦中子劉友，因其王后呂氏女之讒，遭呂后囚死。在獄間，劉友作《歌》，也是怨憤哀婉的楚歌。這一時期，不特個人歌詠多為楚歌，其廟堂歌曲亦為楚聲。今存唐山夫人所作《安世房中歌》十七章，《漢書．禮樂志》云：「漢房中祠樂，高祖唐山夫人所作也。……高祖樂楚聲，故房中樂楚聲也。」是《安世房中歌》為楚聲之證。

然而，漢初二十餘年間楚聲獨步的情形，卻也稱不上楚歌興盛。因為第一，這一時期並不存在真正意義上的詩人，無論是像項羽、劉邦這樣的政治家，還是像戚夫人、唐山夫人這樣的帝姬，或是像劉友這樣的皇儲，他（她）們都不是詩人。他（她）們的歌詠，不過是在政治生活中有所感慨，即興而歌，或者是政治目的明確的造作，並非著意以詩歌抒發性靈；第二，作品的數量似甚少，今存除唐山夫人的《安世房中歌》十七章外，餘僅有四、五首②。沒有真正意義上的詩人，也不曾產生相當數量的作品，說明這一時期並不存在楚歌創作的高潮。另一方面，楚歌在西漢時期也並不存在有學者所說的「消歇」現象③。事實是，整個西漢時期（甚至整個漢代）一直不斷地出現楚歌的創作。如漢武帝劉徹的《瓠子歌》、《秋風辭》、《天馬歌》、《西極天馬歌》、《思奉車子侯歌》，淮南王劉安的《八公操》，司馬相如的《美人賦》附歌，燕王劉旦的《歌》（歸空城兮），李陵的《別歌》，廣陵王劉胥的《瑟歌》，烏孫公主劉細君的《悲愁歌》，息夫躬的《絕命辭》等等，以及東漢時期梁鴻的《適吳詩》，班固的《郊祀靈芝歌》，崔駰的《安封侯詩》，徐淑的《答秦嘉詩》，蔡邕的《琴歌》，乃至三國時期蔡琰的《悲憤詩》（騷體），曹丕的《寡婦詩》，曹植的《離友詩》等等，從形制上看，都是楚歌體作品。因此，楚歌在漢初二十餘年間既不能稱為興盛，在西漢一代也不存在明顯的「消歇」。只不過自文景之後辭賦創作漸漸成為文壇主流，楚歌影響漸小而已。

二

與先秦的楚歌、楚辭相比，漢初的楚歌創作在兩個方面發生了較大的演變。

其一是在創作題材有所擴展的同時，出現了直接親合政治的傾向。漢初楚歌從題材上基本可分為政治抒情詩和輔政頌世詩兩類。前者即劉邦《大風歌》、《鴻鵠歌》，戚夫人《舂歌》，劉友《歌》（諸呂用事兮），這些作品發抒政治生活中的深切感受，情感濃郁；後者即唐山夫人的《安世房中歌》，頌世倡孝，風調比較典則持重。

劉邦的《大風歌》，據《史》《漢》劉邦本紀，高祖十二年（前一九五）冬，劉邦擊破英布叛軍還，過沛，置酒宴請家鄉父老。酒酣，劉邦作此歌：

> 大風起兮雲飛揚，威加海內兮歸故鄉。安得猛士兮守四方？

歌罷，慷慨傷懷，泣數行下。劉邦何以如此大動情懷？歌中自已道出。掃除群雄、榮歸故里，固然有今昔之慨、鄉關之思，可以波動情懷，但都是豪壯快意之事；令其傷懷者，實是守成之難的憂慮。此時，劉邦雖已稱帝一紀，但劉氏江山尚談不上穩固。只就近說，高祖十一年（前一九六）正月，淮陰侯韓信謀反長安；三月，梁王彭越反；七月，淮南王英布反。雖然終都一一剿滅，但國內局勢非常不安定的現實，卻深深困擾著他。自己年已老邁，太子又仁弱不強，「安得猛士守四方」自然是他平日裏經常思慮的事。《大風歌》唱出了他政治生活中感念最深切者，思真情濃。

《鴻鵠歌》是劉邦易太子不果，唱給戚夫人聽的一首楚歌：

鴻鵠高飛，一舉千里。羽翼已就，橫絕四海。橫絕四海，又可奈何？雖有矰繳，尚安所施？（《漢書．張良傳》）

從今存者看，其四言體與《詩經》相類。按：《白孔六帖》卷九十五引此歌，作：「鴻鵠高飛兮，一舉千里。羽翮已成就兮，橫絕四海。橫絕四海兮，無奈何！雖有矰繳兮，安所施？」（**文淵閣《四庫全書》本**）逯欽立輯校《先秦漢魏晉南北朝詩．漢詩卷一》據此有案語云：「《白帖》所引有『兮』字，更合楚歌體。其所據書，當為《楚漢春秋》。」可知此歌現存的樣子，乃是《史》《漢》著錄時刪省了單句後的「兮」字。這首歌全用比體，抒發了劉邦迫於形勢而不得替易太子的無奈。

《舂歌》是孝惠元年（前一九四）戚夫人遭呂后囚禁時所作：

子為王，母為虜。終日舂薄暮，常與死為伍。相離三千里，當誰使告女？（《漢書．外戚傳上》）

戚夫人子劉如意，於高祖七年（前二〇〇）繼伯父劉喜為代王，九年（前一九八）正月徙為趙王。劉邦素寵戚夫人，又愛如意類己，晚年曾欲廢呂后子劉盈而改立如意為太子。所以劉邦一死，呂后便迫不及待地囚禁了戚夫人。對於戚夫人這個唯擅楚歌楚舞的柔弱女子來說，非但不是「剛毅」果敢的呂雉的政治敵手，而且，前寵後囚、子王母虜的生活巨變也使她難以承受。她只有悲歎己生之不幸，冀望於在外為王的兒子。這支歌，是她政治遭際的切身感受，哀傷悲淒，令人酸心。

劉友的那首《歌》，據《漢書．高五王傳》，惠帝時，諸呂女嫁劉友為王后，劉友不愛，喜他姬。呂女怒而讒諸呂后，呂后遂囚禁了劉友。劉友乃作歌道：

諸呂用事兮，劉氏微；迫脅王侯兮，彊授我妃。我妃既妒兮，誣我以惡；讒女亂國兮，上曾不寤。我無忠臣兮，何故棄國？自決中野兮，蒼天與直！于嗟不可悔兮，寧早自賊！為王餓死兮，誰者憐之？呂氏絕理兮，託天報仇！

這支歌，從劉呂權爭的形勢、被害的緣由、過程，唱到內心的憂憤和無奈，卒章明志，以死抗爭。可以折射出漢初政爭的激烈和嚴酷。

以上簡介的幾首楚歌，都與作者切身的政治生活緊密相連，且情感濃郁。在這個意義上，它們與屈原的某些作品（如《離騷》、《九章》等）題材相似，都屬於政治抒情一類④。也正是在這一意義上，我們可以把這一部分漢初的楚歌視為先秦楚聲的餘響。

與此同時，漢初楚歌在題材上還有新的拓展，並由此顯示了一種新的創作傾向，這一點集中體現在《安世房中歌》上。

房中樂不始於漢代，《漢書．禮樂志》即說「周有《房中樂》」。房中樂者何？《儀禮．燕禮》「有房中之樂」鄭玄注：「謂之房中者，后、夫人之所諷誦，以事其君子⑤。」又《周禮．春官．磬師》「教縵樂燕樂」鄭玄注：「燕樂，房中之樂。」同篇又云：「凡祭祀饗食，奏燕樂⑥。」由此知周代房中樂蓋有兩種用途：后、夫人諷誦以事其君子，一也；祭祀或宴集時奏唱，二也⑦。《安世房中歌》與此相較，則有同有異。相同者：也可用於祭祀（《安世房中歌》本名即《房中祠樂》）；也與后、妃有極大關係；其樂曲恐亦不無聯繫⑧。不同者，主要在於詩歌內容和教義的變化。

《安世房中歌》的內容，大抵為崇孝和頌世二端。其崇孝之章，如「大孝備矣，休德昭清」（一章），「乃立祖廟，敬明尊親。大矣孝熙，四極爰轃」（三章），「皇帝孝德，竟全大功」（四章），「孝奏天儀，若日月光。……孝道隨世，我署文章」（十章），「嗚呼孝哉！案撫戎國」（十三章），等等。恰如沈德潛《古詩源》所說：「首言『大孝備矣』，以下反反覆覆，屢稱孝德。」其頌世之什，一則曰受命於天：「馮馮翼翼，承天之則。吾易久遠，燭明四極」（十一章），「嘉承天和，伊樂厥福」（十五章）；二則曰德惠海內：「慈惠所愛，美若休德」（十二章），「孔容之常，承帝之明。下民之樂，子孫保光」（十六章），「下民安樂，萬壽無疆」（十七章）；三則曰政策深得人心：「安其所，樂終產。……高賢愉，樂民人」（七章），「明德鄉（向），治本約；治本約，澤弘大」（九章）；四則贊平定內亂，安撫外邦：「海內有奸，紛亂東北。……肅為濟哉，蓋定燕國」（五章），「蠻夷竭歡，象來致福。兼臨是愛，終無兵革」（十三章）。不難見出，《安世房中歌》的內容，已由周世房中樂的后、妃諷事君子轉變為歌孝頌世，由政治的幕後走上了台前，具有了明確的政治立場和時代內涵。故自惠帝二年始，改《房中祠樂》為《安世樂》（**見《漢書·禮樂志》**），蓋求名副其實也⑨。

《安世房中歌》上述的內容和教義的變化，非但使它不同於周代房中樂，作為楚歌，它也與先秦的楚辭、楚歌有了極大區別。它不再是個人色彩鮮明、情感濃郁的吟唱，而是直接效力於政權建設，並以其「政治理性」替代了活潑豐沛的情感，使曾是抒發情思的楚聲，變為輔佐政治的工具。這樣，它在拓展了楚歌表現題材的同時，也呈現出直接親合政治的創作傾向。這是漢初楚歌創作演變的第一個新的現象。

漢初楚歌創作演變的第二個主要趨向，是它在藝術表現上走向簡俗質直⑩。可以從兩個方面來看。首先是遣詞用語的直白。楚辭敷彩鋪藻，《文心雕龍．辨騷》以「朗麗」、「綺靡」、「瑰詭」、「耀豔」置評，允稱確論。先秦楚歌⑪，語言雖較楚辭平易，然多有形象托寓。如《吳越春秋》卷三所載漁父救渡伍子胥奔吳時所唱的《漁父歌》：「日月昭乎侵已馳，與子期乎蘆之漪。日已夕兮予心憂悲，月已馳兮何不渡為？事寖急兮當奈何！」以日夕月馳的意象，表現伍子胥追兵在後而急於渡河的急迫心情。再如同書卷四所載楚將白喜奔吳時伍子胥所唱的《河上歌》：「同病相憐，同憂相救。驚翔之鳥，相隨而集。瀨下之水，因復俱流。」以鳥、水的意象表現伍子胥與白喜二人同是楚人奔吳的共同命運。語辭雖淺近，但並不直白。漢初的楚歌則有所不同，《大風歌》把「安得猛士守四方」的憂慮直接唱出，《舂歌》把「常與死為伍」的遭際和「當誰使告女」的思念直接道出，劉友的《歌》也是把劉呂政爭的現實以及作者的憤恨直接唱出來，並且，它們的語句都非常口語化。只有劉邦的《鴻鵠歌》，全篇用比體，顯得形象婉曲些，最肖先秦楚歌，但仍是造語淺白的。其次是漢初楚歌基本上不甚講求藝術表現。楚辭中大量使用鋪寫、誇張、象徵、比喻等表現手段，馳騁想像，自不必詳說。先秦楚歌也多講求形象空靈、不干不犯的表現方式。如《越人歌》：「今夕何夕兮？搴洲中流。今日何日兮？得與王子同舟。蒙羞被好兮，不訾詬恥。心幾煩而不絕兮，知得王子。山有木兮木有枝，心悅君兮君不知。」據《說苑．善說》，這是一首大夫向王子表示親近友好的詩⑫。它不是直訴衷腸，而是以意象、比興等表現情思。再如人所熟知的《孺子歌》：「滄浪之水清兮，可以濯我纓；滄浪之水濁兮，可以濯我足。」表現遠離亂世而隱逸的志願，形象而含蓄。漢初的楚歌創作則基本上是直敘直抒，實話實說。也只有《鴻鵠歌》差可與先秦楚歌相比。

總上所述，漢初楚歌創作在繼承先秦楚歌、楚辭發抒個人濃郁情感之傳統的同時，又在兩個方面呈現出新的發展，即：題材上頌世輔政內容的開拓及其親合政治的創作傾向，和藝術表現上簡俗直白的創作傾向。

三

漢初楚歌創作的走向，與這一時期的政治形勢和思想文化重建有密切聯繫。

劉漢始建之初，政局動盪而百廢待興。約而論之，有三大問題急需解決：從政權的建設和鞏固而言，劉邦微末，率一批販夫走卒、屠狗奸盜奪得天下。面對這些可共患難但更要同享受的義利之徒，劉姓江山如何才能坐得穩固？從新生政權與民眾的關係言，經過三年的亡秦之戰和五年的楚漢兵爭，「兵不得休八年，萬民與苦甚」，經濟崩潰，民不聊生（參見《史記．平准書》、《漢書．食貨志上》），怎樣才能使疲弊的社會經濟迅速復甦，才不至令人民再次發起反叛？從意識形態而言，秦王朝以雄強國力，虎踞中國，勢不可逆。然而陳涉以一渺小戍卒，揭竿而起，天下響應，以摧枯拉朽之勢迅速滅秦，這一觸目驚心的現象其根由何在？與此相聯繫，劉漢代秦立國，原因何在？新生政權如何施政才能避免重蹈亡秦覆轍？三大問題，無一不關係著新生政權的生死存亡，漢初的政治取向和思想文化的重建便是受到了這些問題的規約。

第一，政治秩序的穩定和重建。針對社會經濟崩潰，人民生存受到嚴重威脅的現狀，劉漢統治集團採取輕徭減賦政策，與此同時，減輕刑罰，令流民和大部分兵士回歸農田⑬，鼓勵農業生產的發展，盡量不擾民耕。這一點學界論之已詳。而在新生政權統治集團內部權力、利益的重新分配問題上，則不似政府對民眾那樣「清靜無為」。漢初二十餘年間的權爭實際上是很激烈的。劉邦稱帝的七、八年間，仍是東征西討，權謀算盡，把他加封的七個異姓王或攻殘（如臧荼、彭越、英布），或廢貶（如張敖、韓信），或威逼使之叛逃匈奴（如韓王信、盧綰），大體奠定了「非劉氏不王」的劉漢基業。孝惠帝始，呂后專權達十五年之久。這個階段的政爭主要表現為權臣與呂氏之間的較量，呂氏暴興之後，終被權臣剿滅。在這樣一段百廢待興又政爭激烈的特殊歷史時期，朝野上下的主要精力必然不會放在文學之上。加之劉邦統治集團的人物大多出身微賤，「沒有什麼文化氣氛」⑭，劉邦本人也「不修文學」（《漢書‧高帝紀》），也不可能產生如三國曹魏集團那樣文學創作的昌盛局面。這一時期的數首楚歌，都與作者的政治生活直接相關，且不暇修飾，就正是此種王朝初建時期特殊的政治狀況所必然規定的。

這還是比較樸素直接的解釋。更值得注意的是，在君臣為了鞏固劉氏一統基業所進行的激烈政爭中表現出的政治文化傾向。仔細品讀這一段歷史，我們發現，不論是王朝與異姓王的政爭，還是開國元動們同外戚呂氏的政爭，都有一個共同的鬥爭策略——以退為進、穩中求勝。讓我們舉兩個例子：

一是劉邦分封功臣，有三件事尤可注意。第一件，高祖四年（前二〇三），韓信破齊後擁兵自重，不聽劉邦調遣，且迫邀「假齊王」的封賞。劉邦先是大怒：「吾困於此（是時楚軍圍劉邦於滎陽），旦暮望若來佐我，乃欲自立為王！」（《史記‧淮陰侯列傳》）「欲攻之。」（同上《高祖本紀》）但聽了張良、陳平「漢方不利，寧能禁信之王乎？不如因而立，善遇之，使自為守。不然，變生」（同上《淮陰侯列傳》）的勸諫之後，便即改變態度：「大丈夫定諸侯，即為真王耳，何以假為？」遂遣張良持印往封（同上）。第二件，高祖五年（前二〇二）七月剿滅臧荼（第一個被消滅的異姓王），劉邦卻沒有把燕王的位子分封同姓子弟，而是給了盧綰。既消滅了異姓減少了一個威脅，並敲山震虎，又封了異姓而不使其他異姓王感到危急。而實際上，盧綰與劉邦是竹馬之交，堪稱心腹兄弟，封盧綰他是放心的。第三件，高祖六年（前二〇一），尚未得分封的諸將密謀反叛，劉邦接受張良的建議，率先封賞他平日最痛恨的雍齒為什方侯⑮。眾將皆喜：「雍齒尚為侯，我屬無患矣。」（《史記·留侯世家》）由此三件事當不難看出，在權利分配中，劉邦中央政權為了穩定大局，而工於謀略，善於權衡退讓，隱忍待時的政治作風。而一旦時機成熟，劉邦便毫不容情地徹底清除了異姓王。

二是權臣元老與外戚呂氏的權爭。從惠帝即位到呂后掌朝的十五年間（前一九四～前一七九），君權旁落，實際執政者是呂后⑯。《史記·呂太后本紀》云：「呂后為人剛毅，佐高祖定天下。所誅大臣，多呂后力。」呂氏執政後，便著手弱劉興呂。這一行動並不僅僅是打擊劉姓，也對朝臣構成很大威脅，因為這些開國元勳是與劉姓捆縛在一起，不可分的。但是，朝臣們對待呂后之野心的態度，卻耐人尋味：

「孝惠帝崩，發喪，太后哭，泣不下。」張良之子張辟強建議左丞相陳平向呂后提議，「拜呂台、呂產、呂祿為將，將兵居南北軍，及諸呂皆入宮，居中用事」，呂后哭乃悲。

呂后欲封諸呂為王，徵求右丞相王陵意見，王陵以劉邦「非劉氏而王，天下共擊之」的盟誓為由，堅決反對。陳平、周勃則以「無所不可」做答，助成呂氏封王。

呂后相繼殺掉劉如意、劉友、劉恢三個趙王，陳平等非但不予廷爭，反而請立呂祿為趙王。

而當呂后一死，陳平、周勃、灌嬰等朝臣便聯合齊王劉襄、朱虛侯劉章等劉氏子弟，大刀闊斧地徹底剷除了呂氏王侯，擁立代王劉恒為帝。

陽助之，陰謀之，以退為進，見機而動，這就是陳、周等朝臣在與外戚權爭中穩中求勝的策略。

無論如何去評價漢初的這段政爭歷史，有一個基本的事實和傾向是：劉邦及其信臣在權利分配和維護劉姓統治的政爭上，並不是一直採取表面化的針鋒相對的激烈衝突方式，而是力求安定穩妥，不露聲色，隱忍退讓，只有待時機成熟，才一舉消滅異己。這一基本傾向決定於實際的政治形勢。由於政權還非常不鞏固，異姓、外戚都心存覬覦，稍有差池，即可能使新建之江山毀於一旦，故須「穩」，須忍讓寬待；同時，中央集權必須建設，異己力量必須削弱，方可保證長治久安，故又須「進」，須打擊。漢初的利益分配和政權建設，就是在退讓和打擊的對立統一中實現的，由此而形成了以退為進、刑德並施、穩中求勝的獨特政治文化，從而導引並接受了黃老思潮的大興。

第二，思想文化的重建。漢初統一，劉邦即發出兩個追問：其一，高祖五年（前二〇二）五月，劉邦置酒洛陽南宮，詢問群臣：「吾所以有天下者何？項羽之所以失天下者何？」（**《漢書．高帝紀》**）其二，劉邦對陸賈說：「試為我著秦所以失天下，吾所以得之者何，及古成敗之國。」（**《史記．叔孫通陸賈列傳》**）這說明，劉漢新生政權對於漢代秦立國的政治巨變以及如何治國問題非常關心，亟需思想的支持。漢初士人積極回應，各抒己見。由此也規約了漢初思想文化的發展趨向。

從現存資料看，漢初士人首先回應劉邦追問的是陸賈。其《新語》十二篇「述存亡之徵」（**《史記．叔孫通陸賈列傳》**），正是對劉邦的回答。由陸賈創例，漢初士人圍繞著「秦所以失天下」、

「漢何以治天下」這兩個問題，掀起了一個龐雜的思潮：

有黃老的清靜為治思想。陸賈《新語》曾五次講到秦朝的政治[17]，有四次都是批評其尚罰極刑的過錯（唯《辨惑篇》是稱引趙高指鹿為馬的故事），以《無為篇》論說最充分、最集中。他在指出秦始皇濫設酷刑、窮兵黷武的過失後說：「事逾煩天下逾亂，法逾滋而天下逾熾，兵馬益設而敵人逾多。秦非不欲治也，然失之者，乃舉措太眾、刑罰太極故也。」由此提出了無為靜治的思想，為漢初七十年的清靜政治提供了理論依據。

有儒家的仁義治國思想。《新語．道基》即說：「仁者道之紀，義者聖之學。」它歷述先聖、中聖、後聖養民教民的種種行事，講說仁義之必施、仁義之功效，指斥「秦二世尚刑而亡」，最終以「仁者以治親，義者以利尊。萬世不亂，仁義之所治也」做結。其後士人多發揮這一思想，如賈誼《過秦論》云：「一夫作難而七廟墮，身死人手，為天下笑者，何也？仁義不施，而攻守之勢異也。」如《韓詩外傳》卷五第十六章云：「秦之時，非禮義，棄《詩》《書》，略古昔，大滅聖道，專為苟妄，以貪利為俗，以告獵為化，而天下大亂」，「未嘗見仁義之道，被禮樂之風。」

有陰陽家的五德終始思想。《漢書．張蒼傳》：「蒼為計相時[18]，緒正律曆，以高祖十月始至霸上，故因秦時，本十月為歲首，不革。推五德之運，以為漢當水德之時，上黑如故。吹律調樂，入之音聲，及以比定律令。」張蒼秦時為御史，後降劉邦。他推論漢德律色，一依秦制[19]，這便把秦、漢視為一「運」，或者是視秦朝為無物而以漢直承周而變，不論如何解釋，總歸是他未能論證漢代秦立的合理性。因此，當文帝時魯人公孫臣上《終始五德傳》，推說漢當土德，服色宜尚黃，貴為丞相的張蒼就不得不敗於一介書生之手了。

以上略述的黃老、儒家、陰陽家的思想並出的狀況，無一不是應時政之需而產生的。對於當局的政治需要而言，它們都足具實用的品質。鑑古論今，縱說歷史演變以確定當朝德運，思想雖龐雜，而概屬務實尚用的史官文化範疇。

總而言之，漢初二十餘年的政權建設和思想文化重建中所表現出來的上述特點和傾向，實實在在地表明：儘管劉邦君臣多為楚人，由於時局和政治形勢的切實需要，他們也不得不放棄耳熟能詳的楚文化，而明智地選擇了以齊學為主體的黃老思想，做為官方文化的主流。《漢書．地理志》云：「楚有江漢川澤山林之饒，江南地廣，或火耕水耨。民食魚稻，以漁獵山伐為業，果蓏蠃蛤，食物常足。故呰窳媮生，而無積聚，飲食還給，不憂凍餓，亦亡千金之家。信巫鬼，重淫祀。」自然環境優越，人民自給自足，不似北方生產的艱辛。因而形成楚人對神秘世界的騁想。張正明《楚文化史》說：「當初倘佯在原始社會中的楚人，慣於用超凡的想像來彌補知識的缺陷。正是在想像中，他們成了火神的子孫，有了頂天立地的勇氣和信心。楚國社會是直接從原始社會中出生的，楚人的精神生活仍然散發出濃烈的神秘氣息⑳。」較之其他地域文化，楚文化崇巫淫祀之廣之烈，恐怕是無與倫比的。楚巫的地位非常尊貴，軍隊的統帥、國家功臣以及公族子弟，都有身為大巫者。楚人信巫卜，從民間到宮廷，從日常生活到國家政事，往往求問神意㉑。楚人的繪畫，據王逸描述，在「先王之廟及公卿祠堂，圖畫天地、山川、神靈，奇瑋譎詭，及古聖賢怪物行事。」（《楚辭章句．天問序》）因為楚國壁畫至今不曾發掘得見，我們對王逸的描述不能有直觀的印象，但是從出土的楚帛畫（如一九四九年出土於長沙陳家大山楚墓的人物龍鳳帛畫和一九七三年出土於長沙子彈庫一號墓的人物御龍帛畫）來看，其騁想浪漫、不似人間的格調，可證王逸言必有據。楚人的歌舞，在屈原《九歌》中即有描繪，楚民載歌載舞，祭神場面熱烈。因此王逸《九歌序》說：「昔楚國南郢之邑、沅湘之間，其俗信鬼而好祠，其祠必作歌樂鼓舞以樂諸神。」至於莊子哲學思想的出乎尋常之論，屈原文學創作的浪漫想像，更是眾所周知。以上方方面面，都證明著楚文化遠離現實、浪漫騁想的傾向。這樣一種文化，在漢初戰亂初定、國家始建、百廢待興的現實面前，必然會受到抑制。即使是以楚人為主的劉漢政權，也必會青睞更加務實、利於經濟發展和政權建設的齊文化。《史記．齊太公世家》記載：「太公至國修政，因其俗，簡其禮，通商工之業，便魚鹽之利，而人民多歸齊，齊為大國。」（《史記．貨殖列傳》也有意思相同的話）又云：「呂尚陰謀修德以傾商政，其事多兵權與奇計，故後世之言兵及周之陰權，皆宗太公為本謀。」對整個國家的治理來說，姜尚因俗簡禮，清靜而治，努力發展生產；就權爭而言，姜尚既然在滅商時權謀算盡，則在齊國吏治上必當如魚戲水。他的治國策略，一直為齊人所遵循，成為齊文化的精髓。齊文化以其務實有效的特色，為漢初統治集團所採用。上面我們簡述的漢初政權建設和思想重構中的基本傾向，就正是符合齊文化精神的。

漢初的楚歌創作，就正是在這樣的政治局勢和文化環境中發生的。受到以黃老思想為主體的齊文化以及緊迫政局的影響，這時期的歌詠與現實的切身生活密切相聯，且呈現為簡俗實用的傾向。另一方面，文化的選擇和更替是一個緩慢演變的過程，在社會生活不同領域，其更變的進程也不會一致，不是行政宣導或一刀切所能濟事。因此，楚文化雖然已不是漢初文化格局中的主流，卻也不會很快消失。它的延續，使漢初乃至有漢一代楚聲繼續唱響，也保存著先秦楚聲的若干特點。一言以蔽之，漢初政治文化變移中齊主楚輔的交織現象，給文學創作帶來的影響也是複雜的，造成了這一時期楚歌創作切近現實，簡俗實用，再也沒有了先秦楚歌、楚辭的飛動飄逸，同時仍然具備情感濃烈、依「兮」

而歌的先秦楚聲的特點。

第二節　治國方策中文藝觀念的萌芽
——陸賈《新語》中有關文藝問題的觀點

一

今存陸賈的《新語》十二篇，本是陸續獻給劉邦的治國方策。《史記·陸賈列傳》云：「陸生時時前說稱《詩》、《書》，高帝罵之曰：『乃公居馬上而得之，安事《詩》、《書》？』陸生曰：『居馬上得之，寧可以馬上治之乎？且湯、武逆取而以順守之，文武並用，長久之術也。昔者吳王夫差、智伯極武而亡；秦任刑法不變，卒滅趙氏㉒。向使秦已並天下，行仁義，法先聖，陛下安得而有之？』高帝不懌而有慚色，乃謂陸生曰：『試為我著秦所以失天下，吾所以得之者何，及古成敗之國。』陸生乃粗述存亡之徵，凡著十二篇。每奏一篇，高祖未嘗不稱善。左右呼萬歲，號其書曰《新語》。」然而其中部分內容也涉及對文藝問題的認識。不過，陸賈是以此做為他治國思想的論證來論說的，所以我們描述陸賈的文藝觀念，首先必須牢記它是陸賈社會政治思想的組成部分這一根本前提，而不能認為陸賈有什麼獨立的文藝思想。也正緣乎此，在描述陸賈的文藝觀念之前，首先須對他的社會政治思想有所瞭解。

從淵源上看，陸賈的思想具有複雜多元性，儒、道、法、墨甚至陰陽家思想，都有所汲取。因此自後漢以來，對其思想淵源和性質便聚訟紛紜㉓。比較符合實際的，是胡適的說法：「此書（**指**《**新**

語》）仍是一種雜家之言……故最應該放在《呂氏春秋》和《淮南王書》之間㉔。」但仍需詳辨。雜家與雜家並不相同，雜則雜矣，然各有主。《呂覽》、《淮南》是以道家為主而兼融其他，《新語》則是以儒家為主而兼融其他，二者在實質上判然相別。唯王利器在《新語校注．前言》中，考論陸賈之學出於荀子，兼受黃老影響，說：「陸賈者，蓋兼儒道㉕二家，而為漢代學術思想導乎先路者也。」爬梳和評價都十分準確，惜乎尚稍欠賅備。陸子固是儒者，《新語》通篇道說「仁義」，並視之為治國之本，便是明證。他也固然接受了黃老思想的重大影響，其主張無為靜治、因時權變、尚實務用，都是黃老家法㉖。問題在於，陸氏的儒學傳承，不止源於荀子；《新語》中的儒家思想，除法後王、輕天重人（王利器所舉例）外，大量講述的是仁義治國，這明顯來源於孔孟（而荀子極多發揮的「禮制」思想，在《新語》中卻幾乎看不到，到是稍後的賈誼更重乎此）。總之，陸賈確然是一雜家，僅從其思想淵源即可看出。黃老思想本就是以道、法為主，兼糅儒、墨、名、陰陽諸家的雜合物，而其儒家思想又是兼取孔孟和荀氏，能毋雜乎？然而，其雜中之主乃是儒、道二家。

《新語》的主要思想傾向和思想特徵，遴其要者，蓋有二焉：

其一，以儒為本，儒道互融。這一主要傾向，使它儘管飽含漢初黃老思潮的較多因素，並與黃老清靜治國的根本傾向相合，但其理論實質終究與以道、法為主的黃老家有所不同，此不可不辨。《新語》中儒道互融的思想隨處可見，今撮其要者略述於下。《道基》論為道的根本，《無為》論治國的大法，《至德》描繪其政治理想圖景，三篇文字是全書的骨幹。《道基》歷敘先聖、中聖、後聖養民教民的種種行事，講說仁義之必用、仁義之功效，最終以「萬世不亂，仁義之所治也」總攬，其要旨為儒家思想無疑。但是，仁義如此重要，卻如何用諸統治呢？陸氏說：

> 是以君子握道而治，據德而行，席仁而坐，杖義而強；虛無寂寞，通動無量。

「席仁杖義」是根本，「虛無寂寞」是方式。本於仁義，無為而治，實現仁政，這便是陸賈儒本道用、儒道融通以為治的大思路。所以，《無為篇》稱頌舜、周公行無為而終大治，推出了一個重要判斷：「故無為者乃有為也。」無為是手段，有為是目的；他所以強調無為，只不過是因為無為的方式比繁事苛法更接近於仁政。故而他才說「道莫大於無為，行莫大於謹敬」。無為要求輕刑簡事，少加干預；謹敬要求目的明確，行事恭謹。

《至德篇》描繪了陸子的政治理想：

> 是以君子之為治也：塊然若無事，寂然若無聲；官府若無吏，亭落若無民；閭里不訟於巷，老幼不愁於庭；近者無所議，遠者無所聽；郵無夜行之卒，鄉無夜召之征；犬不夜吠，雞不夜鳴；耆老甘味於堂，丁男耕耘於野；在朝者忠於君，在家者孝於親。於是賞善罰惡而潤色之，興辟雍庠序而教誨之。然後賢愚異議，廉鄙異科；長幼異節，上下有差；強弱相扶，大小相懷；尊卑相承，雁行相隨；不言而信，不怒而威。豈待堅甲利兵、深牢刻令、朝夕切切而後行哉？

在這個「理想國」中，「塊然若無事」云云，自然是道家無為而治的理想；而所謂老甘味、壯耕野、忠君孝親、興辟雍庠序之教、辨長幼尊卑之序等等，又令人自然想起孟子的仁政理想（**見《孟子．梁惠王上》**）。儒道最高的政治理想都匯聚於此了。

可以看出，陸賈述為道的根本，講治國的方策，標舉其政治理想，始終是圍繞著以仁義為目的、以無為為手段這一根本思路展開的。他在《無為篇》曾暗示了儒道的這種關係：「是以君子尚寬舒以裦其身，行身中和以致疏遠。……民不罰而畏，不賞而勸，漸漬於道德，而被服於中和之所致也。」這就是一條從無為之徑走向中和的道路。那麼，儒本道用這種表層的機械的聯繫之內在邏輯關係是什麼呢？換言之，儒道二家截然相對的思想是以怎樣的肌理融糅在陸子思想之中的呢？前已談及，作為陸賈思想核心的「仁義」觀念，主要是來源於孔孟（而非荀子）。孔孟的仁學思想，是以仁釋禮，「把『禮』以及『儀』從外在的規範約束解說成人心的內在要求，把原來的僵硬的強制規定，提升為生活的自覺理念。……由『神』的準繩命令變而為人的內在欲求和自覺意識，由服從於神變而為服從於人、服從於自己。」正是基於這種對仁義的「內在要求」和「自覺意識」的發現，孔孟之仁學思想「在內在方面突出了個體人格的主動性和獨立性㉗。」這就是說，孔孟的仁學相信，每個人都有善良、仁義之心，只要善加誘發引導，個人都有自我完善、達至仁義的能動性㉘。這樣，我們就找到了陸賈以仁義為本、無為為用並能兩相結合的中樞。它就是這樣一種內在的邏輯關係：既然每個人都有能力自我實現為仁行義的根本目的，統治者就不必去汲汲干涉民眾，就可以無為而治，只要自己做到仁義即可；因為民眾也同樣有能力自達仁義之途。就是在這種根本認識下，陸賈使仁義和無為得以親和聯姻。

其二，務實尚用、因時權變，是《新語》的又一重要理論特徵。如《術事篇》開首即倡言：「善言古者合之於今，能述遠者考之於近。」批評「世俗以為自古而傳之者為重，以今之作者為輕；淡於所見，甘於所聞；惑於外貌，失於中情」的習慣思維。作為儒者，陸賈甚至不惜以「書不必起仲尼之門」這樣破石驚天之語，來宣揚他的實用主張。又如《懷慮篇》，陸賈指斥那些「論不驗之語，學不然之事，圖天地之形，說災變之異……動人以邪變，驚人以奇怪」者，為說立論奢華飄渺，卻「不可以濟於厄而度其身」，於國於家毫無益處，甚至連自己的生命都難以保全，「或觸罪□□法，不免於辜戮」。這種華而不實、麗而無用的學說，是陸賈所堅決反對的。

與「道近不必出於久遠，取其致要而有成」（《術事》）的實用思想相關聯，陸賈提倡因時權變：

> 制事者因其則，服藥者因其良。書不必起仲尼之門，藥不必出扁鵲之方，合之者善，可以為法，因世而權行。（《術事》）
>
> 若湯、武之君，伊、呂之臣，因天時而行罰，順陰陽而運動，上瞻天文，下察人心，以寡服眾，以弱制彊。（《慎微》）
>
> 聖人不必同道。……八宿並列，各有所主；萬端異路，千法異形。聖人因其勢而調之。……聖人因變而立功，由異而致太平。（《思務》）

陸賈尚實用、貴權變的思想，顯然是受到了先秦諸子的影響。如《荀子．性惡篇》：「故善言古者必有節於今，善言天者必有征於人。凡論者，貴其有辨合、有符驗。故坐而言之，起而可設，張而可施行。」如《韓非子．顯學篇》：「無參驗而必之者，愚也；弗能必而據之者，誣也。」他批評「今世儒者之說人主，不言今之所以為治，而語已治之功；不審官法之事，不察姦邪之情，而皆道上古之傳譽、先王之成功」；他勸說「明主舉實事，去無用」。在《南面篇》，韓非又說：「不知治者，必曰無變古、毋易常。變與不變，聖人不聽，正治而已；然則古之無變、常之毋易，在常、古之可與不可。伊尹毋變殷，太公毋變周，則湯、武不王矣；管仲毋易齊，郭偃毋更晉，則桓、文不霸矣。」如《呂氏春秋．察今》：「古今之法，言異而典殊。故古之命多不通乎今之言者，今之法多不合乎古之法者。」因此，先王之法雖然「非不賢也」，為其不合於今之用，故「不可得而法」。又說：「凡先王之法，有要於時也。時不與法俱至；法雖今而至，猶若不可法。」先秦兵家更是特重因變切實，如《孫子兵法．虛實》：「水因地而制流，兵因敵而制勝。故兵無常勢，水無常形。」如何用兵，每戰不同，必因其具體時勢而變調之。所以《荀子．議兵》說「孫吳上勢利而貴變詐」。上舉先秦諸子的這些思想，也為黃老思潮所吸納，成為其理論的重要特徵。在這一點上，也使陸賈與黃老結下了不解之緣。

陸賈《新語》的思想因素頗多（前已言其是雜家），於上述兩點而外，它還講尚賢用能（見《輔政》《資質》）、除佞去諛（見《辨惑》）、一道一政（見《懷慮》）等等，大抵是儒、墨家言，不復具論了。

二

陸賈以儒道互融、實用權變為主要特徵的社會政治思想，直接制約著他對文藝的觀念。《新語》所隱含的文藝觀念，大略有以下四個方面：

第一，從經藝之產生切入，陸賈闡述了對詩、樂的根本看法。《道基篇》說：

禮義不行，綱紀不立，後世衰廢。於是後聖乃定《五經》，明《六藝》，承天統地，窮事察

> 微，原情立本，以緒人倫；宗諸天地，纂修篇章，垂諸來世，被諸鳥獸，以匡衰亂。天人合策，原道悉備。智者達其心，百工窮其巧，乃調之以管弦絲竹之音，設鐘鼓歌舞之樂，以節奢侈、正風俗、通文雅。

《本行篇》也說：

> 及閔周室之衰微，禮義之不行也……（孔子乃）序終始，追治去事，以正來世。……表定《六藝》，以重儒術。善惡不相干，貴賤不相侮，彊弱不相淩，賢與不肖不得相逾；科第相序，為萬□□□而不絕，功傳而不衰。《詩》《書》《禮》《樂》，為得其所，乃天道之所立，大義之所行也。

很明顯，這是承繼荀子的說法（見《荀子》之《禮論》《樂論》），認為詩、樂（當然不只詩、樂）乃是為了治理社會倫序而生，具有「緒人倫」、「匡衰亂」、「正風俗」、「通文雅」、「序科第」等教化作用。

既然如此，那麼詩、樂本身首先必須雅正。《道基篇》說：

> 夫謀事不並仁義者後必敗，殖不固本而立高基者後必崩。故聖人防亂以經藝，工正曲以準繩。……《鹿鳴》以仁求其群，《關雎》以義鳴其雄。……《詩》以仁義存亡……樂以禮升降。

詩、樂以仁義禮儀為本，陸賈對文藝的這個根本觀念，也與先秦儒家相通。帶著這一根本認識，他對不合仁義禮儀的現象予以嚴厲的批評。如《懷慮》篇指責那些「論不驗之語，學不然之事」、「動人以邪變，驚人以奇怪」的人㉙，說他們「不學《詩》《書》、存仁義、尊聖人之道、極經藝之深」，而走上了丟本失據的邪途。在《道基篇》，他指出「後世淫邪，增之以鄭衛之音，民棄本趨末」，喪失了仁義禮儀的大根本。他強調「治末者調其本……治影者不可忘其容」、「端其影者正其形，養其根者則枝葉茂」（《術事》），就是要人們牢記仁義這個大根本。在《輔政篇》，他提出了對待淫邪現象的正確態度：「君子遠熒熒之色，放錚錚之聲，絕恬美之味，疏嗌嘔之情。」這些說法，都是要求詩、樂黜邪歸正，堅守仁義禮儀。

第二，從尚實務用的思想出發，陸賈強調文藝的實用性。前已言及，他從本源上即認為文藝是為著匡亂、正俗、教化等實用目的的。因此他反對華而不實的東西。如《輔政篇》說：

> 讒夫似賢，美言似信，聽之者惑，觀之者冥。

如《本行篇》說：

> 璧玉珠璣不御於上，則玩好之物棄於下；雕琢刻畫之類不納於君，則淫伎曲巧絕於下。夫釋農桑之事，入山海，采珠璣，捕豹翠，消筋力，散布泉，以極耳目之好，快淫侈之心，豈不謬哉？

正是本著崇實貴用的態度，陸賈對「棄本趨末，技巧橫出……加雕文刻鏤，傅致膠漆丹青、玄黃琦瑋之色，以窮耳目之好，極工匠之巧」（《道基》）的奢華世風，提出了批評。

第三，陸賈在主張詩、樂以仁義禮儀為本的同時，還肯定了詩、樂表現情感的合理性。他往往把理與情相聯並說。如《道基篇》云「原情立本，以緒人倫」，情感與仁義（本）就是並列的。《慎微篇》談到道與詩的關係（詳下），認為作詩可以使「情得以利，而性得以治」，故與道並不相悖，也同時是承認了詩歌的抒情合理合法。《辨惑篇》還說：「故孔子遭君暗臣亂，眾邪在位，政道隔於三家，仁義閉於公門，故作《公陵之歌》㉚。傷無權力於世，大化絕而不通，道德施而不用。」這裏說孔子作歌，固然是由於仁義絕世之理智的憂患，同時也有發憤而歌的情感因素。因此，既重仁義，又重情感；認為仁義是根本，情感是合理因素，情理兩兼，是陸賈文藝觀念的又一重要方面。

第四，從自然無為的思想基點出發，陸賈提倡美的多樣化。如《思務篇》說：

> □天地之法而制其事，則世之便而設其義。故聖人不必同道，□□□□□，好者不必同色而皆美，醜者不必同狀而皆惡，天地之數，斯命之象也。

這是承繼莊子，肯定美的多樣化。其後的《淮南子》、王充《論衡》等，多承此說而光大之。「良馬非獨騏驥，利劍非惟干將，美女非獨西施，忠臣非獨呂望」（《術事》），這種寬容精神，從思想根源來說，當是源自道家的齊物和自然無為。《老子》說「天地不仁，以萬物為芻狗；聖人不仁，以百姓為芻狗」（五章），《莊子》論萬物齊一，都是給世間事物以平等的地位。既然大家都擁有同樣的存在的權力和合理性，那麼就不需要分出高低貴賤、支配被支配來，因而也就不需要取捨和有為。就美的事物來說，西施王嬙，蒼松幽蘭，其面不同，其狀各異，而同樣賞心悅目。

總上而言，仁義為本、崇尚實用、情理兩兼、美的多樣化，可以視為陸賈的幾個基本文藝觀點。

由以上分析不難看出，其文藝觀念的主要傾向，正與他社會政治思想的基本傾向一致，即：儒道融合，注重實用。《慎微篇》的一段話，可以大抵代表這種基本傾向：

> 詩在心為志，出口為辭。矯以雅僻（唐晏曰：當作「正邪僻」），砥礪鈍才，雕琢文彩，抑定狐疑，通塞理順，分別然否；而情得以利，而性得以治。綿綿漠漠，以道制之。察之無兆，遁之恢恢，不見其行，不睹其仁，湛然未悟，久之乃殊。

這一段詩與道（即仁義）之關係的論述，前半分說詩是修道的途徑和手段（如說詩可以「矯正邪僻」，「抑定狐疑，通塞理順，分別然否」），正是陸賈文藝以仁義為本、仁義以文藝為用的根儒尚用的文藝觀。後半描述因詩修道的過程，卻滿富道家精神。在這個過程中，道的存在和薰染是不太明確的，它「綿綿漠漠」，「察之無兆，遁之恢恢，不見其行，不睹其仁」；修道者之漸漸得道，也是不自覺的（「湛然未悟」），受之無形，不可確知，但「久之乃殊」。因詩熏道，原來是一個渾渾沌沌、自然而然、無需強為的過程。由此，又可看到陸賈文藝觀念中的道家因素。所以，此一詩道關係論，濃縮了陸賈儒道融合、崇實尚用的文藝觀念。

① 《文心雕龍．明詩》：「秦皇滅典，亦造仙詩。」據《史記．秦始皇本紀》，秦始皇三十六年，曾命博士作《仙真人詩》。蓋慕仙祈壽之類，今已不傳。又《漢書．藝文志》錄有「秦時雜賦九篇」，亦佚。

② 這一時期的詩歌，除以上舉出的幾首外，逯欽立輯校《先秦漢魏晉南北朝詩》（北京：中華書局一九八三年版。下

引此書均據此本，不再一一詳注），其《漢詩》卷一還收有美人虞的《和項王歌》和商山四皓的兩首《采芝歌》。前者首見《史記．項羽本紀》正義引《楚漢春秋》，但其齊整的五言句式頗可懷疑，恐經後人潤色；後者首見諸宋代類書或總集，且為四言體，類《詩經》。故本書均不置論。

③ 說見許結《漢代文學思想史》第一章第一節《楚聲興降與衍解》，南京：南京大學出版社一九九〇年版。

④ 當然，不論是作為帝王的劉邦，還是作為皇室成員的戚夫人、劉友，他們鞏固天下的思慮，或是爭寵爭權的努力，與作為亂世忠臣的屈原相比，其情感的性質和傾向是大不相同的。

⑤ 〔漢〕鄭玄注、〔唐〕賈公彥疏《儀禮注疏》卷十五，〔清〕阮元校刻《十三經注疏》，北京：中華書局一九八〇年據世界書局縮印版重校影印本。下引《十三經注疏》均據此本，不再一一詳注。

⑥ 〔漢〕鄭玄注、〔唐〕賈公彥疏《周禮注疏》卷二十四，《十三經注疏》本。

⑦ 賈公彥《儀禮疏》亦說：「房中樂得有鐘磬者，待祭祀而用之，故有鐘磬也；房中及燕，則無鐘磬也。」（《十三經注疏．儀禮注疏》卷十五）也指出了這兩種用途。

⑧ 《安世房中歌》為楚聲，而周代房中樂用燕樂。據丘瓊蓀《燕樂探微》考證，燕樂的根本特色正是「雜用外族樂之聲歌與舞蹈」（上海：上海古籍出版社一九八九年版，第二頁）。楚聲或即有雜入燕樂者。

⑨ 《宋書．樂志》卷一云，魏明帝時，侍中繆襲也曾提議：「漢《安世》歌詠……無有《二南》后、妃風化天下之言。今思惟往者謂《房中》為后、妃之歌者，恐失其意。……宜改曰《享神歌》。」

⑩ 安世房中歌因於特殊的政治需要，模仿《大雅》尤其是《頌》，追求典重古奧，缺少新的發展。

⑪ 本書所引先秦楚歌，均據姜書閣《先秦楚歌敍錄》，載所著《先秦辭賦原論》，濟南：齊魯書社一九八三年版。

⑫ 向宗魯《說苑校證》，北京：中華書局一九八七年版，第二七七—二七九頁。

⑬《漢書．高帝紀》云，高祖五年（前二〇二）五月，「兵皆罷歸家。」並下詔書說：「民前或相聚保山澤，不書名數。今天下已定，令各歸其縣，復故爵田宅。」

⑭參見徐復觀《兩漢思想史》卷二《漢初的啟蒙思想家——陸賈》一文，臺北：學生書局一九七六年版。

⑮雍齒曾於秦二世二年（前二〇八）背叛劉邦而降魏，受魏封侯。見《漢書．高帝紀》。

⑯惠帝即位之初，呂后即鴆殺趙王劉如意，人彘戚夫人。惠帝「乃大哭，因病歲餘不能起。……孝惠以此日飲為淫樂，不聽政。」（《史記．呂太后本紀》）呂氏執政時，先後立二帝，皆年幼不能執政。

⑰《道基》、《術事》、《輔政》、《無為》、《辨惑》各一次。

⑱《漢書．張蒼傳》：「燕王臧荼反，蒼以代相從攻荼，有功，封為北平侯，食邑千二百戶，遷為計相。」按臧荼於高祖五年（前二〇二）七月反叛，九月被虜殺。知張蒼於是年底調中央任職。

⑲《史記．封禪書》：「秦始皇既並天下而帝，或曰：『黃帝得土德，黃龍地螾見；夏得木德，青龍止於郊，草木暢茂；殷得金德，銀自山溢；周得火德，有赤烏之符。今秦變周，水德之時。昔秦文公出獵，獲黑龍，此其水德之瑞。』於是秦更命河曰『德水』，以冬十月為年首，色上黑。」

⑳張正明《楚文化史》，上海：上海人民出版社一九八七年版，第一一二頁。

㉑見張正明《楚文化史》第三章第六節相關部分。

㉒《史記》裴駰《集解》：「趙氏，秦姓也。」司馬貞《索隱》引韋昭云：「秦伯益後，與趙同出非廉，至造父，有功於繆王，封之趙城，由此一姓趙氏。」

㉓有歸諸儒家者，如《漢書．藝文志》、宋人黃震《黃氏日鈔》卷四十六、《諸子匯函》卷十四《雲陽子》題辭、清人王謨《漢魏叢書．識語》、嚴可均《鐵橋漫稿》卷五《新語敘》、《四庫全書總目》、唐晏《陸子〈新語〉校注

序》及今人金春峰《漢代思想史》等；有新道家說，見於熊鐵基《秦漢新道家略論稿》；有儒道融合說，如徐復觀《兩漢思想史》、任繼愈主編《中國哲學發展史》（秦漢卷）；有歸諸雜家者，如《崇文總目》、《宋史·藝文志》；甚至還有歸諸法家者，如清人譚獻《復堂日記》卷四。

㉔《中國中古思想史長編》，上海：華東師大出版社一九九六年版，第八十四頁。

㉕王利器此言「儒」，乃指荀子之儒；言「道」，是依照漢時慣稱指黃老之學。

㉖黃老之學非常複雜，要而言之，它是以道、法二家為主，融會儒、墨、名、陰陽以及齊學（尤其是管仲學派）而成的一個龐雜思潮。

㉗李澤厚《中國古代思想史論》，北京：人民出版社一九八五年版，第二十頁，第二十五頁。

㉘如《孟子·公孫丑上》：「孟子曰：人皆有不忍人之心。先王有不忍人之心，斯有不忍人之政矣；以不忍人之心，行不忍人之政，治天下可運之掌上。……惻隱之心，仁之端也；羞惡之心，義之端也；辭讓之心，禮之端也；是非之心，智之端也。人之有是四端也，猶其有四體也。有是四端而自謂不能者，自賊者也；謂其君不能者，賊其君者也。」

㉙《論語·述而》：「子不語怪、力、亂、神。」又其《先進》：「未能事人，焉能事鬼」，「未知生，焉知死。」

㉚《孔叢子》卷二《記問》作「《丘陵之歌》」，並載有歌辭：「登彼丘陵，峛施其阪。仁道在邇，求之若遠。遂迷不復，自嬰《屯》、《蹇》。喟然迴慮，題彼泰山。鬱確其高，梁甫迴連。枳棘充路，陟之無緣。將伐無柯，患茲蔓延。惟以永嘆，涕霣潺湲。」

第二章　文景時期道儒交糅的文學思想

第一節　進取用世、間雜幽怨：漢初的士人心態

一

與嚴刑酷律、焚書坑儒的秦王朝相比，劉漢新興政權使士人充滿著嚮往和希望。對秦王朝的驚懼和憤怒，甚至使當時的一些士人可以追隨任何一股滅秦的勢力，並為之效忠盡力。《史記・儒林列傳》謂：

> 及至秦之季世，焚《詩》、《書》，阬術士，《六藝》從此缺焉。陳涉之王也，而魯諸儒持孔氏之禮器，往歸陳王。於是孔甲為陳涉博士，卒與涉俱死。陳涉起匹夫，驅瓦合適（讀為謫）成，旬月以王楚，不滿半歲，竟滅亡。其事至微淺，然而縉紳先生之徒，負孔子禮器，往委質為臣者，何也？以秦焚其業，積怨而發憤于陳王也。

這是一則很能說明問題的材料。強秦的暴行太慘痛，他們亟希望出現一個寬容而善待自己的新的政權。

一個新的政權終於誕生了。它的一切作派都與暴秦形成了鮮明的對比：劉邦初入關，與民約法三

章，並去除秦朝一切酷律；稱帝后，又採取了罷兵歸田、賣身者復庶、省賦減稅①等一系列利民政策（以上見《史》、《漢》之《高祖紀》），把「約法省禁，而不軌逐利之民」（《史記・平准書》）作為基本國策。其後的孝惠、呂后、文、景各朝，無不奉行。漢初七十年間一直堅持的休養生息的政策，受到人民的歡迎，國力也蒸蒸日上。此種情形，不能不在當時士人心中波蕩起讚歎和嚮往之情。陸賈即說：「皇帝起豐沛，討暴秦，誅彊楚，為天下興利除害。繼五帝三皇之業，統理中國。……自天地剖泮，未始有也。」（《史記・酈生陸賈列傳》）後來的班固也說：「周秦之蔽，網密文峻，而姦軌不勝。漢興，掃除煩苛，與民休息。至於孝文，加之以恭儉。孝景遵業，五六十載之間，至於移風易俗，黎民醇厚。周云成康，漢言文景，美矣！」（《漢書・景帝紀》）與秦王朝的殘暴寡仁相比，這是一個多麼令人讚佩並可以身相許的政權！

漢初政權與儒生的關係，應當重新探求。長期以來，學界以劉邦不喜儒者，溺儒冠，罵豎儒，以及文、景二帝好黃老刑名為據，斷定漢初政權排斥儒者。事實並非如此。高祖十二年（前一九五）劉邦祀孔廟，開帝王祭孔之先；以孝治天下的政治意識，始自漢初；文、景二帝始立經學博士（得立者有《詩》、《書》、《春秋》三經），都表明漢初統治者吸納儒學的態度。再從儒生境遇看，劉邦周圍有叔孫通、陸賈、酈食其等人，文、景周圍有賈誼、賈山、晁錯、申培、韓嬰、轅固等人，都是當世名儒。他們的計策、學問，都受到帝王的重視：叔孫通為劉邦定朝儀，劉邦慨歎「吾乃今日知為皇帝之貴也」（《漢書・叔孫通傳》）；陸賈上《新語》，「每奏一篇，高帝未嘗不稱善」（《史記・酈生陸賈列傳》）；文帝看重賈誼，「誼之所陳，略施行矣」（《漢書・賈誼傳》）；晁錯，文帝時為太子家令，太子家號曰「智囊」。景帝時，「數請間言事，輒聽。幸傾九卿，法令多所更定」，後竟為御史大夫（《漢書・晁錯傳》）。這些都證明著漢初儒生得到了政權的重視。

至於其他士人，如齊相曹參的老師黃老學者蓋公，梁孝王劉武的客卿枚乘、嚴忌、公孫詭、羊勝、鄒陽、丁寬等人，以及楚元王劉交幕中的申培、穆生、白生，都受到禮遇甚至重用（如《易》學學者丁寬即為孝王的將軍）。

有兩件事應該特別提出。一是高祖十一年（前一九六）二月下《求賢詔》：

> 蓋聞王者莫高於周文，伯（讀為霸）者莫高於齊桓，皆待賢人而成名。今天下賢者，智慧豈特古之人乎？患在人主不交故也，士奚由進？今吾以天之靈，賢士大夫定有天下，以為一家。欲其長久，世世奉宗廟亡絕也。賢人已與我共平之矣，而不與吾共安利之，可乎？賢士大夫有肯從我遊者，吾能尊顯之。布告天下，使明知朕意。（《漢書・高帝紀》）

另一件事是：惠帝四年（前一九一）三月，除挾書律；高后元年（前一八七）春，廢除妖言令；文帝二年（前一七八）五月，廢除誹謗妖言罪（見《漢書》之三帝《紀》）。

一方面是廣開招賢之路，另方面是允許自由言論，允許私藏圖書。這在很大程度上為士人營造了比較寬鬆自由的氛圍。可以進身，可以思想，當然容易吸引士人們心向政權。

就總體傾向觀之，漢初的士人對新興政權充滿信心，以負載天下的雄心大志和昂揚進取的姿態，主動效力於政權。同時，新興政權的清靜利民政策、寬容謙遜的精神以及對士人的吸納接受，更促成了這一時期士人與政權的親合，演奏了一曲士人與政權的和絃樂章。

這一時期的士人，緊緊追隨於劉漢王朝，希圖發揮一己才智而為國效力。他們有自己的方式。一是追思秦亡的原因，以為現政權的政治建設提供借鑑。這是漢初七十年間士人思考的重要問題之一。陸賈（見《新語》之《道基》、《輔政》、《無為》、《辨惑》等篇）、賈誼（《過秦》三論）、賈山（《至言》）、晁錯（《賢良文學對策》）、鄒陽（《諫吳王書》）等人，從不同角度反思秦亡的原因，這是他們積極效力漢廷的顯明表現。二是直接為政權建設獻計獻策。陸賈、叔孫通、賈誼、晁錯是其代表。陸賈的《新語》，提出仁義與無為並舉的治國方策，為漢初七十年間的清靜政治提供了思想基礎。叔孫通為漢廷建立整套禮儀制度，對穩定新朝的政治秩序起到了重要作用。賈誼《新書》提出的「眾建諸侯而少其力」的策略及其對禮制的大力宣導，晁錯的削藩和肅法的建議，多為文、景二帝採用，對鞏固劉漢江山貢獻甚大。這些主動積極的參政議政活動，都是他們以國為家、同心同德的精神世界的絕好反映。

即使在朝庭以外的諸侯國中，士子們也無不圖謀為國效力。比如蓋公，為齊相曹參傳授「治道貴清靜而民自定」的黃老家法，使齊國大治。又如鄒陽、枚乘，做吳王劉濞客卿時，都曾上書勸阻吳王謀反，力申吳不敵漢而終將失敗，固然是替吳王擔憂；同時也是為了制止內亂，維護漢廷的權威和統一。因此七國亂後，景帝拔舉枚乘做了弘農尉。

這一時期的士人，敢於大膽亟諫；對不合理的現象，往往予以無情指摘。這從一個側面同樣也反映了他們與政權的親和，所謂「愛之深，責之切」是也。陸賈「時時前說稱《詩》、《書》」，被劉邦罵道：「乃公居馬上而得之，安事《詩》、《書》？」陸賈卻毫不退縮，據理力爭：「居馬上得之，寧可以馬上治之乎？」並且說：「鄉（向）使秦已並天下，行仁義，法先聖，陛下安得而有之？」（**《史記・酈生陸賈列傳》**）面對這個無賴出身，初得天下而志得意滿的帝王，陸賈此語不可不謂大膽。更有甚者，《新語．辨惑》謂：「今上無明王聖主，下無貞正諸侯；誅鋤姦臣賊子之黨，解釋凝滯紕繆之結，然後忠良方直之人，則得容於世而施於政。」簡直是罵遍劉邦朝的上上下下，君不明聖，侯不貞正，臣則奸賊，朝庭上下烏七八糟。然而此罵絕非彌衡罵曹，而是針砭時弊，意在引起療救也。

賈誼，恐怕是漢初思想家中憂患意識最為深厚的。他的《新書》，指出了藩國之憂、匈奴之患、秩序之亂、經濟失本無序等一系列重大問題，痛切之極。《治安策》批頭即說：「臣竊惟事勢，可為痛哭者一，可為流涕者二，可為長太息者六。若其他背理而傷道者，難遍以疏舉。……夫抱火措之積薪之下，而寢其上，火未及燃，因謂之安。方今之勢，何以異此！本末舛逆，首尾衡決，國制搶壞，非甚有紀，胡可謂治？」把漢初的國勢和政治說得一塌糊塗、危機四伏。通觀《新書》，實是對漢初政治（尤其是文帝政治）進行全面指責，痛加針砭，絲毫不留情面。

賈山《至言》，有感於文帝「馳驅射獵，一日再三出」而發，嚴肅指出：「今從豪俊之臣，方正之士，直與之日日獵射，擊兔伐狐，以傷大業，絕天下之望，臣竊悼之。」並云：「臣恐朝庭之解弛，百官之墮於事也。諸侯聞之，又必怠於政矣。」直斥文帝的不當行為，指出其將會產生的嚴重後果。

在厲言直諫的同時，他們也敢於堅守自己的思想觀點，不畏忤上。如轅固即是。竇太后酷愛黃老之術，連景帝及太子、諸竇，都「不得不讀黃帝、老子，尊其術」（《史記．外戚世家》）。但是，當竇太后問轅固《老子》書時，他竟答道：「此家人言耳。」太后大怒，命令轅固去豬圈刺豬，以示懲罰。後來景帝「以固廉直，拜為清河太傅」（《漢書．儒林傳》）。轅固之敢於違逆竇后而終為景帝任用，也充分說明此時士人與政權的真誠而親和的關係。

士人們的大膽亟諫，不怕逆上，當然首先是因為漢初的政治比較開明寬容，統治者願意聽到他們的見解，以資鞏固和建設政權之鑑。同時，從士人的角度而言，他們對新生的政權也滿懷一片赤誠之心。枚乘在諫吳王謀反時說：「忠臣不避重誅以直諫，則事無遺策，功流萬世。臣乘願披腹心而效愚忠，唯大王少加意念惻怛之心於臣乘言。」（**《漢書・枚乘傳》**）賈山《至言》說：「為人臣者，盡忠竭愚，以直諫主，不避死亡之誅者，臣山是也。」晁錯也說：「救主之失，補主之過，揚主之美，明主之功，使主內亡邪辟之行，外亡騫汙之名。事君若此，可謂極言直諫之士矣。」（**《賢良文學對策》**）「披腹心而效愚忠」，「以直諫主，不避死亡之誅」，確是這一時期士人的真誠心願。這充分證明著漢初士人對劉漢政權的信任和關心，士人與政權是親密合作的關係。

這一時期的士人，在積極進取、為國效力的堅定心願支持下，甚至不計受挫和委屈，甚至為之獻出生命。叔孫通本是秦博士，後叛秦降漢，卻不被看重。時值征戰，劉邦每每鄙譏儒生。叔孫通則含垢忍辱，以待發揮效用之時。劉邦憎厭其穿儒服，他便改「服短衣，楚制」；其弟子抱怨不受重用，他則勸以「諸生且待」。終於為漢廷建立了整套禮儀制度。賈誼忠而被貶，成了漢初士人遭受迫害的第一人。然而《新書》中的多數政論文章，正是在他被貶期間及征調梁懷王太傅後寫就②。儘管他也曾消沉怨望（**詳後**），但為國效力之心並沒有因為遭際不平而泯滅。鄒陽受讒入獄，也並無哀歎怨恨之語，其《獄中上梁王書》正氣直言，敘說的是政權對士人只有相信親和，才能利於國家建設的道理。

當然，最令人可悲可歎的士人是晁錯。對於當時國家的重大問題，他都上書發表高明的見解。如針對匈奴不斷侵邊，他連上《言兵事疏》、《言守邊備塞、勸農力本當世急務二事》、《復言募民徙塞下》三書，仔細分析敵我形勢，提出發揚「中國之長技」及屯田守邊的具體策略；針對商賈奢靡、人民不能盡歸土地、國家糧食儲備不足（可參見賈誼《新書》之《無蓄》、《瑰瑋》二篇）的現象，上《論貴粟疏》，提出重農抑商、「薄賦斂，廣畜積」的策略；針對太子的教育，上書《言皇太子宜知術數》，主張太子應該學習法制③。由此不難見出，晁錯對國事全面關心，傾盡心力為之效力。上文曾引過他的話：「救主之失，補主之過，揚主之美，明主之功，使主內亡邪辟之行，外亡騫汙之名。事君若此，可謂直言極諫之士矣。」他本人就正是這樣一位毫無二心的真諫士。

但是，他的悲劇命運卻恰恰起始於他的真誠報國。事情的起因是削藩。削藩的建議並非始於晁錯，賈誼早已言之，所謂「眾建諸侯而少其力」，即有削藩之意。就是進讒言使晁錯被殺的爰盎，也曾有此建議④。這是當時有識之士鑑於藩王愈來愈肆無忌憚的態勢，而具共識的策略，只不過文帝時尚不便實行而已。削藩的意圖也再明顯不過，只是為了加強中央的權威，隆尊漢廷。而晁錯竟因為大力促成之而丟了腦袋；可悲的是，殺他的正是他曾為之盡忠效命的漢景帝！

細思之，朝野臣侯均欲殺晁錯而後快，削藩只是一個藉口，這在吳楚亂軍和朝庭大臣都是一樣；真正的原因，還是政治勢力的爭鬥。晁錯從一個薪水只有六百石的太常掌故，經由太子舍人、太子家令、中大夫一步步青雲直上，竟做到了御史大夫，位列三公，自是招人眼目。再加上其「為人峭直刻深」，又偏偏不能安分，「數請間言事」，因為他的建議而使「法令多所更定」。資深朝臣們曾加於賈誼身上的「專欲擅權，紛亂諸事」的厭惡，自然也會發洩在他的身上。史書上片斷的材料已透露出這一消息：「當是時，太子（景帝）善錯計策，爰盎諸大功臣多不好錯。」晁錯請削諸侯之郡，「上令公卿列侯宗室雜議，莫敢難。獨竇嬰爭之，由此與錯有隙。錯所更令三十章，諸侯喧嘩。」（以上見《漢書．晁錯傳》）丞相申屠嘉因為晁錯備受景帝寵信，而自己「所言不用」，便「疾錯」。曾因晁錯在宗廟圍牆穿門出入而奏請景帝殺之（同上《申屠嘉傳》）。爰盎曾任吳王相，劉濞厚遇之，令其隱匿謀反之事。晁錯為御史大夫，「使吏案盎受吳王財物，抵罪。詔赦以為庶人」（同上《盎傳》）。晁錯的這些行事，都成了朝廷大臣疾恨的理由。可以設想，即使沒有七王之亂的爆發，晁錯也必然會遭受賈誼同樣的命運；而叛亂使他的命運更為悲慘！

朝臣的忌恨，叛王的要脅，是可以想見的。漢景帝所謂「吾不愛一人謝天下」，終殺晁錯，卻使這一事件抹上了濃重的悲劇色彩。為了「救主之失，補主之過，揚主之美，明主之功」而開罪眾臣的晁錯，正是被這個「主」殺害了！更可悲之處還在於，晁錯死前不久，其父從家鄉趕來，責備他說：「上初即位，公為政用事，侵削諸侯，疏人骨肉，口讓多怨，公何為也？」晁錯道：「固也。不如此，天子不尊，宗廟不安。」其父曰：「劉氏安矣，而晁氏危！」遂飲毒藥而死（《漢書．晁錯傳》）。為了「天子之尊，宗廟之安」，他明知自身不保，卻竟然不去顧念「晁氏之危」，賠上了父親，自己竟也難免一死。而劊子手正是他無限忠於的漢景帝！

班固云：「晁錯銳於為國，遠慮而不見身害。……悲夫！錯雖不終，世哀其忠。」（《漢書．晁錯傳》）晁錯以生命為代價，證明了漢初士人積極赴世、與政權趨同合一的心態。

陸賈的話或可做一小結：「夫君子直道而行，知必屈辱而不避也。故行不敢苟合，言不為苟容。雖無功於世，而名足稱也；雖言不用於國家，而舉措之言可法也。」（《新語．辨惑》）由此，當可體會漢初士人進取用世的普遍心態。

二

漢初士人在進取用世、與政權親和的同時，也偶然表現出消極退守、潔身怨望的心態。引發這一心態的直接動因，當然是來自朝庭和政權。《史記·儒林列傳》云：「漢興，然後諸儒始得修其經藝。……然尚有干戈，平定四海，亦未暇遑庠序之事也。孝惠、呂后時，公卿皆武力有功之臣。孝文時頗征用，然孝文帝本好刑名之言。及至孝景，不任儒者，而竇太后又好黃老之術，故諸博士具官待問，未有進者。」史遷雖是從儒生的立場設論，但由於漢初士人多為儒者，他所述的情況亦可看作是此期士人的普遍境遇。士人們熱情高漲，衷心為國，卻得不到實質上的重用⑤，甚至有遭貶謫、殺害的事情發生，自然會產生退守怨望的情緒。

需要進一步追問的是：漢廷為什麼吸納士人靠近自己，卻又不予重用呢？清人趙翼的發現可視為一個答案：「漢祖以匹夫起事，角群雄而定一尊。其君既起自布衣，其臣亦自多亡命無賴之徒，立功以取將相。」（**《廿二史劄記》**）卷二**《漢初布衣將相之局》**）統治集團的「布衣將相」結構，當然會使這些「亡命無賴」出身的既得利益者極力排斥智高一籌的士人。有一個明顯的例子。文帝問「織薄曲」出身的武夫、右丞相周勃天下決獄、錢穀之事，「勃謝不知，汗出洽背，愧不能對」。又問士人出身的左丞相陳平，平則詳論宰相職責，深得文帝稱賞。事後，周勃對陳平十分惱怒（**《漢書·陳平傳》**）。陳平位居副相，尚且遭忌，並曾讓右相位於周勃（**《史記·陳丞相世家》**），其他士人之境遇可想而知。《漢書》中，「布衣將相」排擠士人的例證很多，他們聯合一氣，打擊士人，有時甚至連帝王也不能違逆，賈誼遭貶，晁錯被殺，就是突出的例子。另一個答案則是，漢初實行以黃老之術為核心的清靜、穩定的治國方針，若非危及政權（如諸侯叛亂和外戚亂政），則一般不去積極主動地採取開拓弘業的施政措施。孝惠帝相國曹參一依蕭何之制，無所變更；高后、文景時的丞相陳平、審食其、周勃、灌嬰、張蒼、申屠嘉、陶青、周亞夫、劉舍、衛綰輩，在政治建設上都無所作為，就說明了這一點。在這種政治背景下，如賈誼等提出種種意在隆尊皇權、主動創為的政治措施，帝王雖心嚮往之，也只能謝之未遑了。再從文化的角度來看，漢初流行著尚實務用思潮，重實用，講實效。在此情形下，另一批士人——主要是經師如申培、韓嬰、轅固之屬，儘管他們解經說《詩》重視微言大義，有經世致用的目的，但畢竟不能明顯而直接有效地服務於當前政治；學術雖關乎政治，但畢竟還不是政治。所以雖然立為博士，也不過是政權的點綴。至於如枚乘、嚴忌、鄒陽之屬，成為侯王的門客，那也不過是戰國養士之風的餘響，距離政權核心更遠。

總之，由於高層統治集團結構的「布衣將相之局」，以及漢初政治、文化取向的限制，這一時期的士人雖然受到重視，但得不到重用；暴秦的鮮明比照以及漢廷的寬容、吸納、鼓勵，激發起士人與政權協力同心的高漲熱情，但他們終究都成了政治的工具和點綴。一個由武夫和無賴組成的政府，是不會真正喜歡知識份子的。為了維護政治利益，他們可以隨時輕易地犧牲士人，晁錯之終於成為政治祭品，就是極端的例證。

於是，士人的退守怨望便產生了。

鄒陽滿懷赤誠投奔梁孝王劉武，卻因人之讒害而鋃鐺入獄。在《獄中上梁王書》中，他表達了士人高尚的節操：「臣聞盛飾入朝者，不以私汙義；底厲（砥礪）名號者，不以利傷行。」進而表明士人在不同待遇下的兩種不同態度：或者是：「人主誠能去驕傲之心，懷可報之意，披心腹，見情素，墮（隳）肝膽，施德厚，終與之窮達，無愛（吝）於士，則桀之犬可使吠堯，跖之客可使刺由（許由），何況因萬乘之權，假聖王之資乎？」或者是：「今欲使天下寥廓之士，籠於威重之權，脅於位勢之貴，回面汙行以事諂諛之人，而求親近於左右，則士有伏死堀穴岩藪之中耳，安有盡忠信而趨闕下者哉！」信任善待，則會盡忠報效；威脅迫害，便將絕塵退隱。中國士人達出窮處的兩種選擇，鄒陽首先道出了。

如果說鄒陽只是在言論上表達了退守潔身的願望，那麼穆生和申培則是退隱的行動者。秦時，二人與楚元王劉交同學《詩》於浮丘伯。漢初劉交封楚，二人追隨而至。後元王孫劉戊即位，不好學，便慢待他們（此前，申培因立博士官赴長安，這時失官返楚）。穆生不嗜酒，元王設宴時常為他準備醴（一種酒精較少的甜酒），而劉戊就不予準備。穆生以為醴之不設，是謂失禮；失禮忘道之人，不可與久處。「不去，楚人將鉗我於市。」於是謝病辭去。果如穆生之言，後劉戊與吳王共謀叛亂，申培極諫，反遭胥靡，「衣之赭衣，使杵臼椎舂於市」。「申公愧之，歸魯。退居家教，終身不出門」**（以上見《漢書》之《楚元王傳》、《儒林傳》）**。

士人退守怨望的典型代表是賈誼。《史記．屈賈列傳》謂：「（誼）最為少。每詔令議下，諸老先生不能言，賈生盡為之對。人人各如其意所欲出，諸生於是乃以為能不及也。」賈誼確屬年輕有為者，又積極參與國政，「諸律令所更定，及列侯悉就國，其說皆自賈生發之。」於是，「布衣將相」惱怒了，清靜寡為的政治環境也不能容忍他的大刀闊斧、創發有為了，「絳、灌、東陽侯、馮敬之屬盡害之」，曰：「年少初學，專欲擅權，紛亂諸事。」文帝迫於朝臣的壓力，也疏遠了他。不久，即被趕出京城。此時此刻，賈誼「信而見疑，忠而被謗，能無怨乎」？屈原的遭際和感受，百餘年後又在賈生身上重現。無怪乎史遷要把屈、賈列入同傳，無怪乎賈誼渡湘水而吊屈原了。「遭世罔極兮，乃隕厥身。嗚呼哀哉，逢時不祥！鸞鳳伏竄兮，鴟鴞翱翔。闒茸尊顯兮，讒諛得志。賢聖逆曳兮，方正倒植。」賈生的《弔屈原賦》憑弔屈氏，實亦憑弔自身。於今觀之，仍不免大生千古同此悲怨之慨！怨望之餘，便是退隱潔身的意願：「鳳漂漂其高逝兮，夫固自縮而遠去。襲九淵之神龍兮，沕深潛以自珍。」這種「遠濁世而自藏」的心態、願望，在他不久後寫的《鵩鳥賦》中更上升到理性的層次：「萬物變化兮，固無休息。斡流而遷兮，或推而還。……憂喜聚門兮，吉凶同域。……忽然為人兮，何足控摶。化為異物兮，又何足患。……大人不曲兮，億變齊同。……其生若浮兮，其死若休。」齊萬物，同生死，輕去就。在他悲怨無奈之時，莊道思想成了他精神的有力支撐。所謂儒道互補的士人出處心態，其發端在乎賈生、鄒陽乎？

從賈誼、鄒陽、申培等人的身上，我們看到了漢初士人的幽怨自潔心態；但它相對於這一時期進取用世的主潮而言，只是旁逸斜出的一股小小支流。即使他們本人，也並非是一味地幽怨退藏。賈誼遭貶長沙王太傅只四年（文帝三年至七年，前一七七～前一七三），即被召回；回京後，他更以昂揚姿態參與國政。怨望心態在他生活中轉瞬即逝。鄒陽上書一經梁孝王劉武讀到，即被釋出獄。後劉武欲謀反，枚乘、嚴忌均不敢諫，唯鄒陽「爭以為不可」。後竟設計為梁王開脫了謀反的罪責（**見《漢書．鄒陽傳》**）。只有申培，歸魯設教，不復出世。因此，即使賈、鄒，也仍是以進取用世為主要處世態度的。

三

揭櫫漢初士人進取用世、與政權趨同的心態，對研究這一時期的思想文化和文學觀念具有重要意義。士人與政權的協力同心，標誌著他們對當前政治的認同和順從；而漢初清靜寡為、務實尚用的政治取向，也必然地約束士人思想的多元發展，而一併流入現實問題的思考。不論是陸賈、叔孫通、賈誼、晁錯這些直接參與政治的士人，還是申培、韓嬰、轅固、枚乘、鄒陽、嚴忌這些經師和文人，他們的作為，他們的著作，都是非常現實化、實用化的。正由於務實政治的影響和士人們的認同，使漢初的思想文化缺乏如戰國時期那樣的獨立創造精神，而糅合成一種綜合實用、不求嚴密的思潮。毋庸置疑，這種思潮的形成，與政治取向密切相關，也當然與思想文化的重要載體——士人，尤其是士人的心態密切相關。他們積極用世，趨同政權，在思想文化的創造和傳播上，也必然需要和願意投合政治的口味。

一切為了政治，一切為了實用，這種政治（統治者）和文化（士人）共同釀造的思潮，也當然會影響到文學創作和文學觀念。漢初的詩賦、散文作品，子書中散見的文學觀念，以及魯、韓、齊、毛四家《詩》說，無一例外地流動著執著現實的實用精神，就與此期的思潮和士人心態緊緊相關。

第二節　從濃情質實到失情華麗的創作趨向

西漢文學發展到文帝和景帝時期（前一七九～前一四一），文學創作漸始繁榮，文學觀念也在創作傾向、《詩經》學及子書中漸漸明晰起來。由此可以看到這一時期文學思想的道儒交糅狀態。我們首先來考察文景時期辭賦創作的傾向。

一

首先遇到的一個問題，是漢代人對辭、賦的界限並不明確，含混而稱，與今天的認識頗有距離。這主要是因為漢代人「賦」的概念包含的範圍比現在廣，他們不僅把今天視為賦的東西叫做賦，同時也把今天稱為「楚辭」的東西叫做賦。如《史記・屈賈列傳》云：

（屈原）乃作《懷沙》之賦。……屈原既死之後，楚有宋玉、唐勒、景差之徒者，皆好辭而以賦見稱。

再如《漢書・藝文志》著錄屈、宋等人作品時稱：

屈原賦二十五篇
唐勒賦四篇
宋玉賦十六篇

其《地理志》也說：「始楚賢臣屈原被讒放流，作《離騷》諸賦，以自傷悼。」漢代人的一些作品，今天看來明顯是楚辭體，他們也以賦冠名，如賈誼的《鵩鳥賦》、《弔屈原賦》，司馬相如的《哀秦二世賦》、《大人賦》、《長門賦》，漢武帝的《李夫人賦》，董仲舒的《士不遇賦》等。

漢代人也使用「楚辭」這一概念，如《漢書》之《王褒傳》云：「宣帝時……徵能為楚辭九江被公，召見誦讀」；又其《朱買臣傳》：「嚴助貴幸，薦買臣。召見，說《春秋》，言《楚詞》，帝甚說之。」這裏的所謂「楚辭」，當是專指先秦屈、宋等人的作品。所謂「能為楚辭」，蓋指能以楚地聲韻誦讀⑥。

因此，在漢代人那裏，辭、賦的界限處於又含混又有所分別的狀態，而以含混為主要特徵。不妨完整引用《漢書．地理志》的一段話，可以明顯見出這一特點：

> 始楚賢臣屈原被讒放流，作《離騷》諸賦以自傷悼。後有宋玉、唐勒之屬慕而述之，皆以顯名。漢興，高祖王兄子濞於吳，招致天下之娛遊子弟，枚乘、鄒陽、嚴夫子之徒興於文、景之際；而淮南王安亦都壽春，招賓客著書；而吳有嚴助、朱買臣，貴顯漢朝。文辭並發，故世傳《楚辭》。

這是一段介紹吳地文化的文字。它不僅將屈、宋、唐等人的作品稱為「賦」，同時更將所舉吳人的賦作（如枚乘）與屈、宋之作連為一線，說「文辭並發，故世傳《楚辭》」，又似是把枚乘等人的賦作亦可視為楚辭。而在《藝文志》裏，則將上述所有人的作品一概稱為「賦」。這種辭、賦混稱又傾向於概視為賦的情形⑦，大約與漢代人對賦的認識直接相關。《漢書．藝文志．詩賦略》說：

> 傳曰：「不歌而誦謂之賦，登高能賦可以為大夫。」……古者諸侯卿大夫交接鄰國，以微言相感，當揖讓之時，必稱《詩》以諭其志。……春秋之後，周道漸壞，聘問歌詠不行於列國，學《詩》之士逸在布衣，而賢人失志之賦作矣。

班史在這裏所使用的三個「賦」字，就其本義而言，意義有所區別。前二「賦」字，相當於「賦

《詩》言志」之「賦」，也即班固所說「稱《詩》以諭其志」的意思；後一「賦」字，則是「作詩言志」的意思。前者是稱誦，後者是創作。此其一。第二，「不歌而誦謂之賦」的「賦」，從某種角度來看，又未嘗不可以理解為是一種文體。依班固的說法，所謂「賦」，就是只能詠誦而不能歌唱的一類作品，由此把它與詩歌區別開來。換言之，班固認為，凡是「不歌而誦」的作品都是賦。因此，言《楚辭》時他說宣帝召見九江被公以「誦讀」，言及賦作時也說：「詔使褒等皆之太子宮虞侍太子，朝夕誦讀奇文及所自造作。」（**《漢書．王褒傳》**）而這些作品，他都又統稱為「賦」。

隨著文學史研究的不斷深入，人們認識到漢代人辭、賦相混的稱謂是不合適的。於是就把那些體制類楚辭而又以「賦」標目的作品，稱為「騷體賦」。這一稱謂有它的價值，它區分了如賈誼《鵩鳥賦》與司馬相如《天子游獵賦》不同這類情況。但就其名稱而言，其實仍是沿襲漢代人的觀念，把楚辭和漢賦混為一談，似並不確切。實際上，就現存的作品看，在由楚辭向漢賦的文體演變階段，它們有著明顯的不同。在藝術表現方面，楚辭以抒情、議論、描繪為主，主觀抒發意味甚濃，如屈原的《離騷》，賈誼的《鵩鳥賦》、《弔屈原賦》等等皆是；而漢賦則以客觀的詠物、摹繪、誇飾為主，主觀色彩較淡，如《西京雜記》所載枚乘等人的七篇詠物短賦。更明顯的區別是在體式，楚辭依「兮」而詠，句式參差錯落，長短不拘；而漢賦則很少虛字，鋪排偕偶，句式比較整齊，失去了楚聲楚韻。根據這兩點顯著區別，當可分辨何者為楚辭體而何者為賦體。如賈誼《鵩》、《弔》二作，雖名為「賦」，其實是楚辭體；枚乘《七發》，雖不稱賦，而其實是賦體。

根據以上認識，就現存的作品說，西漢的賦創作並不始於賈誼，而是始於枚乘、鄒陽、公孫乘、路喬如、公孫詭、羊勝等人，具體的作品就是他們在梁孝王門下所制的七賦。因此，整個文景時期的辭、賦創作情況，就是由賈誼的楚辭體到枚乘等人的賦體的發展演變過程。

二

據《漢書．藝文志》，文景時期的辭、賦創作可謂彬彬之盛：賈誼七篇，莊忌（嚴忌）二十四篇，枚乘九篇，淮南王劉安八十二篇，淮南王群臣四十四篇，計有一百六十六篇。劉安跨文、景、武三朝，他及其群臣的創作時代不可確知，若去其半，則文景時期的辭、賦作品也至少有五六十篇以上。惜乎大部已失傳。今僅存賈誼五篇（殘一），嚴忌一篇，枚乘三篇，劉安一篇，淮南小山一篇。另有載錄於《西京雜記》的梁孝王群僚賦作：鄒陽二篇，公孫乘、路喬如、公孫詭、羊勝各一篇。從現存的這些辭、賦作品，可以看出其創作思想發展的一條清晰脈落：從濃情質實到失情華麗的創作趨向。賈誼和枚乘的作品，分別代表了這一發展過程的前後兩端，其他作家則大抵呈現為過渡的狀態。

賈誼是漢代第一位卓有成就的作家。今存他的辭、賦作品計有《弔屈原賦》、《鵩鳥賦》、《旱雲賦》、《惜誓》和《虡賦》殘句。前二篇載錄於《史》、《漢》之《賈誼傳》，沒有真偽問題。《旱雲賦》見於《古文苑》卷三，馬積高《賦史》認為非賈誼作。其理由是：「末段……把災異與政治聯繫起來，這種現象是漢武帝以後才出現的事，當非賈誼所作[8]。」按：這條理由是不能成立的。把災異和政治聯繫到一起的思想，非但武帝之前的漢世即已存在[9]，早在東周時就出現了。《左傳》即多有記載，僅舉二例：《左傳．文公十四年》：「有星孛入於北斗。周內史叔服曰：『不出七年，宋、齊、晉之君皆將死亂』」[10]；《左傳．昭公九年》：「夏四月，陳災。鄭裨灶曰：『五年陳將復封，封五十二年而遂亡。』子產問其故。對曰：『陳，水屬也；火，水妃（同配，下文同）也，而楚所相也。今火出而火陳，逐楚而建陳也[11]。妃以五成，故曰五年[12]。歲五及鶉火，而後陳卒亡，楚克有之，天之道也，故曰五十二年[13]。』」這都是把災異與政治聯系在一起的明顯例證。因此，以《旱雲賦》有政治與災異相聯思想而指為偽作，是不正確的。《惜誓》載於王逸輯《楚辭》，王逸序稱：「不知誰所作也。或曰賈誼，疑不能明也。」但是朱熹《楚辭集注》說：「玩其辭，實亦瑰異奇偉，計非誼莫能及。」洪興祖《楚辭補注》將其與《弔屈原賦》相較，云「語意頗同」。蓋朱、洪二氏均傾向認為賈誼作。馬積高《賦史》不同意朱、洪之說，提出一個推測：「當是西漢末期一位被貶謫的失意者所為[14]。」按：此作王逸時已不能確知作者，若無確證，也只是無謂的猜測。它以屈原口吻立言（如首句「惜余年老而日衰兮」），通篇悲歎概同《弔屈原賦》，即真為賈誼作，亦可存而不論。

據此，我們即以《弔屈原賦》、《鵩鳥賦》和《旱雲賦》三篇，從功用和表現兩個方面，討論賈誼辭作的創作傾向。

賈誼的作品都是抒情述志的，可以看出與楚辭明顯的承繼關係，而與後來的漢大賦有別。《弔屈原賦》借助憑弔屈原而發抒自己政途受挫、懷才不遇的幽憤。《漢書·賈誼傳》所謂「誼既以適（**讀為謫**）去，意不自得，及渡湘水，為賦以弔屈原。……誼追傷之，因以自諭」；宋人葛立方《韻語陽秋》卷七所謂「賈生謫長沙傅，渡湘水為賦以弔之，所遭之時雖與原不同，蓋亦原之志也」，即是拈出了賈生借屈氏之酒杯、澆己心之塊壘的特徵。這裏既有屈原遭遇用蹇黜賢、顛鸞倒鴞之罔極亂世的「舊悲憤」，也有天下統一之後士階層懷才不遇的時代特徵，可以見出屈、賈二氏的聯繫與區別。

賈誼作品抒情述志的另一方面，即幽憤而後的豁達。這一點在《弔屈原賦》中已露端倪：「鳳漂漂其高逝兮，固自引而遠去。……所貴聖人之神德兮，遠濁世而自藏。」故蘇軾《賈誼論》云：「觀其過湘，為賦以弔屈原，縈紆鬱悶，趯然有遠舉之志。」（《東坡七集．應詔集》卷九）至《鵩鳥賦》，便純然是齊同生死、樂天知命的表白。所以史遷說：「讀《鵩鳥賦》，同死生，輕去就，（內心之鬱積不平）又爽然自失矣。」（《史記．屈賈列傳》）然而，豁達的根柢仍是鬱悶；若無憤憤不平，何來豁達？朱熹所見便更其精到：「凡誼所稱，皆列御寇、莊周之常言，又為傷悼無聊之故，而藉之以自誑者。夫豈真能原始反終，而得夫朝聞夕死之實哉！」（《楚辭集注》）所謂「達人大觀，物無不可」、「釋智遺形，超然自喪」云云，只是精神自慰而已。幽憤而後豁達，豁達之根仍是幽憤。賈生唯以辭作發抒這種精神的煎熬。必須指出，《鵩鳥賦》的精神世界是屈賦中所沒有的，這是賈生的首創。《文心雕龍．事類》說：「觀夫屈宋屬篇，號依詩人，雖引古事，而莫取舊辭。唯賈誼《鵩賦》，始用《鶡冠》之說。」《鶡冠子》亦是道家，劉勰指出《鵩賦》與它的精神聯繫，雖不十分確切，也屬識珠之論。賈生以辭作說莊玄，對後世的玄言詩賦都產生巨大影響。

《鵩鳥賦》的遠舉自逸，似遜於屈《騷》的寧死殉國，然一讀《旱雲賦》，又可看到賈生憂國憂民的深切懷抱：「農夫重拱而無聊兮，釋其鋤耨而下淚。憂彊畔之遇害兮，痛皇天之靡惠。」並把矛頭直指政治的敗壞：「懷怨心而不能已兮，竊託咎於在位。……何操行之不得兮，政治失中而違節。」賈生在此，由一己懷才不遇的憂憤，擴展到了對國家、人民的憂患上了。其精神實質，又與屈原一脈相通。

從藝術表現看，賈誼《弔》、《鵩》二作都直抒胸臆，議論多於形象。明人王世貞《藝苑卮言》說賈誼「以文為賦」、「率直而少致」，是十分準確的。這一點較之屈原，不免顯得遜色。但是，賈生並非不善寫景狀物，觀其《旱雲賦》，亦文采斐然。如其寫云：

遙望白雲之蓬勃兮，滃澹澹而妄（無）止。運清濁之澒洞兮，正重還而並起。嵬隆崇以崔巍兮，時仿佛而有似。屈卷輪而中天兮，象虎驚與龍駭。相搏據而俱興兮，妄倚儷而時有。遂積聚而給（合）還兮，相紛薄而慷慨。若飛翔之縱橫兮，揚波怒而澎濞。正帷布而雷動兮，相擊衝而碎破。或窈窕而四塞兮，誠若雨而不墜。

描摹雲氣湧起、波動連綿、隆聚舒卷、雷動雲破之狀，形象傳神。再如其寫旱：

隆盛暑而無聊兮，煎砂石而爛渭。湯風至而含熱兮，群生悶滿而愁憒。畎畝枯槁而失澤兮，壤石相聚而為害。

誇飾旱況及其災害，非常有表現力。

以辭、賦作品專用於摹形狀物，先秦已有之。如荀子《雲》、《蠶》、《箴》諸賦，宋玉《風》、《笛》、《釣》、《舞》諸賦⑮。但荀卿之賦不免隱約重理，宋玉之賦又嫌玩戲諂媚（如《風》）。故《文心雕龍．詮賦》說：「觀夫荀結隱語，事數自環；宋發誇談，實始淫麗。」（《諧隱篇》還說荀子《蠶賦》是「圖像品物，纖巧以弄思」的謎語體）荀賦狀物喻理，味同嚼蠟；宋賦誇飾描摹，傷於輕浮。賈誼避免了這些毛病，《旱雲賦》擅長摹形狀物，但它不以描繪為目的，也非借物喻理，而是落在了生活的實處：「陰陽分而不相得兮，更惟貪邪而狼戾。……懷怨心而不能已兮，竊托咎於在位。」把描摹物象和政治民生聯繫在一起，發揮了作品抒情述志、批判現實的功用。

總之，賈誼的辭作，把創作的根柢牢牢植入時代、政治和人生之中，抒發真切的感受，言說真誠的志願，情濃意真。他承繼了屈原的創作精神，又溶入時代新的內涵。在藝術表現上，則比較質樸少致。

與賈誼時間最近、創作傾向相似的是嚴忌（莊忌），今僅存其《哀時命》一篇。王逸《楚辭章句》說：「忌哀屈原受性忠貞，不遭明君而遇暗世，斐然作辭，歎而述之。」其中恐亦有作者自身的感慨。但是，它無論意蘊、體式，模仿屈《騷》痕跡均甚明顯。為屈原鳴不平，而缺乏自我的融入和創造。值得注意的倒是這幾句話：「志憾恨而不逞兮，抒中情而屬詩」，「獨悁悒（一作便悁）而煩毒兮，焉發憤而抒情。」與屈原之「惜誦以致愍兮，發憤以抒情」（《惜誦》），以及陸賈論孔子受厄而作《公陵之歌》（**見前論陸賈部分**），都構成司馬遷「發憤著書」說的前奏。

嚴忌而後，辭、賦創作即發生了明顯變化。《西京雜記》卷四載有「梁孝王忘憂館時豪七賦」，即枚乘《柳賦》，路喬如《鶴賦》，公孫詭《文鹿賦》，鄒陽《酒賦》、《几賦》，公孫乘《月賦》和羊勝《屏風賦》。在創作傾向上，它們完全脫離了賈誼抒情言志的優良傳統，而走向遊戲頌德。七賦無非是說梁孝王招賢納士，善待諸生，因之深懷感激和慚愧，進而頌孝王之德。但是，從文學思想或創作傾向的角度觀之，這批賦作卻自有其史料價值：第一，它們標誌著辭、賦創作由抒情言志向遊戲文字的轉變，更接近了大賦的精神實質。第二，在表現手法上，進一步為大賦的形成做著準備。如公孫乘寫月出的過程、路喬如寫白鶴之行走振羽、羊勝刻畫屏風之圖繪，都比較細膩。尤其是鄒陽《酒賦》對酒和飲酒的鋪寫，枚乘《柳賦》對柳之情態、柳與其他自然物象的關係、柳與人之親合的描繪，都頗具大賦風神。第三，在形制上，則完全已不是賈誼那樣的騷體，而轉為以四言韻文為主。其中枚乘《柳賦》、鄒陽《酒賦》二作，不唯篇幅稍長，鋪排漸甚，且不拘四言，句式齊整而葉韻，已啟大賦之濫觴。

在過渡階段，還要提到淮南王君臣。劉安歷文、景、武三朝，其《屏風賦》和淮南小山的《招隱士》，不能確知作於何時。但從作品的形制和內容來看，創作時間當與梁孝王群僚七賦同時。如劉安《屏風賦》，其頌世感恩的主題，其四言韻文的體式，其短制袖篇，均與羊、路、公孫輩無異。而淮南小山《招隱士》，「義盡於招隱，為淮南召致山谷潛伏之士」，加之騷體的形式，「音節局度，瀏漓昂激，紹《楚辭》之餘韻，非它詞賦之比」（**以上王夫之《楚辭通釋》卷十二**），自當創作於劉安生活前期⑯。《招隱士》藝術水平很高，通篇除結末二句（「王孫兮歸來，山中兮不可久留」），餘皆不涉「招隱」主題；其主題完全是以對山中惡劣環境的鋪排描寫反襯出來的（**當是受啟發於楚辭《招魂》**）。它是這個時期辭賦創作的一個特例。它對自然環境的敷寫，也對漢大賦具有一定的影響。

枚乘在漢初由辭而賦的發展過程中做出了重要貢獻。《漢書．藝文志》著錄其賦作九篇，今僅存《七發》、《梁王菟園賦》和《柳賦》三篇。另有《臨灞池遠訣賦》、《笙賦》二作存目，見於《文選》李善注。《柳賦》前已言及。《菟園賦》雖不是完整的作品⑰，錯舛之處又多，但已可看出其敷陳排比之氣。描繪梁孝王菟園，依山、竹、溪、鳥、遊人、采桑女的次第，逐層展述，誇飾閎麗。而其逞辭效才、類同文字遊戲的作風，也已具大賦基質。

自然，無論內容還是形制，標誌著枚乘開創大賦的典範作品是《七發》。我們所關注的是：《七發》的創作目的，已不再像賈誼創作那樣抒情述志，而完全變為遊戲逞才。《文心雕龍．雜文》說，《七發》「蓋七竅所發，發乎嗜欲，始邪末正，所以戒膏粱之子也」。僅從作品的創作意圖看，枚乘欲以此文救治楚太子之「病」，劉勰的說法還是有根據的⑱，但是他不該說「始邪末正」這句話。由於這一錯誤引導，後人大都對作品做出不確的理解，認為它所寫聽琴、飲食、跑馬、遊覽、田獵、觀濤六事，都是在講淫邪不足取的事情，只有最後寫方術之士的「要言妙道」，才是作者正面勸諫的內容。但事實並非如此。首先，前六事並非淫邪的「伐性之斧」、「腐腸之藥」。如聽琴，乃是師堂（即師堂子京，傳說孔子曾跟他學琴）演奏堯時古曲《暢》，而伯牙為之歌的「天下之至悲」。這是高雅音樂，不同於靡靡之音。如飲食，乃是「伊尹煎熬，易牙調和」的美味珍饈，並要求太子「小飯大啜，如湯沃雪」，既講究飲食之品第營養，又提醒不可暴食暴飲，是主張節制的。如跑馬，是由伯樂選良駿，王良、造父駕馭，而後「爭千里之逐」，非沉溺於車馬走狗玩樂之低級趣味。如遊覽，乃是春光絢麗之時，登臺遊目，作詩飲酒聽曲，亦非僅沉湎於宮中之昏醉女樂。如田獵，馳騁角逐，雄壯激烈，太子聽了，「陽氣見於眉宇之間，侵淫而上，幾滿大宅（臉面）」。如觀濤，臚陳波濤洶湧澎湃的氣勢，也只會激起人的奮發豪情。這六事，都不是令人委靡不振的邪門歪道。其次，作者在寫此六事之前，本即說明：「今太子之病，可無藥石針刺灸療而已，可以要言妙道說而去也。」而後文每述一事，均勸問太子能否實行。這已十分清楚地表明：作者所述七事均屬「要言妙道」，非止方術之士一端。只不過太子病久，未能進「藥」一味即痊癒，故於前六事後均曰「僕病未能」；未能者，實即病尚未愈也。但在作者的不斷激發下，太子不是「有起色」、陽氣「幾滿大宅」了嗎？這劑「藥方」直至開到第七味，太子病才終於好了。這是一劑連續不斷地激活的「大藥」，並非前六事尋找「病源」，只第七事才是「藥方」。同時，排列七事也是創作的需要，若太子遇「藥」即愈，賦文還如何能鋪排下去？再次，只需比較一下太子致病的生活環境和作者提倡的生活方式，就會發現它們很不相同。前者是「必宮居而閨處，內有保母，外有傅父，欲交無所。飲食則溫淳甘脆，脭醲肥厚。衣裳則雜遝曼暖，燂爍熱暑」。居處於「洞房清宮」，伴隨以「皓齒娥眉」，平日唯「往來遊宴」，故此生病。作者針對「宮居閨處」、「欲交無所」，提出外出遊覽、田獵、跑馬、觀濤；針對「往來遊宴」、「腥醲肥厚」，開出飲食新方案；針對紅擁粉簇的縱欲靡樂，提倡賞聽雅樂，陶情冶性。因此，所謂前六事是「病源」之說，是完全錯誤的理解。

所以不惜篇幅辨明對前六事的理解，還是為了更準確地把握《七發》的創作傾向。第一，作者依次鋪寫七事，乃是為了以此「要言妙道」勸諭太子。文中不斷點起這個主題，結束於太子「病」愈。由此觀之，《七發》確有比較鮮明的諷諫意圖。但不可忽視的問題是，文中人物乃是虛擬，事件雖有所指，但針對性不強，從諷諫的目的來要求它，就顯得力量不足。同時，大肆鋪張誇飾的寫法，使讀者往往留意其文辭的富贍華美，而忽略了本意。一提《七發》，讀者首先就會想起其觀濤一節，就是這種情況。當然，與後來如司馬相如、揚雄的大賦相比，《七發》在諷諫的明確性上還是比較顯明的，馬、揚等人則沿著誇飾鋪排之路，把大賦創作發展到了極致，而諷諫意味更弱。第二，同前述《西京雜記》所載的詠物賦一樣，《七發》完全失去了作者自我的真情實感，整篇作品沒有抒情的語句。與賈誼的創作相比，這是一個重大轉變。第三，不同於漢初楚歌的簡俗直白，也不同於賈誼辭作的質樸無華，在藝術表現上，《七發》一改有漢以來質實簡樸的特點，走向了鋪張華麗。

綜上所述，從賈誼到枚乘的辭賦創作傾向的變化，代表著文景時期文學創作的發展趨向。在這一過程中，不唯文體發生了由辭到賦的轉變，創作傾向也呈現為從濃情到失情、從質實到華麗的發展變化。這便使漢大賦在產生之初，就形成喪失真情而誇飾鋪排的遊戲特徵。同時，由於《七發》確實存在比較明顯的諷諫意圖，也使它帶上了實用色彩。喪失了自我，去除了真情實感，又在逞辭文飾中帶有某種程度的實用性質，這就是最初產生的賦的基本特點，它與文帝初期賈誼的辭作已迥不相謀。創作傾向的這種發展變化，在內在精神上與漢初的思潮變化暗自相合，反映著由道而儒的轉變。

第三節　重情尚用的文藝觀念

文景時期，在賈誼的政論、枚乘和嚴忌的辭賦以及四家《詩》經解和《淮南子》之中，有一些零散的文字涉及對文藝問題的看法。它們固然不是真正意義上的文學理論，但是經過抽繹分析，也可以從中看出這一時期對文藝問題的某些認識。四家《詩》解和《淮南子》分別另立專節，在此只討論賈、枚、嚴的有關思想。大體包括賈誼的政教文藝觀念，枚乘對大賦的功用和寫作要求的認識，以及詩賦來源問題三個方面。

一

賈誼《新書》的《審微》、《傅職》、《保傅》、《輔佐》、《禮》等篇，講述儒家的禮制教育問題。與前人一樣，他把儒家六藝視為教育綱要。其中論及《詩》、《樂》的部分，儘管賈誼是從政治或者政治同經學結合的角度去討論問題，不以它們為文藝，卻也可以從中窺到他對文藝（《詩》、《樂》）的某些觀念。概其要者有三個方面：

第一，賈誼認為，音樂作為一種禮制，必須服從並服務於政治。《審微》說：「天子之樂宮縣（懸），諸侯之樂軒縣，大夫直縣⑲，士有琴瑟。」這是說，音樂配置規模的大小是禮義、等級制度的一種標識。他以衛國大夫叔孫于奚為例，說明這種標誌的重要實際意義。叔孫氏率軍大敗齊師，護國有功，不願受郡邑之賞，「而請曲縣（即軒懸）」[20]，衛君許之。對此不合禮制的封賞，賈誼引孔子曰：「夫樂者所以載國，國者所以載君。彼樂亡而禮從之，禮亡而政從之，政亡而國從之，國亡而君從之。惜乎！不如多與之邑。」把音樂的禮制意義提到了與國家、君主共存亡的高度來認識。又如《保傅》說，天子「行以鸞和，步中《采薺》，趨中《肆夏》，所以明有度也」。又云：「食以禮，飲以樂。」連天子的行走、飲食都必須合乎禮樂。如此可見，音樂作為一種禮制，其服務於政治的功用是相當重要的。

賈誼的這一音樂禮制思想，當與荀子有淵源關係。《荀子．樂論》云：「故樂者，審一以定和者也，比物以飾節者也，合奏以成文者也。是以率一道，足以治萬變。是先王立樂之術也。」荀子認為，先王之樂是「先王惡其亂」而制定的，因之它本就是禮制的一個組成部分。引導、染化人們服從禮制，肅明政治，就是音樂的根本意義。在這一實質精神上，賈誼與荀子完全一致。

第二，賈誼認為，《詩》《樂》有政治教育和美俗觀化功用。《傅職》說太子的教育：「或稱《春秋》，而為之聳善而抑惡，以革勸其心；教之《禮》，使知上下之則。或為之稱《詩》，而廣道顯德，以馴明其志；教之《樂》，以疏其穢而填（鎮）其浮氣。」又云，天子如果「處位不端，受業不敬，教誨諷誦《詩》《書》《禮》《樂》之不經、不法、不古，言語不序，音聲不中律」，這便是太保的失職，應負責教正之。是謂《詩》《樂》有政治教育功能。

《輔佐》說：「（大相）正身行，廣教化，修《禮》《樂》，以美風俗」；「（奉常）序《禮》、《樂》、喪、紀，國之禮儀畢居其宜，以識宗室；觀民風俗，審詩商，修憲命，禁邪言，息淫聲。」是謂詩、樂有教化和觀化的功能。後來班固《藝文志》所謂「觀風俗，知薄厚」云云，當於此有所啟發。

第三，賈子提倡與民同樂的思想。《新書．禮篇》說：「故饗飲之禮，先爵於卑賤而後貴者始羞，淆膳下浹而樂人始奏。觴不下遍，君不嘗羞；淆不下浹，上不舉樂。故禮者，所以恤下也。」又云：「民無饑饉，然後天子備味而食，日舉以樂。……樂也者，上下同之。故禮，國有饑人，人主不飧；國有凍人，人主不裘；報囚之日，人主不舉樂。」這一思想，無疑是來源於孟子：「古之人與民偕樂，故能樂也。」（《孟子．梁惠王上》）「為民上而不與民同樂者，亦非也。」（《梁惠王下》）這種「獨樂樂，不如與民同樂」的思想，根源於先秦的民本思潮（尤以儒、墨為要）。在某種意義上，也可以說它具有民主精神。但它最終仍不是為民，而是為君、為政治而發。賈誼即說：「夫憂民之憂者，民必憂其憂；樂民之樂者，民亦樂其樂。與士民若此者，受天之福矣。」（《新書．禮》）這幾句話也是直承《孟子．梁惠王下》而稍異：「樂民之樂者，民亦樂其樂；憂民之憂者，民亦憂其憂。樂以天下，憂以天下，然而不王者，未之有也。」其終極目的，都不過是以詩、樂通過「與民同樂」的中介，服務於國治君安的需求。

賈誼的上述《詩》《樂》思想，其實在先秦時期都已出現，基本上未超出孟、荀。他在漢初重申這些思想，只是先秦儒家《詩》《樂》觀念在漢代的延續。我們所以還進行簡要的描述，是因為它具有史料意義。而在文學思想的發展上，賈誼無多貢獻。

二

從文學思想的發展來看，更有價值的言論是枚乘道出的。他的《七發》，不僅是漢大賦形成的重要標誌，也對大賦的功用和表現要求發表了自己的看法。

枚乘認為，大賦具有諷諫的功用和實效。《七發》開首即說：「今太子之病，可無藥石針刺灸療而已，可以要言妙道說而去也。」接著便排出七則「要言妙道」予以規諷。結果，太子「涊然汗出，霍然病已」。這便切實證明了大賦具有諷諫「灸療」的實效。當然，為漢大賦規定諷諫的責任，相信大賦有「灸療」的實效，只是枚乘的良好願望和信念。後來的大賦，其諷諫的意義往往淹沒於鋪飾腴辭之中，並無實際效果，則是另外一回事了。

同時，《七發》還涉及文藝的娛樂作用：「眾芳芬郁，亂於五風。從容猗靡，消息陽陰。列坐縱酒，蕩樂娛心。景春佐酒，杜連理音㉑。滋味雜陳，肴糅錯該。練色娛目，流聲悅耳。」當然，這種認識還是不自覺的，但極為珍貴。

對於大賦的表現性徵，枚乘也提出了比較具體的要求：「使博辨之士，原本山川，極命草木；比物屬事，離辭連類。」作賦需博通辨給，一也；需極摹山川草木，二也；需鋪藻敷辭，連類並比，三也。

枚乘對於大賦的創作思想和特徵的認識，尤其是他提出的大賦藝術表現方面的要求，對後來的賦家產生了深刻影響，他們把這一要求實踐得無以復加。

三

文景時期，還產生了兩種詩賦發生的觀念。

第一種，是還很模糊的本於自然物象的觀念。這就是上文曾引列的枚乘《七發》中的話：「原本山川，極命草木；比物屬事，離辭連類。」這是說，大賦創作要極寫山川草木，因及說事，把描繪自然山水做為創作大賦一項十分重要的內容。雖然他尚未明確說出「自然物感」這層意思，但無疑對後世如劉勰所謂「山林皐壤，實文思之奧府」（《文心雕龍．物色》）的觀念，有著某種程度的啟發作用。

第二種，是比較明確的詩賦源自情感的觀念。嚴忌《哀時命》云：「志憾恨而不逞兮，抒中情而屬詩」，「獨悁悒（一作便悁）而煩毒兮，焉發憤而抒情。」這既是對屈賦本身的評論，更揭出了一個重要的文學創作思想。關於「發憤著書」或「不平則鳴」，錢鍾書《詩可以怨》臚述頗詳㉒，惜乎未及注意在屈騷和漢初也有這一思想的傳遞。陸賈《新語．辨惑》云孔子見君暗臣亂，仁義無施，乃作《公陵之歌》，「傷無權力於世，大化絕而不通，道德施而不用」，嚴忌此謂「發憤而抒情」，都是承接屈原「惜誦以致愍兮，發憤以抒情」（《惜誦》）而來。這一觀念，實際上接觸到了情感之於文學創作的本源意義之理論問題，對後世「詩緣情」說的提出，有啟發作用㉓。

第四節　四家《詩》說：以義言詩，標舉美刺教化

一

文景時期，經學已然抬頭，其重要標誌之一，便是四家說《詩》受到統治者的重視和提舉。《魯詩》、《韓詩》文帝時立博士，《齊詩》景帝時立博士。《毛詩》晚出，雖未得立官學，景帝時卻也被河間獻王劉德立為博士。（以上見《漢書》之《儒林傳》、《楚元王傳》、《河間獻王傳》）四家《詩》說之受到舉拔，首先與文景時期儒學漸受重視有關。

據《漢書》，除三家《詩》外，此時得立官學博士的還有《春秋》公羊學者董仲舒、胡母生

（《董仲舒傳》、《儒林傳》）。傳授《尚書》的伏勝年九十餘始顯於文帝初年，《漢書·儒林傳》云其弟子「濟南張生為博士」，至遲亦應在景帝時。因此，文景時期除三家《詩》外，《春秋》、《尚書》二經也都得立官學博士。武帝建元五年建全五經博士，今已得其三矣㉔。

其次，若細辨之，儘管四家《詩》均得出頭，但三家《詩》更受寵，而《毛詩》遭到冷落，只偏於河間王國流行。這是它們各自依違於漢初政治文化大勢的結果。眾所周知，三家《詩》今文，《毛詩》古文㉕。經今古文各異，不特表現在書寫文字不同，所重經典及其順序不同，奉孔子或尊周公不同，信緯斥緯不同，更重要的乃在於：今文家以孔子為「托古改制」的政治家（所謂「素王」），古文家則只認為孔子是「信而好古，述而不作」的史學家。基於此，古文家認為《六經》皆史，故為學重視實事求是，學究氣較濃；今文家則認為《六經》是孔子「托古改制」的政論文獻，故講經重視其微言大義，講求「通經致用」。如此，在漢初經世致用的政治文化大勢下，今文三家《詩》受到特殊優待，而古文《毛詩》一直不被看重，也就是必然的了。《毛詩》只能在「修學好古，實事求是」（《漢書·河間獻王傳》）的劉德那裏苟存，而三家《詩》則大行於世。

四家《詩》的不同命運，也可以反證漢初政治文化對經學及文學的引拔或制約作用。

二

但是，不論四家《詩》說的遭際如何不同，我們都可置而不論；只要注意到四家《詩》說在文景時期都已出現這一事實就夠了。研討四家《詩》說之中的文學觀念，是要分析出它們把《詩》這一文學文本做如何觀，比如《詩》是什麼性質的文本？詩是用來做什麼的？詩可以或應該做什麼？詩有什麼特徵？等等。而挖掘它們對這些問題的看法，唯一途徑便是研究它們對每一首詩的闡釋，也就是要研究它們的題解——後人所稱的「詩序」，以及它們對詩義的解釋。

四家《詩》本都有序。今存《毛詩》毋論矣；三家《詩》亦有序，僅從司馬遷所謂「韓生推詩人之意，為內、外傳數萬言，頗與齊、魯間殊，然其歸一也」（《史記・儒林列傳》）即可見出，史遷能夠比較說《詩》之意，必據各家詩序。四家《詩》序，今僅存《毛詩序》；三家《序》並《詩》早佚㉖，幸有清人輯佚，方可得見其一斑。但是在進入具體討論之前，首先遇到的一個困難，便是《毛詩序》的作者及其分為大、小序的問題。

文淵閣《四庫全書總目提要》臚述《毛詩序》作者之異說十一種，今人胡朴安《詩經學》概括為十三種，張西堂《詩經六論》分列十六種，而徐澄宇《詩經學纂要》更歸納有二十四種㉗，其立說紛如之狀可見。若溯源察流，歧說則始出於漢魏，如鄭玄、范曄、王肅所說各異；而聚訟自唐宋，如韓愈、王安石、程頤、王得臣、曹粹中之屬，各立新說。尤以鄭樵、王質、朱熹排斥《毛序》為激烈。於是，《詩序》之作者問題，關聯起大序、小序之區分和信序、攻序問題，纏夾不清，聚訟千年。擇其最具影響者，則關於《毛詩序》作者蓋有兩說：一為鄭玄說。《經典釋文・毛詩音義上》引北周沈重云：「案鄭《詩譜》意，大序是子夏作，小序是子夏毛公合作㉘。」一為范曄說。《後漢書・儒林傳》云：「初，九江謝曼卿善《毛詩》，乃為其訓。（衛）宏從曼卿受學，因作《毛詩序》，善得風雅之旨，於今傳於世。」這兩種說法均不足信，蔣凡《兩漢文學批評》駁之甚力㉙，可參見。

那麼，《毛詩序》究竟何人所為呢？徐復觀《中國經學史的基礎》論《詩序》說：

> 《關雎大序》：「國史明乎得失之跡，傷人倫之廢，哀刑政之苛，吟詠情性，以諷其上。」這幾句話，反映出詩是國史由改善政治的要求所陸續編輯，藉以達到教育目的的。以常情推測，編輯之初，每詩應給一標題，以便識別。……在標題後，對詩的來源或內容加一句簡單的說明，以作吟詠施教時的發端，這是順理成章的要求。因此，標題與標題下一句的序，應當是同時進行的。國史收一首詩，便加一標題，在標題下加上一句提要性的說明。所以詩是陸續編成，《詩序》也是陸續寫成的㉚。

這是極有見地的觀點。實際上，國史作詩序的說法，宋人多已有之。《二程遺書》卷十八《伊川先生語四》載程頤答安節問「《詩小序》何人作」，就曾說：「但看《大序》即可見矣。《序》中分明言『國史明乎得失之迹』，蓋國史得詩於採詩之官，故知其得失之迹；如非國史，則何以知其所美所刺之人？使當時無《小序》，雖聖人亦辨不得。」又如其卷十九《伊川先生語五》：「《詩小序》便是當時國史作。如當時不作，雖孔子亦不能知，況子夏乎？」段昌武《毛詩集解．卷首．詩之序》載黃櫄說：「小序首句，國史之舊。……其餘小序之辭，則漢儒之說或參其間焉。」嚴粲《詩緝》卷一論《關雎》序，也認為《詩序》是國史所為：「古者有采詩之官，其巡守也，命太師陳詩，以觀民風。采得之後，屬之國史。『國史明得失之迹』，謂知詩人所言之意也。知其意在於哀傷人倫刑政之失，發於情性而吟詠之，以風刺其上。蓋通達古今之變，而思其先王之舊也。此皆詩人之意，唯國史能明之，故題其事迹於篇端也。」（以上均文淵閣《四庫全書》本）惜乎這一極有價值的觀點未能引起後人的充分重視。正由於《詩序》出於國史，因此漢初四家《詩》說才會呈現出同大於異的情形

（詳下）；其少數不同者，恐怕是流布傳授中各自加工潤飾而形成㉛。晚清皮錫瑞《經學通論》二《論三家〈詩〉大同小異〈史記．儒林傳〉可證》㉜，強說三家《詩》大同而《毛詩》「大異」，那是出於今文學家的偏見。

《毛詩序》之區分大小，蓋亦始自鄭玄。陸德明《經典釋文．毛詩音義上》引北周沈重云：「案鄭《詩譜》意，大序是子夏作，小序是子夏、毛公合作。卜商意有不盡，毛更足成之。」據此，蓋鄭玄是以每篇詩序的首句為大序，以下申說部分為小序。後人又有恰好相反的意見，如宋人范處義《詩補傳．篇目．明序篇》就說：「蓋詩有小序，有大序。小序一言國史記作詩者之本義也；小序之下皆大序也……」（文淵閣《四庫全書》本）而世所通行的說法，即《關雎》序中「風，風也，教也」以後為大序，其餘為《關雎》小序以及其他各篇序均為小序之說，陸德明《經典釋文》稱「舊說」㉝。考之蕭統《文選》，已收入《關雎》序，題為「《毛詩序》」（署名「卜子夏」）；再衡之以唐人成伯璵《毛詩指說．解說第二》所云：「《關雎》之序，首尾相結，冠束《二南》。故昭明太子亦云大序是子夏全制，編入《文選》。其餘眾篇之小序，子夏唯裁初句耳。」（文淵閣《四庫全書》本）可以推斷，是說至晚在齊梁時即已流行。

今觀《關雎序》，其說《關雎》詩旨與總論詩之綱領措置一處，殊不相吻。朱熹辨說《詩序》，曾有所甄別，將「詩者，志之所之也」至「是謂四始，《詩》之至也」指為「大序」，而將首尾剩餘部分合為《關雎》小序㉞，邏輯較為恰當。李澤厚、劉綱紀《中國美學史》第一卷則更進一步作了如下調整：開首至「用之邦國焉」，加上「然則《關雎》」至末的一段為《關雎》小序；餘則為《詩經》大序。而大序中「風，風也，教也；風以動之，教以化之」幾句，則應置於「故詩有六義焉：一曰風……六曰頌」和「上以風化下，下以風刺上」之間㉟。經過如此一番拆解重組之後，《詩大序》和《關雎》小序的文意，的確都各自暢達，更符合思維邏輯了。然而，朱熹及至李、劉重新編排古典文獻的作法，儘管具有一定的學理價值，對透徹理解文獻也不無助益，但恐難以為學者普遍認可。

根據歷代學者的普遍意見，大都承認大序、小序各有作者。如鄭玄以大序子夏作，小序子夏毛公合作；成伯璵以為子夏唯裁初句，以下出於毛公；程頤以為小序出於國史，大序出於孔子，等等。至於大、小序各是誰人所作，則有分歧。前文已提出詩序應當是國史陸續寫就（傳授中應有一些加工潤飾），那是就今天所稱的小序而言；至於《詩大序》，應該是比較晚一些形成的（**詳見本書第五章第一節論《詩大序》部分**）。小序、大序應區別討論。因此，本節研究四家《詩》說，僅以四家《詩》之小序立論，而暫不及《大序》。

三

上文述說四家《詩》先後興起於文、景時期的政治文化根由時，曾指出：緣於經今、古文不同的學術特色，四家《詩》遭受到不同的待遇。那是宏觀經今、古文的大較顯別，以說明三家《詩》受寵、《毛詩》遭冷落的原因。但是，具體到三家《詩》和《毛詩》之解說《詩經》，則又呈現出很多相同之處。

《史記．儒林列傳》謂：「韓生推詩人之意，而為內、外《傳》數萬言，其語頗與齊、魯間殊，然其歸一也。」魏源《詩古微》也說：「且三家遺說，凡《魯詩》如此者，《韓》必同之；《韓詩》如此者，《魯》必同之。《齊詩》存什一於千百，而《魯》、《韓》必同之。」（**《皇清經解續編》**

本）是謂三家《詩》旨意大同。陳喬樅《韓詩遺說考．序》先引「子夏序《詩》（即《毛詩大序》）」之「國史明乎得失之迹」云云，繼則曰：「今觀《外傳》之文……要其觸類引伸，斷章取義，皆有合於聖門商（子夏）、賜（子貢）言《詩》之意也。」（《皇清經解續編》本）王應麟《困學紀聞》卷三云：「申、毛之《詩》皆出於荀卿子，而《韓詩外傳》多述荀書。」（《四部叢刊》本）皮錫瑞《經學歷史．經學流傳時代》也說：「《韓詩》今存《外傳》，引《荀子》以說《詩》者四十有四，則《韓詩》亦與《荀子》合㊱。」是又謂韓、魯、毛大旨亦同。惟王先謙《詩三家義集疏．序例》概言《毛詩》「大旨與三家歧異者凡數十」㊲；數十之異，置入三百〇五篇，亦屬少數。

要之，四家之具體說《詩》，有同有異而同大於異。此種情形之形成，除經文自身已明白道出詩旨者㊳外，原因蓋尚有二焉：

第一，四家《詩》同出一源。《詩經》各篇，初或由采詩官采諸民間，或有士大夫之吟詠，但都經過國史的編輯。其雛形成於孔子之前，《左傳．襄公二十九年》記吳公子季札觀周樂可證。根據上文討論《詩序》作者的看法，就詩之本事或寓意加一說明、斷語，乃是國史編輯之同時就已完成的。至於孔子之於《詩序》，即使如他自謂「吾自衛返魯，《雅》、《頌》各得其所」，但對於這位「信而好古，述而不作」的夫子來說，也只可能做過一些整理和加工潤色的工作；並無史料說明他曾重新寫定過《詩序》㊴。所以，由國史簡短說明詩意、經過孔門傳授而流布民間的《詩經》，其本於同源當可確定無疑。四家《詩》序講述各篇本事本義，同大於異，也就是必然的。

至於《毛詩序》有「數十」篇與三家《詩》解不同，以及各家《詩》說有一些申述上的差別，則應是師門傳授過程中發生的變異。或由加工潤色相離，或由施教方便改易，或由傳抄錯誤，抑或有所標新立異者，總之情況定是很複雜的[40]。

第二，四家《詩》傳授中，荀子是承前啟後的重要人物。《漢書．楚元王傳》謂劉交「少時嘗與魯穆生、白生、申公同受《詩》於浮丘伯。伯者，孫卿門人也。」又其《儒林傳》云：「申公，魯人也，少與楚元王交俱事齊人浮丘伯受《詩》。」是魯申培所傳《魯詩》乃受自荀子再傳之證[41]。汪中《荀卿子通論》云：「《韓詩》之存者，《外傳》而已。其引荀卿子以說《詩》者四十有四。由是言之，《韓詩》，荀卿子之別子也[42]。」前曾引皮錫瑞《經學歷史》云：「《韓詩》今存《外傳》，引《荀子》以說《詩》者四十有四，則《韓詩》亦與《荀子》合。」今人徐平章亦云：「今以《韓詩外傳》與《荀子》相較，用《荀子》之說者五十餘則，其廣受荀卿影響可知[43]。」是《韓詩》傳自荀子之證。《經典釋文．序錄》：「一云（**案即三國吳人陸璣《毛詩草木鳥獸蟲魚疏》說**）：子夏傳曾申，申傳魏人李克，克傳魯人孟仲子，孟仲子傳根牟子，根牟子傳趙人孫卿子，孫卿子傳魯人大毛公。」文淵閣《四庫全書總目》云：「陸氏三國吳人，傳授《毛詩》，淵源有自，必不誣也。」是《毛詩》傳自荀子之證。故王應麟《困學紀聞》卷三謂：「申、毛之《詩》皆出於荀卿子，而《韓詩外傳》多述荀書。」（**《四部叢刊》本**）當是審慎論斷。至於《齊詩》，並無資料證明傳自荀子。然考之荀子行事，「年十五，有秀才[44]。當齊湣王之末年，遊學於齊。」（**胡元儀《郇卿別傳》，王先謙《荀子集解．考證下》引錄**）齊襄王時，稷下學宮中田駢之屬已死，「而荀卿最為老師，三為祭酒焉」（**《史記．孟荀列傳》**）。由此不難見出荀子在齊文化中的重要地位和影響。加之魏源《詩古微》「《齊詩》存什一於千百，而《魯》、《韓》必同之」的考證，《齊詩》在傳授過程中曾經荀子修潤或受到荀子重要影響，亦非不可能之事。如此，《魯》、《毛》傳出荀子，《韓》、《齊》受到荀子重大影響，所以四家《詩》說頗多相同的結果也就不難瞭解。

四

（三家《詩》）或取《春秋》，采雜說，咸非其本義。（《漢書·藝文志》）

漢立齊、魯、韓、毛四家博士㊺，各以義言《詩》，遂使聲歌之道日微。（鄭樵《通志·總序》㊻）

漢儒言《詩》，不過美、刺兩端。（程廷祚《青溪集》卷二《詩論十三》㊼）

漢人功利觀念太深，把《三百篇》做了政治課本。（聞一多《神話與詩·匡齋尺牘》之六《閒話》㊽）

歷代學人的此類評論，從一個方面深刻而準確地揭櫫了四家說《詩》的根本特徵。班固「咸非其本義」之說，指出三家《詩》解脫離文本，落腳點都在詩作本身之外的政治或歷史之上；雖只涉言三家，實則《毛詩》也莫不如是。這是四家解《詩》共同的根本途徑。鄭氏「以義言《詩》」之說、程氏「不過美、刺兩端」之說、聞氏「政治課本」之說，一言以蔽之，便是以義言《詩》，標舉美刺教化。這是四家說《詩》的基本方式。

以義言《詩》，是指四家解《詩》往往用力於揭櫫詩作的本事和大義，注重詩外意義的演繹。這在當時的《詩經》學者，是很自然合理的事，因為他們本即以《詩》為經，並不當作文學作品來看待。儘管四家《詩》解在具體解釋詩旨時或有異同，但就「以義說《詩》」這一原則方法來看，它們是一致的。只要稍稍翻檢王先謙的《詩三家義集疏》（其中也包括《毛詩》），例證比比皆是。

應該特別提出的是，《毛傳》釋《詩》又特重「興」，所謂「毛公立《傳》，獨標興體」（《文心雕龍．比興》）。朱自清《詩言志辨．比興》已指出：「興有兩個意義，一是發端，一是譬喻[49]。」所以人們又往往含混地稱為「比興」。興、比興，就言說方式而言，在很多情形下意義是相同的[50]。自唐人孔穎達「三體三用」說之後[51]，人們所理解的「比興」，乃是藝術表現的方法；但《毛傳》雖多用「興也」釋《詩》，其內涵卻有別於此。朱自清《詩言志辨．比興》辨之甚詳，指出：「比興有風化、風刺的作用，所謂譬喻，不止於是修辭，而且是譎諫了。溫柔敦厚的詩教便指的這種作用。」因此，詩教「與比興相關最密」。朱氏並追根溯源，指出毛、鄭解《詩》多受《左傳》賦《詩》言志方法的影響，「有意深求，一律用賦《詩》引《詩》的方法去說解，以斷章之義為全章、全篇之義，結果自然便遠出常人想像之外了。而說比興時尤然[52]。」這即是說，《毛傳》解《詩》所常用的「興也」斷語，本是同闡釋《詩》篇之意義緊密相關，初非側重於論定其藝術表現。隨意舉幾個例子：

《周南．關雎》傳：「興也。……后妃說樂君子之德，無不和諧，又不淫其色，慎固幽深，若關雎之有別焉，然後可以風化天下。」

《邶風．谷風》傳：「興也。……陰陽和，谷風至；夫婦和，則室家成。室家成而繼嗣生。」

《衛風．淇奧》傳：「興也。……武公質美德勝，有康叔之餘烈。」

《小雅．鹿鳴》傳：「興也。……鹿得萍，呦呦然鳴而相呼，懇誠發乎中。以興嘉樂賓客，當有懇誠相招呼以成禮也。」

不可否認，這些例證中的「興也」，有藝術表現的含義，但這一含義微乎其微，並且不自覺。其所側重者，乃是以「興」來闡釋《詩》篇之「大義」。《文心雕龍．比興》云：「《詩》文宏奧，包韞六義；毛公述《傳》，獨標興體。豈不以風異而賦同，比顯而興隱哉？」黃侃《札記》闡發道：「《毛傳》特言興也，為其理隱故也53。」因此，從根本上說，《毛傳》倡「興」，乃是落腳在了揭發詩旨之上。

以義言《詩》的整體傾向之形成，蓋與文化傳習和當時的政治文化趨向都有很大關係。從前一方面看，國史編《詩》，對每首詩的本事或內容加寫一句說明性文字，這便是最初形態的《詩序》。世代授受者循此以增添潤色，以便傳授，是自然的事。這便形成講授詩義的傳統。此其一。如朱自清說，受到《左傳》賦《詩》引《詩》方法的影響（**見上文**），此其二。孔子說《詩》的方法，也必然會對後世解《詩》者產生重大影響。《論語．為政》：「子曰：《詩三百》，一言以蔽之曰：思無邪。」《學而》：「子貢曰：貧而無諂，富而無驕，何如？子曰：可也，未若貧而樂，富而好禮者也。子貢曰：《詩》云『如切如磋，如琢如磨』（**案見《衛風．淇奧》**），其斯之謂與？子曰：賜也，始可與言《詩》已矣，告諸往而知來者。」《八佾》：「子夏問曰：『巧笑倩兮，美目盼兮，素以為絢兮』（**案見《衛風．碩人》**），何謂也？子曰：繪事後素。曰：禮後乎？子曰：起予者，商也。始可與言《詩》已矣。」由是觀之，孔子解《詩》重視意義的揭示，並且把闡釋活動引向《詩》

以外的修養、禮教和政治實用之上[54]，要求學《詩》而修身致用。這便不只開啟了以義言《詩》的道路，並且引導後人斷章取義以為經世致用之資。此其三。從後一方面說，漢初政治文化的實用主義思潮遴選著一切思想文化，這便迫使說《詩》者必須納入經世致用的時代精神之中方可達顯；而只有揭示或闡說《詩》的微言大義以為當前政治教化服務，才是得到錄用的最佳途徑。因此，漢初政治文化無疑是加強了說《詩》者以義言《詩》的既有規則，成為四家解《詩》的共同傾向。

如果說以義言《詩》是四家《詩》說的基本原則或根本方法，那麼，標舉美刺教化則是實現經世致用的具體途徑。《毛詩》於《國風》一百六十首中，標美詩十九，刺詩七十八；《小雅》七十四首中，標美詩七，刺詩四十四；《大雅》三十一首中，標美詩九，刺詩九。美詩合計三十五，刺詩合計一百三十一，兩者共計一百六十六首，約占全部《風》、《雅》詩篇的百分之六十三。三家《詩》亦主美刺，今雖存之不完，然亦時見其標明美刺之旨。刺詩如《周南．關雎》，魯說曰：「康王德缺於房，大臣刺晏（晚），故詩作。」韓說曰：「今時大人內傾於色，賢人見其萌，故詠《關雎》，說淑女，正容儀，以刺時。」《齊詩》雖未明言刺，但「其謂『后夫人之行不侔乎天地』，明主刺義」。**（以上見王先謙《詩三家義集疏》）**美詩如《召南．甘棠》，解為美召公之治，三家義均同。王先謙《集疏》卷一《關雎》載齊說：「詩者，持也。在於敦厚之教，自持其心。諷刺之道，可以扶持邦家者也。」義兼教化、美刺，宗旨落在「扶持邦家」。此雖齊說，實可以籠蓋四家說《詩》的共同傾向。

以美刺教化的實用觀念論《詩》，大興於漢初。然追本溯源，實由來已久。首先，《詩經》本身即有此義。如《魏風．葛屨》：「維是褊心，是以為刺」；《小雅．節南山》：「家父作誦，以究王訩」；《大雅．崧高》：「吉甫作誦，其詩孔碩，其風肆好，以贈申伯[55]。」前二例是刺，後一例是美。其次，作為一種解釋經典的思維方法，它也得自於《春秋》家的講經方法。朱自清即已指出，《公羊》、《穀梁》傳多以「褒貶」、「美惡」解經，這也啟發了說《詩》家的美刺說（**參見《詩言志辨・比興・興義溯源》**）。當然，儒家一貫的進取務世精神，更重要的是漢初政治文化實用思潮的規約引導作用，都促使四家《詩》說走上了以美刺教化求經世致用的解《詩》道路。

第五節　《淮南子》：漢初道儒交糅文學思想的總結

《漢書・淮南衡山濟北王傳》說，劉安「招致賓客方術之士數千人，作為《內書》二十一篇，《外書》甚眾。……初安入朝，獻所作《內篇》，新出，上愛秘之。」劉安於武帝建元初入朝㊻，獻《內篇》（即今傳《淮南子》）。既曰「新出」，當是成書不久，知是書當編寫於景帝末至武帝初。

一

關於《淮南子》的思想來源，學界大多認為它與《呂氏春秋》極其相似，是雜糅道、儒、法、兵、墨、陰陽諸家思想而成。但對於它的思想性質及其價值的評判卻存在不同看法。有說以道為主者（**如梁啟超《中國近三百年學術史》**，**胡適《中國中古思想史長編》**，**任繼愈主編《中國哲學發展史・秦漢篇》**），有說由道歸儒者（**如徐復觀《兩漢思想史》**）；有評價極高者（**如李澤厚《中國古代思想史論・秦漢思想簡議》**），也有評價甚低者（**如金春峰《漢代思想史》**）。這些問題本即複雜，又由於立論角度或立場的不同，結論也各異（有時也不免偏頗），實非可簡單論明者。本書僅就其主要的思想特徵略作分說，以便進一步討論它的文藝觀念。

《淮南子．要略》[57]是全書序言，它開始即說：「夫作為書論者，所以紀綱道德，經緯人事，上考之天，下揆之地，中通諸理，雖未能抽引玄妙之中才，繁然足以觀終始矣。」述末篇《泰族訓》[58]大旨時又說：「經古今之道，治倫理之序，總萬方之指，而歸之一本，以經緯治道，紀綱王事。」可見，《淮南子》的寫作宗旨，是要表述一種社會政治思想。對它的評判，應當從這一角度進行。

關於《淮南子》社會政治思想之大要，高誘《序》總結說：「（劉安）遂與蘇飛、李尚、左吳、田由、雷被、毛被、伍被、晉昌等八人，及諸儒大山、小山之徒，共講論道德，總統仁義，而著此書。其旨近老子，淡泊無為，蹈虛守靜，出入經道[59]。」若不苛求，高誘的評論基本是正確的。他認為這部書道、儒並舉而偏重道家，很符合《淮南子》的實際。《覽冥訓》歷述「黃帝治天下」以來的得失，論及「當今之時」，讚揚「天子在上位，持以道德，輔以仁義」的治術，實可視為該著治術主張的根本。在此大綱領之下，《淮南子》又雜糅了法、墨、兵、陰陽諸家的思想。下面就其政治思想中幾個主要問題略作述論。

㈠道

毫無疑問，「道」是《淮南子》的核心概念；而且，它對「道」的描述並未超出《老子》：其一，「道」無所不在，無時不存。如《原道訓》：

> 夫道者，覆天載地，廓四方，柝八極，高不可際，深不可測，包裹天地……故植之而塞於天

地，橫之而彌於四海，施之無窮而無所朝夕。

其二，「道」生萬物。如《原道訓》：

夫太上之道，生萬物而不有，成化象而弗宰。蚑行喙息，蠉飛蠕動，待而後生，莫之知德。

又如《俶真訓》：

夫天之所覆，地之所載，六合所包，陰陽所呴，雨露所濡，道德所扶，此皆生於一父母而閱一和也。

這便是所謂「萬物之總，皆閱一孔；百事之根，皆出一門」（《原道訓》），與《老子》之「道生一，一生二，二生三，三生萬物」相同。

其三，「道」無形、無為而無不為。如《原道訓》：

夫無形者，物之大祖也。……所謂無形者，一之謂也。……無形而有形生焉，無聲而五音鳴焉，無味而五味形焉，無色而五色成焉。是故有生於無，實出於虛。

又其《主術訓》云：「無為者，道之宗。」《詮言訓》云：「無為者，道之體也。」又云：「夫無為則得於一也；一也者，萬物之本也，無敵之道也。」正由於道無為的特性，它卻可以無所不為，「山以之高，淵以之深，獸以之走，鳥以之飛，日月以之明，星曆以之行。」（《原道訓》）很明顯，這些對「道」的描述是直接繼承了老子的思想。它構成了《淮南子》全書的根基。

㈡無為

《淮南子》的「無為」，也同《老子》一樣，是由「道」的特性而落實到治術之上。它認為，既然道無所不在，既然無為是道的根本特性，那麼治理國家自然也應當無為而治。如《主術訓》說：

> 人主之術，處無為之事，而行不言之教，清靜而不動，一度而不搖。
>
> 故聖人事省而易治，求寡而易澹，不施而仁，不言而信，不求而得，不為而成。塊然保真，抱德推誠。天下從之，如響之應聲，景之象形，其所修者本也。

但是，《淮南子》對無為的含義做出了新的解釋。《修務訓》說：

> 或曰：無為者，寂然無聲，漠然不動，引之不來，推之不往。如此者，乃得道之象。吾以為不然。……若吾所謂無為者，私志不得入公道，嗜欲不得枉正術，循理而舉事，因資而立功[60]，推[61]自然之勢，而曲故不得容者。事成而身弗伐，功立而名弗有，非謂其感而不應，迫[62]而不動者。若夫以火熯井，以淮灌山，此用己而背自然，故謂之有為。若夫水之用舟，沙之用鳩，泥之用輴，山之用蔂，夏瀆而冬陂，因高為田，因下為池，此非吾所謂為之。

它聲明那種「引之不來，推之不往」，「感而不應，迫而不動」的消極絕對的無為，並不是作者所說的無為。它的無為，實際是指去除一己私欲私見，而因順事物的自然之理、自然之勢的有為。這便超越了前人（如莊子）的無為論，使無為變成了一種特定含義的有為。不僅使其無為而治的思想更具可操作性和實際意義，而且也是從精神實質上對漢初七十年的政治實踐所作的總結。

㈢貴因

貴因是其無為思想的一個方面。《原道訓》說：

所謂無為者，不先物為也。所謂無不為者，因物之所為也。所謂無治者，不易自然也。所謂無不治者，因物之相然也。

這與《修務訓》對無為的新解，基本精神是相同的。所謂無為，不是完全不做事，而是「不先物為」，是「因物」而為、「因物」而治。一言以蔽之，即「不易自然」而為。這便突出了一個「因」字。《淮南子》把因循無為的思想，極力推廣到了治術之上。如《泰族訓》說：「聖人之治天下，非易民性也。拊循其所有，而滌蕩之。故因則大，化則細也。」又如《主術訓》說：「君人者，不下廟堂之上，而知四海之外者，因物以識物，因人以知人也。」又云：「是故聖人舉事也，豈能拂道理之數，詭自然之性，以曲為直，以屈為伸哉？未嘗不因其資而用之也。」

㈣尚賢

尚賢本是儒、墨二家的思想，《淮南子》把它融入自己的思想體系。無為與尚賢相結合的支點，是《淮南子》承繼法家的主逸臣勞思想。《主術訓》說：「人主之術……因循而任下，責成而不勞。是故心知規而師傅諭導，口能言而行人稱辭，足能行而相者先導，耳能聽而執政進諫，是故慮無失策，謀無過事。」又說：「主道員者，運轉而無端，化育如神，虛無因循，常後而不先也。臣道方者，論是而處當⑥³，為事先倡，守職分明以立成功也。是故君臣異道則治，同道則亂。」主無為而臣有為，那麼就出現了任人用人的問題⑥⁴。《主術訓》反復強調任用眾人之智力的重要，如它說：「故積力之所舉，則無不勝也；眾智之為，則無不成也」；「乘眾勢以為車，御眾智以為馬，雖幽野險途，則無由惑矣」；「夫乘眾人之智，則無不任也；用眾人之力，則無不勝也。」等等。因此，《主術訓》還說任人以賢能為上：

人主之一舉也，不可不慎也。所任者得其人，則國家治，上下和，群臣親，百姓附；所任非其人，則國家危，上下乖，群臣怨，百姓亂。故一舉而不當，終身傷。

主張君無為而臣有為，源自老、莊而歸乎法家；任人尚賢的思想，卻又不同於道、法，而與儒、墨相合。《淮南子》是把道、法、儒、墨融洽在一處了。

㈤用法

以法治國也是《淮南子》無為而治思想的一個重要方面。它首先強調法制的客觀公正性：「法者，天下之度量，而人主之準繩也。……法定之後，中程者賞，缺繩者誅；尊貴者不輕其罰，而卑賤者不重其刑；犯法者雖賢必誅，中度者雖不肖必無罪。故公道通而私道塞矣。」（《主術訓》）這就為從法治走向無為鋪墊了一塊基石。取公去私，即遏止了人為的可能性，從而通向以法無為而治之途。故《主術訓》說：「夫權衡規矩，一定而不易，不為秦楚變節，不為胡越改容，常一而不邪，方行而不流，一日刑之，萬世傳之，而以無為為之。」任法，則可以無為；無為，又可保證法律的公正客觀。在這一點上，它與法家無異。值得注意的，是《主術訓》的另一段話：

> 古之置有司也，所以禁民，使不得自恣也。其立君也，所以制有司，使無專行也。法籍禮義者，所以禁君，使無擅斷也。人莫得自恣則道勝，道勝而理達矣，故反于無為。無為者，非謂其凝滯而不動也，以言其莫從己出也。

這段話，除任法而無為（**此釋無為，亦與《修務訓》通**）的含義外，尚有兩點可注意：第一，它把法制和禮義相提並論，共同做為限制人君私心擅斷的憑藉。這可說明道、法、儒在此一問題上的相互結合。第二，由「法籍禮義→君→有司→民」這樣一個層層制控的機制，可以見出禮法的最高權威性和公正客觀性。這不僅是限制人君隨心所欲、好惡從己出，而且更是實現人君無為而治的有力保證。

㈥因變

《淮南子》對無為的新的闡釋，不僅使它提倡貴因，同時也具有某種積極有為的傾向。由此即可推衍出，因變也自然成為它無為思想的一個組成部分。《齊俗訓》說：

> 世異則事變，時移則俗異。故聖人論世而立法，隨時而舉事。……是故不法其已成之法，而

> 法其所以為法。所以為法者，與化推移者也。

所謂「論世立法，隨時舉事」、「與化推移」，就是把「循理舉事」、「不易自然」的無為思想，由空間上設論推衍到時間上設論。換言之，因變就是無為運用於歷史發展上的涵義。基於「與化推移」，《淮南子》反對貴古賤今：「世俗之人多尊古而賤今，故為道者必托之於神農、黃帝而後能入說；亂世暗主高遠其所從來，因而貴之；為學者蔽於論而尊其所聞，相與危坐而稱之，正領而誦之。此見是非之分不明。」（《修務訓》）它明確宣稱：「苟利於民，不必法古；苟周於事，不必循舊」，「先王之制，不宜則廢之；末世之事，善則著之。」其去取的標準，便是「法與時變，禮與俗化」，「法度制令，各因其宜。」（《氾論訓》）

㈦教化

為政重視教化，本是儒家思想，《淮南子》也把它融入了無為而治的思想體系中。

首先，它認為人性易於為善而難於作惡：「天下莫易於為善，而莫難於為不善也。」（《氾論訓》）但是人性又會因習俗的影響而發生變易：「人之性無邪，久湛於俗則易，易而忘本。」（《齊俗訓》）因此，對人進行教化就顯得十分重要。所以《泰族訓》即說：「人之性有仁義之資，非聖人為之法度而教導之，則不可使鄉方。」

其次，它認為教化的原則不是塑造，而是「因性」。《泰族訓》說：

> 先王之教也，因其所喜以勸善，因其所惡以禁奸。故刑罰不用而威行如流，政令約省而化耀

> 如神。故因其性則天下聽從，拂其性則法縣而不用。

很顯然，因性施教的思想是建立在人性善善惡惡的認識基礎之上的。這是繼承了孟子的人性論。但是，《淮南子》對「善性」做出了全新的解釋：

> 所謂為善者，靜而無為也；所謂為不善者，躁而多欲也。適情辭餘，無所誘惑，循性保真，無變於己，故曰為善易。越城郭，逾險塞，奸符節，盜管金，篡弒矯誣，非人之性也，故曰為不善難。（《氾論訓》）

所謂「善性」，便是「靜而無為」的本性[65]；所謂「不善」，則是人性向著「躁而多欲」的發展。這就把儒家孟子的人性論同道家的「無為」結合了起來。

根據以上分梳，基本可以確認：《淮南子》的社會政治思想是以道為本，兼融儒、法以及其他思想的雜糅體系。其中道（類黃老）、儒二家是它最基本的組成部分。有學者誇大其道、儒的矛盾和對立之處，認為它「雜而無統」。據上分析，這種矛盾其實並沒有那麼嚴重。它以道家統合儒、法諸家，邏輯較明確，理路清楚。《淮南子》的這一努力，不僅表明它企圖兼采眾長而建立一個新的政治思想體系，實際上也是對漢初七十年的政治實踐做出理論總結。這就是，調合道（黃老）、儒兩大思想流派，同時堅持了漢初思想綜合而務實的傳統。

二

附著於無為而治的政治思想之上，《淮南子》也對文藝問題發表了一些片斷零散的看法，接觸到了文藝創作、功用和鑒賞諸方面。下文把它概括為神形論、文用論和鑒賞論，分三小節述之。首先來說神形論。

神形問題的提出不始於《淮南子》。《管子．內業》說「凡人之生也，天出其精，地出其形」；《莊子．德充符》說「非愛其形也，愛使其形者也」，《在宥》說「抱神以靜，形將自正」；《荀子．天論》說「形具而神生」等等，都是從哲學或養生意義上涉言神形的問題。但是，把哲學或養生意義上的神形論用於論說文藝問題，則是《淮南子》的發明。這一轉移過程的理路是清晰的。

㈠自然生理意義上神形關係的類比推闡。《原道訓》說：

> 夫形者，生之舍也；氣者，生之充也；神者，生之制也。一失位則三者傷矣。是故聖人使人各處其位，守其職而不得相干也。……故以神為主者，形從而利；以形為制者，神從而害。貪饕多欲之人，漠睧於勢利，誘慕於名位，冀以過人之智，植於高世，則精神日以耗而彌遠。久淫而不還，形閉中距，則神無由入矣。……夫精神氣志者，靜而日充者以壯，躁而日耗者以老，是故聖人將養其神，和弱其氣，平夷其形，而與道沈浮俯仰。恬然則縱之，迫則用之。其縱之也若委衣，其用之也若發機，如是，則萬物之化無不遇，而百事之變無不應。

這段話有幾層意思：其一，就神形[66]的地位關係而言，形為神之宅，神為形之主。故《精神訓》說：「心者形之主也，而神者心之寶也[67]。」《詮言訓》也說：「神貴於形也，故神制則形從，形勝則神窮。聰明雖用，必反諸神，謂之太沖。」因此它強調，神形的主從位置不可變亂，變則為害。其二，《淮南子》把生理上神形的主從關係上推下闡，類比於自然之道和現實人生。就前一方面看，首先它說：「夫精神氣志者，靜而日充者以壯，躁而日耗者以老。」規定神須靜定充實，不可躁動耗費的恒定性徵。其次，所謂聖人養神、和氣、平形，都是努力回返神的靜定充盈狀態，如此，則可以「與道沈浮」。這兩點，不論它是揭櫫神的本質特徵，還是論說養神的重要，都是把神大力提升到人體生理之「道」的顯要位置，以類比於那個宇宙本體的「道」。這層意思在《原道訓》的其他地方講得更明顯，如說「神托於秋毫之末，而大宇宙之總」，「神與化遊，以撫四方」等等。在這裏，神其實就是道。再次，就「神」的活動條件和方式看，與道亦相同。「恬然則縱之，迫則用之；其縱之也若委衣，其用之也若發機。」神非一潭死水，波瀾不興，而是靜定充盈，遇機而應。「心與神處，形與性調，靜而體德，動而理通。隨自然之性，而緣不得已之化」（《本經訓》），這是對神的靜、動狀態的簡明分說。平時「隨自然之性」而靜，「神無所掩，心無所載，通洞條達，恬漠無事，無所凝滯，虛寂以待」（《俶真訓》）；而神的「動」，則是因為「物至而神應」（《原道訓》），是「緣不得已之化」，是「迫則用之」。如果不做苛求的理解，神的靜動與道的靜動是相似的。就其把自然生理上的神形關係下推到社會人生之上來看，《淮南子》一則將其套用到社會秩序之上：「聖人使人各處其位，守其職而不得相干。」再則套用到人的生活態度和方式之上，即「貪饕多欲之人」云云，批評這類人顛倒了神形的主從地位，務形而傷神。

若從邏輯思辨層次來看待《淮南子》關於神形問題的提出與推闡，根據以上分析，則可以重新調理出一條清晰線索：由自然之道到自然生理再到社會人生的層層類推。在這一類推過程中，可以見到道家的根基和養生觀念，也可見到儒、法二家的社會秩序思想。同時，這條線索還明示著《淮南子》由虛而實的致用精神。

㈡神形論向文藝觀念的昇華

《淮南子》不僅把自然生理意義上的神形說上推下闡到自然之道和社會人生之上，它又進一步把它推闡到文藝觀念之上。這一推闡的實現，是沿著兩條路徑進行的：

其一，由神形的自然生理（人的自然屬性）意義，推衍到文藝觀念之上。《本經訓》說：

> 凡人之性，心和欲得則樂，樂斯動，動斯蹈，蹈斯蕩，蕩斯歌，歌斯舞，歌舞節則禽獸跳矣。人之性，心有憂喪則悲，悲則哀，哀斯憤，憤斯怒，怒斯動，動則手足不靜。人之性，有侵犯則怒，怒則血充，血充則氣激，氣激則發怒，發怒則有所釋憾矣。故鐘鼓管簫，干戚羽旄，所以飾喜也；衰絰苴杖，哭踴有節，所以飾哀也；兵革羽旄，金鼓斧鉞，所以飾怒也。必有其質，乃為之文。

這就是根據神主形從的思想，講述不同心緒（神）外化為不同之「文」，關涉到了文藝思想的情文、內外、質文等問題。

其二，由神形之社會人生（人的社會屬性）的意義，推衍到文藝觀念之上。《淮南子》有依道廢智（當然也包括文藝）的主張（**見《原道訓》**）[68]，也貶損儒家的《詩》《書》《禮》《樂》（**見《俶真訓》**），但那是在「道」這一最高層次上提出的批判，認為在大道的境界，智慮「苦心而無功」，《詩》《書》《禮》《樂》是「失其大宗之本」。而一旦落實到現實人生之上，《淮南子》又不否認「仁義禮樂者，可以救敗」（《本經訓》）的實際作用。這是一個值得注意的結合點：神形既然可以比附於社會的結構、秩序，而禮樂又可以調節和維護社會的結構、秩序⑲，那麼，神形問題就同禮樂結下了不解之緣。《繆稱訓》的一段話正是將二者捉置一處熔鑄：

聖人之行，無所合，無所離。譬若鼓，無所與調，無所不比。絲管金石，大小修短有敘，異聲而和；君臣上下官職有差，殊事而調。

樂中之鼓，猶如人中之聖人（君），不確定，無偏向，故為神；而絲管金石，亦猶臣子上下，各有其音質音色，各守其職，是為形。而不論眾樂器之於鼓，還是諸臣下之於君，均需調和於「神」，以實現神主形從，神形和諧。

總上所說，從文學思想的角度看，《淮南子》的神形論，呈現出一條清晰的推衍軌跡：由自然之道到自然生理，到社會人生，再昇華到文藝觀念之上。

㈢神形論在創作思想上的諸種表現

第一，君形者。

畫西施之面，美而不可說；規孟賁之目，大而不可畏；君形者亡焉。（《說山訓》）

使但吹竽，使工厭竅，雖中節而不可聽，無其君形者也。（《說林訓》）

昔雍門子以哭見於孟嘗君，已而陳辭通意，撫心發聲。孟嘗君為之增欷歍唈，流涕狼戾不可止。精神形於內，而外諭哀於人心，此不傳之道；使俗人不得其君形者，而效其容，必為人笑。（《覽冥訓》）

學者均已指出，這是中國文藝思想史上首次提出的「傳神」理論；所謂「君形者」，在這個意義上可釋為文藝作品的精神。但是只看到這一點是不夠的，《淮南子》還試圖說明怎樣才能達到傳神的效果，如上引《覽冥訓》的話即是。它認為，只有精神充盈於內而外諭，才能做到傳神。換言之，只追求作品（如一曲一畫）的形真貌肖，而沒有藝術家的精神貫注，是不能傳神的。這就要求藝術家的內心世界必須飽滿充盈，情感和體驗必須精誠，要有不得不發的創作欲望。在這個意義上，「君形者」又是指藝術家豐沛的內心世界。因此，「君形者」實具有相互關聯的兩層意義。

第二，中有本主。《氾論訓》說：

今不知道者，見柔懦者侵，則務為剛毅；見剛毅者亡，則務為柔懦⑩。此無本主於中……譬猶不知音者之歌也，濁之則鬱而無轉，清之則燋而不調⑪；及至韓娥、秦青、薛談之謳，侯同曼聲之歌，憤於志，積於內，盈而發音，則莫不比於律，而和於人心。何則？中有本主，以定清濁，不受於外，而自為儀表也。

師曠之施瑟柱也，所推移上下者，無寸尺之度，而靡不中音。故通於禮樂之情者能作，言⑫有本主於中，而以知榘彠之所周者也。

從第一段引文可以瞭解，「中有本主」有兩種含義：其一是情思豐沛，所謂「憤於志，積於內，盈而發音」者是；其二是有主見、主意，所謂「不受於外，而自為儀表」者是。兩種含義又是相互聯繫的，情感和思想本就不能截然分開。可見，「中有本主」較之「君形者」，意義大體相同而內涵更加豐滿。第二段引文談到了「本主」與藝術表現的關係。它認為，藝術創作中「本主於中」，則有利於表現方式的多樣自如；反言之，儘管藝術表現「推移上下，無寸尺之度」，但由於它們都圍繞「本主」效才，故「靡不中音」。這就是多樣不居的「形」，與既定有度之「神」在藝術創作（如奏琴）之中的關係。

第三，情與文（質與文）。

巧冶不能鑄木，巧工不能斫金者，形性然也。白玉不琢，美珠不文，質有餘也。（《說林訓》）

今夫毛嬙、西施，天下之美人，若使之銜腐鼠、蒙蝟皮、衣豹裘、帶死蛇，則布衣韋帶之人過者，莫不左右睥睨而掩鼻；嘗使使之施芳澤、正蛾眉、設笄珥、衣阿錫、曳齊紈、粉白黛黑、佩玉環揄步、雜芷若、籠蒙目、冶由笑、目流眺、口曾撓、奇牙出、靨酺搖，則雖王公大人有嚴志頡頏之行者，無不憚悇癢心而悅其色矣。（《修務訓》）

文者，所以接物也。情系於中，而欲發外者也。以文滅情則失情，以情滅文則失文。文理情通，則鳳麟極矣。（《繆稱訓》）

第一條材料申說情（質）的重要性及其對文的決定作用[73]；第二條材料說明，文飾也非可有可無，它也可以左右事物的審美價值；最後一則材料比較全面，說明情、文均不可或缺，並重而統一才是正確態度。

第四，憤中形外。

且喜怒哀樂，有感而自然者也。故哭之發於口，涕之出於目，此皆憤於中而形於外者也。……故強哭者雖病不哀，強親者雖笑不和。情發於中，而聲應於外。（《齊俗訓》）

夫歌者，樂之征也；哭者，悲之效也。憤於中則應於外，故在所以感。（《修務訓》）

學者大都指出，「憤中形外」是《淮南子》繼屈原之後**（實際上還有陸賈和嚴忌的傳遞）**，再次申明的一種創作思想，它直接啟發了司馬遷的「發憤著書」說。這一認識是正確的，但不全面。據上面的引文，《淮南子》分明是就悲、喜兩個方面立論的，「喜怒哀樂」齊說，「強哭者」與「強親者」共提，「歌者」同「哭者」並論。故所謂「憤」，實際上是一個中性詞，指的是真情實感。《淮南子》書中強調內在情感真實豐沛的句段多不勝數，前引關於「君形者」、「中有本主」、「情與文」的例證都是如此，並沒有只偏於說憤鬱。錢鍾書在其著名論文《詩可以怨》中，分析韓愈的「不平則鳴」時指出：「它不但指憤鬱，也包括歡樂在內⑭。」是準確而精湛的。而錢氏析出的中國文論中的這層意思，實是早在《淮南子》中即已濫觴。

以上分列四端，論析《淮南子》神形論在創作思想上的諸種表現，只是為了更好地體現《淮南子》文藝觀念的特色以及敘述的方便。若概而觀之，四個方面實際上都是講一件事，即文藝創作中情思與表現的關係。它包含兩個方面的意思：一是藝術家的精神世界同創作的關係，二是作品中內容和形式的關係。由以上論析可以見出，《淮南子》情文並重，而尤重於情。它特別強調內在精神（無論是藝術家還是作品）的充盈、情感的真誠豐沛，這樣才能由「憤中」而「形外」，創作出（或成為）成功的作品。而這樣的創作思想，作為其社會政治思想的佐證，又與其道、法、儒交糅的「神主形從」的自然觀念和社會秩序觀念相一致。

三

與《淮南子》全書「作為書論者，所以紀綱道德，經緯人事」（《要略》）的基調一致，作為其社會政治思想一部分的文藝觀念，也遵循著致用的原則。它貶損儒家「博學以疑聖，華誣以脅眾；弦歌鼓舞，緣飾《詩》《書》」的理由，是儒者「聚眾不足以極其變，積財不足以贍其費；於是萬民乃始犠觟離跂，各欲行其知偽，以求鑿枘於世，而錯擇名利」（《俶真訓》）。它所以尚未廢儒，也是由於儒學雖「非通治之至」，但尚「可以救敗」：「仁者，所以救爭也；義者，所以救失也；禮者，所以救淫也；樂者，所以救憂也。」（《本經訓》）《淮南子》偶出排斥文飾之語，也都是出於實用的考慮。如《主術訓》：「人主好高臺深池，雕琢刻鏤，黼黻文章，絺綌綺繡，寶玩珠玉，則賦斂無度，而萬民力竭矣」；《齊俗訓》：「翡翠犀象，黼黻文章，以亂其目；芻豢黍粱，荊吳芬馨，以嚂其口；鐘鼓管簫，絲竹金石，以淫其耳；趨舍行義，禮節謗議，以營其心；於是百姓糜沸豪亂，暮行逐利，煩挐澆淺。法與義相非，行與利相反，雖十管仲弗能治也。」因此，《淮南子》認同前人對於《詩》《樂》的實用觀點，《齊俗訓》、《道應訓》、《泰族訓》等篇中有許多這樣的論述。

值得注意的是，《淮南子》的文用論中，還包含著一些有價值的觀點：

第一，文藝的感人作用。

甯戚擊牛角而歌，桓公舉以大政；雍門子以哭見，孟嘗君涕流沾纓。歌哭，眾人之所能為也。一發聲，入人耳，感人心，情之至者也。（《繆稱訓》）

老母行歌而動申喜，精之至也。瓠巴鼓瑟而淫魚出聽，伯牙鼓琴而駟馬仰秣，介子歌龍蛇而文君垂泣。（《說山訓》）

夫榮啟期一彈，而孔子三日樂，感於和；鄒忌一徽，而威王終夕悲，感於憂。動諸琴瑟，形諸音聲，而能使人為之哀樂；縣法設賞，而不能移風易俗者，其誠心弗施也。甯戚商歌車下，桓公喟然而寤，至精入人深矣。故曰：「樂聽其音，則知其俗；見其俗，則知其化。」孔子學鼓琴於師襄，而諭文王之志，見微以知明矣。延陵季子聽魯樂，而知殷夏之風，論近以識遠也。作之上古，施及千歲，而文不滅，況於並世化民乎！（《主術訓》）

容易看出，這裏論音樂的感人作用是與教化聯繫在一起的。一方面，它比較深刻地體認到音樂能感發人的情感；另方面，它的本意實是講音樂的觀化和移風易俗作用。這表明，《淮南子》對音樂感人作用的認識，本是隸屬於其音樂政教觀念之中的。

第二，與民同樂觀念。《主術訓》說：

古之君人者，其慘怛於民也，國有饑者食不重味，民有寒者而冬不被裘；歲登民豐，乃始縣鐘鼓、陳干戚，君臣上下，同心而樂之。國無哀人，故古之為金石管弦者，所以宣樂也。

這是孟子思想的繼續，賈誼亦曾言及。它也是屬於政教觀念之中的。

第三，文藝的發展觀念。這是它因變適用思想的幅射：

堯《大章》，舜《九韶》，禹《大夏》，湯《大濩》，周《武象》，此樂之不同者也。故五帝異道，而德覆天下；三王殊事，而名施後世。此皆因時變而制禮樂者。……是故禮樂未始有常也。故聖人制禮樂，而不制於禮樂。……以《詩》、《春秋》為古之道而貴之，又有未作《詩》、《春秋》之時。（《氾論訓》）

因變思想的根本，是將事物的取捨衡量於宜用與否，可用則因之，不可用則變之。而時移世異，萬情不同，因此因變實重於一「變」字。所以，「因時變而制禮樂」，本質上是一種發展的觀點。

第四，美的多樣性。如說：

佳人不同體，美人不同面，而皆悅於目。梨橘棗栗不同味，而皆調於口。（《說林訓》）

西施、毛嬙，狀貌不可同，世稱其美好鈞也。（同上）

故秦、楚、燕、魏之歌也，異轉而皆樂；九夷八狄之哭也，殊聲而皆悲；一也。（《修務訓》）

故美人者，非必西施之種；通士者，不必孔墨之類。（同上）

五行異氣而皆和，六藝異科而皆通⑮。……水火金木土穀，異物而皆任。規矩權衡準繩，異形而皆施。丹青膠漆，不同而皆用，各有所適。（《泰族訓》）

這些言論，本都是《淮南子》尚用權變思想的論證材料，初不為文藝。但是，若拋開它的思想背景，也不妨視之為提倡美的多樣化。這一觀念是極有價值的。

四

《淮南子》中有一些論說，還接觸到了文藝鑒賞問題。其中有兩個方面最值得注意：

第一，它認識到了鑑賞對實現接受效果的重要性。《修務訓》說：

夫無規矩，雖奚仲不能以定方圓；無準繩，雖魯般不能以定曲直。是故鍾子期死而伯牙絕弦破琴，知世莫賞也；惠施死而莊子寢說言，見世莫可為語者也。

曉然意有所通於物，故作書以喻意，以為知者也。誠得清明之士，執玄鑒於心，照物明白，不為古今易意，攄書明指以示之，雖闔棺亦不恨矣。

一個既成的創作，必待接受者的體會和揭示才能實現其價值。而接受者鑑賞水準的高低、「期待視野」的寬窄以及成見的有無深淺，都是影響鑑賞效果的重要因素。因此，《淮南子》一則要求鑑賞者應是「清明之士，執玄鑒於心，照物明白」，以實現高水準的鑑賞；再則要求「不為古今易意」，以清除鑑賞者內心的成見，儘量拓寬其可鑑賞的域界。如此，作為鑑賞者，則不但具備了較高的鑑賞水準，使創作的價值得以充分展示，也可以接受多種題材、多樣風格的作品。應該說，《淮南子》的這一認識已達到了較高水準。

第二，它比較詳細地論述了鑑賞者不同則鑑賞效果各異的思想：

《咸池》、《承雲》、《九韶》、《六英》，人之所樂也，鳥獸聞之而驚。……形殊性詭，所以為樂者，乃所以為哀；所以為安者，乃所以為危也。（《齊俗訓》）

夫歌《采菱》，發《陽阿》，鄙人聽之，不若《延露》以和。非歌者拙也，聽者異也。（《人間訓》）

心有憂者，筐床衽席弗能安也，菰飯犓牛弗能甘也，琴瑟鳴竽弗能樂也；患解憂除，然後食甘寢甯，居安遊樂。（《詮言訓》）

昔者謝子見於秦惠王，惠王說之，以問唐姑梁。唐姑梁曰：「謝子，山東辯士，固權說以取少主。」惠王因藏怒而待之。後日復見，逆而弗聽也。非其說異也，所以聽者異。夫以徵為羽，非弦之罪；以甘為苦，非味之過。（《修務訓》）

第一、二條材料說明，同一藝術作品，由於鑑賞者不同而藝術效果各異，強調了「聽者異」。第

三、四條材料則更細緻深入一步，說明即使是同一接受者面對同一作品，由於接受者的心境、情感等的變易，其效果亦各不同，強調了聽者因時而異。

此外，《淮南子》還對附庸風雅而好名，沒有真正鑑賞能力的人提出批評：「邯鄲有出新曲者，托之李奇，諸人皆爭學之。後知其非也，而皆棄其曲。此未始知音者也。」（《修務訓》）並由此而提出了「有符於中，貴是而同今古」的鑑賞要求。

概而言之，《淮南子》鑑賞論的核心思想，就是提高了鑑賞者在欣賞或閱讀活動中的主體地位。它不是強調作品對接受者的影響和制約，而是強調接受者對作品的感受和闡發。從而確認接受者對作品產生不同感受的合理性，同時也指出了接受者提高鑑賞能力、不為成見所制限的必要性。這樣比較周匝的鑑賞思想，在我國文論史上尚屬首次出現，彌足珍貴。

綜合本節所論，可有以下幾點基本認識：

第一，《淮南子》並沒有獨立的文藝思想，它所涉及的某些文藝觀念，乃是其社會政治思想的組成部分，是為政治思想做論證的。本書所做的工作，只是剝離它之中可視為文學觀念的東西，而類述之。

第二，神形論、文用論、鑑賞論，是《淮南子》文藝觀念的幾個基本內容。它不僅提出了自己的概念（如「君形者」、「中有本主」、「憒中形外」等），而且在每個問題上都具有其內在的邏輯。尤其是它的鑑賞論，不唯開啟中國文論鑑賞理論之先河，而且比較圓熟。

第三，道儒交糅，重情尚用是漢初文藝觀念的基本特徵（**見本章前幾節**）。《淮南子》的創作論（神形論）強調情之於文、虛之於實的決定作用，鑑賞論承認審美個體的多樣合理性和主體地位，即滿富道家精神；而文用論認同並宣導文藝（詩樂）為政教服務，又特具儒家品格。它強調情感的豐沛精誠，又注重文藝感人、化人的作用，就是既重情又尚用。因此可以說，《淮南子》所涉及的文藝觀念不僅與它自身的社會政治思想直接相關，也是對漢初道儒交糅、重情尚用的文藝觀念做出了全面的總結。

①《漢書·食貨志上》：「上（劉邦）於是約法省禁，輕田租，什五而稅一。」又其《惠帝紀》顏師古注引鄧展說：「漢家初，十五稅一，儉於周十稅一也。」又引如淳說：「秦作阿房之宮，收太半之賦。……（今）乃復十五而稅一。」可見，漢初賦稅不僅較秦稅輕之多多，較周時亦少。至「孝景二年，令民半出田租，三十而稅一也」（同前），稅率更輕了。

② 參見王洲明、徐超《賈誼集校注》附《賈誼年譜》（北京：人民文學出版社一九九六年版），及汪中《賈誼年表》（見《述學·內篇》卷三，《四部叢刊》本）、王耕心《賈子年譜》（見《賈子次詁》卷十四，《續修四庫全書》第九三三冊）。

③《漢書·晁錯傳》顏師古注引臣瓚曰：「術數，謂法制治國之術也。」

④《漢書·爰盎傳》：「盎諫曰：諸侯太驕，必生患，可適（讀為謫）削地。」

⑤ 唯晁錯曾一度位列三公（御史大夫），是個例外，但不久便成了政治的祭品。

⑥《隋書·經籍志》集部《楚辭》：「隋時有釋道騫，善讀之，能為楚聲，音韻清切。至今傳楚辭者，皆祖騫公之音。」可知楚辭以能用楚聲誦讀為「能」。

⑦劉向所編《楚辭》十六卷今已不見；後漢王逸據此擴編為《楚辭章句》十七卷。這兩個集子可說明漢代人把楚辭特立出來，自成一體。但是翻查《楚辭章句》，如《卜居》、《漁父》二篇，即非騷體。這說明王逸務在彙集屈原的作品，並且對辭、賦之區分仍不甚明確。

⑧馬積高《賦史》，上海古籍出版社一九八七年版，第六十二頁。

⑨如陸賈《新語．明戒》：「治道失於下，則天文變於上；惡政流於民，則螟蟲生於野。」又其《思務篇》，把「虹霓冬見，蟄蟲夏藏」即當作惡政的天象。

⑩杜預注：「後三年宋弒昭公，五年齊弒懿公，七年晉弒靈公。」

⑪杜預注：「水得妃（同配）而興。陳興則楚衰，故曰『逐楚而建陳』。」

⑫杜預注：「五行各相妃（同配）合，得五而成，故五歲而陳復封。」

⑬杜預注：「是歲，歲在星紀，五歲及大梁，而陳復封。自大梁四歲而及鶉火，後四周四十八歲，凡五及鶉火，五十二年。天數以五為紀，故五及鶉火，火盛水衰。」按：魯昭公八年（前五三四）十一月，楚靈王滅陳。五年後，即昭公十三年（前五二九），楚平王立吳為陳侯（陳惠公），陳遂復國。五十二年後，即魯哀公十七年（前四七八）（一說魯哀公十六年秋），楚惠王再滅陳。

⑭馬積高《賦史》，上海古籍出版社一九八七年版，第六十一頁。

⑮《風賦》見《文選》；《笛》《釣》《舞》三賦見《古文苑》。後三賦後人多以為偽作。

⑯《漢書．淮南王傳》說，劉安「欲以行陰德，拊循百姓，流名譽。招致賓客方術之士數千人，作為《內書》二十一篇，《外書》甚眾。」武帝初即位，即以《內篇》進獻。可知《淮南子》至晚亦成於武帝即位時。而造書非短日之功，其招才士賓客更當在前。所以淮南小山此作必然作於劉安生活前期。

⑰ 明人王世貞《藝苑卮言》已指出：「據結尾婦人先歌而後無和者，亦似不完之篇。」甚是。

⑱ 至於漢大賦是否真的具有諷諫意義，漢大賦的精神實質究竟是什麼，我們留待第三章第三節去詳細討論。

⑲ 《周禮．春官．小胥》注引鄭司農云：「宮縣，四面縣。軒縣，去其一面。」直懸，只懸掛一面樂器。

⑳ 《左傳．成公二年》「請曲縣」杜注：「軒縣也。」

㉑ 景春，《文選》李善注：「孟子時人，為縱橫之術者。」杜連，《文選》五臣劉良注：「即田連，善鼓琴者。」

㉒ 《詩可以怨》，見舒展選編《錢鍾書論學文選》第六卷，廣州：花城出版社一九九〇年版。

㉓ 此外，這時的文學觀念中還接觸到了鑑賞過程中詩樂的感動作用。附誌於此：「使師堂操《暢》，伯子牙為之歌。……飛鳥聞之，翕翼而不能去；野獸聞之，垂耳而不能行；蚑蟜螻蟻聞之，拄喙而不能前。此亦天下之至悲也。」（枚乘《七發》）

㉔ 王國維《漢魏博士考》即云：「蓋為經置博士，始於文帝；而限以五經，則自武帝建元五年始也。考文景時博士，如張生，如鼂錯，乃《書》博士；如申公，如轅固，如韓嬰，皆《詩》博士；如胡母生，如董仲舒，乃《春秋》博士。是專經博士，文景時已有之，但未備五經。」《觀堂集林》卷四，北京：中華書局一九五九年影版第一冊，第一七七頁。

㉕ 徐復觀《中國經學史的基礎》認為《毛詩》亦今文，但只是推測，證據殊不足。臺北：學生書局一九九〇年版，第一四九頁。

㉖ 《齊詩》亡於魏，《魯詩》亡於西晉，《韓詩》亡於北宋。說見《隋書．經籍志》、《崇文總目》及魏源《詩古微》等。

㉗ 胡朴安《詩經學》，上海：商務印書館一九三〇年版。張西堂《詩經六論》，上海：商務印書館一九五七年版。徐

澄宇《詩經學纂要》，上海：中華書局一九三六年版。

㉘《毛詩正義》卷九《小雅．常棣》疏引《鄭志》答張逸曰：「此序子夏所為，親受聖人，足自明矣。」可證沈氏之言不誣。

㉙蔣凡《兩漢文學批評》，《中國文學批評通史．先秦兩漢卷》，上海：上海古籍出版社一九九六年版，第三九九—四〇〇頁。

㉚徐復觀《中國經學史的基礎》，臺北：學生書局一九八二年版，第一五七頁。

㉛參見徐復觀《韓詩外傳的研究》，載《兩漢思想史》卷三，臺北：學生書局一九七九年版。

㉜皮錫瑞《經學通論》，北京：中華書局一九五四年版。

㉝陸氏本人反對區分大小序，《經典釋文．毛詩音義上》謂：「今謂此序止是《關雎》之序，總論詩之綱領，無大、小之異。」

㉞參見朱熹辨說之《詩序》，文淵閣《四庫全書》本。

㉟李澤厚、劉綱紀《中國美學史》第一卷，北京：中國社會科學出版社一九八四年版，第五七一—五七二頁。

㊱皮錫瑞《經學歷史》，周予同註釋本，北京：中華書局一九五九年版。

㊲王先謙《詩三家義集疏》，北京：中華書局一九八七年版。

㊳如《大雅．文王》曰：「文王在上，于昭於天。周雖舊邦，其命維新。」又：「上帝既命，侯於周服。」故四家《詩》說無不言其文王受命興周之旨。

㊴《史記．孔子世家》謂：「古者詩三千餘篇，及至孔子，去其重，取可施於禮義……（編成）三百五篇。」此說絕不可信。因為第一，《左傳．襄公二十九年》（前五四四）記載吳公子季札在魯國觀周樂，所奏各國的詩歌及雅、

頌，其編排次序大體與今傳《詩經》相同。這一年，孔子只有八歲（孔子生卒年：前五五一～前四七九），當然不可能編訂《詩經》；第二，孔子刪編《詩經》這樣重要的事情，《論語》卻不見記載，唯有「吾自衛反魯，然後樂正，《雅》、《頌》各得其所」（《子罕》）一句。據《左傳》，孔子自衛返魯，在魯哀公十一年（前四八八）。這時《詩經》早已編定，至少已有六十年了。《子罕》的這句話，或可表示孔子曾做過一些篇目或音樂的調理工作。因此，自唐人孔穎達提出「馬遷言古詩三千餘篇，未可信也」（《毛詩正義．詩譜序疏》），後世學者如朱熹、朱彝尊、崔述、魏源等均表示懷疑，今人亦多不信。程頤所謂孔子作《大序》之說，殊無證。

㊵ 參見徐復觀《兩漢思想史》第三卷《韓詩外傳的研究》，臺北：學生書局一九七九年版。

㊶ 唐晏《兩漢三國學案》卷五：「自荀卿傳浮丘伯，浮丘伯傳申公，是為《詩》家正派，兩漢儒者世守之。」北京：中華書局一九八六年版。

㊷ 汪中《述學．補遺．荀卿子通論》，《四部叢刊》本。

㊸ 徐平章《荀子與兩漢儒學》，臺北：文津出版社一九八八年版，第一二三頁。

㊹ 《史記．孟荀列傳》云：「荀卿年五十，始遊學於齊。」案「五十」當為「十五」之誤。參見晁公武《郡齋讀書志》卷十《楊倞注荀子》及胡元儀《郇卿別傳考異》（王先謙《荀子集解．考證下》引錄）。

㊺ 《毛詩》於西漢末年平帝時始立官學。

㊻ 鄭樵《通志》，北京：中華書局一九八七年縮影商務印書館《萬有文庫》「十通」本。

㊼ 程廷祚《青溪集》，《金陵叢書》本。

㊽ 《聞一多全集》第一冊，北京：三聯書店一九八二年版，第三五六頁。

㊾ 朱自清《詩言志辨》，載《朱自清古典文學論文集》上冊，上海：上海古籍出版社一九八一年版，第二三九頁。

㊿ 陳奐《詩毛氏傳疏·葛藟篇》：「曰若，曰如，曰喻，曰猶，皆比也，《傳》則皆曰興。」（北京：中國書店一九八四年影印漱芳齋刊本）可見「興」有「比」義。又，鄭玄《周禮·太師》注釋比、興：「比，見今之失，不敢斥（直）言，取比類以言之。興，見今之美，嫌於媚諛，取善事以喻勸之。」就是說，比、興分別是溫柔敦厚、婉言而喻的「刺」和「美」。它們雖有或「刺」或「美」的內容分野，但從言說方式來說，其意義是相同的。

51 孔穎達《毛詩正義》卷一：「風、雅、頌者，《詩》篇之異體；賦、比、興者，《詩》文之異辭耳。大小不同而得並為六義者，賦、比、興是《詩》之所用，風、雅、頌是《詩》之成形。用彼三事，成此三事，是故同稱為義。」

52 以上見《詩言志辨·比興·毛詩鄭箋釋興》，載《朱自清古典文學論文集》上冊，上海：上海古籍出版社一九八一年版。

53 黃侃《文心雕龍札記》，北京：中華書局二〇〇六年版，第二一二頁。

54 如《論語·子路》：「子曰：誦《詩三百》，授之以政，不達；使於四方，不能專對；雖多，亦奚以為？」

55 《詩經》本身說到作詩之意的詩篇，朱自清《詩言志辨》說有十二首，統計未完，實則共有十八首，依次為：《召南·江有汜》：「之子歸，不我過；不我過，其嘯也歌」；《魏風·葛屨》：「維是褊心，是以為刺」；《魏風·園有桃》：「心之憂矣，我歌且謠」；《陳風·墓門》：「夫也不良，歌以訊之」；《小雅·四牡》：「是用作歌，將母來念」；《小雅·節南山》：「家父作誦，以究王訩」；《小雅·正月》：「謂天蓋高，不敢不局；謂地蓋厚，不敢不蹐。維號斯言，有倫有脊」；《小雅·何人斯》：「作此好歌，以極反側」；《小雅·巷伯》：「寺人孟子，作為此詩。凡百君子，敬而聽之」；《小雅·四月》：「君子作歌，維以告哀」；《小雅·車舝》：「雖無德與女，式歌且舞」；《小雅·白華》：「嘯歌傷懷，念彼碩人」；《大雅·卷阿》：「矢詩不多，維以遂歌」；《大雅·民勞》：「王欲玉女，是用大諫」；《大雅·板》：「猶之未遠，是用大諫」；《大雅·桑柔》：

「雖曰匪予，既作爾歌」；《大雅．崧高》：「吉甫作誦，其詩孔碩，其風肆好，以贈申伯」；《大雅．烝民》：「吉甫作誦，穆如清風。仲山甫永懷，以慰其心」。這些詩篇自道作詩之意，蓋有三焉：曰抒情，曰諷諫，曰歌頌。而其基本傾向，乃在諷諫與歌頌二端，即美刺也。

56 《漢書．淮南衡山濟北王傳》云：「安初入朝，雅善太尉武安侯。」據荀悅《漢紀．孝武皇帝紀》，武安侯田蚡為太尉，時在建元元年六月丙寅；至建元二年冬十月罷免。《漢書．武帝紀》亦載：「（建元）二年冬十月，御史大夫趙綰坐請毋奏事太皇太后，及郎中令王臧，皆下獄自殺；丞相嬰、太尉蚡免。」（《田蚡傳》所載同）。劉安入朝時田蚡仍是太尉，故知其時間必在建元一、二年間。

57 本書引用《淮南子》，均據劉文典《淮南鴻烈集解》，北京：中華書局一九八九年版。下引此書只注篇名。

58 徐復觀認為，《泰族訓》是「全書的總結」。見其《兩漢思想史》卷二。

59 有的論者引用高誘此語，往往不引「而著此書」之前的話，又舍去後面「出入經道」一句，斷章取義，歪解高誘的本意。

60 原文無「功」字，據王念孫說補。

61 推，原文作「權」，據王念孫說校改。

62 迫，原文作「攻」，據王引之說校改。

63 原文作「臣道員者，運轉而無方，論是而處當。」依王念孫說校改。

64 正是在這一點上，同樣持有主逸臣勞主張的《淮南子》顯示了它與法家的不同：法家講主逸臣勞是以法制為基礎，《淮南子》則是以用賢任能為基礎；法家反對尚賢，《淮南子》則主張尚賢。

65 《俶真訓》：「和愉安靜，性也。」《齊俗訓》：「人性欲平。」《人間訓》：「清靜恬愉，人之性也。」《原道訓》：「人生而靜，天之性也；感而後動，性之害也。」這一思想也為稍後最終寫定的《禮記．樂記》所吸納，後來的理學也如是說。

(66) 這段話雖也提到「氣」，但對「氣」沒有進一步論說，它處亦不多見。可見「氣」不是《淮南子》的重要概念，故不論。

(67) 一般說，《淮南子》中的「神」、「精神」、「心」幾個概念，意義是相同的。徐復觀辨之甚詳，見其《兩漢思想史》卷二。

(68) 另可參見顧易生、蔣凡著《先秦兩漢文學批評史》，上海古籍出版社一九九〇年。

(69) 如《本經訓》云：「夫仁者，所以救爭也；義者，所以救失也；禮者，所以救淫也；樂者，所以救憂也。」

(70) 上二「務」字，原作「矜」，依王念孫說校改。

(71) 調，原作「謳」，依王念孫說校改。

(72) 言，原作「音」，依王念孫說校改。

(73) 上文論證神形由自然生理意義推衍到文藝觀念之上時，曾引了《本經訓》述說「必有其質，乃為之文」的一段話，也可為此佐證。

(74) 《詩可以怨》，見舒展選編《錢鍾書論學文選》第六卷，廣州：花城出版社一九九〇年版。

(75) 「皆通」，原作「皆同道」，依王念孫說校改。

第三章　武帝時期辭賦的創作傾向

漢武帝劉徹在位（前一四〇～前八十七）的半個世紀，是西漢文學思想發展的第二個重要時期。這一時期的上限開始於武帝初年，學界沒有異議；而對下限的劃分則有不同看法，有學者把這一時期一直下延到宣帝朝①。本書認為，下限還是截止武帝末昭帝初較為合適。理由有二：一是西漢後期經學的極大發展及其與政治親合的歷程，實始於昭帝前期召開的鹽鐵會議。從那以後，政局、思潮以及與之相關的士人心態、文學創作等，都發生了完全不同於武帝時期的變化；二是武帝時期的重要作家到武帝末年相繼辭世，如司馬相如死於公元前一一八年（武帝元狩五年），司馬遷卒年約與武帝相同②。至於東方朔、枚皋等，雖不能確知其卒年，但他們的創作活動主要是在武帝朝無疑。而其後首先出現的重要作家，如王褒、劉向，則要到宣帝中期以後了，而且從王褒開始，文風即發生了變化。因此，本書把武帝初至昭帝初的約五十年時間，看作西漢文學思想發展的一個相對獨立時期。

第一節　武帝時期士人心態的變化

一

漢武帝劉徹即位不久，董仲舒舉賢良而上《天人三策》③，建議「諸不在六藝之科、孔子之術者，皆絕其道，勿使並進」。自此，漢代的思想文化一改漢初以來黃老為主的格局，開始了「罷黜百家，獨尊儒術」的新時期④。思想文化主導傾向的轉變，不只是簡單的學術思想發展的問題，它與當時的政治狀況有極為密切的關係。

不可否認，武帝一開始就傾向於儒學。即位之初，武帝就批准了衛綰關於罷黜「治申、商、韓非、蘇秦、張儀之言」者的奏議（**實含有非儒者輒罷之意**）。元光元年（前一三四）和元光五年（前一三〇），他兩次親策賢良，向儒生詢問治國大計。在位期間，屢召賢良儒者，並曾下詔勸學以昌明儒術。他任用「好儒術」的竇嬰、田蚡分掌政、軍大權；提拔治公羊《春秋》的公孫弘做丞相，治《尚書》的兒寬做御史大夫，開創了漢世三公多任儒生的先例（**此前惟治《尚書》的晁錯於景帝時任御史大夫**）。當然，最足以說明武帝向儒的，還是他確立了「罷黜百家，獨尊儒術」的思想文化政策，以及設置五經博士和建太學、置博士弟子幾件重大舉措。種種跡象表明，在思想文化領域內而言，儒學到了武帝朝，確實改變了它在漢初的從屬地位，一躍成為國學、顯學、獨尊之學。

但是更應看到，儒學在武帝朝的社會政治生活中，並不像它的顯赫聲名一樣尊貴，而只是處於政治的附庸和文飾地位。《漢書．循吏傳》對此有概括的記述：

> 孝武之世，外攘四夷，內改法度，民用凋敝，奸軌不禁。時少能以化治稱者，惟江都相董仲舒、內史公孫弘、兒寬，居官可紀。三人皆儒者，通於世務，明習文法，以經術潤飾吏事。天子器之。

三位大儒吏員，都是「以經術潤飾吏事」而得到武帝的賞識。武帝本人，對儒術也採取藉以潤飾政事的態度。他曾就司馬相如遺留《封禪書》之事詢問兒寬的看法，兒寬答以「唯聖主所由，制定其當」，於是「上然之，乃自制儀，采儒術以文焉」（《漢書．兒寬傳》）。

由此約略可見儒學在武帝時期的文飾附庸地位了，而史籍尚多有此類記載：

上察其（指公孫弘）行慎厚，辨論有餘，習文法吏事，緣飾以儒術，上說之，一歲中至左內史。（《漢書．公孫弘傳》）

是時，上方向文學，湯決大獄，欲傅古義，乃請博士弟子治《尚書》、《春秋》，補廷尉史，平亭疑法。……而深刻吏多為爪牙用者，依於文學之士。丞相弘數稱其美。（《漢書．張湯傳》）

從帝王到大吏，從重大國事如封禪到一般吏事如決獄，以儒學作為文飾和妝點的態度和做法，概莫能外。這一點，在當時即有人看清楚了。汲黯出身於「世為卿大夫」之家，武帝時位列九卿，有足夠的政治經驗和清醒的政治頭腦，同時性情耿直，「面折，不能容人之過。」他曾經毫不客氣地揭露出武帝政治的實質：

上方招文學儒者，上曰吾欲云云⑤。黯對曰：「陛下內多欲而外施仁義，奈何欲效唐虞之治乎！」（《漢書．汲黯傳》）

漢宣帝是西漢後期唯一「欲從武帝故事」、心儀武帝之治而勵精圖治的帝王，他教訓太子的一段話廣為人知：

漢家自有制度，本以霸王道雜之，奈何純任德教、用周政乎！且俗儒不達時宜，好是古非今，使人眩於名實，不知所守，何足委任！（《漢書．元帝紀》）

汲黯所謂「內多欲而外施仁義」，實是揭櫫了儒學作為「外攘四夷，內改法度」之「多欲」政治的文飾、遮掩的地位。而宣帝所謂「霸王道雜之」，不純任德教，實是崇尚霸道又以王道為門面的武帝朝實際政治狀況的極好總結。馬端臨《文獻通考．經籍考九》論董仲舒《春秋決事比》說：「《決事比》之書，與張湯相授受，度亦災異對之類耳。帝之馭下，以深刻為明；湯之決獄，以慘酷為忠；而仲舒乃以經術附會之。……蓋漢人專務以《春秋》決獄，陋儒酷吏遂得以因緣假飾⑥。」馬氏對董仲舒的批評固有過當之處，但他指出了武帝時「以儒術潤飾吏事」的實際情形。

根據上述，一方面是積極倡儒，另方面則把儒學限定在政治的緣飾地位。此種境況的形成，當與武帝的政治思想有至為重要的關係。武帝並非不憧憬王道理想，他在元光元年（前一三四）和五年（前一三〇）的兩次策賢良詔中，都表示出對「五帝三王之道」、「上古至治」之「天下洽和，百王同之」政局的仰慕，慨歎「嗚呼！何施而臻此與！」但是，在漢初七十年的清靜寡為、皇權不振後，他認為要想達到漢世強盛太平，不能再延續漢初以來無為而仁弱的施政方針，而應繼之以奮發有為。他熱衷於改制，希圖由霸道實現王道。所以在元光元年的策賢良詔中，他一則提示實現大治有不同道路：「蓋聞虞舜之時，游於岩廊之上，垂拱無為而天下太平；周文王至於日昃不暇食，而宇內亦治」；再則認為「文治」不足取：「夫五百年間，守文之君，當途之士，欲則先王之法以戴翼其世者甚眾，然猶不能反，日以僕滅」，引導賢良從思想與論上為其霸業提供計策和論證。由此考慮，武帝之所以同意在思想文化中「獨尊儒術」，與兩個方面直接相關。其一，是當時的政治文化背景使然。漢初以來崇尚黃老清靜政治的實踐，雖然使國力有所恢復，但皇權不振，致使藩王多次為亂，政局不穩。漢興已七十年，已經具備加強皇權的歷史條件，黃老思想也已不適應新的形勢需要。而周秦的法家思想，雖為武帝心儀，但秦鑒未遠，漢初以來君臣上下莫不交口痛詆，指責秦王朝濫刑酷法、仁義不施已成不可倒轉的思想潮流，武帝不能違逆。比較而言，只有儒學是可以選用的。其二，是儒學思想本身有適於需要的品質。它雖不能盡合霸業之需，終究有許多利於統治之處。儒家宣導的王道仁政理想，既是武帝所認同並且希慕的，同時它還可以運用於政治實質的遮掩；儒家固有的宗法政治倫理思想，有利於現政權的鞏固；而漢世儒學新的發展，如董仲舒闡明的大一統觀念、援法入儒的思想等，都很適合武帝的政治需要。這些都促成了武帝對儒家的信任。

但問題的另一方面是，儒者之談，若非曲學阿世，終究與武帝崇尚的霸道不能鑿枘畢合。他們在整肅君臣父子宗法秩序的同時，又強調以民為本；在積極投身於現政權並為之服務的同時，總好抬出「先王之治」而是古非今；在肯定君主權威的同時，漢儒又設置了一個「天」，用以掣肘君主，使之不得隨心所欲；身為人臣，卻往往好為君師，說古道今以教導君主，等等。對於武帝這樣一位精明強幹、奮發作為的君主來說，他絕不情願把自己置入以古例今、以民限君、以天制君的時空羅網之中，而處處被動、縮手縮腳。因此，他必然會以其勢位壓抑儒者的沸議，並引導其為自己的施政政策作文飾和論證。

總上所述，武帝時期實行「罷黜百家，獨尊儒術」的政治文化政策，不能僅從字面上去一般理解它的涵義，它的真實底蘊應該是：從政治對眾多學術思想的需求而言，儒學的地位優於「百家」，成為政治首選的最受重視的思想，這就是它的「獨尊」；而就儒學在社會政治生活中的實際地位而言，它卻並沒有取得獨立自尊的地位，而是成為了政治的文飾和點綴。

以道進身干政，是自孔、孟以來就已形成的儒者的處世傳統。因此，在儒家的傳統觀念中，士對君的關係向有三類：君師、君友、君臣。孟子答萬章「問友」，即引費惠公之語道：「吾於子思，則師之矣；吾於顏般，則友之矣；王順、長息，則事我者也。」但是在儒者的深層觀念中，又往往不屑於做人君之臣，甚至不願做人君之友，而以做君師為理想。孟子引證子思的故事，就是例證：「繆公亟見於子思，曰：『古千乘之國以友士，何如？』子思不悅，曰：『古之人有言曰：事之云乎。豈曰友之云乎？』」孟子繼而解釋道：「子思之不悅也，豈不曰：以位，則子君也，我臣也，何敢與君友也？以德，則子事我者也，奚可以與我友？」（**以上均《孟子．萬章下》**）先秦儒者的這股「浩然之氣」，到了漢武帝皇權極盛的時代，已被摧折得低糜不振。儒者賴以進身顯名的道（儒學）既已被看作了政事的妝飾，儒士的地位也就不容樂觀了。余英時在《道統與政統之間》一文中說：「和先秦時代相較，『道』在漢代的地位，則已遠不足與『勢』相頡頏⑦。」武帝時代更其如此。在「霸王道雜之」、「以儒術潤飾吏事」的政治文化環境中，武帝時代的儒士或曲學阿世，或不被重用，或處於俳優、類俳優的地位，非但不能如先秦遊士那樣可以橫議政治，也不能像漢初士人那樣可以抗顏直諫了。

二

公孫弘和兒寬，分別以治《春秋》和《尚書》徵用，位至三公，是武帝時代儒生中最顯達的兩個人。《史記．儒林傳》說：「及竇太后崩，武安侯田蚡為丞相，絀黃老刑名百家之言，延文學儒者數百人。而公孫弘以《春秋》，白衣為天子三公，封以平津侯。天下之學士，靡然向風矣。」表面看來，公孫弘以治經為相，儼然就是武帝好儒尊儒的具體標本；公孫弘的成功之路，成為天下學士的楷模。但是實際上，公孫弘終於貴為三公，卻絕不僅僅依憑治研儒家經典。因為文獻乏徵，今天已很難詳考公孫弘的經學思想，但《史記．儒林傳》和《漢書》本傳中保存了他的三篇奏對，由此也可窺見其思想之大概。公孫弘固是一個儒者⑧，他建議設立太學、置博士弟子，句句儒言；論治國方策，主張上下相和，提倡仁義禮智，亦為儒家古義。值得注意的是，他在基本保持儒家立場的同時，較多地汲取了法家思想。他試圖使儒、法合流：「法不遠義，則民服而不離；和不遠禮，則民親而不暴。故法之所罰，義之所去也；和之所貴，禮之所取也。」他主張以法制的強力手段來肅政化民：「夫虎豹馬牛，禽獸之不可制者也，及其教訓服習之，至可牽持駕服，唯人之從。臣聞揉曲木者不累日，銷金石者不累月，夫人之於利害好惡，豈比禽獸木石之類哉？期年而變，臣弘尚竊遲之。」由是觀之，公孫弘的思想是以本儒兼法為特徵的，並非純儒。這可能正是他得到武帝賞識的重要原因之一。

公孫弘的為人行事也與一般儒生頗有不同。據《史記．儒林傳》，武帝初即位，年已九十的轅固與公孫弘同舉賢良，他曾嚴厲訓誡公孫弘：「公孫子，務正學以言，無曲學以阿世！」其中包含著一位老儒生對公孫弘的評價。公孫弘的曲學阿世，到他為官之後，便顯露無遺。《史記》本傳云：「弘為人恢奇多聞，常稱以為人主病不廣大，人臣病不儉節。……每朝會議，開陳其端，令人主自擇，不肯面折庭爭」；「嘗與主爵都尉汲黯請間，汲黯先發之，弘推其後，天子常說」；「常與公卿約議，至上前，皆倍其約，以順上指。」不肯面折廷爭，完全順乎帝王的旨意，與曲學阿世具有同樣的思想基礎，即他認為「人主宜廣大，人臣宜儉節」。卑己而尊主，維護帝王的絕對權威，公孫弘的這一行為準則，也必然是得到武帝賞識的又一重要原因。

因此，公孫弘「以《春秋》、白衣」封侯取相，是極表面的現象；其真正的原因，乃在於他的曲學阿世、卑己崇主，以一儒臣身分，伏唯於政治權威之下，恭順效忠。

兒寬曾是一個篤學儒者，「貧無資用」，「時行賃作，帶經而鉏，休息輒讀誦，其精如此」。他「為人溫良，有廉知自將」（《漢書》本傳），與公孫弘之「多詐而無情實」、「意忌，外寬內深」（《史記·公孫弘傳》）很不相同。這樣一位溫良精湛的儒者，在「獨尊儒術」的時代，開始卻並未受到重用。兒寬初仕，只在廷尉張湯手下做文學卒史，當時「廷尉府盡用文史法律之吏，而寬以儒生在其間，見謂不習事，不署曹，除為從史，之北地視畜數年。」（《漢書》本傳）後因替張湯寫奏議而得到賞識，擢為掾史。至張湯做御史大夫，兒寬才有機會相隨晉見武帝。「見上，語經學，上說之，從問《尚書》一篇，擢為中大夫，遷左內史。」（同上）兒寬如何對武帝「語經學」，已無從確知；唯《漢書·儒林傳》載有武帝對此事的評說：「寬有俊材，初見武帝，語經學。上曰：『吾始以《尚書》為朴學，弗好。及聞寬說，可觀。』乃從寬問一篇。」

從這些史實可以瞭解到：其一，兒寬之被張湯看重，並非因為他是《尚書》經師。張湯喜好以儒術點綴吏事和決獄，那麼兒寬替他所作的奏議能受其賞識，可能即屬「潤飾以儒術」之類。其二，武帝所以提拔兒寬，也並不是因為他善經學，而是由於兒寬所言非章句說解之學，蓋亦以經術緣飾政事之屬。兒寬的文字，今僅存載錄於《漢書》本傳及《律曆志》的三篇奏議。從這三篇東西看，概屬曲學阿世之類。其《議封禪對》，先諛武帝「躬發聖德，統楫群元」，「天地並應，符瑞昭明」，次則云「享薦之義，不著於經」，「唯聖主所由，制定其當」，頌揚、恭順之義甚明。《封泰山還登明堂上壽》一文，純是阿諛頌美之辭。《改正朔議》云：「帝王必改正朔，易服色，所以明受命於天也。創業變改，制不相復」，迎合武帝改制，肯定今世之變；又云：「臣等閒學褊陋不能明」，「唯陛下發聖德，宣考天地四時之極則，順陰陽以定大明之制，為萬世則」，言臣暗主明，唯主是從。武帝所看重於兒寬的，恐怕正是他的這些做法和想法。故《議封禪對》一上奏，武帝便拜兒寬為御史大夫。而「寬為御史大夫，以稱意任職，故久無有所匡諫於上」（《漢書》本傳）。可見所謂「稱意」，實即崇高君主之尊威，不忤上意。其「久無匡諫」，類於公孫弘之「不肯面折庭爭」、「以順上指」。所以公孫弘、兒寬均能終於三公之位，壽終正寢。

平心而論，公孫弘、兒寬最初本都是比較純樸的儒者。所以兩人最初皆遭罷絀，公孫弘被斥退回鄉（元光元年才重出），兒寬則貶赴北地「視畜數年」。或者正是在遭受罷貶的幾年中，二人深慮形勢，發生了以後思想行為的轉變，成為儒生中曲學阿世而終於顯達的典型。他們的人生道路，正鮮明地昭示著：武帝時代的士人，只有伏唯在皇權腳下，曲學以阿世，屈己以崇君，才可能為政權所用，才可能通仕顯名。而儒學，也只有作為政治的附庸和文飾這一條出路。

三

無論如何，公孫弘和兒寬位至三公，還是幸運的。這一時期更多的士人，或不被重用（如董仲舒），或處於俳優或類俳優的地位（如兩司馬、東方朔、枚皋），在昌儒納士又輕視戲弄的尷尬境況中，他們欲罷不甘，欲進不能，內心極其痛苦。

董仲舒是對漢代乃至整個中國歷史的社會政治思想都產生了重大影響的一代「儒宗」。但是，在他生活的年代，卻不受重用，與曲學阿世的公孫弘遠不能相比。只做過江都易王劉非和膠西于王劉端的兩任郡相（**其間曾因說災異獲罪，廢為中大夫**），而終老田宅。「諸侯相之疏遠，不若中朝臣之親近」（**王應麟《通鑒答問》卷四**），可知武帝對公孫弘和董子的不同待遇。為什麼同是傳習《春秋》公羊學⑨，而且「公孫弘治《春秋》不如董仲舒」（**《史記・儒林傳》**），武帝又對《春秋》經情有獨鍾⑩，卻重用公孫弘而輕忽董仲舒呢？仔細揣摸比較，蓋與以下三個方面有關：其一，從整個思想傾向觀之，二人雖同是儒者，又都融會了法家思想，但董子仍以仁義王道為理想，而公孫弘則過多強調法治，信賴法令的正曲馴服作用。所以清人沈欽韓即認為公孫弘是刑名家⑪（**當然，這種說法是不準確的**）。其二，公孫弘主張「人主宜廣大，人臣宜儉節」，強調君主的絕對權威。董仲舒雖也主張尊君卑臣，如云「君不名惡，臣不名善；善皆歸於君，惡皆歸於臣」（**《春秋繁露・王道通三》**），「功出於臣，名歸於君」（**同上《為人者天》**），「忠臣不顯諫，欲其由君出」（**同上《竹林》**）等，但是他在君主之上設置了一個「天」，用以制限君主的行事，構成了「天↓君↓臣↓民」層層制約的機制。並且，董子承繼先秦儒家的民本思想，認為天意往往即是民意，天立君主乃是為民而存在的，如云：「天之生民，非為王也；而天立王以為民也。故其德足以安樂民者，天予之；其惡足以賊害民者，天奪之」（**同上《堯舜不擅移湯武不專殺》**）；「生育養長，成而更生，終而復始，其事所以利活民者無已。天雖不言，其欲贍足之意可見也。古之聖人，見天意之厚於人也，故南面而君天下，必以兼利之。」（**同上《諸侯》**）因此，民眾的意願往往可以通過天意施加於君，以約束君主。這樣，上面的層層制約關係，在某種意義上就呈現為：「天↓君↓臣↓民↓天」，成為循環制約的關係。君主不但直接受制於天，也間接受制於民。因此，董仲舒在尊君的同時，又極大地控制了君。其三，在事君的態度上，二人有明顯差別。公孫弘慎微恭順，屈己崇君，曲學阿諛。董子因其外任王國之相，史籍未能明載其事君態度，但從下述兩件事上仍可間接體察。一是他事王的態度。江都易王劉非是武帝之兄，「素驕，好勇」；膠西于王劉端亦是帝兄，「為人殘戾」，淫亂。而董子「以禮誼匡正」，「正身以率下，數上疏諫爭，教令國中，所居而治」（《漢書》本傳）。二是他對公孫弘的態度：「弘希世用事，位至公卿。董仲舒以弘為從諛，弘疾之。」（《史記·儒林傳》）由此可知，董仲舒正言直行，不事阿諛。

從以上三個方面的比較，不難看出董仲舒不得重用的原因。他不肯曲學阿世，不肯承認帝王有隨心所欲的絕對權威，換言之，他不能安守於儒學對政治的絕對附庸、緣飾地位。如此，他雖學優於眾生，品高於公孫弘輩，也勢必不能顯達。於是他思古悲今，慨歎士之不遇：「觀上世之清暉兮，廉士亦煢煢而靡歸」，「末俗以辯詐而期通兮，貞士以耿介而自束。」他怨憤正直有為之士往往遭蹇受困的現實：「屈意從人，非吾徒矣。正身俟時，將就木矣。悠悠偕時，豈能覺矣。心之憂兮，不期祿矣。皇皇（讀為遑）匪寧，只增辱矣。努力觸藩，徒摧角矣。」但是他並不贊同卞隨、務光的遁跡淵藪和伯夷、叔齊的隱逸山林，認為「亦不能同彼數子兮，將遠遊而終古。於吾儕之雲遠兮，疑荒途而難踐」。董子選擇的是一條閉門修業養性之路：「不出戶庭，庶無逼（一作過）矣」，「惲君子之於行兮，誠三日而不飯。嗟天下之偕違兮，悵無與之偕返。孰若反身於素業兮，莫隨世而輪轉。雖矯情而獲百利兮，復不如正心而歸一善。」（以上均《士不遇賦》）這是有漢以來士人所不曾有過的一種憤悶而內斂自修的心態，它非但不同於漢初普遍的積極進取，也不同於賈誼受挫時欲退隱自珍的道家志趣，而表現為沉重內斂又守志不渝的傾向。

怨郁而守志自修、受挫又不想出世，是武帝時期士人的普遍心態，兩司馬、東方朔、枚皋等，莫不如是。

司馬遷因李陵事件遭受腐刑之後，其羞憤之烈，是常人難以體會的。在《報任安書》中，一則曰：「禍莫憯於欲利，悲莫痛於傷心，行莫醜於辱先，而詬莫大於宮刑。」再則曰：「太上不辱先，其次不辱身，其次不辱理色，其次不辱辭令，其次詘體受辱，其次易服受辱，其次關木索被箠楚受辱，其次剔毛髮嬰金鐵受辱，其次毀肌膚斷支體受辱，最下腐刑，極矣！」他把身受宮刑視作古今莫大之恥辱，「雖累百世，垢彌甚耳」！他內心痛苦已極：「腸一日而九迴，居則忽忽若有所亡，出則不知所如往。每念斯恥，汗未嘗不發背沾衣也！」痛定思痛，司馬遷對皇權極盛下的君臣關係有了深刻認識：「猛虎在深山，百獸震恐；及在檻阱之中，搖尾而求食，積威約之漸也。……由此言之，勇、怯，勢也；強、弱，形也。審矣！何足怪乎？」他對自己既受腐刑又被委以中宦之職的遭際，更有了清醒的認識：「僕之先非有剖符丹書之功。文史星曆，近乎卜祝之間。固主上所戲弄，倡優所畜，流俗之所輕也。」司馬遷出身於學者世家，在武帝看來，竟不過類於倡優，隨意戲弄殘害！這是武帝時代士人的極大悲哀！於是，他深深地理解了屈原，也同情賈誼的境遇。在《悲士不遇賦》中，他甚至和賈誼一樣，表達了道家齊物、無為、任自然的思想：「逆順還周，乍沒乍起。理不可據，智不可恃。無造福先，無觸禍始。委之自然，終歸一矣。」但這只是他一時之思，在《報任安書》中，他道出了更成熟的思想：「僕雖怯懦欲苟活，亦頗識去就之分矣，何至自沈溺縲紲之辱哉？且夫臧獲婢妾，由（**通猶**）能引決，況僕之不得已乎？所以隱忍苟活，幽於糞土之中而不辭者，恨私心有所不盡，鄙陋沒世，而文彩不表於後世也。」他是要忍辱戴恥，勉力完成《史記》的寫作，以求留文揚名於後世⑫。這樣的心態，與董仲舒具有相同的傾向。

司馬遷以學者而淪於類俳優的境地，東方朔、枚皐、司馬相如本即文學侍臣，更難逃其倡優待遇。

史傳中的東方朔，是一個滑稽詼諧的侍臣，常似俳優取笑，不太自重也不被人尊重。「詼達多端，不名一行。應諧似優，不窮似智，正諫似直，穢德似隱。」（《漢書》本傳）這是真實的東方朔嗎？從他初至長安時給武帝的上書看，於驚人之舉⑬中表現著壯偉之志：「年十三（一作十二），學書三冬，文史足用。十五學擊劍，十六學《詩》、《書》，誦二十二萬言。十九學孫吳兵法，戰陣之具，鉦鼓之教，亦誦二十二萬言。……若此，可以為天子大臣矣。」（同上）然而武帝所看重他的，乃是口諧辭給、逢占射覆、詼諧調笑、行為滑稽之類，可使「上大笑」，而對於他的嚴肅諫議如《諫除上林苑》等卻不予理睬。東方朔身懷大志，卻陰差陽錯，竟以其性情詼諧而做了武帝的侍臣。非但不得委以重任，反而以俳優蓄之，他能夠安心嗎？《史記．滑稽列傳》褚先生補記有云，人稱東方朔為狂人，東方朔答曰：「如朔等所謂避世於朝廷間者也。」乃酒酣作歌曰：「陸沉於俗，避世金馬門。宮殿中，可以避世全身。何必深山之中、蒿廬之下？」如此答言，恐非口諧辭給者所能包容，自然也不是安閒於現狀的表示。在其《答客難》、《非有先生論》中，可以清楚地看到他真實的內心世界：「修先王之術，慕聖人之義，諷誦《詩》、《書》、百家之言，不可勝數」，「好學樂道之效，明白甚矣，自以智慧海內無雙，可謂博聞辯智」，這是他對自己智識才能的認識；「悉力盡忠以事聖帝，曠日持久，官不過侍郎，位不過執戟」，這是他對自己境遇的不平；「彼一時也，此一時也」，「今聖帝流德，天下震慴，諸侯賓服」，「動猶運之掌，賢不肖何以異哉？」「尊之則為將，卑之則為虜；抗之則在青雲之上，抑之則在深泉之下；用之則為虎，不用則為鼠。雖欲盡節效情，安知前後？」（以上見《答客難》）當此天下一統、皇權極盛之時，士人已失去了以才能取爵位的環境和條件，他們的命運不過是根據帝王的喜怒被玩弄於股掌之間，或尊或卑，或用或絀，自己殊難預料。這是東方朔對武帝時期士人命運的清醒認識。在《非有先生論》中，東方朔道出了士人直言罹禍的憂懼：「直言其失、切諫其邪者，將以為君之榮、除聖主之禍也。今則不然，反以為誹謗君之行、無人臣之禮。果紛然傷於身，蒙不辜之名，戮及先人，為天下笑。」因此，東方朔數歎「談何容易」。於是，東方朔把滿腔的不平和幽怨，都傾注在了《七諫》之中。傷吊屈原，實是自悼，是為武帝時期士人的共同命運而悲歎。值得注意的是，在如此憤鬱不平的心境下，東方朔也沒有表示出世的意願，而是選擇了「避世金馬門」，仍然留意於修身：「故曰時異事異。雖然，安可以不務修身乎哉？」仍然「日夜孜孜，敏行而不敢怠也」（《答客難》）。其《戒子》文，更是他真實思想的表達：「明者處世，莫尚於中。優哉遊哉，與道相從。首陽為拙，柱下為工[14]。飽食安步，以仕代農。依隱玩世，詭時不逢。……聖人之道，一龍一蛇。形見神藏，與物變化。隨時之宜，無有常家。」生不逢時，不得顯達之時，不可走夷、齊之路，須循中道。然而飽食安步卻不等於庸祿待死，仍要「與道相從」。只不過天下無道，只能修道於內，使之彌堅，而外在表現不妨隨和。不阿世又不退隱，不失志又不固執，似顛狂又極嚴肅，這樣的處世態度，容易使人想起後世的阮步兵，其內心的痛苦蓋亦相仿。

枚皋，武帝以倡優蓄之，史有明載：「皋不通經術，詼笑類俳倡。為賦頌，好嫚戲，以故得媟黷貴幸，比東方朔、郭舍人等。」枚皋的地位，完全是一個文學弄臣，「上有所感，輒使賦之」。可注意者，枚皋對自己的俳優境況以及為賦作辭，有他的看法：「皋賦辭中自言為賦不如相如，又言為賦乃俳，見視如倡，自悔類倡也。故其賦有詆娸東方朔，又自詆娸。」（以上見《漢書》本傳）枚皋

「詆娸」自己及東方朔的具體情形，因其作品全部失傳⑮，今天已不得而知。但他對自己「如倡」境況的清醒認識，以及「自悔類倡」的悔恨心緒，說明他內心是十分痛苦的。

至於司馬相如，文才傾朝野，也不過天子一小吏，實為文學侍臣。他最「顯赫」的差使，是兩使巴蜀，亦不過行安撫、勸諭之事。相如是十分聰明之人，他明瞭自己文學侍從的地位，因而從政只以以文愉主又自逞才學為限。平生一諫，也只是從陛下萬金之軀的安危考慮，諫獵以保武帝的安全（見其《諫獵疏》）。「其進仕宦，未嘗肯與公卿國家之事。稱疾閒居，不慕官爵。」（《史記》本傳）這正是一種內斂自修的心態。

四

《漢書．公孫弘卜式兒寬傳》贊曰：「漢之得人，於茲為盛。儒雅則公孫弘、董仲舒、兒寬……文章則司馬遷、相如，滑稽則東方朔、枚皋，應對則嚴助、朱買臣，曆數則唐都、洛下閎，協律則李延年……」又其《嚴助傳》云：「其尤親幸者，東方朔、枚皋、嚴助、吾丘壽王、司馬相如。相如常稱疾避事，朔、皋不根持論，上頗俳優畜之。唯助與壽王見任用。」這是武帝時期士人境況之大概。然而，公孫弘、兒寬曲學阿世，董仲舒抑鬱不得重任，史遷、相如、東方、枚皋等，均如倡優。至於嚴助，唯任會稽太守數年，餘皆侍中。「有奇異，輒使為文，及作賦頌數十篇」（《漢書》本傳），亦不過一文學侍臣。吾丘壽王，「以善格五召待詔」，也是僅供玩樂的侍臣⑯。後任小吏。兩人最終都被誅殺。他們境遇如此，而班史猶云「唯助與壽王見任用」，其餘可知。

總之，武帝時期皇權極盛，「獨尊」的儒學在強力政治的控制下，只能居於附庸和文飾的地位。

在這樣的政治文化大勢下，靡然向儒的天下學士，再也沒有了先秦遊士橫議政治的可能性，甚至也不曾出現漢初士人那樣的抗顏直諫。他們或曲學阿世，或倍受壓抑，或處於俳優地位，處世心態在整體上呈現為憤鬱而內斂的傾向，與漢初士人的積極赴世、昂揚進取頗不相同。他們把幽憤、壓抑的情感都傾注在了辭賦創作之中。

第二節　辭賦創作的實際情形辨正

一

為了下文論證的方便，首先需辨明大賦與非大賦（小賦、辭）的區別。這是一個比較複雜的問題，具體情形容有交叉。這裏只就幾個比較顯著的方面，予以提綱挈領的區分。一般地說，漢大賦會同時具備以下四個方面的特色：

第一，有相對固定的題材，如游獵、苑囿、祭祀、都城等。司馬相如的《天子游獵賦》、揚雄的《蜀都賦》、《甘泉賦》、《河東賦》、《羽獵賦》、《長楊賦》，以及後漢班固的《兩都賦》、張衡的《二京賦》等等，都具備這一特色。至於開創大賦的枚乘，其《七發》從整體觀之，雖立論角度與上例作品有所區別，但就其具體鋪排看，如聽琴、飲食、車馬、冶游、田獵、觀濤等事，都溶入後來大賦的經典題材之中。在某種意義上說，正是它開創了大賦的相對固定的題材。

第二，空間上的極力鋪排，造語用詞上的繁澀誇飾。這一點已為學界普遍認同。

第三，沒有作者的真情實感（**詳見下一節**）。

第四，由於上述的三個特徵，使漢大賦在創作傾向上表現為逞才遊戲的性質。這一點也將在下一節做詳細論證。

本書認為，具備上述四個特徵的作品便可視之為大賦，不具備這些特徵（**尤其是固定題材和缺少真情實感二者**）的作品則不是大賦。非大賦作品有不同的形式，包括抒情小賦、詠物小賦、楚辭等。本章將分兩節，討論武帝時期大賦和非大賦作品各自不同的創作傾向。

二

迄今為止，學界對西漢辭賦創作的基本估價，尚程度不同地存在一個認識誤區，即過多地關注其大賦，而忽略其他辭賦作品。這就形成了一個偏見：西漢的辭賦創作，只有大賦才是其成就的代表。這種認識，非但不能準確地描述西漢辭賦創作的實際情形，也為西漢辭賦創作思想的總結和衡估，提供了偏離事實的誤導。造成這種偏見的原因，蓋有二焉：一是司馬相如、揚雄等人的大賦特色突出，印象深刻，人們見月不見星；二是大賦作品由於《史記》或《漢書》全文收錄，保存完好，而其他辭賦作品損佚嚴重，許多作品失傳。但是，歷史是豐富多彩的，不能因為「一代有一代之所勝」（**焦循《易餘龠錄》卷十五**），便忽視其他創作的存在。所謂「舍其所勝以就其不勝，皆寄人籬下者耳」（**同上**），乃是不尊重歷史原貌並且導致偏見的錯誤態度。何況，西漢辭賦創作的成就，並不僅僅體現在大賦之上。至於西漢各類辭賦作品在今天的存佚情況，殊不能成為評估當時創作實際的依據，更不待言。

王運熙在第二屆國際賦學研討會上發表題為《談漢代的小賦》的演講⑰，指出漢代自西漢始即多有小賦，漢代的詼諧小賦尤值得重視，對學界的偏頗觀念有所糾正。下面僅就武帝時期辭賦創作的實際情形，略作述證。

首先，武帝時期不只有大賦，而且有各類小賦；若從作品的數量說，大賦甚少，各類小賦尤多。《史》、《漢》明確記錄這一時期創作大賦的作家，唯有司馬相如一人，其大賦作品也只有《天子游獵賦》一篇⑱；而大量的作品，則是各類小賦。據《漢書・藝文志》，這一時期辭賦的作家作品計有：

司馬相如賦二十九篇（今存六篇）
太常蓼侯孔臧賦二十篇（今存四篇）
吾丘壽王賦十五篇（均佚）
蔡甲賦一篇（不確知何時人。既著此，蓋與吾丘、武帝同時。作品已佚）
上所自造賦二篇（今存一篇）
兒寬賦二篇（均佚）
枚皋賦百二十篇（均佚）
常侍郎莊匆奇賦十一篇（班固自注：「枚皋同時。」均佚）
嚴助賦三十五篇（均佚）
朱買臣賦三篇（均佚）
司馬遷賦八篇（今存一篇）

此外，尚有「淮南王賦八十二篇」、「淮南王群臣賦四十四篇」。劉安約生於文帝元年，卒於武帝元狩元年（前一七九？～前一二二），與司馬相如（前一七九？～前一一八）同時。他及其群臣的作品，應有一部分創作於武帝時期。今僅存劉安《屏風賦》一篇及《薰籠賦》存目。另外，今存尚有不見於《藝文志》的四篇作品：董仲舒的《士不遇賦》，見於《古文苑》卷三；東方朔《答客難》、《非有先生論》，見於《漢書》本傳；劉勝的《文木賦》，見於《西京雜記》卷六。

僅從以上可以確考之作家的創作情況看，武帝時期的辭賦作品有二百五十篇。若再把劉安及其群臣的一百二十六篇算進一部分來，則應有三百篇以上。這些作品，除去司馬相如的《天子游獵賦》外，史籍不曾說過其他作家還有什麼大賦作品。創作鋪張揚厲、宏篇巨制的大賦，在當時是極不容易[19]又大顯聲名的事，若尚有類於《子虛》、《上林》者，馬、班不當不特書一筆。枚皋是可與司馬相如並驅的作手，史傳即曾將二人捉置一處比較記述：「（皋）為文疾，受詔輒成，故所賦者多。司馬相如善為文而遲，故所作少而善於皋。」（《漢書．枚皋傳》）雖以皋賦不及相如，亦可知當時二人聲名差可比擬。然亦不見枚皋曾作大賦。然則，三百餘篇辭賦作品中，唯有相如一、二大賦，其餘大約皆非大賦；即使還有，也不會占多少比例。

此外，《藝文志》「雜賦」類還著錄了一批無主名的作品：

雜行出及頌德賦二十四篇

雜四夷及兵賦二十篇

雜中賢失意賦十二篇

雜思慕悲哀死賦十六篇
雜鼓琴劍戲賦十三篇
雜山陵水泡雲氣雨旱賦十六篇
雜禽獸六畜昆蟲賦十八篇
雜器械草木賦三十三篇

這一百五十二篇雜賦，今均失傳。從其類目看，題材涉及出行頌德、異族兵事、失意悲哀、鼓琴劍戲、水旱災異、草木蟲禽等，應多出於武帝時及武帝之後。就其題材內容及其「雜」的特點推測，蓋多為小賦[20]。雖其真實情形不能確考，但是其中必有武帝時期的作品，而且多為小賦，這樣的推測當不會離事實太遠。

其次，武帝時期不只有賦，而且還有相當數量的騷體辭。漢代人辭、賦混稱，班固也不例外。所以以上舉出的數百篇作品中，應有相當的部分是辭。從今天留存下來的作品看，辭在全部作品中所占比例不在少數。列表於下：

作家	作品留存篇數	大賦		小賦		辭	
		篇名	篇數	篇名	篇數	篇名	篇數
司馬相如	六	子虛賦 上林賦	二	美人賦	一	哀二世賦 大人賦 長門賦	三

孔臧	四			諫格虎賦 楊柳賦 鴞賦 蓼蟲賦	四		
東方朔	三			答客難 非有先生論	二	七諫	一
董仲舒	一					士不遇賦	一
司馬遷	一			悲士不遇賦	一		
劉勝	一			文木賦	一		
劉徹	一					李夫人賦	一
合計	十七		二		九		六

從這個表可以看出，小賦最多，辭次之，大賦最少；辭在全部留存下來的作品中占三分之一強的份量。當然，僅就今存作品統計各自比例的作法是非常不科學的，本書也不會用這個比例去衡量武帝時期真實的創作情形（**真實情形，恐怕小賦和辭所占比例更大**）。列此表，意圖僅在說明：武帝時期不只有大賦，而且還有更大數量的小賦和辭。根據本節述證，當時的創作實際應該是：大賦以外辭賦作品（小賦、辭）的數量遠多於大賦本身。因此，以往只關注大賦而忽視其他辭賦作品的研究態度，是應該有所調整了。

第三節　鋪排誇飾、艱澀繁辭的創作傾向與大賦的逞才遊戲性質

一

眾所周知，漢代人曾圍繞著大賦的諷諫問題，發表過頗不相同的看法。司馬遷、班固等認為大賦具有諷諫意義，而枚皋、揚雄、蔡邕等則持否定意見。作為學養深厚的史學家，或是頗有成就的辭賦作家、學者，他們的意見應當是見解深刻，值得重視的。但是為什麼會有如此不同的評論呢？恐怕應當從作品本身去找答案。

應當說，枚乘、司馬相如乃至揚雄的大賦創作，的確是有著諷諫目的的。如枚乘《七發》云：「今太子之病，可無藥石針刺灸療而已，可以要言妙道說而去也。」以下分說七事以「療治」楚太子之「病」；司馬相如《天子游獵賦》中，烏有先生斥責子虛「不稱楚王之德厚，而盛推雲夢以為驕，奢言淫樂，而顯侈靡」，亡是公所謂「天子芒然而思，似若有亡，曰：嗟乎！此大奢侈」；以及揚雄《羽獵賦》之所謂「開禁苑，散公儲，創道德之囿，弘仁惠之虞。……放雉菟，收罝罘，麋鹿芻蕘，與百姓共之」，《長楊賦》之所謂「朝廷純仁，遵道顯義，並包書林，聖風雲靡」等等。從其本來的意圖看，上引這類材料在原作品中都應具有諷諫的意義。因此，司馬遷、班固載錄這些作品時，往往為之介紹、說明，指出它們各自的諷諫意義。

但是，若拋開史家的評介，只以作品為准，體會整個作品的意味，就往往感覺不到它的諷諫意義。或者說，作品的諷諫意義並不明顯、不突出，而常常被它的鋪排誇飾、繁辭麗句所吸引。讀《七

發》，它描寫琴的珍貴奇美，曲的高雅動人，飲食的精美絕倫，車馬的奇麗高華，冶遊的賞心浪漫，田獵的驚心動魄，江濤的氣勢磅礴，鋪采敷文，極盡誇飾之能事。讀者早已被這大篇幅的鋪寫牽住了注意力，卻忘記了它們正是「療疾」的要言妙道。讀《天子游獵賦》也是如此，讀者眩目於東西南北、前後高下、山水石林、野獸美女、獵場宴會、宮殿物產等等的層層鋪誇，至於其中的諷諫之語，早已被華麗的描繪擠得無地容身了。此外，大賦的諷諫語往往採取反言正出的表達方式，不是直諫，而往往寫作帝王自醒，立志改行正道。這便使諷諫常常成了頌揚，也沖淡了作者的真實意圖。

因此，揚雄對大賦諷諫問題的評論，是比較準確的：

雄以為賦者，將以風也，必推類而言，極麗靡之辭，閎侈鉅衍，競於使人不能加也。既乃歸之於正，然覽者已過矣。往時武帝好神仙，相如上《大人賦》欲以風；帝反縹縹有陵雲之志。由是言之，賦勸而不止，明矣。（《漢書．揚雄傳》）

或曰：賦可以諷乎？曰：諷乎！諷則已；不已，吾恐不免於勸也。（《法言．吾子》㉑）

看來，「曲終奏雅」的大賦，本有諷諫意圖，而無實際效果。漢代人的爭議正是起於此。持諷諫說的人，偏重關注大賦的創作意圖，而忽略通篇體會它的實際效果；持否定意見的人，則過分關注其實際效果，而輕視了它的創作本意。兩種評論都是偏頗的，正確的認識應該是：在諷諫的問題上，大賦創作體現著意圖和效果的反差。把握這一認識非常重要，它將促使我們追尋形成這一反差的原因，並由此產生對漢大賦性質、意義的重新認識和評價。

二

時代的社會政治環境以及相關的文化環境，對形成一個時期文學創作的整體風貌，有著十分重要的作用。西漢時期，自景帝初年剿滅「七國之亂」，藩王遭受毀滅性的打擊，皇權漸漸強盛，到武帝時達到頂峰。大賦正是產生於這樣一種政治環境之中[22]。本章第一節已經指出，大一統的承平世界和皇權鼎盛，使「獨尊」的儒學成了政治的點綴，也使這個時期的士人非但失去了先秦遊士橫議的社會條件，甚至也不能像漢初士人那樣可以正言直諫，而確實地成為了政治的附庸。與此同時，武帝以俳優養士的境況，更使士人處於一種非常難堪的境地。在這種境遇下，士人們或拜倒在皇權腳下，曲學阿諛以求顯達**（如公孫弘、兒寬）**，或心性內斂，自珍事業**（如司馬遷、董仲舒）**，或隱身金馬門而鬱悶難舒**（如東方朔、枚皋、司馬相如）**，整體上呈現為退縮、內斂、幽怨的心態傾向。另一方面，武帝在對士人施行唯我是從的壓抑、塑型政策之同時，又大做舉賢招才的表面文章，擺出一副唯才是用、唯賢是聽的空架勢。這又給士人的進言進仕，示以一線空幻的希望。士人們一般都厭惡如公孫弘輩通過曲學阿世、唯唯喏喏謀得一官半職**（轅固警誡他「毋曲學以阿世」、董仲舒譏評他「阿諛」，就是例證）**，總想憑藉自己的真才實學取得職位，為國效力。漢武帝大造舉賢任能的聲勢，使士人們儘管大多抑鬱不得晉用，卻基本沒有退隱之想。他們沒有足夠的政治經驗和政治敏感，所以多不能像汲黯那樣有「陛下內多欲而外施仁義」的明確認識，一時恐尚難以揭開政治的虛偽面紗。他們總是存有一線希望，怨憤的同時，總想抓住機會以發揮才力。此外，漢初以來，乃至春秋戰國以來**（秦朝除外）**，士人們不論其顯達與否，大抵能夠以才干政、臧否時局的態勢是一貫的，士人集團基本處於同政權能夠平等交流的地位㉓。這一歷史經驗，也是武帝時期士人不願歸隱、總存有一點企望的一個原因。

一方面是受制於大一統的承平政局和俳優地位，不得暢所欲言，另方面則是據於歷史的經驗和招賢納士的表面政策，總存有一線希冀而不願退隱，形成了士人們退縮、內斂、幽怨卻又心存幻想的處世心態。在這一心態下，他們既不願喪失士人的品格而欲盡士人之責，又迫於政治壓力而不得正言直諫、議論國是，於是便傾心於剛剛興起的文學樣式——大賦的創作，把滿腹才學和滿腔怨憤轉化為遊戲文字。他們極盡鋪排誇飾之能事，創作出誇麗風駭的長篇巨制。但是他們又不想喪失品格並心存希望，所以總想在揄揚鋪排的行文中隱藏一些諷諫，以委曲地擔當起諫士的責任。可是事與願違，賦作中那點苦心孤詣埋藏的諷諫之意，早已被誇飾、繁辭淹沒了。

如果對照一下《詩經》和《楚辭》產生的時代環境，當可對大賦之產生、之特色有更準確的把握。《詩經》中的許多詩作，如《小雅》之《節南山》、《正月》、《十月之交》、《雨無正》、《小旻》，《大雅》之《民勞》、《板》、《蕩》、《抑》、《桑柔》等，《楚辭》中的《離騷》、《九章》等，這些作品都具有深切的諷諫意義，人所共知。而它們得以產生的時代環境，乃是諸侯紛爭、周王室極度衰弱的亂世。政治沒有權威，思想紛如無統，社會處於無序的狀態。正緣乎此，士人們思想的活躍空前絕後，可以騁想暢言，悲喜盡抒。這樣的時代環境，與政治一統、思想一統、皇權大盛、社會承平的武帝時代，極不相同。像《詩經》、《楚辭》那些在沒有權威、沒有秩序的時代所產生的深切諷諫的作品，在武帝的集權時代是絕不可能出現的。因此，當我們查遍史籍也找不到幾篇言辭激切、正義直言的奏章諫議之時，又怎能企望被「俳優畜之」的辭賦家在創作中做到呢㉔？正相反，在《天子游獵賦》（**乃至《甘泉賦》、《羽獵賦》**）中，明顯可見的與其說是諷諫，莫如說是頌聲一片。而正如上述，大賦中的頌揚，乃是高壓政治下，賦家用以隱藏諷諫的一塊擋箭牌。當大賦作品微弱的諷諫意圖並不能實現其真正的功效時，揄揚這塊擋箭牌也就失去了意義。大賦所剩下來的令人印象深刻的東西，就僅僅是它的形制了。

三

漢大賦在諷諫問題上形成意圖和效果反差現象的第二個原因，可以從大賦作品本身去尋找。根據上文的討論，諷諫或頌揚的意義在大賦中微乎其微，這就決定了我們不宜按照漢代人的習慣思路，糾纏在功利的方面去總結大賦的特色，去評價大賦的成就㉕，而應該回到作為文學創作的大賦本身，來研究它的特色和價值。

如果把漢大賦同屈原的楚辭作品做一比較，就會發現，大賦固然是脫胎於楚辭，但它在許多方面已經有了極大的發展和變化。除去採用問難的體式，句式也大為不同之外，其發展變化的主要之點，還表現在以下四個方面。

第一，大賦喪失了真情實感。這是它與楚辭最具本質性的不同。

在所有的大賦作品中，找不到充滿激情的作者的影子，看不到作者對社會人生的切身感受，感覺不到作者的喜怒哀樂。如果說有作者存在的話，那麼他和讀者一樣置身於作品的情境之外，只不過是他在誇誇其談，讀者在無言靜聽。《楚辭》中「荃不察余之中情兮，反信讒而齎怒」、「苟余情其信姱以練要兮，長顑頷亦何傷」（《離騷》）那樣濃重的情志，在大賦中已經蹤影全無了。與此同時，大賦中也就再也不見抒情的句子，有的只是繁多的鋪敘和誇張的描寫，以及「曲終奏雅」，貼上一段議論的句子。

作為一種文學創作樣式，大賦不再崇尚以情為文、以情感人。它所剩餘的東西，只有華麗的表現形式和令人眩目的繁難語言了[26]。

第二，空間的極度排比。

大賦的空間排比，不只是方位的排比，也包括段落的排比、句子的排比和詞藻的排比。從這個意義上講，有人說漢大賦是表現空間的藝術，有一定道理。《楚辭》也講究空間排比，例如《離騷》，徘徊故地抒憤，南就重華陳詞，上登九天漫遊，朝蒼梧夕縣圃以遠征，抒寫其「上下求索」的歷程；《招魂》，從東、南、西、北、天上、幽都六個方位招魂，都是空間的排比。漢大賦在此基礎上，極度發展了這一表現方式：一是片面使用空間排比。《離騷》在空間排比中經常穿插以時間的脈絡，把往昔的明君暗主、治世亂世融入辭境，加重了作品抒情言志的份量。大賦則不然，它沒有時間的縱向穿插，唯任空間鋪排。如《天子游獵賦》，寫雲夢，則只是山、土、石等物的排列和東、南、高、埤、西、中、北、上、下等方位的排列；寫上林，僅依其水、山、廣大、宮殿、物產、田獵、宴飲的順序平列鋪敘。再如《七發》，也只是比敘誇飾聽琴、飲食、車馬、冶游、田獵、觀濤、方術士之論七事，事與事之間都是並列平鋪的。二是使空間的排比發展到了極限。如《天子游獵賦》寫雲夢，僅二百六十四字，卻條分縷析地寫出了九個方位以及山、土、石和其中的水流、花圃、草木、沙石、動物、果品等眾多物類，幾乎是句句排比、辭辭排比。如此在空間上的極度排比，使失情的大賦作品呈現出的顯著特色，就是逞才和遊戲文字。

第三，以直接而單純的鋪敘摹繪為主要表現手法。

繁細的鋪敘、誇張的摹繪，是漢大賦最主要的表現手法。賦家以京殿苑囿、遊獵宴飲、山水品物等為主要描摹對象，「擬諸形容，言務纖密」，「寫物圖貌，蔚似雕畫」。這種「繁類以成豔」（以上《文心雕龍．詮賦》）的敘描，是漢大賦給人印象最直接、最深刻的東西。

第四，遣詞用語更加繁難僻澀。

《楚辭》的造語用詞本即豐富多姿，尤其是它用以引譬的麗木香草、神祇仙怪，其詞藻的豐富已令人驚歎。漢大賦與《楚辭》相比，其遣詞用語更加繁富，而且由繁富走向了僻澀，致使後世文家無能望其項背。簡宗梧曾撰專文《漢賦瑋字源流考》[27]，對漢大賦中古文奇字的來源和形成做了比較詳細的考論。他認為，由於當時「字無定檢」，用字比較隨意，因此辭賦家或假借同音字，或徑造新字，以應所需。造字以形聲字為多；而本來曾是假借的同音字，在後世傳抄中，有人為之增加形旁，也成為新字。這樣，今天看起來，漢賦就有了很多「瑋字」[28]。另外一個重要來源，有些雙聲迭韻的僻詞，本是當時的口語。「如果不透過其音讀，就難以知其意義。而語彙常有地方性，又最容易變，所以俚俗的口語，在不同的時空間，就成為最難懂的辭彙。」簡氏的具體考論或有可商，但是他特別注意到大賦遣詞用語的繁難冷僻特色，並把它作為研究漢賦的一項重要工作，是很有學術價值的。據《漢書．藝文志》，西漢大賦的代表作家司馬相如和揚雄，對小學都頗有研究。相如有《凡將》，揚雄有《訓纂》、《蒼頡訓纂》（**今傳尚有其《方言》**），因此，在他們的賦作中僻字冷辭頻出，也就不足為奇了。

四

綜上所論，本書認為大賦的根本特色是它的逞才和遊戲文字傾向。循此思路反觀前人的某些評論，未嘗不可以認為，他們曾經對大賦的這一特色有所揭示。如，《漢書．揚雄傳》載揚雄對大賦「必推類而言，極麗靡之辭，閎侈鉅衍，競於使人不能加也」的特色總結；《藝文志》所謂「競為侈麗閎衍之詞」、「感物造端，材智深美」；《王褒傳》載漢宣帝謂「有鳥獸草木多聞之觀」；《史記．司馬相如列傳》所謂「多虛辭濫說」；乃至劉勰《文心雕龍》之《詮賦》云：「品物畢圖」，「言務纖密」，「繁類成豔」，「構深瑋之風」；《才略》云：「枚乘之《七發》，膏潤於筆。……相如好書，師范屈宋，洞入誇豔，致名辭宗。」《雜文》云：「高談宮館，壯語畋獵，窮瑰奇之服饌，極蠱媚之聲色。」《練字》云：「至孝武之世，則相如撰篇[29]。……揚雄以奇字纂訓，並貫練《雅》、《頡》，總閱音義，鴻筆之徒，莫不洞曉。」等等。近代劉熙載更是明確地指出大賦的逞才侍才性質：「賈生之賦志勝才，相如之賦才勝志」；「賦兼才學。才，如《漢書．藝文志》論賦曰：『感物造端，材智深美』；《北史．魏收傳》曰：『會須作賦，始成大才士。』學，如揚雄謂：『能讀賦千首，則善為之』」；「以賦視詩，較若紛至遝來，氣猛勢惡。故才弱者往往能為詩，不能為賦。」（**以上見《藝概．賦概》**）魯迅《漢文學史綱要》也認為賦待妙才，其評司馬相如賦曰：「不師故轍，自攄妙才，廣博閎麗，卓絕漢代。明王世貞評《子虛》、《上林》，以為材極富，辭極麗，運筆極古雅，精神極流動。……其為歷代評騭家所傾倒，可謂至矣。」

逞才和遊戲文字，是緊密相連的因果關係。由於賦家不能像《詩》、《騷》作者那樣可以暢抒內心的真情實感，便以賦標才，競為富麗。其結果，必然使大賦形成遊戲文字辭章的鮮明特色。並且，他們把這一特色發展到了前無古人、後無來者的極致。

逞才和遊戲文字的客觀效果，使漢大賦的真正價值，體現在它與政治實現著某種程度的疏離之上。根據本章前面的討論，辭賦作家在集權政治中實際的「俳優」地位，導致他們對參政議政失去力量和興趣；賦家既不願喪失士人的品格，又無能干政，所以當他們把富才和精力轉移到創作大賦的時候，就使大賦作品形成了在逞才遊戲的同時，還包含一點諷諫（或以頌為諷）的特色；而當這點點無力的諷諫被鋪排誇飾、繁辭麗句淹沒之後，大賦實際上所剩餘的，就只有誇麗風駭的形制和語言特色了。因此，從實際效果看，大賦恰恰與政治產生了某種程度的疏離。若僅從文學自身的發展看，大賦與政治有某種程度的疏離傾向，實是擺脫了有漢以來實用文風的束縛，曲折而執著地實現了文學表現自身的長足發展。

第四節　抒情、詠物及其他：辭賦創作的又一格

武帝時期，除了鋪張揚厲的大賦之外，還有數量更多的非大賦（小賦、辭）作品。今存有東方朔、孔臧[30]、董仲舒、司馬遷、劉勝、劉徹共六位作家的十一篇辭、賦作品。另外，司馬相如的《哀二世賦》、《大人賦》、《美人賦》、《長門賦》四作，亦非大賦。共存十五篇。

一

十五篇辭、賦作品中，以抒情為主的最多，計有《七諫》、《答客難》、《非有先生論》、《士不遇賦》、《悲士不遇賦》、《李夫人賦》、《長門賦》共七篇，占近一半。它們從各自不同的角度，以各自不同的方式，抒發著作者最深切的人生感受。

有直接抒寫自己的不平境遇者。東方朔以文武通才、「可以為天子大臣」的自信應徵，而被閒置為郎，俳倡豢養，久不得用。雖以隱身朝廷自慰並戒子，但他內心的苦悶和憤鬱是無法解除的。在《答客難》中，他說：

今世之處士，魁然無徒，廓然獨居，上觀許由，下察接輿，計同范蠡，忠合子胥，天下和平，與義相扶，寡耦少徒，固其宜也。

強烈的孤憤無助感，正顯示他內心的抑鬱難舒。而這種感受，乃是起於「綏之則安，動之則苦；尊之則為將，卑之則為虜；抗之則在青雲之上，抑之則在深泉之下；用之則為虎，不用則為鼠」的不平的現實。這便使整篇作品在貌似安然的理性之下，埋藏著濃濃的情感。其《非有先生論》，專就士人之忠諫往往被帝王視為「誹謗」的現狀設言，對「輔弼之臣瓦解，而邪諂之人並進」的政局深感痛忿。而從他對正直士人之心態、去就的表述：

卑身賤體，說色微辭，愉愉呴呴，終無益於主上之治，則志士仁人不忍為也；將儼然作矜嚴之色，深言直諫，上以拂主之邪，下以損百姓之害，則忤於邪主之心，歷於衰世之法。故養壽命之士，莫肯進也。

更可體察到作者悲怨已極的感情。因此，東方朔作品的一個特點，就是在理性洞明之下蘊藏著深厚沉重的悲怨之情。

董仲舒和司馬遷的兩篇《士不遇賦》，就更是直抒內心的鬱憤了。士不遇時，由來已久，士人的感慨也就愈深。董仲舒感受到的是失路而迷惘。作為一個正直有為的士人，他首先指出三種處世方式之不可從：「屈意從人，非吾徒矣；正身俟時，將就木矣；悠悠偕時，豈能覺矣。」既不能曲學阿諛，又不能俟時待老，也不能隨波逐流。但若以自己的才學正言直諫，則又必「努力觸藩，徒摧角矣」！如此，他除了「心之憂歟」的深切感受之外，便不知所從了。這種失路迷途的痛切感受，較之東方朔「魁然無徒，廓然獨居」的強烈孤獨感，別有一種悲慨！司馬遷的《悲士不遇賦》，則把士不遇時的孤憤直接而濃烈地噴灑出來：「悲夫！士生之不辰，愧顧影而獨存！」天風海雨，撲面而來。「使公於公者，彼我同矣；私於私者，自相悲兮！」這就不只是抒發一己的悲哀，而把整個時代士人共同的際遇、相同的感憤，一古腦兒噴發出來。抒發怨憤的強度和廣度，都達到了同時代士人的最高峰。

有借他人之不平，熔鑄自己之悲怨者。司馬相如作《長門賦》，有序云：「孝武皇帝陳皇后時得幸，頗妒。別在長門宮，愁悶悲思。聞蜀郡成都司馬相如天下工為文，奉黃金百斤為相如、文君取酒，因於解悲愁之辭。而相如為文以悟主上，陳皇后復得親幸。」陳皇后貶居長門宮，史有明載。然此序一則稱武帝謚號，二則云「陳皇后復得親幸」與史實不符，故歷代學者多認為此序是後世好事者所加。但是若據此而認定《長門賦》是偽作，則證據不足。據龔克昌《司馬相如傳》，此賦作於相如免官家居時（約元朔元年，即公元前一二八年左右）。相如家境本即貧寒，入仕又不過侍郎；而俳優地位使他常常稱病不與政事，內心憂鬱。今又因事免官，冷落家居，其心境更其淒涼可知。陳皇后被打入冷宮之事，頗可與自己的處境共鳴。更何況，自屈原始，中國文人的「美人情結」就已深濃，屈原的作品即往往以美人自喻。漢賦拓宇於楚辭，司馬相如受此影響是一定的。從體式看，《長門賦》即絕似楚辭。綜合以上因素，似可斷定，這篇作品當是借陳皇后貶廢長門之事，抒發司馬相如自己的悲涼感受。「伊予志之慢愚兮，懷真愨之歡心。願賜問而自進兮，得尚君之玉音」，不就是相如初仕時的熱望嗎？「白鶴叫以哀號兮，孤雌跱於枯楊。日黃昏而望絕兮，悵獨托於空堂」，長門孤守，茂陵聊居，相如與阿嬌正是同樣感慨，齊等淒涼！而「夫何一佳人兮，步逍遙以自虞。魂逾佚而不反兮，形枯槁而獨居」，相如大半生的履歷、遭際和悲慨，與陳皇后的境遇，同時都凝縮在此了。《長門賦》的藝術水準很高。首先，它把陳皇后的遭際與自己的悲涼，以象喻手法巧妙融合在一起，抓住兩者最相似又最典型感人的身世境遇，共抒悲鬱孤憤之情；其次，抒情手法純熟。先以簡短語句總抒困境和感受，繼之以情景交融的婉曲抒發。寫宮室、庭院、幄帷、玩好之華麗、精美、富贍，正反襯出人的困頓孤淒；寫鐘聲宏巨單調，猿吟嘯而鶴悲鳴，又加深了悲涼感。而「忽寢寐而夢想兮，魄若君之在旁。惕悟覺而無見兮，魂迋迋若有亡」，把人的神情恍惚、希望又絕望的感情，在夢、覺變幻中挖掘極深；「眾雞鳴而愁予兮，起視月之精光。……望中庭之藹藹兮，若季秋之降霜」，這有情之景的描寫，融以夢、覺之恍惚淒苦，成功地表現了「夜曼曼其若歲兮，懷鬱鬱其不可再更」的無以復加的痛憤。《長門賦》在情景交融的情感抒發方面，藝術表現已相當圓熟。

至於東方朔的《七諫》，與賈誼的《弔屈原賦》一樣，明顯是借弔屈原而自我傷悼。王逸云：「東方朔追憫屈原，故作此辭，以述其志（一作意）。」（《楚辭補注》）已指出了這一點。

還有情思濃烈的懷人作品。漢武帝是一代雄主，還是一位極善辭章的出色作家。《漢書·藝文志》詩賦家有武帝賦二篇，今僅存《李夫人賦》。此外，《史記·樂書》載其《天馬歌》、《西極天馬歌》；《漢書·溝洫志》載其《瓠子歌》二首，《外戚傳》載其《李夫人歌》，《霍去病傳》載其《思奉車子侯歌》；《文選》、《樂府詩集》錄有《秋風辭》。可知武帝確為當時文壇一詩賦能家。據《漢書·外戚傳》，李夫人「妙麗善舞」，又生有一男（昌邑王劉髆），深得武帝愛幸。她早卒，武帝悲傷不已，便圖畫她的形象置於甘泉宮中。「上思念李夫人不已，方士齊人少翁言能致其神。乃夜張燈燭，設帷帳，陳酒肉，而令上居他帳，遙望見好女如李夫人之貌，還幄坐而步，又不得就視，上愈益相思悲感，為作詩曰：『是邪，非邪？立而望之。偏何姍姍其來遲？』」武帝思念李夫人，竟不知上了方士的大當，並為之作詩，可見武帝確是深戀李夫人的。在此種心境下，「上又自為作賦，以傷悼夫人」，《李夫人賦》中濃注的思念之情，就是真摯而深切的了。這篇賦作的藝術水準很高。設想李夫人離去之後的幽獨情境，回憶往日的歡宴，直抒「怛兮在心」的痛切思念，蟬聯而出，十分深透地表達了作者「嗚呼哀哉，想魂靈兮」的真摯情感。尤其是它欲寫己之思人，卻遠畫對方孤處荒草墳塋的情境，這一寫法，成為後世作家創作同類作品所經常使用的手法[31]。

綜上所論，武帝時期除大賦之外，還有為數不少的以抒發真情實感為主要傾向的辭、賦作品。這些作品個性鮮明，有的達到了很高藝術水準，它們更應得到珍視。

二

這一時期非大賦作品創作的另一個特點，是詠物小賦比較多，包括孔臧的《楊柳賦》、《蓼蟲賦》、《鴞賦》和劉勝的《文木賦》。這些作品，與漢初的詠物小賦（**梁孝王門客的七賦及劉安的《屏風賦》**）相比，形制雖十分接近，而用意則有所不同。尤其是孔臧的作品，往往詠物以托志，與漢初小賦在詠物之後續以頌美之辭，不可同日而語。這是詠物小賦值得注意的良好發展趨向。

《楊柳賦》寫楊樹雖被「伐之原野，樹之中塘」而「應風悲吟」，但當它生長到「綠葉累疊，郁茂翳沈」之時，卻毫不保留地為人類提供「多陰可涼」。作者由此體會到「物有可貴」，「惟萬物之自然，固神妙之不如」。此番用意，今天看來也許並無奇異之處，但在當時卻代表著詠物小賦可喜的發展。不妨與枚乘的《柳賦》作一比較。枚作描寫了柳色清清、柳枝婀娜之後，云：「君王淵穆其度，御群英而玩之。小臣瞽聵，與此陳詞，于嗟樂兮」，「小臣莫效於鴻毛，空銜鮮而嗽醪。」不唯品低，而且與詠柳毫無關連。

《蓼蟲賦》，由寄生於蓼木之上的蠕蟲「幼長斯蓼，莫或知辛」，而「推況乎人」，感慨「膏粱之子，豈曰不人。惟非德義，不以為家。安逸無心，如禽獸何？逸必致驕，驕必致亡。匪唯辛苦，乃丁大殃」。此種擔憂，對孔氏玄孫、身為太常的孔臧來說，乃是視己睹人的所見所感，情真思切。作品抓住「寄生」的共同特點，以「厥狀似螟」的蓼蟲與膏粱子弟相比附，也順理成章，比較貼切。

《鴞賦》也很有特色。同賈誼的《鵩鳥賦》一樣，孔作也是名似詠物，實為說理。但賈、孔二作，題材雖同（**鴞即鵩**），所說之理則異。賈誼表達的是齊生死、同禍福的道家思想，孔臧固然也說

「禍福無門，唯人所求」、「祿爵之來，只增我憂」，但他的落腳點仍在儒家：「聽天任命，慎厥所修」，「修德滅邪，化及其鄰」，「庶幾中庸，仁義之宅。何思何慮？自今勤劇。」

總之，孔臧的詠物小賦非徒詠物，而且寓志，所詠之物與所托之理基本可以象擬通解。因此，與漢初詠物小賦相比，孔賦確有長足的發展。

中山靖王劉勝，淫侈好藝（見《漢書》本傳）。今傳其詠物小賦《文木賦》一篇，載於《西京雜記》。由於《漢書．藝文志》不錄劉勝之作，有人懷疑此賦的真實性。本書以為，第一，同載於《西京雜記》的梁孝王門客七賦既已得到承認，當也不宜懷疑此作；第二，劉勝平日不理政事，專務聲色，在藝文上當多所用力。他在建元三年入朝時，「天子置酒，勝聞樂聲而泣」，並上奏《聞樂對》，辭給文治，聲情並茂，感人心魄。這說明他確有創作才能。因此，若無充分證據，不當指為偽作。《西京雜記》卷六在賦前有序云：「魯恭王得文木一枚，伐以為器，意甚玩之。中山王為賦曰」；賦後又道：「恭王大悅，顧盼而笑，賜駿馬二匹。」賦作誇言此木的高大壽久，「文章」富麗；製成器皿，又精美異常。乃是劉勝為其兄劉餘所作的玩戲之辭。應該注意者，是此賦藝術表現的華麗流暢。如寫木紋：「或如龍盤虎踞，復似鸞集鳳翔。青緺紫綬，環璧珪璋。重山累嶂，連波疊浪。奔電屯雲，薄霧濃雰。麑宗驥旅，雞族雉群。蠋繡鴦錦，蓮藻芰文。」其鋪采敷藻，豐豔富麗又韻律和洽，表現技巧比較圓熟。

這一時期的詠物小賦，儘管並無濃烈情感的抒發，但是或者詠物托志，或者富麗曉暢，既擺脫了漢初小賦的阿諛、頌揚，也沒有大賦的瑰瑋冷僻，藝術表現有可喜的發展。

三

這一時期，在抒情、詠物之外，還有一些其他題材的辭、賦作品。

有詠史之辭，如司馬相如的《哀二世賦》。這篇辭作，除指責秦二世「持身不謹」、「信讒不悟」，與漢代人的普遍批評相同外，還有兩點新意：一是它沒有批評秦世的苛政酷法。這可能與武帝時期重法尚事的政治形勢，以及隨武帝出獵時臨時有感而奏㉜的具體情境有關；二是它還對秦二世表示悲歎和同情：「烏乎！操行之不得。墓蕪穢而不修兮，魂亡歸而不食。」體現著不同於思想家的文人的特點。

有遊仙之辭，如司馬相如的《大人賦》。作品寫「大人」（帝王）「宅彌萬里兮，曾不足以少留。悲世俗之迫隘兮，朅輕舉而遠遊」，「迫區中之隘狹兮，舒節出乎北垠。……乘虛亡而上遐兮，超無友而獨存」；「必長生若此而不死兮，雖濟萬世不足以喜」。從無際的空間和無盡的時間兩個方面，誇飾「帝王之仙意」。既深得武帝求仙好道、長生久視之意，又突出了帝王得天獨厚、高高在上的絕對權威和絕對自由。那些乘雲駕霧、暢遊宇宙的鋪排摹繪，都成為這一主題的極好烘托。難怪武帝讀此賦而「大說，飄飄有陵雲氣遊天地之間意」了。在藝術表現上，《大人賦》無論其句法、結構、辭彩、事典，都很像《離騷》。只是它絕無屈原那樣濃烈沉重、憂國憂民的深厚情感，反造成了很濃的遊戲氣。

司馬相如的《美人賦》，就更足具遊戲性質。它不過是虛擬兩個故事，說明「臣不好色」。而且，其取意、開端乃至所敘之事，都不過是宋玉《登徒子好色賦》的翻版和再加工。這都顯示著它的遊戲的品質。

至於孔臧的《諫格虎賦》，批評「味爽而出，見星而還。國政不恤，惟此為歡」的國君，有一定諷諫意義。餘則無多可稱賞之處。

武帝時期除抒情、詠物之外的這幾篇辭、賦，有一個可注意的特點，即：《哀二世賦》和《大人賦》，開拓了辭、賦創作的表現領域，前者為詠史，後者是遊仙（**儘管並不純粹**）。這是辭賦創作的新發展。

綜合本節所論，武帝時期除大賦外，尚有為數眾多的辭和小賦。這些作品，或者個性鮮明，抒發作者對社會人生的濃烈情感；或者詠物以喻志；或者開拓辭賦的題材領域；或者在藝術表現上有長足進展。從總體傾向看，它們既擺脫了大賦的缺少真情實感，唯任鋪排誇飾，也顯示出與漢初追求功利的創作傾向的極大不同。因此，這些作品也同樣應當受到充分關注。

---

①　見許結《漢代文學思想史》，南京：南京大學出版社一九九〇年。

②　參見王國維《太史公行年考》，《觀堂集林》卷十一。

③　關於董仲舒對策的時間，計有三說：建元元年（前一四〇）、元光元年（前一三四）、元光五年（前一三〇）。由於《史》《漢》記載即抵牾不明，三說均嫌證據不足。綜核多種史料，董子對策當在建元年間，不會是元光時。案錢穆《兩漢博士家法考》之六《漢武一朝之崇儒更化》（見《兩漢經學今古文平議》，北京：商務印書館二〇〇一

年版，第一九五—一九六頁），對董仲舒對策時間有較詳考述，認為應在建元元年，可參。

④此一政策的正式確立，當在建元六年（前一三五）竇太后死之後。

⑤《漢書》注引張晏曰：「所言欲施仁義也。」

⑥馬端臨《文獻通考》，北京：中華書局一九八六年縮影本。

⑦見其著《士與中國文化》，上海：上海人民出版社一九八七年版，第一一一頁。

⑧何焯《義門讀書記》卷十八《漢書·公孫弘傳》「年四十餘乃學《春秋》雜說」條云：「雜說，雜家之說，兼儒、墨，合名、法者也。……以弘所對『智者，術之原也』一條味之，其學蓋出於雜家，則此『雜說』，非《春秋》經師之雜說也。」按公孫弘雖非醇儒，但何氏說他是雜家是不對的。觀其三篇對策，大體為儒家言，不能以個別句段判定他的學術淵源。

⑨公孫弘為齊人，曾從胡母生研習《春秋》。《漢書·儒林傳》：「（胡母生）年老，歸教於齊。齊之言《春秋》者宗事之，公孫弘亦頗受焉。」

⑩《漢書·嚴助傳》云，武帝賜書嚴助：「間者，闊焉久不聞問，具以《春秋》對，毋以蘇秦縱橫。」

⑪王先謙《漢書補注·公孫弘傳》「習文法吏事」句下引沈欽韓曰：「《西京雜記》：公孫弘著《公孫子》，言刑名事，謂字值百金。」按：沈氏引文見《西京雜記》卷三。

⑫司馬遷《與摯伯陵書》云：「遷聞君子所貴乎道者三：太上立德，其次立功，其次立言」，勸說隱士摯峻留意「太上之所由」。可知他並不贊同隱逸，而信奉「三立」傳統。

⑬《史記·滑稽列傳》褚先生補記說，東方朔初上書武帝，「凡用三千奏牘。公車令兩人共持舉其書，僅然能勝之。人主從上方讀之，止，輒乙其處，讀之二月乃盡。」

⑭ 柱下，《漢書·東方朔傳》注引應劭曰：「老子為周柱下史，朝隱，故終身無患，是為工也。」

⑮ 《漢書·藝文志》著錄「枚皋賦百二十篇」。本傳又云：「凡可讀者百二十篇，其尤嫚戲不可讀者尚數十篇。」今均佚。

⑯ 《漢書·吾丘壽王傳》注引劉德曰：「格五，棋行。」

⑰ 王運熙《談漢代的小賦》，載《新亞學術集刊》第十三期，香港中文大學新亞書院，一九九四年。

⑱ 《天子游獵賦》，《史》、《漢》司馬相如傳均作一篇，大約至晉時始分為《子虛》、《上林》二篇。《西京雜記》卷二有「司馬相如為《上林》、《子虛》賦」之語，這是把《天子游獵賦》一分為二的較早的材料。按：《西京雜記》的作者有劉歆、葛洪、吳均三說，迄無定論。然據魯迅《中國小說史略》考證，「以葛洪所造為近是」。

⑲ 《西京雜記》卷二云，司馬相如作《子虛》、《上林》賦，「幾百日而後成」。可知寫作大賦之艱難。

⑳ 王運熙《談漢代的小賦》一文，即認為上列「雜賦」，大抵皆抒情小賦或詠物小賦。

㉑ 揚雄《法言》，汪榮寶《義疏》本，北京：中華書局一九八七年版。

㉒ 至於大賦得以產生於此時的文學發展自身的因素，主要包括詩、樂分離進而歌、誦分離的文學發展進程，諸子問答體及縱橫家說辭的遺響，還有更重要的是楚辭創作的輝煌成就及其體制的演變等等。這些大賦產生的必需的條件，決定了它必然產生於楚辭大盛之後，也即必然產生於漢代。這些問題，學界多有論說，本書不贅。

㉓ 參見余英時《道統與政統之間》，文載其《士與中國文化》，上海：上海人民出版社一九八七年版。

㉔ 當任安致書司馬遷，指責他身為近臣卻不能盡薦賢之責時，司馬遷便慨歎自己身類俳優而無由進言，並對此表示了深沉的憤怨。見《報任安書》。

㉕ 近年來，學界有一種頗為流行的說法，認為漢大賦歌功頌世、體制宏大、誇麗風駭的特色，體現著大漢盛世氣象。

姑不論其把握大賦特色準確與否，只所謂頌揚盛世精神云云，就是游離於作品本身的一種功利性的評價。這種觀點的實質，不過是糾合揚雄「勸百風一」、「勸而不止」和《文心雕龍》「體國經野，義尚光大」的評論，變換一種說法，提升了一個理論層次而已。

㉖ 劉熙載《藝概．賦概》云：「賦別於詩者，詩辭情少而聲情多，賦聲情少而辭情多。皇甫士安《三都賦序》云：『昔之為文者，非苟尚辭而已。』正見賦之尚辭，不待言也。」（上海：上海古籍出版社一九七八年版）指出賦與詩相較，情寡辭多。而賦與楚辭相較，何嘗不然！

㉗ 簡宗梧《漢賦瑋字源流考》，載所撰《漢賦源流與價值之商榷》，臺北：文史哲出版社一九八〇年版。案：簡氏的考論，蓋啟發於劉勰而踵事增華。《文心雕龍．練字》即謂：「多賦京苑，假借形聲；是以前漢小學，率多瑋字，非獨制異，乃共曉難也。暨乎後漢，小學轉疏，複文隱訓，臧否大半。及魏代綴藻，則字有常檢，追視漢代，翻成阻奧。」

㉘ 簡宗梧《漢賦瑋字源流考》說，所謂「瑋字」，是指「那些足以為漢賦表徵，被認為非明六書假借之用不能通其詞的古文奇字」。

㉙ 《漢書．藝文志》：「武帝時，司馬相如作《凡將篇》，無復字。」

㉚ 今存孔臧的四賦，後人頗有疑詞。錄載四賦的《孔叢子》一書，朱熹、陳振孫等均指為偽書（見馬端臨《文獻通考．經籍考》），這便影響到四賦的真偽。文淵閣《四庫全書總目》說，《漢書．藝文志》「於儒家孔臧十篇外，詩賦家別出孔臧賦二十篇。今《連叢》有賦，則亦非儒家之孔臧」。蓋以孔臧有二人也。案：《漢志》於儒家「孔臧十篇」和詩賦家「孔臧賦二十篇」之上，均冠以「太常蓼侯」，知非二人。又，班固《兩都賦序》云「太常孔臧時時間作」，知孔臧善賦。再考之今存四賦，形制意蘊極似漢初賦家枚乘、鄒陽、路喬如、公孫詭、劉安輩的制

作。因此，這四篇賦當是太常孔臧所作，似不會有假。至於《孔叢子》一書的真偽，則另當別論。

㉛ 參見錢鍾書《管錐編》第一冊論《毛詩·魏風·陟岵》（北京：中華書局一九七九年版，第一一三—一一六頁）。錢氏舉了許多例證，惜乎未及引證《李夫人賦》。

㉜ 據《漢書·司馬相如傳》，此辭乃是相如隨武帝至長楊田獵，「還，過宜春宮，奏賦以哀二世行失。」

第四章　樂府詩歌的創作傾向

關於「樂府」，顧炎武《日知錄》卷二十八云：「樂府是官署之名。……後人乃以樂府所采之詩，即名之曰『樂府』①。」指出了「樂府」由官署之名而轉稱詩歌體裁的歷史事實。其轉稱的具體時間，蕭滌非考定爲晉、宋之際②。至於樂府衙署何時始設置，尙無最後定論③。西漢樂府具有怎樣的職能呢？《漢書・禮樂志》謂：

至武帝定郊祀之禮……乃立樂府……以李延年為協律都尉，多舉司馬相如等數十人造為詩賦，略論律呂，以合八音之調，作十九章之歌。

由此可知，武帝因為郊祀之需而設立（或重建）樂府之署，所以命司馬相如等數十人造作十九章之歌（即今存之《郊祀歌》十九章），以為郊祭之用。與此同時，西漢還有「采詩」活動。《漢書・禮樂志》又說，武帝立樂府，「采詩夜誦，有趙、代、秦、楚之謳。」《藝文志》也說：

自孝武立樂府而采歌謠，於是有代、趙之謳，秦、楚之風，皆感於哀樂，緣事而發，亦可以觀風俗，知薄厚云。

朝中文學侍臣的應制之作，本無須采；所采者，實為各地民間歌曲。而采集民歌的目的也非常清楚，即班史所謂「可以觀風俗，知薄厚」云云。

因此，在漢代人眼中，樂府詩歌，即使是「感於哀樂，緣事而發」的民歌，都被賦予了濃厚的政教味道。《後漢書．南蠻傳》：「閬中有渝水，其人多居水左右，天性勁勇，俗喜歌舞，高祖觀之曰：『此武王伐紂之歌也。』乃命人習之，所謂《巴渝舞》也④。」劉邦從如此淳樸的民俗歌舞中，竟然看出了武王伐紂的意義，令樂人習之以光揚他討伐暴秦的偉業，更何況樂府有意采集、潤飾的民歌，更毋論文人有意的創作！司馬遷在《史記．樂書》中即說：「凡作樂者，所以節樂，君子以謙退為禮，以損減為樂，樂其如此也。以為州異國殊，情習不同，故博采風俗，協比聲律，以補短移化，助流政教。」兩兼文人應作與民間采歌，而論其政教意義。

然而，采自民間的民歌（儘管或有加工潤飾），與御用文人的應制之作畢竟不同。今天看來，它們所表達的情志、所呈現的風格，確是兩不相侔的。而且，班史所謂有「觀風俗，知厚薄」作用的民歌，在官府宴飲酒酣時演唱⑤，權貴們究竟能在多少意義、多大程度上感受平民百姓的苦衷願望，體會平民百姓的喜怒哀樂呢？所以，我們自當走出漢代人的政教觀念，重新審視樂府詩歌的不同意義和不同的創作傾向。

西漢的樂府詩歌，除《漢書．禮樂志》載錄的《安世房中歌》十七章、《郊祀歌》十九章以及《宋書．樂志》卷四載錄的《鐃歌》十八曲外，《漢書．藝文志》著錄名目者還有一百八十二篇：

泰一雜甘泉壽宮歌詩十四篇

宗廟歌詩五篇

吳楚汝南歌詩十五篇
燕代謳雁門雲中隴西歌詩九篇
邯鄲河間歌詩四篇
齊鄭歌詩四篇
淮南歌詩四篇
左馮翊秦歌詩三篇
京兆尹秦歌詩五篇
河東蒲反歌詩一篇
雜各有主名歌詩十篇
雜歌詩九篇
洛陽歌詩四篇
河南周歌詩七篇
周謠歌詩七十五篇
諸神歌詩三篇
送迎靈頌歌詩三篇
周歌詩二篇
南郡歌詩五篇

其中《泰一雜甘泉壽宮歌詩》十四篇、《宗廟歌詩》五篇，應是朝庭祭祀天地祖考的樂章；《諸神歌詩》三篇、《送迎靈頌歌詩》三篇，大概是類於先秦楚地《九歌》的民間祭神歌曲。而其餘一百五十七篇，均屬各地的民歌。由這些數字，可知當時樂府詩歌創作的彬彬之盛，惜乎今存甚少，只能以點斑窺全豹了。《安世房中歌》已見前述，今就其他樂府詩歌的創作傾向，分兩節述之⑥。

第一節　尚功利、求典雅的創作傾向

反複涵詠今天存留下來的西漢樂府詩歌（難以讀懂或不能卒讀者除外），便越來越明確地體會到有兩種截然不同的創作傾向和追求。一種是崇尚功利、追求典雅的傾向，另一種則是平實自然、率真抒情的傾向。前者一般是以祭祀、頌世等為主題的文人和帝臣的制作，即今存的《郊祀歌》十九章和《鐃歌》十八曲中的一部分；後者一般是采自民間的民歌，即《相和歌辭》中的「古辭」以及《雜曲歌辭》、《鐃歌》十八曲的各一部分。唯因年代久遠，史料乏徵，又且許多作品難以確讀，只能借鑒前人的研究成果，對其中部分作品進行分析。現在先來考察其第一種創作傾向。

一

《郊祀歌》十九章，保存在《漢書．禮樂志》。據班固的記述，此十九章之歌，是由「司馬相如等數十人」創作而成的。但具體到每一首歌的作者，今天已難以盡考。可以大致考定其作者的，有：《天馬》二首，明顯是基於元鼎四年、太初四年武帝所作之《天馬歌》、《西極天馬歌》⑦（**參見**

《漢書·武帝紀》）而增益之作；《景星》、《齊房》、《朝隴首》、《象載瑜》四首，據《漢書》之《武帝紀》和《禮樂志》，也是武帝所作⑧。又其《青陽》、《朱明》、《西顥》、《玄冥》四首，班氏於題下書「鄒子樂」，後人多以為「鄒子」即是鄒陽。另有《日出入》一首，蕭滌非推測是李延年之作⑨。至於《郊祀歌》十九章的寫作時間，可考知者，最早的一首是《朝隴首》，作於元狩元年；最晚的一首是《象載瑜》，作於太始三年。要皆陸續成於武帝時期⑩。

《郊祀歌》之難讀，不始於今日（因為本事難徵，祭儀不明）；即在當時，也不易理解。《史記·樂書》云：「至今上即位，作十九章⑪，令侍中李延年次序其聲，拜為協律都尉。通一經之士不能獨知其辭，皆集會《五經》家，相與共講習讀之，乃能通知其意，多爾雅之文。」可知其歌辭的深奧。但有一點十分明確：《郊祀歌》是用於祭祀天地神祇的。《漢書·禮樂志》：「……作十九章之歌，以正月上辛用事甘泉圜丘，使童男女七十人俱歌，昏祠至明。」《樂府詩集》卷一云：「郊樂者，《易》所謂『先王以作樂崇德，殷薦上帝』。」然而《史記·樂書》又載，中尉汲黯針對其中的《天馬》二闋，批評武帝道：「凡王者作樂，上以承祖宗，下以化兆民。今陛下得馬，詩以為歌，協於宗廟，先帝百姓豈能知其音耶？」由是觀之，蓋《郊祀歌》又可用之於祭祀祖考，有宗廟樂⑫之用。祭祀天地祖考，美盛德以敬告神明，是國家大典，《禮記·祭統》云：「凡治人之道，莫急於禮；禮有五經，莫重於祭。」《郊祀歌》十九章既專為此而作，其不同於抒發性靈的有感創作，而是滿富功利意義，不待言矣。

從文學創作的角度觀之，《郊祀歌》一個明顯的傾向就是它追求典雅雍容的特色。可從以下三方面來看。

第一，詠唱舒緩平和。如第一章《練時日》：

> 練時日，侯有望。焫膋蕭，延四方。九重開，靈之遊。垂惠恩，鴻祜休。靈之車，結玄雲。駕飛龍，羽旄紛。靈之下，若風馬。左倉龍，右白虎。靈之來，神哉沛。先以雨，般裔裔。靈之至，慶陰陰。相放髴，震淡心。靈已坐，五音飭。虞至旦，承靈億。牲繭栗，粢盛香。尊桂酒，賓八鄉。靈安留，吟青黃。遍觀此，眺瑤堂。眾嫭並，綽奇麗。顏如荼，兆逐靡。被華文，側霧縠。曳阿錫，佩珠玉。俠嘉夜，茝蘭芳。淡容與，獻嘉觴。

這是一首迎神曲，寫出了神由天降，神之行色，神之享宴的全過程。不疾不徐，雍容華貴，把世道承平、神降福瑞的歌頌，平緩而莊重地娓娓敘出。

再如《天地》，寫祀神樂舞：

> 千童羅舞成八溢[13]，合好效[14]歡虞泰一。九歌畢奏斐然殊，鳴琴竽瑟會軒朱。璆磬金鼓，靈其有喜。百官濟濟，各敬厥事。……展詩應律鋗玉鳴，函宮吐角激徵清。發梁揚羽申以商，造茲新音永久長。聲氣遠條鳳鳥翔，神夕奄虞蓋孔享。

熱烈而不狂放，繁會而不俗靡，透露出雍和清雅的氣象。情淡而平和，景富而典雅，這是《郊祀歌》的重要特點。

第二，語句整齊，韻律比較諧洽。《郊祀歌》以三字句、四字句為主，兼以雜言。如《練時日》、《天馬》二首、《華爗爗》、《五神》、《朝隴首》、《象載瑜》、《赤蛟》純是三字句；

《帝臨》、《青陽》、《朱明》、《西顥》、《玄冥》、《惟泰元》、《齊房》、《后皇》純是四字句；其餘的《天地》、《日出入》、《天門》、《景星》四首是雜言。雜言中，《天地》和《景星》二首均是前半四言，後半七言（**《天地》在七言中僅雜兩句四言，兩句三言**），也比較齊整；唯《日出入》是四、五、六言相雜，《天門》一首更雜以三、四、五、六、七言，最多變化。因此，從整體上看，《郊祀歌》是以三言、四言為主要句式的一組祭歌（**占十五章十六首歌**），語句相當整齊。再從韻律看，其用韻比較諧洽，換韻也比較自然。如《帝臨》，以宇、所、五、伍、及光、黃為韻，末四句換韻；《朱明》以物、詘以及昌、嘗、忘、疆為韻，偶句葉韻，第五句始換韻；《玄冥》以藏、霜以及俗、朴、岳、穀為韻，偶句押韻，第五句始換韻；其他如《惟泰元》、《天馬》、《天門》、《后皇》、《赤蛟》等章，都具有偶句用韻，換韻自然的特點（**唯《后皇》一章一韻到底**）。

《郊祀歌》語句形式和用韻的主要特點，遠取諸《詩經》三頌，近取諸《安世房中歌》，實無多創舉。然而作為祀神享祖的祭歌，其取範前典的整齊簡練的語言形態，正容易形成規範化、儀式化的形式，加重其典重清雅的氣氛。所謂「清廟之瑟，朱弦而疏越，壹倡而三歎，有遺音者矣。大饗之禮，尚玄酒而俎腥魚，大羹不和，有遺味者矣」（**《禮記·樂記》**），此論雖是重本輕末、重質輕文之意，但是「大音希聲、大羹無味」確是一種典雅的藝術境界。《郊祀歌》雖不能與這種境界同日而語，但其簡煉、整齊、規範的形式，配以雍和舒緩的詠唱格調，確能形成典雅的風格特色。

第三，用字古奧，造語生拗。例如：

練時日，侯有望。焫膋蕭，延四方。（《練時日》）

霆聲發榮，壧處頃聽。枯槁復產，乃成厥命。眾庶熙熙，施及夭胎。群生啿啿，惟春之祺。

（《青陽》）

天地並況，惟予有慕。爰熙紫壇，思求厥路。恭承禋祀，縕豫為紛。黼繡周張，承神至尊。

（《天地》）

后皇嘉壇，立玄黃服。物發冀州，兆蒙祉福。沇沇四塞，假狄合處。經營萬億，咸遂厥宇。

（《后皇》）

卉汩臚，析奚遺。淫淥澤，湼然歸。（《五神》）

如此艱澀的字句，不唯拗口難讀，甚至有不知所云或不可確解者（**如《五神》**），與民歌之事明、情濃、曉暢絕不相侔。無怪乎要會同五經家而共講習了。此蓋以艱深古奧為典雅（**史遷稱之為「爾雅」**）者。

二

今存《鐃歌》十八首，始載於《宋書．樂志》。據蕭滌非《漢魏六朝樂府文學史》，這組歌概為西漢的作品。《樂府詩集》卷十六引蔡邕《禮樂志》云：「《短簫鐃歌》，軍樂也。黃帝岐伯所作，以建威揚德、風敵勸士也。」又引崔豹《古今注》：「漢樂有《黃門鼓吹》，天子所以宴樂群臣也。《短簫鐃歌》，《鼓吹》之一章爾，亦以賜有功諸侯。」如此看來，《鐃歌》不唯用於戰場，也用於天子宴臣、賞功的場合。陳本禮《漢詩統箋》謂：「《鐃歌》不盡軍中樂，其詩有諷，有頌，有祭祀樂章。……似漢雜曲。」考之原詩，誠為的論。然尚不止此，如《戰城南》、《巫山高》，為士兵歎詠；《有所思》、《上邪》，是民間的愛情歌唱。由是觀之，《鐃歌》十八曲確是「雜曲」。

較之《郊祀歌》，《鐃歌》十八曲更其難以通讀，自古而然。《樂府詩集》引南朝陳釋智匠《古今樂錄》已謂：「漢《鼓吹鐃歌》十八曲，字多訛誤。」《宋書．樂志》卷四亦云：「漢《鼓吹鐃歌》十八篇，按《古今樂錄》，皆聲、辭、豔相雜，不復可分。」按《樂府詩集》卷十九《宋鼓吹鐃歌三首》題解引沈約云：「樂人以音聲相傳，訓詁不可復解。凡古樂錄，皆大字是辭，細字是聲，聲辭合寫，故致然爾。」可見十八曲難讀，其主要原因是字之訛誤與聲、辭合寫。乃今觀之，恐尚有存之不完者（**如《朱鷺》、《翁離》二首**）。蕭滌非曾謂此十八曲中有全可解者，有半可解半不可解者，有絕不知所云者。我們反復吟詠，參之蕭滌非、逯欽立諸學者之既得成果，以為《上之回》、《戰城南》、《巫山高》、《上陵》、《將進酒》、《有所思》、《上邪》、《臨高臺》、《遠如期》九首，大體是可以理解的。其中《戰城南》、《巫山高》、《有所思》、《上邪》四首，蓋屬下層平民之歌，留待下節再述。

《上之回》一首，《樂府詩集》卷十六題解引《漢書．武帝紀》：「元封四年冬十月，行幸雍，祠五畤。通回中道，遂北出蕭關。」（**《郊祀志》同**）又引吳兢《樂府解題》：「漢武通回中道，後數出遊幸焉。」按吳氏語原為：「漢武帝元封初，因至雍，遂通回道，後數出遊幸焉。其歌稱帝『游石關，望諸國，月支臣，匈奴服』，皆美當時事也。」羅根澤《樂府文學史》據此認為：「此首似在武帝元封中[15]。」而《武帝紀》「冬十月」云云，與詩中「夏將至」季節不符。故蕭滌非更舉《武帝紀》：「元封五年冬，行南巡狩。……夏四月，還幸甘泉，郊泰畤」，認為此首當作於元封五年，甚是。《上陵》一首，詩中自言「甘露初二年」，可知是宣帝後期的作品。《遠如期》一首，是為單于來朝所作的頌美武功之作。察史籍，單于來朝最早在宣帝甘露三年正月（**見《漢書・宣帝紀》及《匈奴傳》**），故蕭滌非、逯欽立均以此詩作於此次揚威大典之時。《臨高臺》一首，《樂府詩集》卷十六引吳兢《樂府解題》：「古詞言：『臨高臺，下見清水中，有黃鵠飛翻。關弓射之，令我主萬年。』若齊謝朓『千里常思歸，』但言臨望傷情而已。」又引宋何承天《臨高臺篇》「臨高臺，望天衢，飄然輕舉淩太虛」，而斷之曰：「則言超帝鄉而會瑤台也。」是知此曲有臨望傷情、淩虛遊仙二意。考之本詩，固非遊仙之作，然而，吳兢總結為「臨望傷情」似也不確切；應是一首侍才欲進、獻媚頌主的干謁之作。至於《將進酒》一首，《樂府詩集》卷十六曰：「古詞曰：『將進酒，乘大白。』大略以飲酒放歌為言。宋何承天《將進酒篇》曰：『將進酒，慶三朝。備繁禮，薦嘉肴』，則言朝會進酒，且以濡首荒志為戒。若梁昭明太子云『洛陽輕薄子』，但敘遊樂飲酒而已。」但是，詩寫由新歌故曲、歌舞繁盛到「同陰氣（**飲泣**）」，詩悉索」的詩酒之會過程，情感波蕩、濃重，恐非「戒荒志」、「但敘遊樂飲酒」所能概括，似是文人侍僚的傷感身世之作。

上述五篇詩歌，《上之回》、《將進酒》、《遠如期》三首，以三言為主，稍雜四、七言，形制頗似《郊祀歌》。《上陵》是以五言為主的雜言，《臨高臺》是以七言為主的雜言，體制不同於《郊祀歌》。由於《鐃歌》十八首不只作於武帝時（**如《上陵》、《遠如期》即是宣帝時的作品**），且雜編多層次作者的作品（**有文人詩，有民歌**），這種有承繼、有不同體制的特點，可視為漢詩向前發展的標誌。而從創作傾向看，尚功利、求典雅的追求，在這五篇詩作中均有所體現，只是側重點不同；

與《郊祀歌》相比，程度也有所減弱。《上之回》有所謂「游石關，望諸國。月支臣，匈奴服。令從百官疾驅馳，千秋萬歲樂無極」；《上陵》有所謂「醴泉之水，光澤何蔚蔚。芝為車，龍為馬。覽遨遊，四海外。甘露初二年，芝生銅池中。仙人下來飲，延壽千萬歲」；《臨高臺》有所謂「關弓射鵠，令我主壽萬年」；《遠如期》有所謂「大樂萬歲，與天無極」，「累世未嘗聞之，增壽萬年亦誠哉」等等，莫不是歌頌祝福的功利之筆，並無作者切身的真情實感。唯《將進酒》一首例外，只有典雅追求而無功利特徵。

從其典雅的格調看，《上陵》、《遠如期》二首，與《郊祀歌》差可比擬。如《上陵》：

> 上陵何美美，下津風以寒。問客從何來，言從水中央。桂樹為君船，青絲為君笮；木蘭為君棹，黃金錯其間。蒼海之雀，赤翅鴻，白雁隨。山林乍開乍合，曾不知日月明。醴泉之水，光澤何蔚蔚。芝為車，龍為馬。覽遨遊，四海外。甘露初二年，芝生銅池中。仙人下來飲，延壽千萬歲。

《樂府詩集》卷十六題解引釋智匠《古今樂錄》：「漢章帝元和中，有宗廟食舉六曲，加《重來》、《上陵》二曲，為上陵食舉。」又引《後漢書．禮儀志》：「正月上丁祀南郊，次北郊、明堂、高廟、世祖廟，謂之五供。禮畢，以次上陵。西都舊有上陵。東都之儀，太官上食，太常樂奏食舉。」似以此歌為東漢時宗廟食舉之曲。但從歌辭看，並無薦食祖考之意，故郭茂倩又有疑焉：「按古詞大略言神仙事，不知與食舉曲同否。」而且，詩中有「甘露初二年」之句，顯非東漢之歌（已見上述）。故蕭滌非循「言神仙事」之思路，推定此詩為西漢頌祥歌瑞的樂歌。逯欽立《全漢詩》又云：「此題『上陵』與本文『山林』，殆皆『上林』之誤。」愚按前者則是，後者不必。詩作正以仙游上林苑為詠，故歌題與首句之「上陵」皆為「上林」之音誤，而「山林乍開乍合」之「山林」，宜依原文。上林苑廣大景富，山、林、水、獸俱全，理亦可通，不勞煩改矣。總上所述，《上陵》一詩乃是西漢宣帝時借詠仙游上林以歌祥瑞之作。准此以觀，則可更深入體會此詩的典雅格調：仙人渺出水中，於乍陰乍陽間，飄然來遊，儀態輕盈閒雅；桂樹為船，青絲為笮，木蘭為棹，黃金為飾，伴以赤鴻白雁，芝車龍馬，裝配華貴高雅；「芝為車，龍為馬。覽遨遊，四海外」，辭句古奧典雅；而流動於全詩的，是雍和平緩的淡淡的喜悅和歌頌，沒有起伏波瀾，也沒有過度的狂歡，所謂樂而不淫者也。再如《遠如期》：

> 遠如期，益如壽，處天左側，大樂萬歲，與天無極。雅樂陳，佳哉紛，單于自歸。動如驚心，虞心大佳，萬人還來。謁者引，鄉殿陳。累世未嘗聞之，增壽萬年亦誠哉！

前已言及，這是描寫宣帝甘露三年單于朝漢之盛典的頌歌。其描述之疾徐得體，字句之古奧生拗，絕似《郊祀歌》，呈現著典重雅致的風調。

《鐃歌》中文人侍臣的創作，即使個別並無明顯功利目的的作品，也同樣追求典雅的表現形式。如《將進酒》：

> 將進酒，乘大白。辨加哉，詩審搏。放故歌，心所作。同陰氣，詩悉索。使禹良工，觀者苦。

這首詩，如果沒有逯欽立的一番疏解，真是不知所云！逯氏《全漢詩》說：「『辨加』即『駕辨』，此倒言之。《大招》：『伏羲《駕辨》，楚《勞商》只。……二八接武，投詩賦只。』此上言『辨』而下言『詩』，正與之合。『詩審摶』，審讀蟠；審摶，繁盛之意，見《周禮．羽人》注。上言『詩審摶』，下言『詩悉索』，正示歌舞之由盛及衰。『心』，新之借字，與上文『故』對文。『陰氣』，或謂為『飲泣』借字，義亦可通。『使禹』二字，義不明。『苦』，快也，見揚子《方言》。」由此可知，此詩乃是寫文士飲酒作歌，情感由激昂狂放到低沉悲寂的一次酒會。歌用三言，辭句不只古奧，且用典、借字，以至有以艱澀逞才之嫌。這同樣是創作上追求典雅的傾向，儘管艱澀並不等於典雅。

第二節　率真抒情、平實自然的創作傾向

率真抒情、平實自然的創作傾向，一般是表現在樂府的民歌之中。《漢書．藝文志》著錄西漢時期的民歌一百五十七篇，但因未能錄載全詩，散佚嚴重。五個世紀後，沈約作《宋書．樂志》始有所收集；再過五個世紀，郭茂倩編纂《樂府詩集》，而有所增補，但散佚已過太半。合計兩漢民歌，今僅存四十首左右，分載於《樂府詩集》的《相和歌辭》、《雜曲歌辭》等類中，一般題名或標明「古辭」的，都是漢民歌。此外，《鼓吹曲辭》中的《漢鐃歌十八曲》裏也有幾首民歌。

民歌之區別前、後漢，已難以盡作確考。據蕭滌非的考論，可確認為西漢民歌的有七首：《江南》、《薤露》、《蒿裏》、《雞鳴》、《烏生》、《平陵東》、《董逃行》各一首，都在《相和歌辭》內⑯。另外，《鐃歌十八曲》中的《戰城南》、《巫山高》、《有所思》、《上邪》四首，當也

是平民的歌唱。這樣，基本可以確認為西漢樂府民歌者，共十首。

二

讀這十首民歌，一個最鮮明強烈的感受，就是它們的率真抒情，「感於哀樂，緣事而發」，情深意真。這一點絕不同於文人臣僚的雍和平緩、不露聲色。《戰城南》和《巫山高》二首，是戰場或戍邊的下層官兵的詠唱。前者抒發豪情：「為我謂烏：且為客豪！野死諒不葬，腐肉安能去子逃？」而豪情中透露出沉重的悲涼；表現厭戰：「禾黍不獲君何食？願為忠臣安可得？」情緒激憤。後者直抒思鄉欲歸：「我欲東歸，害（讀為曷）梁不為？……臨水遠望，泣下沾衣。遠道之人，心思歸。謂之何？」《薤露》和《蒿裏》二首，是對生命死亡的悲哀⑰。前云：「薤上露，何易晞！露晞明朝更復落，人死一去何時歸？」後云：「蒿裏誰家地？聚斂魂魄無賢愚。鬼伯一何相催促，人命不得少踟躕。」生命之短暫譬如朝露；而露有再生，生命卻不能復歸。生命既已終結，生前之賢愚臧否，又何足道哉！這是多麼深刻的生命體驗，又何其悲涼！而《有所思》和《上邪》二首：

> 有所思，乃在大海南。何用問遺君？雙珠瑇瑁簪，用玉紹繚之。聞君有他心，拉雜摧燒之；摧燒之，當風揚其灰。從今以往，勿復相思！相思與君絕！雞鳴狗吠，兄嫂當知之。妃呼豨！秋風肅肅晨風颸，東方須臾高知之。

> 上邪！我欲與君相知，長命無絕衰。山無陵，江水為竭，冬雷震震，夏雨雪，天地合，乃敢與君絕！

表現民間女子愛情之熱烈、之率真、之不渝、之剛烈爽快，莫不為後人極贊，譽為「神筆」。上舉六詩，都真情揮灑，濃烈感人，毫無遮掩，亦無文人樂章的「中和」平庸。

二

平實樸直的風格，是西漢樂府民歌的又一重要特色。

首先，民歌的詠唱，都是關乎切身境遇或現實的感受，所表現的都是十分生活化的內容。這一點，與那些以祭祀、頌世為主題的文學侍臣的創作絕不相同。飄蕩著仙風神氣的訣揚之作，因其並無真實的生活感受，故於明顯的功利目的之外，所追求的東西就只有古奧典雅的形式；民歌則敘事、哀樂皆源於現實生活，不吐不快，故不暇雕飾，直抒直敘。如《雞鳴》一詩，蕭滌非列舉詳盡的史料，證明這是一首譏刺西漢末年王氏五侯的民歌⑱，說甚服人。或以為民間百姓並不知王侯生活的實情，恐難以作出這樣的歌詠。不然已甚。考之《詩經》，民歌中刺侯王者已甚多。如《邶風・新台》，刺衛宣公劫奪兒媳的醜行；《鄘風・牆有茨》，譏刺衛國宮廷的亂倫無恥；《秦風・黃鳥》，挽子車氏三子之殉葬，等等。而且，百姓對王氏五侯奢靡的譏刺，史有明載。《漢書・元后傳》云：「五侯群弟，爭為奢侈，賂遺珍寶，四面而至。后庭姬妾，名數十人，僮奴以千百數。羅鐘磬，舞鄭女，作倡優，狗馬馳逐。大治第室，起土山漸台，洞門高廊閣道，連屬彌望。百姓歌之曰：『五侯初起，曲陽最怒⑲。壞決高都（**水名**），連竟外杜。土山漸台，西白虎。』（**按顏師古注：「皆放效天子之制也。」**）其奢僭如此！」足以證明百姓不平於五侯驕奢且曾抒之於歌。這首詩云：「兄弟四五人，皆為侍中郎。五日一時來，觀者滿路旁。黃金絡馬頭，熲熲何煌煌」，「黃金為君門，碧玉為軒闌堂。

上有雙樽酒，作使邯鄲倡」，正是人民不滿於王氏五侯驕奢淫恣的表白。又如禽言詩《烏生》，表達百姓生存之艱難。其表現方式一如《詩經》之《豳風．鴟鴞》。詩作悲歎人民無法逃離禍難：「我黃鵠摩天極高飛，后宮尚復得烹煮之；鯉魚乃在洛水深淵中，釣竿尚得鯉魚口！」於是感到生存道路的迷惘：「我人民安知烏子處？蹊徑窈窕安從通？」無奈中，惜歎禍福無形：「我人民生，各各有壽命，死生何須復道前後！」沒有生活的深刻體驗，絕不可能唱出這樣自然樸實而感受沉重的詩歌。再如《平陵東》，《樂府詩集》卷二十八引崔豹《古今注》：「《平陵東》，漢翟義門人所作也。」又引吳兢《樂府解題》：「義，丞相方進之少子，字文仲，為東郡太守。以王莽方篡漢，舉兵誅之，不克，見害。門人作歌以怨之也。」翟義義討王莽事，載於《漢書．翟方進傳》。詩言欲聚財以贖「義公」，蓋不知翟義被捕即就義矣⑳。故崔、吳所謂「門人所作」，頗可置疑；門人甯有不知翟義已死乎？所以蕭滌非詳考詩意及《後漢書．王昌傳》王昌詐稱翟義再謀討莽之事，論定此詩「必出於民間」，因其有「歸家賣犢」之語，又實不知翟義已死也。此詩也是緣事而歌、傳達民聲的作品。

它如上述《戰城南》和《巫山高》、《有所思》和《上邪》等，無不是切身生活的真情實感。

其次，語言質樸，口語化，直來直去，絕無文人侍臣的雕琢古奧。如：

> 為我謂烏：且為客豪！野死諒不葬，腐肉安能去子逃？（《戰城南》）
>
> 我欲東歸，害（曷）梁不為？我集（濟）無高曳（篙栧），水何梁（深）？（《巫山高》）
>
> 上邪！我欲與君相知，長命無絕衰！（《上邪》）

聞君有他心，拉雜摧燒之；摧燒之，當風揚其灰。（《有所思》）

兄弟四五人，皆為侍中郎。五日一時來，觀者滿路旁。（《雞鳴》）

烏生八九子，端坐秦氏桂樹間。唶！我秦氏家有遨遊蕩子，工用睢陽強，蘇合彈。左手持強彈兩丸，出入烏東西。（《烏生》）

平陵東，松柏桐，不知何人劫義公。劫義公，在高堂上，交錢百萬兩走馬。（《平陵東》）

作為詩的語言，看起來似笨拙，似順口溜，淺平直白。這正是西漢樂府民歌的特點。然而，這平直稚拙的語言，也能造出美不勝收的詩境。請看《江南》：

江南可採蓮，蓮葉何田田！魚戲蓮葉間。魚戲蓮葉東，魚戲蓮葉西，魚戲蓮葉南，魚戲蓮葉北。

《樂府詩集》卷二十六引《樂府解題》：「《江南》古詞，蓋美芳晨麗景，嬉遊得時。若梁簡文『桂楫晚應旋』，唯歌遊戲也。」吳兢之語似是而非。「嬉遊得時」之論，腐儒政教氣濃；簡文之比，又天籟人聲不分；「唯歌遊戲」，得之差半。實際上，這是一首描寫江南女子採蓮勞動之快樂，並以雙關語義謳歌愛情的歌曲，可與《詩經》之《周南·芣苢》相提並論。《芣苢》歌唱北方女子採集芣苢的勞動，此則是南方女子採蓮勞動的歌唱；《芣苢》句、意單純，此亦句、意簡單；《芣苢》氣氛歡快怡人，此亦氣氛歡快怡人；《芣苢》以採集車前子暗寓婦人求子的願望㉑，此亦以採蓮雙關女子對愛情的期盼和美好理想。二詩都是以簡單淺白的詞句，營造歡樂雋永的詩境。清人方玉潤《詩經原始》對《芣苢》有一段極精采的評論：「讀者試平心靜氣，涵詠此詩。恍聽田家婦女，三三五五，於平原繡野、風和日麗中，群歌互答，餘音嫋嫋，若遠若近，忽斷忽續。不知其情之何以移，而神之何以曠，則此詩可不必細繹而自得其妙焉[22]。」如若把「田家」換成「漁家」，「平原繡野」換作「平湖荷間」，移之評論《江南》，亦傳神妥貼。

樸直流暢的語言，加上前述的表現現實生活中的真誠感受，造成了西漢樂府民歌平實樸直的表現風格；而濃烈情感之噴發，更使它極能感動人心。這些特徵，都使民歌不同於文人侍臣的諛揚堆砌、古奧典雅，而形成率真抒情、平實自然的創作傾向。

---

① 顧炎武《日知錄》，黃汝成《集釋》本，上海：上海古籍出版社二〇〇六年版，第一五九三—一五九四頁。

② 蕭滌非《漢魏六朝樂府文學史》第八頁注（一）云：「按《宋書》卷五十：『鮑照嘗為古樂府，文甚遒麗』，又同書卷一百載：『沈林子所著詩、賦、贊、三言、箴、祭文、樂府、表、牋、書、記、白事、啟事、論老子，一百二十一首。』以樂府與詩、賦等並列。沈、鮑是劉宋初人，則以『樂府』名詩，當始於晉、宋之際。」人民文學出版社一九八四年版。

③ 長期以來，學界普遍認為，樂府機關到漢武帝時始設置。其根據是《漢書．禮樂志》：「至武帝定郊祀之禮，乃立樂府，采詩夜誦，有趙代秦楚之謳。以李延年為協律都尉，多舉司馬相如等數十人造為詩、賦，略論律呂，以合八

音之調，作十九章之歌。」《藝文志》：「自孝武立樂府而采歌謠，於是有趙、代之謳，秦、楚之風，皆感於哀樂，緣事而發。」但是，《漢書．禮樂志》又說：「房中樂，楚聲也。孝惠二年，使樂府令夏侯寬備其簫管，更名曰安世樂。」《史記．樂書》也說：「孝惠、孝文、孝景，無所增更，於樂府習常肄舊而已。」依此，則漢初惠帝時已有樂府的長官和機構。又，一九七七年在陝西臨潼秦始皇墓附近出土的秦編鐘上，已刻有「樂府」二字；二〇〇〇年在西安秦遺址又出土了「樂府承印」封泥一枚。看來，樂府的最初設置時間，至少應上推到秦代。

④《藝文類聚》卷四十三引錄《三巴記》也有記載：「閬中有渝水，賨民鋭氣喜舞，高祖樂其猛鋭，數觀其舞，使樂人習之，故名《巴渝舞》。」

⑤蕭滌非《漢魏六朝樂府文學史》：「其職責，在於採取文人詩、賦及民間歌謠，被之管弦而施之郊廟朝宴。」可知樂府詩歌也在貴族宴飲時演唱。人民文學出版社一九八四年，第五頁。

⑥今存的西漢樂府詩歌，多產生於武帝時。為了論證方便，下文連同西漢後期的部分作品，如《上陵》、《遠如期》、《雞鳴》、《平陵東》等，一併系此論述。

⑦此二歌見載於《史記．樂書》。逯欽立輯錄之《全漢詩》，以為此二歌與《郊祀歌》之《天馬》二首「文字稍異，故別入武帝集。」甚是。

⑧《景星》一首，《漢書．禮樂志》云：「元鼎五年，得鼎汾陰作。」查《漢書．武帝紀》，元鼎年間曾兩次得鼎，一次是元鼎元年，「得鼎汾水上」；一次是元鼎四年，「六月，得寶鼎后土祠旁。」而《武紀》只在元鼎四年云「作《寶鼎之歌》」。故知《景星》當即武帝所作的《寶鼎之歌》。惟《禮樂志》云「元鼎五年」，與《武帝紀》所記之「四年」不相吻合。對此，王先謙《漢書補注》解釋道：「《武紀》得鼎在四年，五當作四。」《齊房》一首，《漢書．禮樂志》云：「元封二年，芝生甘泉齊房作。」《武帝紀》云：「（元封二年）六月，詔曰：『甘泉

宮內中產芝，九莖連葉。上帝博臨，不異下房，賜朕弘休。其赦天下，賜雲陽都百戶牛酒。』作《芝房之歌》。」故知《齊房》即武帝《芝房之歌》。《朝隴首》一首，《漢書．禮樂志》謂：「元狩元年行幸雍，獲白麟作。」《武帝紀》云：「元狩元年冬十月，行幸雍，祠五時。獲白麟，作《白麟之歌》。」故知《朝隴首》即武帝之《白麟之歌》。《象載瑜》一首，《漢書．禮樂志》謂：「太始三年，行幸東海，獲赤雁作。」《武帝紀》云：「（太始三年）二月……行幸東海，獲赤雁，作《朱雁之歌》。」故知《象載瑜》即武帝之《朱雁之歌》。

⑨ 見蕭滌非《漢魏六朝樂府文學史》，北京：人民文學出版社一九八四年版，第四十三頁。

⑩ 參見蕭滌非《漢魏六朝樂府文學史》，北京：人民文學出版社一九八四年版，第四十三頁。

⑪ 司馬貞《索隱》：「按《禮樂志》，《安世房中樂》有十九章。」是說大誤。《漢書．禮樂志》並無《安世房中樂》有十九章之記載，且《安世房中樂》乃高祖唐山夫人作，《禮樂志》有明載，非武帝時作品。蓋司馬貞誤記《房中樂》、《郊祀歌》二者之篇數故。

⑫ 《樂府詩集》卷一：「宗廟樂者，《虞書》所謂『琴瑟以詠，祖考來格』。」

⑬ 溢，《初學記》作「佾」。

⑭ 效，《初學記》作「交」。

⑮ 羅根澤《樂府文學史》，北京：東方出版社一九九六年版，第二十四頁。

⑯ 其中《董逃行》一首，歌詠求仙長壽之意，且有「陛下長生老壽」、「陛下長與天相守」之語，不似「感於哀樂，緣事而發」的民歌。吳旦生《歷代詩話》引《樂府原題》謂：「《董逃行》作於漢武之時，蓋武帝有求仙之興。董逃者，古仙人也。」蕭滌非引朱嘉徵說：「謂此方士迂怪語，使王人庶幾遇之。或武帝時使方士入海求三神山，為公孫卿輩所作。」（《漢魏六朝樂府文學史》第六十八頁）。作者或不宜確指，但斷定此歌為方士或文人為迎合武

帝心理所作，是符合詩意的。故是詩本書不論。

⑰《樂府詩集》卷二十七引崔豹《古今注》：「《薤露》、《蒿裏》，泣喪歌也。本出田橫門人，橫自殺，門人傷之，為作悲歌。言人命奄忽，如薤上之露，易晞滅也。亦謂人死魂魄歸於蒿裏。」

⑱參見其《漢魏六朝樂府文學史》，第六十四—六十六頁。

⑲《漢書·元后傳》：「河平二年，上（成帝）悉封舅：譚為平阿侯、商成都侯、立紅陽侯、根曲陽侯、逢時高平侯。五人同日封，故世謂之『五侯』。」

⑳《漢書·翟方進傳》說，王莽軍在圉城圍困了翟義，城破後翟義逃亡，「至固始界中捕得義，屍磔陳都市。」

㉑《詩經·周南·芣苢》毛傳：「芣苢，馬舃。馬舃，車前也，宜懷姙焉。」聞一多引用不少材料，證明古人有「芣苢宜子」的認識。見其《詩經通義》論《芣苢》，載《聞一多全集》第二卷《古典新義》，北京：三聯書店一九八二年版。

㉒〔清〕方玉潤《詩經原始》，北京：中華書局一九八六年版，第八十五頁。

第五章　武帝時期的經學文學思想

第一節　儒家詩樂思想的總結和闡揚
——《毛詩大序》和《禮記・樂記》

一

關於《毛詩大序》和《禮記・樂記》的作者和產生年代，蔣凡《兩漢文學批評》已做了比較詳盡的考辨，認為《詩大序》「不是一時一人之作……其中包含了先秦舊說，保存了古時的許多思想資料，也可能有東漢《毛詩》家加以潤益的成份；但就其總體來說，它大約完成於西漢中期以前的學者之手」；認為《樂記》也「不是一人一時之作，而是春秋末至西漢中期以前儒家樂論的彙編與總結」，其「最後結集大致是在漢武帝時代①。」這樣的結論是比較穩妥的。本文擬在蔣氏宏論之外，再申論一二。

其實，關於《禮記・樂記》的作者，早在班固的《漢書・藝文志》即有十分明確的記載：

周衰俱壞，樂尤微眇，以音律為節，又為鄭、衛所亂，故無遺法。漢興，制氏以雅樂聲律，世在樂官。頗能記其鏗鏘鼓舞，而不能言其義。六國之君，魏文侯最為好古，孝文時得其樂人

> 竇公，獻其書，乃《周官．大宗伯》之《大司樂》章也。武帝時，河間獻王好儒，與毛生等共采《周官》及諸子言樂事者，以作《樂記》，獻八佾之舞，與制氏不相遠。其內史丞王定傳之，以授常山王禹。禹，成帝時為謁者，數言其義，獻二十四卷《記》。劉向校書，得《樂記》二十三篇，與禹不同，其道漸以益微。

這段話，有兩層意思是非常清楚的：第一，古人對音樂的掌握分音律和樂義兩個層面。漢初以前人不傳樂義或樂義不明，只有漢初的制氏懂音律而不知樂義。至武帝時，始由劉德與毛生等采獲《周官》及諸子論樂之說②，編撰《樂記》。第二，劉向校書時所得之《樂記》「二十三篇」，與王禹所獻之「二十四卷」有所不同。然《藝文志》明言王禹《記》受自劉德之內史王定，即使兩著（**《藝文志》即兩錄之**）的不同並不僅僅只是卷（篇）數有異，更或有文字不同，也不會出入太大，兩著同源是沒有問題的。因為王定既能傳授《樂記》，那麼他當時必然也是編撰此作的重要人物之一。因此，在劉向父子、班固言之鑿鑿的記載和數百年後學者的並未提供任何證據的公孫尼子作《樂記》說③面前，我們自然寧願相信前者。

這段話中有兩件事應予稍加解釋。第一，孝文帝得魏文侯樂人竇公獻《大司樂》之事，頗有可疑。不解釋清楚，會影響整段敘述的可信性。魏文侯於公元前四四五至前三九六年在位，時當戰國前期，距文帝初元的公元前一七九年，有二百多年。即使以魏文侯末年到文帝元年計，此樂人竇公也至少要有二百一十七歲；何況他若做過魏文侯樂人，則至少應再加十五年，至文帝元年，竇公至少應有二百三十二歲了。這是絕不可能的事！《漢書．藝文志》注引桓譚《新論》，曲為之說：「竇公年百八十歲，兩目皆盲，文帝奇之，問曰：『何因至此？』對曰：『臣年十三失明，父母哀其不及眾技，教鼓琴。臣導引，無所服餌。』」即真如桓譚所說，竇公之出生也在魏文侯死後近四十年。但是，《藝文志》說竇公所獻書即《周官．大宗伯．大司樂》，言之鑿鑿，當必有此事④。漢初於惠帝四年「除挾書律」（**《漢書．惠帝紀》**）；文帝二年「除誹謗妖言法」（**同上《文帝紀》**）。避隱民間的士人各出其所藏，或講習授受，或獻之朝廷⑤，甚或自行編撰，諸事漸起，不足為怪。唯竇公百八十歲之說及「導引無所服餌」云云，蓋其詐言。文帝十六年，有趙人新垣平以望氣得封上大夫之事，文帝因而立渭陽五帝廟，又於長門建五帝壇，「使博士諸生刺《六經》中作《王制》，謀議巡狩封禪事」。後元元年，新垣平使人詐獻玉杯，上刻「人主延壽」，「於是始更以十七年為元年」（**《史記．封禪書》**）。儘管新垣平因陰謀敗露遭誅，但這件事本身即說明，在文帝的思想中，也具有同武帝一樣的奉神敬仙以長生久視的願望。竇公詐稱年高因於「導引無所服餌」，恐亦為文帝所企望者。《藝文志》此一記載，蓋年長之竇公獻書之事誠有，而其詐言長壽又未遭怪罪也。劉向父子及班固未及詳察，拉雜並記之。第二件事，是「其道浸以益微」這句話。「浸以益微」者，蓋本即不盛，後更衰微。周衰之後，遭戰國之亂，秦又不任禮樂，漢初諸事待興，至武帝時方有劉德及門客編寫《樂記》以明樂義之事。而武帝不好古雅之樂，劉德「獻所集雅樂」，武帝雖令樂人常習之，「然不常御；常御及郊廟，皆非雅聲。」他所喜好的是民間俗樂，「皆以鄭聲施於朝廷」（**以上見《漢書．禮樂志》**）。所以，《樂記》之義式微。「河間內史所傳，不及於後漢。後漢儒者知傳孔門經學，而獨不及樂，於是樂遂不亡而亡矣。」（**唐晏《兩漢三國學案》卷七**）唯緣其道式微，後世乏傳，致使連《樂記》的最終編撰者都成了問題，以致斜出岐說⑥。

《毛詩大序》的作者與時代問題，爭議更多，迄無定論⑦。本書認為，僅僅糾纏在古人似是「確鑿」的說法（**比如鄭玄如何說、范曄如何說等等**）上，來論定《大序》的作者和時代，即使再找出若干例證，也無助於搞清問題，而適足添亂。因為古人並沒有一致的或大體一致的或具有主要傾向的一種說法。考定此一問題，在沒有確鑿可信的史料的情況下，恐怕只能從《大序》的義理及其可能的政治文化背景上去思辨，即：這樣的理論可能會產生於具備什麼條件的時代。有兩個前提是不容懷疑的：其一，《大序》是前此儒家詩歌觀念的集成；其二，《大序》被寫入《關雎》序中，它無疑是儒家《詩經》學，即經學的思想。承認第一點，當知它產生的時代不會太早；承認第二點，則非但不宜把《大序》直接做為文學理論著作來看待，也可知道它是伴隨著儒家經學的發展而產生的。

從許多跡象看，《大序》應是最終寫定於武帝時期。除了蔣凡《兩漢文學批評》中列出的論據外，還可以從以下兩方面申論：

第一，漢代經學昌明、儒術始盛，是從武帝的「罷黜百家，獨尊儒術」開始的。儘管儒學在這一時期不過處於政治的「緣飾」地位，但在眾多士子看來，像公孫弘白衣為相的事，以及在文化領域獨尊儒學的格局，都促使他們向儒，「靡然向風」。《大序》作為儒家經學中一種集成的典籍，沒有這樣的政治文化背景，是很難產生的。何況，它博取前人思想，所采獲的思想資料，也只有到這個時期才更加完備。

第二，《大序》所闡發的儒家詩樂思想，在武帝時代一些學者的思想和《樂記》中，都可以得到印證。列簡表於下：

《詩大序》	《樂記》	《史記》⑧	董仲舒	孔安國
詩者，志之所之也。在心為志，發言為詩。情動於中而形於言，言之不足，故嗟歎之；嗟歎之不足，故詠歌之；詠歌之不足，不知手之舞之足之蹈之也。情發於聲，聲成文謂之音。	凡音者，生人心者也。情動於中，故形於聲；聲成文，謂之音。（《樂本》）故歌之為言也，長言之也。說之，故言之；言之不足，故長言之；長言之不足，故嗟歎之；嗟歎之不足，故不知手之舞之足之蹈之也。（《子貢》）	樂者，音之所由生也，其本在人心感於物也。（《樂書》）	樂者，盈於內而動發於外者也。（《春秋繁露．楚莊王》）	
治世之音安以樂，其政和；亂世之音怨以怒，其政乖；亡國之音哀以思，其民困。	按：與《大序》全同，見《樂本》。			
故正得失，動天地，感鬼神，莫近於《詩》。先王以是經夫婦，成孝敬，厚人倫，美教化，移風俗。	樂也者，聖人之所樂也，而可以善民心。其感人深，其移風易俗，故先王著其教焉。（《樂施》）故樂行而倫清，耳目聰明，血氣和平，移	凡作樂者，所以節樂。……以為州異國殊，情習不同，故博采風俗，協比聲律，以補短移化，助流政教。……及其調和諧合，鳥獸盡感，而況	樂者，所以變民風、化民俗也。其變民也易，其化人也著。故聲發於和而本於情，接於肌膚，臧於骨髓。故王道雖微缺，而管弦之聲未衰也。	移風易俗，莫善於樂。謂為天子用樂，省萬邦之風以知其盛衰，衰則移之以貞盛之教，淫則移之以貞固之風。皆以樂聲知之，知則移之，故云

	至於王道衰，禮義廢，政教失，國異政，家殊俗，而變風變雅作矣。國史明乎得失之跡，傷人倫之廢，哀刑政之苛，吟詠情性，以風其上，達於事變而懷其舊俗者也。
風易俗，天下皆寧。……是故君子反情以和其志，廣樂以成其教。樂行而民鄉方，可以觀德矣。（《樂象》）	
五常，含好惡，自然之勢也？（《樂書》） 《詩》記山川、溪谷、禽獸、草木、牝牡、雌雄，故長於風；《樂》樂所以立，故長於和：……《樂》以發和……《詩》以達意。（《太史公自序》） 夫上古明王舉樂者，非以娛心自樂，快意恣欲，將欲為治也。正教者皆始於音，音正而行正。故音樂者，所以動盪血脈、通流精神而和正心也。（《樂書》）	周道缺，詩人本之衽席，《關雎》作。仁義陵遲，《鹿鳴》刺焉。（《十二諸侯年表》）
（《舉賢良對策》一）	
移風易俗莫善於樂也。……夫雲集而龍興，虎嘯而風起，物之相感，有自然者，不可謂毋也。胡笳吟動，馬蝶而悲；黃老之彈，嬰兒起舞。庶民之愚，愈於胡馬與嬰兒也？何為不可以樂化之？（《古文孝經訓傳序》）	

由此表可見，《大序》在詩的產生、詩與社會時代、詩的感動教化、詩的諷諫美刺等幾個主要論點上，與同一時代的其他典籍及學者所論大旨相同，尤其與《樂記》更多一致。這固然可以解釋為它們都不約而同地繼承先秦儒家（尤其是荀子）禮樂思想的結果，但《大序》與武帝時代之典籍、學者的詩樂思想如此一致，不也正是產生在同一種政治文化背景下的普遍思潮的證明嗎？因此，斷言《詩大序》也是最終寫定於武帝時期，寫定於與《樂記》等同樣的政治文化背景之下，大概並非無稽妄談。

但是必須回答一個疑問：《大序》既是最終寫成於武帝時期，史遷、班固為何不作記錄（如《藝文志》著錄《樂記》那樣）？本書認為，大約有兩個原因：第一，武帝在儒家經典中唯重《春秋》，他重用公孫弘，於儒生中只比較看重董仲舒，以及他詔令嚴助「具以《春秋》對」（《漢書·嚴助傳》）等等，都是明證。帝王的態度當會對著史產生某種影響；其二，更重要的，《大序》本是寫入《關雎序》中，或者說本就是《關雎序》的一部分，並沒有單獨成篇，更沒有單獨流傳⑨。《大序》既已同《詩序》一併流傳，視為一物，故在馬、班看來蓋無特別說明紹介之必要。這樣，既不如《春秋》那樣受到特別重視，又未曾分列《大序》作為《詩》之綱領而特別看重之，而且它又不像《樂記》那樣可以彌補一經義理之缺乏，所以，史遷、班固不予特別記錄，也屬正常。

以上在蔣凡比較詳確之考論的基礎上，又作幾點補充論證，基本可以認定：《毛詩大序》和《禮記·樂記》同是廣承前說的集成之作，都是最終寫定於武帝時期。它們是前此儒家詩樂思想的總結和闡揚。

二

《大序》和《樂記》的詩樂思想，有相同者，如重情志、重教化等；也有不同者，如諷諭美刺說為《樂記》所無，樂內禮外說為《大序》所無。其相同者，是基於儒家對詩樂的根本認識（**以政教為目的**）以及古代詩、樂、舞三位一體觀念的支持；其不同者，則不唯緣於所論對象不同，也緣於儒家對禮樂與詩的不同看待。而無論相同還是不相同，從歷史發展來看，二者均無多創造發明之功，而飽有集成申論之勞。先看其基本相同者。

第一，從詩樂發生論到詩樂的教化責任。

這是《大序》和《樂記》論證詩樂根本目的的第一條路徑。《大序》云：

> 詩者，志之所之也。在心為志，發言為詩。情動於中而形於言。

《樂記．樂本》云：

> 凡音之起，由人心生也。人心之動，物使之然也。感於物而動，故形於聲。……其本在人心之感於物也。
>
> 凡音者，生人心者也。情動於中，故形於聲；聲成文，謂之音。

可以看出，《大序》和《樂記》在詩樂發生問題上，都十分強調「心」（**情志**）在「物——心——

詩（樂）」關係中的樞紐作用。同時，它們又不只是孤立地突出情志，還注意揭出情志背後的社會政治動因。「治世之音安以樂，其政和；亂世之音怨以怒，其政乖；亡國之音哀以思，其民困」，這段兩著中都有的話，就是提出社會政治狀況對詩樂之產生、之特色的影響作用。此外，《大序》所謂「至於王道衰，禮義廢，政教失，國異政，家殊俗，而變風變雅作矣」；《樂記》所謂「物至知知，然後好惡形焉」（《樂本》）、「應感起物而動，然後心術形焉」（《樂言》）等等，都是同樣的思想。然而，若由此便把《大序》和《樂記》的詩樂發生論解釋為「物感論」（**如許多論者那樣**），就成了未能深解古人的皮相之說。兩著論說詩樂發生，並不像今人所理解的那樣，是純粹關乎文藝理論的一個重要論題，而只是它們討論詩樂最高目的的一個引子；若不聯繫它們對詩樂作用的認識，就難以準確把握它們在詩樂發生中對物、心兩者之地位和關係的看法。兩著固然有人心感於物的思想（**如上所舉例**），但其重點卻不在於物對心的決定作用，而是在於強調心的感物作用。《大序》在治世、亂世、亡國之音那段話後，緊接著說：「故正得失，動天地，感鬼神，莫近於《詩》。先王以是經夫婦，成孝敬，厚人倫，美教化，移風俗。」這些話的重點，明顯是強調詩歌本身具有的政教和感化作用，特別突出了《詩》本身及其教化功能，而將它得以產生的社會政治背景置於次要地位。不去論證社會生活對詩的決定作用，而著重說明詩對社會生活的感化功能。前所謂治世、亂世、亡國之音得以產生的「政和」、「政乖」、「民困」，遂成末節。但是，如果說「安以樂」的「治世之音」尚可以經夫婦、成孝敬、厚人倫、美教化、移風俗的話，那麼「怨以怒」的「亂世之音」、「哀以思」的「亡國之音」，也足以起到這些作用嗎？因此，《大序》在接下來論說諷諭時，就特別提出了對詩的限制和要求：「發乎情，止乎禮義。」這樣，在它揭出時代社會與詩之產生的關係時，它特別突出了詩本身⑩；在它要求詩本身須合乎禮義的深處，實是隱含著詩心、情志首先須周正的意思：要求詩人感物時，其情志首先要符合禮義；以合乎禮義的情志去感物，「發言為詩」而使詩也合乎禮義。這層意思在《樂記》裏表述得更明顯：

> 樂者，音之所由生也，其本在人心之感於物也。是故其哀心感者，其聲噍以殺；其樂心感者，其聲嘽以緩；其喜心感者，其聲發以散；其怒心感者，其聲粗以厲；其敬心感者，其聲直以廉；其愛心感者，其聲和以柔。六者非性也，感於物而後動。（《樂本》）

很明顯，其重點不在說明物動心，而在於說明心感物。音樂的特色主要不是「物」決定的，而是由「心」決定的；「心」通過感物賦予它形式（**音樂形象**）和特色。需要解釋的是，「六者非性」的「性」，乃是指作者的「本性」。人的本性是怎樣的呢？「人生而靜，天之性也」（《**樂本**》），「德者，性之端也」（《**樂象**》），這是人的本初之性（**與孟子性善論合**）；但人是生活在五彩繽紛的社會中的，「感於物而動，性之欲也」（《**樂本**》），「夫民有血氣心知之性，而無哀樂喜怒之常。應感起物而動，然後心術形焉」（《**樂言**》）。靜、善的本初之性，被現實世界所波動，就會出現多種「無常」的取向（**又類於荀子性惡論**）。《樂記》所重點說明的正是：人用諸多無常之心去感物，發而為音，就會呈現多種特色的樂歌（**而《樂記》對這樣的音樂是否定的**。**詳後**）。這就是所謂「六者非性也，感於物而後動」的真正含義⑪。所以《樂記》特別重視人心的「和樂」：「心中斯須不和不樂，而鄙詐之心入之矣。」（《**樂化**》）所以《樂本》緊接上段引文之後說：「是故先王慎所以感之者。故禮以道其志，樂以和其聲……其極一也，所以同民心而出治道也。」「所以感之者」，無疑是指「心」，是情志⑫。

《大序》和《樂記》在詩樂發生問題上特別突出情志的重要地位，並進而對情志提出合乎禮義、和樂周正的要求，以保證詩樂創作的「正確」、合禮，從而順利實現其政教作用，顯然並不是簡單地歸結為「物感說」所能深切說明的。它們雖然點出了物與心的聯繫，卻把重點放在對心的要求上。由此實現了對詩樂功利性的強調：它們不承認詩樂（心）有自由感受、多樣表現社會生活（物）的權力，而認為詩樂有「教化生活」的重任。它們雖有提高情志之地位的功績，卻又使情志最終走向了被約束、規範化或單調化的狹窄天地，扼止了情志的豐富多彩。總之，情志被特別突出了，同時也幾乎被抹殺掉了。

此種情形，恰好說明了《大序》和《樂記》作為經學文獻而非文藝理論的性質，同時也顯示著它們是對先秦儒家的禮樂思想（**尤其是荀子**）的承襲和伸張。如《荀子．樂論》：

> 夫樂者，樂也，人情之所必不免也。故人不能無樂，樂則必發於聲音，形於動靜，而人之道，聲音動靜性術之變儘是矣。故人不能不樂，樂則不能無形，形而不為道，則不能無亂。先王惡其亂也，故制雅頌之聲以道之，使其聲足以樂而不流，使其文足以辨而不諰，使其曲直、繁省、廉肉、節奏足以感動人之善心，使夫邪汙之氣無由得接焉。是先王立樂之方也。

荀子的這段論說，是基於他對禮樂用以節制、糾正人之惡性的思想（**可參其《禮論》**）之上的。《大序》和《樂記》雖然在強調情志的重要地位這一點上較荀子有所突破⑬，但它們的整個思想傾向（**合乎禮義的要求和教化的強調**）無疑是來自荀子，來自儒家禮樂文化思想的傳統。

第二，從詩樂通乎政到詩樂的政教性質。

這是《大序》和《樂記》論證詩樂根本目的的第二條路徑。《大序》說：

是以一國之事，系一人之本，謂之風。言天下之事，形四方之風，謂之雅；雅者，正也，言王政之所由廢興也。政有大小，故有小雅焉，有大雅焉。頌者，美盛德之形容，以其成功告於神明者也。是謂四始，《詩》之至也。

《樂記》說：

故禮以道其志，樂以和其聲，政以一其行，刑以防其奸：禮、樂、政、刑，其極一也，所以同民心而出治道也。（《樂本》）

聲音之道與政通矣。宮為君，商為臣，角為民，徵為事，羽為物。五者不亂，則無怗懘之音矣。宮亂則荒，其君驕；商亂則陂，其官壞；角亂則憂，其民怨；徵亂則哀，其事勤；羽亂則危，其財匱。五者皆亂，迭相陵，謂之慢。如此，則國之滅亡無日矣。（同上）

樂者，通倫理者也。……審聲以知音，審音以知樂，審樂以知政，而治道備矣。……知樂，則幾於禮矣。禮樂皆得，謂之有德。德者，得也。是故樂之隆，非極音也；食饗之禮，非致味也。……是故先王之制禮樂也，非以極口腹耳目之欲也，將以教民平好惡，而反人道之正也。（同上）

《大序》對風、雅、頌的解釋，《樂記》以禮樂比擬於政事，都把詩、樂視為政治的組成部分，認為詩樂關乎國事政事。因此，它們特別看重詩樂的政教作用，也就是理所當然的。

詩樂與政事相通的思想，同樣是《大序》、《樂記》對以前儒家禮樂思想的繼承。如孔子說：「誦《詩》三百，授之以政，不達；使于四方，不能專對；雖多，亦奚以為？」（**《論語．子路》**）荀子說：「樂者，聖人之所樂也，而可以善民心。其感人深，其移風易俗，故先王導之以禮樂而民和睦。」（**《荀子．樂論》**）如陸賈說：「周公制作禮樂，效天地，望山川，師旅不設，刑格法懸，而四海之內奉供來臻，越裳之君重譯來朝。」（**《新語．無為》**）還有賈誼對禮樂與政事之密切聯繫的論述（**文長不引，見其《新書．審微》**），都是《大序》、《樂記》所取資的重要思想材料。

總上所述，《大序》和《樂記》從詩樂發生論、詩樂通乎政事論出發，殊途同歸，走向詩樂具有政教責任的結論。這是它們承繼前人思想，對詩樂最高目的的相同總結。

三

《大序》和《樂記》，還有各具特色的文藝思想觀念。

第一，《大序》的諷諭說為《樂記》所無。《大序》說：

> ……下以風刺上，主文而譎諫，言之者無罪，聞之者足以戒。……國史明乎得失之迹，傷人倫之廢，哀刑政之苛，吟詠情性，以風其上，達於事變而懷其舊俗者也。

詩歌可以用諸諷諫，這在《詩經》中本已言明，如「維是褊心，是以為刺」（**《魏風．葛**

屨》），「夫也不良，歌以訊之」（《陳風．墓門》），「家父作誦，以究王訩」（《小雅．節南山》），「王欲玉女，是用大諫」（《大雅．民勞》），等等。漢初四家說《詩》，亦主美刺。這些思想資料，都為《大序》所承襲發揚。

詩以諷諭的理論意義，一言以蔽之，是基於儒家民本思想和宗法觀念，而表現在經學詩學上的一種調合產物，也無非是其詩樂用於政教之最高目的的一個論證。而詩歌之所以能夠適用於諷諭，乃在於它以形象表情言志的特點。《大序》謂「主文而譎諫，言之者無罪，聞之者足以戒」，已經意識到這個特點，但不明確。這些問題似都無需詳說，而值得注意的是，諷諭說作為儒家經學詩學觀念中一個重要的思想，在《樂記》中卻不見重視。它所以說了那幾句「治世、亂世、亡國之音」的話，乃是為了論證「聲音之道與政通」。而《樂言》所謂：「夫民有血氣心知之性，而無哀樂喜怒之常。應感起物而動，然後心術形焉。是故志微噍殺之音作，而民思憂；嘽諧慢易繁文簡節之音作，而民康樂；粗厲猛起奮末廣賁之音作，而民剛毅；廉直勁正莊誠之音作，而民肅敬；寬裕肉好順成和動之音作，而民慈愛；流辟邪散狄成滌濫之音作，而民淫亂。」這段話也並不是對這樣多姿的音樂給予全面肯定，而是為了說明音樂有巨大的感化作用，從而表示對樂以化民問題的重視。所以緊接下來它就說：「是故先王本之情性，稽之度數，制之禮義。」除上舉二例外，《樂記》再也沒有對民間音樂給予肯定甚或中性的述說，而往往是予以貶斥：

> 鄭衛之音，亂世之音也，比於慢矣。桑間濮上之音，亡國之音也，其政散，其民流，誣上行私而不可止也。（《樂本》）

魏文侯問於子夏曰：「吾端冕而聽古樂，則唯恐臥；聽鄭、衛之音，則不知倦。敢問古樂之如彼，何也？新樂之如此，何也？」子夏對曰：「今夫古樂，進旅退旅，和正以廣，弦、匏、笙、簧，會守拊鼓，始奏以文，復亂以武，治亂以相，訊疾以雅。君子於是語，於是道古，修身及家，平均天下。此古樂之發也。今夫新樂，進俯退俯，姦聲以濫，溺而不止，及優侏儒，獶雜子女，不知父子。樂終不可以語，不可以道古。此新樂之發也。」（《魏文侯》）

鄭音好濫淫志，宋音燕女溺志，衛音趨數煩志，齊音敖辟喬志。此四者，皆淫於色而害於德。（《魏文侯》）

與此相反，《樂記》對那些歌功頌德、有益政教的「正統」音樂則極力褒揚。如說：

昔者舜作五弦之琴，以歌《南風》。夔始制樂，以賞諸侯。故天子之為樂也，以賞諸侯之有德者也。德盛而教尊，五穀時熟，然後賞之以樂。故其治民勞者，其舞行綴遠；其治民逸者，其舞行綴短。故觀其舞，知其德；聞其謚，知其行也。《大章》，章之也；《咸池》，備矣；《韶》，繼也；《夏》，大也。殷周之樂，盡矣。（《樂施》）

上述情形，固然可以儒家詩樂觀念的政教宗旨予以籠統表面地解釋，但問題是：《大序》可以認同那些具有諷刺意義的詩，肯定它們「譎諫」、「以戒」的作用，《樂記》為什麼就不以「怨以怒」、「哀以思」的民情樂歌為可取呢？這與儒家傳統思想中對音樂和詩的不同看法有關。

儒家論樂，往往把它提舉到與禮相同的地位，以禮樂並稱⑭。這就認定禮樂是高高在上的正統的官方政治文化，具有居高臨下教化人民的地位。因而，不能容忍自由表現情感的民俗音樂參加進來而「亂雅樂」。《論語》有二十二處說到音樂，無一處肯承認民俗音樂存在的必要性，而往往禮樂並說，揭示其正統、權威的地位和嚴肅的政教意義。如《陽貨》說：「禮云禮云，玉帛云乎哉！樂云樂云，鐘鼓云乎哉！」這就使人們從禮樂之直接可感的意義中走出來，去體會它的形上意義，認為形上意義才是禮樂的根本所在。那麼，禮樂的形上意義是什麼呢？《子路》說：「名不正則言不順，言不順則事不成，事不成則禮樂不興。」《泰伯》說：「興於詩，立於禮，成於樂。」漢儒所謂「王者功成作樂，治定制禮；其功大者其樂備，其治辯者其禮具」（《樂記．樂禮》），就是孔子禮樂思想最直接恰切的發揮。王者治定功成，方可制禮作樂，可知禮樂必具歌功頌德、自上而下教化人民的性質。這一思想不唯把音樂與政治緊密聯繫到一起，而且賦予音樂以正統、權威的地位。這種思想，與荀子所謂「先王惡其亂也，故制雅、頌之聲以道之」說雖不同，但結果卻不謀而合，都認定音樂與禮有同等「崇高」的正面教化地位。漢儒承繼了這一觀念，如《樂記》即不斷地說：「樂者，天地之和也；禮者，天地之序也」，「大樂與天地同和，大禮與天地同節」（《樂論》）；「樂者，所以象德也；禮者，所以閉淫也」（《樂施》）；「樂統同，禮辨異，禮樂之說，管乎人情矣」（《樂情》）。所述說的，都是禮樂合乎天地之和、之序的極高地位，及其不可懷疑的教化功能。

而詩就不同了。孔子說：「詩可以興，可以觀，可以群，可以怨。邇之事父，遠之事君，多識於鳥獸草木之名。」（《論語．陽貨》）儘管他也認為詩與政通，詩以為政（如前引《子路》文），但他並沒有把詩擺放在像禮樂那樣高高在上、不可侵犯的絕對權威地位。所謂「可以觀」，就是允許詩可以表達自由情志；「可以怨」，則更允許詩可以發表不同見解；而「多識鳥獸草木之名」，又允許詩可以不關政事了。因此，孔子在確認詩用於政教的同時，也承認詩有自由抒發情志的合理性（**儘管是有限度的**）。詩並不像禮樂那樣擁有正統、絕對而單一的居高臨下教化百姓的「崇高」地位。漢儒正是在《詩經》那些自言諷刺作品的啟發下，尤其是孔子「興觀群怨」說的支持下，發明為諷諭說的。在這樣的觀念下，音樂就與詩有了區別：因為音樂的正統地位，就當然不能容忍它有詩那樣的諷諫甚或「可以觀」民俗的作品存在。於是儒家便異口同聲地痛斥鄭、衛之音⑮，而只承認「先王之樂」的合法地位。與此相對，因為承認詩可以「興觀群怨」，認為詩不必有音樂那樣正統權威的地位，所以相應地就產生了詩以諷諭的思想總結（**而這一思想是不能通用於音樂的**）。《大序》的諷諭說所以為《樂記》所無，其原因正在於儒家對詩與禮樂之地位的不同認識。

第二，《樂記》的「樂內禮外」說為《大序》所無。其理由仍然與儒家對音樂的自上而下的教化地位的確認有關。音樂是以教化人、塑造人為唯一目的的，而詩則除了教化功能，還有「觀風」的作用。因此，作為「塑造理論」的「樂內禮外」說，當然不完全適合於詩。《樂記》說：

> 樂由中出，禮自外作。樂由中出，故靜；禮自外作，故文。大樂必易，大禮必簡。樂至則無怨，禮至則不爭。揖讓而治天下者，禮樂之謂也。（《樂論》）
>
> 君子曰：禮樂不可斯須去身。致樂以治心，則易直子諒（當作慈良）之心油然生矣；易直子諒之心生則樂，樂則安，安則久。……致禮以治躬，則莊敬，莊敬則嚴威。心中斯須不和不樂，而鄙詐之心入之矣；外貌斯須不莊不敬，而易慢之心入之矣。故樂也者，動於內者也；禮

也者，動於外者也。樂極和，禮極順，內和而外順，則民瞻其顏色而弗與爭也，望其容貌而民不生易慢焉。故德輝動於內而民莫不承聽，理發諸外而民莫不承順。故曰：致禮樂之道，舉而措之，天下無難矣。（《樂化》）

這是《樂記》論說「樂內禮外」最集中的兩段話。有兩層意思十分明顯：其一，禮樂是輔助治國治民的工具；其二，樂治心性，使之和樂；禮治行止，使之莊敬。其結果就是使人內心和樂而無怨，行止莊敬、有序而不爭。而究其根本，則是通過以禮樂治人，達到國安民順。這又顯示了《樂記》非藝術理論的性質。

有一種觀點，把「樂由中出，故靜；禮自外作，故文」這句話解釋為：樂是發自內心的，其特徵是感情（把「靜」字讀作了「情」字）；禮是加於外貌的，其特徵是文飾。並聯繫「惟樂不可以為偽」（《樂象》），認為「樂內禮外」說明了樂宜情、禮宜文，確乎抓住了樂和禮的不同特徵⑯。這種說法似可商榷。固然，《樂記》論樂，往往揭示它傳達情感的特徵，但它的著眼點並不在「情」，而在於樂教。因此，它並非無原則地認可一切情感，而是僅僅贊同「無怨」、「和樂」的情感，此其一；即以「樂由中出故靜」云云這段文字看，把「靜」字讀為「情」字似欠妥。很明顯，整段話都在論證「揖讓而治天下者，禮樂之謂也」。「樂由中出故靜」句，與下文的「大樂必易」⑰、「樂至則無怨」連貫承遞，論述的是樂教問題。這個「靜」字，應當聯繫「人生而靜，天之性也；感於物而動，性之欲也」（《樂本》）、「心中斯須不和不樂，而鄙詐之心入之矣」來理解，指的是具有「著誠去偽」、歸本（和靜）去欲作用的正統音樂的特徵，與下文的「易」是緊密聯繫的，此其二；第三，《樂象》所謂「惟樂不可以為偽」，不能簡單地理解為對樂發真情的一般認定。這句話是有前提的，就是緊接其上的「德者，性之端也；樂者，德之華也」。顯然，這句話是基於孟子人性論而推導出來的認識：以人性本善為根基，故說「惟樂不可以為偽」。作為「德之華」的音樂，自然符合樂教的要求。這是《樂記》所肯定的一部分。但是，《樂記》還繼承了荀子的人性論⑱，所以同在《樂象》裏又說：「樂者，樂也。君子樂得其道，小人樂得其欲。以道制欲，則樂而不亂；以欲忘道，則惑而不樂。是故君子反情以和其志，廣樂以成其教。樂行而民鄉方，可以觀德矣。」**（按：這段話的前半與《荀子．樂論》全同）**「以欲忘道」的音樂，如《樂言》反對的「志微噍殺之音」、「流辟邪散狄成滌濫之音」，《魏文侯》反對的「進俯退俯，奸聲以濫，溺而不止」的「新樂」以及鄭、宋、衛、齊之音等，未嘗不是情感的表達，而《樂記》則痛詆之。因此，所謂「樂不可以為偽」，不能泛泛地闡釋為《樂記》認為所有表達真情實感的音樂都是可取的，都屬於它讚揚的「不偽」的範疇，而僅僅是指有益教化的「先王之樂」、雅正之聲。用有特指的「惟樂不可以為偽」來論證《樂記》揭示了音樂宜情的「特徵」，是不恰當的。

總之，「樂內禮外」說的實質，仍是論證音樂教化的思想，而非其他。雖是發荀子所未發，但其基本的思想仍是來自《荀子．樂論》：

> 樂也者，和之不可變者也；禮也者，理之不可易者也。樂合同，禮別異，禮樂之統，管乎人心矣。窮本極變，樂之情也；著誠去偽，禮之經也。

荀子在此雖未明確區分樂教內心、禮教外貌，但樂致和、禮明理的說法似為「樂內禮外」之導引。更重要的，《樂記》的基本思想乃是鑒於感物生欲的人性而為之設教，在這一關鍵點上，與荀子的禮樂思想完全相同。

《大序》和《樂記》除上述兩點各具特色外，它如《大序》的「六義」說，《樂記》的樂以象德說，以及二者共同的詩樂舞三位一體說等，論者較多，且多與本節所論的幾個方面有內在聯繫，故不復贅論了。

第二節 「《詩》無達詁」與「中和之美」
——董仲舒的經學文藝觀念

從文藝思想的角度看，論禮樂、論詩以及論文質問題和「中和之美」的提出，是董仲舒經學文藝觀念的幾個重要方面。其禮樂論，認為禮樂是政教化民的工具，而不具有「觀風」的作用；提倡正統雅樂，而未及民俗音樂。與《樂記》基本相同⑲。其文質論，謂「文著於質。質不居文，文安施質？質文兩備，然後其禮成；文質偏行，不得有我爾之名；俱不能備而偏行之，寧有質而無文」（《春秋繁露．玉杯》。**以下引此書只注篇名**）⑳，文質並重而偏貴於質，基本上也是先秦儒家思想的繼承。其詩論，大抵有美刺說和「《詩》無達詁」說兩端。認為詩有美刺，如云「周道粲然復興，詩人美之而作」（《舉賢良對策》一）、「及至周室之衰，其卿大夫緩於誼而急於利，亡推讓之風，而有爭田之訟，故詩人疾而刺之」（《舉賢良對策》三），與四家說《詩》無大區別。以上三點，雖為董子經學文藝觀念的重要組成部分，但無多創見，且多與《詩大序》、《樂記》大體相同，故不復論。下面僅就其「《詩》無達詁」和「中和之美」的思想做一討論。

一

「《詩》無達詁」說，首見於《春秋繁露．精華》：

所聞《詩》無達詁，《易》無達占，《春秋》無達辭。從變從義，而一以奉天㉑。

在今存董子的所有言論中，是說僅此一見。既曰「所聞」，蓋或承舊說，或有啟於往事。但云「《詩》無達詁」者，此為首見，然則董子之「所聞」者，應當與春秋時期的賦《詩》言志有關。「賦詩往往斷章取義，隨心所欲，即景生情，沒有定準㉒。」根據即時需要，想怎麼用就怎麼用，欲如何解則如何解，而完全不顧念詩歌的本義。清人勞孝輿《春秋詩話》卷一解釋此種情形說：

風詩之變，多春秋間人所作，而列國明卿皆作賦才也。然作者不名，述者不作，何歟？蓋當時秖有詩，無詩人。古人所作，今人可援為己詩；彼人之詩，此人可賡為自作；期於言志而止。人無定詩，詩無定指，以故可名不名、不作而作也㉓。

勞氏說春秋「作詩」之情形確否姑不置論，但他指出當時「詩無定指」、「期於言志」，確乎符合實際，《左傳》中有許多這樣的例證。

董子對「《詩》無達詁」的思想沒有進一步的理論說明，但從《春秋繁露》三十三處引《詩》說事的實際來看，其「斷章取義」與春秋賦《詩》言志並無二致。如《楚莊王篇》論所見、所聞、所傳聞之三世說中云：

（《春秋》）於所見微其辭，於所聞痛其禍，於傳聞殺其恩。……吾以知其近近而遠遠，親親而疏疏也；亦知其貴貴而賤賤，重重而輕輕也；有知其厚厚而薄薄，善善而惡惡也；有知其陽陽而陰陰，白白而黑黑也。百物皆有合偶，偶之合之，仇之匹之，善矣。《詩》云：「威儀抑抑，德音秩秩。無怨無惡，率由仇匹。」此之謂也。

再如《竹林篇》云：

害民之小者，惡之小也；害民之大者，惡之大也。今戰伐之於民，其為害幾何？考意而觀指，則《春秋》之所惡者，不任德而任力，驅民而殘賊之。其所好者，設而勿用，仁義以服之也。《詩》云：「弛其文德，洽此四國。」此《春秋》之所善也。

《楚莊王篇》所舉詩為《大雅．假樂》中的四句。原詩本是周王賜宴群臣時歌唱國泰民安、君臣和樂的作品，董子卻用以說明遠近親疏、禮義秩序的普遍合理性。《竹林篇》所舉詩句出自《大雅．江漢》。這是一首記述周宣王命令召虎帶兵討伐淮夷的詩，敘述了召虎受命征戰、凱旋受封的全過程。董子所引者，是全詩最後的兩句，乃是祝願之辭。但董子忽略了全詩的征伐意義，只割裂出這兩句，用以說明軍旅「設而勿用，仁義以服之」的「不任力而任德」思想，與原詩的意義乖舛如此。《春秋繁露》的三十三處引《詩》，情形大抵如此。應該特別提出者，是以下兩例：《玉杯篇》在討論了「趙盾弒君」問題之後，說：

且吾語盾有本，《詩》云：「他人有心，予忖度之。」此言物莫無鄰，察視其外，可以見其內也。

又其《竹林》篇說：

……故盟不如不盟，然而有所謂善盟；戰不如不戰，然而有所謂善戰。不義之中有義，義之中有不義。辭不能及，皆在於指。非精心達思者，其孰能知之？《詩》云：「棠棣之華，偏其反而。豈不爾思？室是遠而。」孔子曰：「未之思也，夫何遠之有！」由是觀之，見其指者，不任其辭。不任其辭，然後可與適道矣㉔。

這兩段文字殊可玩味。《玉杯篇》引用的是《小雅．巧言》的詩句，那是一首大夫傷讒的作品；《竹林篇》所引為逸詩，觀其所引的四句，當是思念兄弟的作品。而董子將這兩篇了不相干的詩作，斷章取義用來論說解經方法。這方法就是：「察外見內」，「見其指不任其辭」。這種裂章而說已意、明意而忘其言的引《詩》為證，從思想方法上說，與春秋的賦《詩》言志以及荀子、《韓詩外傳》的引《詩》為證，並無本質區別，概屬「隨心所欲」之類。所不同者，是董子以此種方法論證了新時代中天人相感應這一新的思想體系，也即董子所說的「從變從義，而一以奉天」。

瞭解了董子引《詩》為證的實踐及其對解經思想方法的說明，再來看他「《詩》無達詁」的論斷，認識就更清晰了：

第一，「《詩》無達詁」是一種經學的解讀方法，它與「《易》無達占，《春秋》無達辭」一樣，並沒有什麼特別的「文學理論」意義。

第二，這種方法就是「物莫無鄰，察視其外，可以見其內」，認為任何事物之間都是有聯繫的，故可以鑒外知內；這方法就是：「辭不能及，皆在於指。……見其指者，不任其辭」，認為可以披開言辭的表像，去挖掘甚或賦予深刻的「大義」。如果說前一方法還是一種有根據的推斷，那麼後一方法就有不顧文本的本來意義而作主觀臆斷之嫌了。從董子引《詩》為證的實際運作來看，他實際上偏好於後者。考慮到這種方法可能會引起思想的混亂，董子又強調：「非精心達思者，其孰能知之！」而一旦掌握了「大義」的正義，便「可與適道矣」。

第三，自春秋時期的賦《詩》言志，到《荀子》、到《韓詩外傳》的引《詩》為證，都是這一思想方法或隱或顯的實踐。董子始把它總結出來，使之具有一定程度的理性色彩，這是他的一個貢獻。但事實上，董子對這一解經方法的肯定，僅就思想方法而言，是非常易於導致各說各話的。在這種方法下，經典實際上成了「尊貴的玩偶」，人們可以據己所需任意曲解之。倒是滿足了帝王以儒學文飾政事的需要，也便宜了御用文人取媚政統的需要，儘管董子本人並不如此。

「《詩》無達詁」作為一種闡發（**甚或賦予**）經典意義的思想方法，其深處流動著儒家傳統的主體人格精神。《論語．顏淵》說：「為仁由己，而由人乎哉？」《述而》：「仁遠乎哉？我欲仁，斯仁至矣。」《衛靈公》：「當仁不讓於師。」《孟子．滕文公下》：「居天下之廣居，立天下之正位，行天下之大道。得志，與民由之；不得志，獨行其道。富貴不能淫，貧賤不能移，威武不能屈。此之謂大丈夫。」《盡心上》：「待文王而後興者，凡民也。若夫豪傑之士，雖無文王猶興。」《盡心下》：「說大人則藐之，無視其巍巍然。」《公孫丑上》：「我善養吾浩然之氣……其為氣也，至大至剛，以直養而無害，則塞於天地之間。其為氣也，配義與道；無是，餒矣。是集義所生者，非義襲而取之也。」孔、孟極力突出和高揚主體人格的精神，並不是一種個人意志完全自由的認定，而是在突出了主體人格的同時，賦予了個體重大的社會責任，希望個體發揮仁義禮智等天然的品質，從自己做起，自覺扮演起正當的社會角色㉕。本書在這裏所重視的，只是孔孟思想中高揚主體人格的因素，它完全熔入了董子的思想和生命之中。「屈意從人，非吾徒矣」，「貞士耿介而自束」，「聖賢亦不能開愚夫之違惑」，「莫隨世而輪轉」，「不如正心而歸一善」云云（董子《士不遇賦》），就是董子堅守儒家傳統的獨立人格精神的意志和感慨。這種獨立的主體精神，正是董子「《詩》無達詁」思想的根基所在。

「《詩》無達詁」說雖不是一種真正意義上的文學思想，卻也給文學思想以很大啟發。在某種意義上講，它也可理解為：揭示了文學闡釋活動中一個實存現象，即「有一千個觀眾，就有一千個哈姆雷特」。在這個意義上，有學者把它與西方接受美學理論捉置一處，相互發明，有一定道理㉖。但是，奠基於哲學闡釋學之上的接受美學理論，與董子的「《詩》無達詁」說有兩點原則性的不同：

其一，嚴格地說，「《詩》無達詁」並不是文學理論，而是一種解經方法。而接受美學理論則是由如何撰寫文學史出發，討論文學作品闡釋活動的歷時、共時性差異，從而提高讀者的地位，把讀者列入創作過程中的純粹文學理論。

其二，由於上述差別，「《詩》無達詁」在解釋《詩經》時，便可以違背甚至嚴重脫離詩作的本義，而自言自說，為論證自己的思想而斷章取義。接受美學理論則在提高以往文學理論中受到輕視的讀者的地位之同時，又特別強調文本對讀者的約限作用；它並不是給予讀者隨心所欲解釋文本的權力，而只是把讀者列入了文學創作的環節之中，認為一個完整的創作活動必須包括讀者的閱讀過程。文本和讀者是雙向交流、理解、認同的關係。

因此，如果把「《詩》無達詁」等同於接受美學，或是認為它是接受美學思想的雛型，就不是一種客觀的歷史的態度，而有把古人現代化之嫌。

二

「中和」這一概念，最早出自《禮記．中庸》㉗：

> 喜怒哀樂之未發，謂之中；發而皆中節，謂之和。中也者，天下之大本也；和也者，天下之達道也。致中和，天地位焉，萬物育焉。

可見，「中和」是針對人的情感而言的。情感在內未露就是「中」，表現於外並且符合禮義規範就是「和」。後世如孔穎達（《禮記．中庸》正義）、程頤（《近思錄》卷一）、朱熹、王守仁（《傳習錄》中、下）等都解釋過「中和」，但除朱熹外，說均不甚合《中庸》原義。朱熹以性、情釋「中和」：「喜怒哀樂，情也。其未發，則性也。無所偏倚，故謂之中。發皆中節，情之正也。無所乖戾，故謂之和。」（《四書章句集注》）這一解釋在《中庸》的基礎上有所發揮，使中、和的意義更明確了，也基本符合《中庸》的本義。

那麼，董仲舒的中和說又是怎樣的呢？《春秋繁露．循天之道篇》說：

天地之經，至東方之中而所生大養，至西方之中而所養大成。一歲四起業，而必於中；中之所為，而必就於和。故曰：和，其要也。和者，天之正也，陰陽之平也。其氣最良，物之所生也。誠擇其和者，以為大得天地之奉也。天地之道，雖有不和者，必歸之於和，而所為有功；雖有不中者，必止之於中，而所為不失。是故陽之行，始於北方之中，而止於南方之中；陰之行，始於南方之中，而止於北方之中。陰陽之道不同，至於盛而皆止於中，其所始起皆必於中。中者，天地之太極也，日月之所至而卻也。長短之隆，不得過中，天地之制也。兼和與不和、中與不中，而時用之，盡以為功。是故時無不時者，天地之道也。順天之道，節者天之制也，陽者天之寬也，陰者天之急也，中者天之用也，和者天之功也。

在這裏，董子「循天之道」以說中和。根據他四季配四方以及春生夏長秋收冬藏的天人陰陽思想，論證天地之道就是「必歸之於中和」。所謂中，是天地陰陽之道必「起於中而止於中」。如陽氣始於北方之中（也即冬至）而止於南方之中（也即夏至），陰氣始於南方之中而止於北方之中。所謂和，即是陰陽交會而和諧平靜的狀態，即「陰陽之平」。和，必「止于中」時方成太和；中，必至於和的狀態方見其功。故云「天地之經，至東方之中而所生大養，至西方之中而所養大成」，「兼和與不和、中與不中，而時用之，盡以為功」。中是規律，和是境界；遵守規律（行中道）而達到和的境界，就會大成。故曰「中者天之用也，和者天之功也」，「中之所為，而必就於和；和，其要也」。不難看出，董子解釋中和，已絕不同於《中庸》，而是把它納入了天人感應的思想系統中去了。但是，董子也正是遵照天人感應的思想，又把「中和」用之於人。《循天之道》篇在上列引文下又說：

公孫之養氣曰：裏藏泰實則氣不通，泰虛則氣不足，熱盛則氣□，寒勝則氣□，泰勞則氣不入，泰佚則氣宛至，怒則氣高，喜則氣散，憂則氣狂，懼則氣懾。凡此十者，氣之害也，而皆生於不中和。故君子怒則反中而自說以和，喜則反中而收之以正，憂則反中而舒之以意，懼則反中而實之以精。夫中和之不可不反如此。

《循天之道》篇「多養生家言」（蘇輿《題解》語），是一篇談論養生修身的文字。這段話就是講養氣修心、培神煉性必須返歸中和的道理。儘管也關乎人的情感、心性，但與《中庸》之規範情感以致治的中和說，還是不甚相同。

董仲舒對「中和」的全新解說，使他的「中和之美」思想獨具特色。他認為，存在於天地運作中的這種「中和」現象，就是美。《循天之道篇》說：

天有兩和以成二中，歲立其中，用之無窮。是（故）北方之中用合陰，而物始動於下；南方之中用合陽，而養始美於上。其動於下者，不得東方之和不能生，中春是也；其養於上者，不得西方之和不能成，中秋是也。然則天地之美惡，在兩和之處，二中之所來歸而遂其為也。

根據文意，「兩和」是指中春、中秋（即春分、秋分），「二中」乃是中冬、中夏（即冬至、夏至）。萬物萌甦始於中冬，但不得中春之陰陽調和狀態就不能生長；萬物成熟始於中夏，但不得中秋之陰陽再次調合狀態，就不能最終成熟。這就是「兩和以成二中」。因此，董子更重視由中之和、起中止和的最終狀態，認為這最終狀態就是美，所謂「天地之美惡，在兩和之處，二中之所來歸而遂其為」是也。蘇輿《義證》說：「聖人之道以中和為則，故取春秋而不取冬夏」，釋義極當。所以取春秋（**兩和**）而不取冬夏（**二中**），正是因為中春、中秋時節陰陽調合到最佳狀態，無冬之嚴寒和夏之酷熱，溫涼適宜，不凍不燥。因此，董子多次贊說「和」之美及「和」的重要。如云：「天地之道，而美於和」；「春秋雜物其和，而冬夏代服其宜，則當得天地之美，四時和矣」；「中之所為，而必就於和，故曰：和，其要也」；「君子養而和之，節而法之，去其群泰，取其眾和」；「三王之禮，聲皆尚和」；「故春襲葛，夏居密陰，秋避殺風，冬避重漯，就其和也」；等等。

但是，董子重「和」，並不是輕視「中」。首先，如上所析，「起於中而止於中」乃是必須遵循的天地之道；其次，「中」是規律，「和」是境界，但二者有交叉。當由「中」出發（**這時的中是中冬或中夏，也即北方之中或南方之中**）而「止於中」（**這時的中是中春或中秋，也即東方之中或西方之中**）時，「中」就與「和」合二為一了，這時的「中」也就是「和」。並且，沒有「和」的境界，「中」就失去意義；反之，不守「中」的規律，「和」也不能大成。因此，董子往往「中和」連稱，指謂行中道而達至和的境界。如說：

> 《詩》云：「不剛不柔，布政優優。」此非中和之謂與？是故能以中和理天下者，其德大盛；能以中和養其身者，其壽極命。
>
> 喜怒止於中，憂懼反之正，此中和常在乎其身，謂之得天地泰。（均《循天之道》篇）

不論是為政還是養生，都必須行中保和，方能成就其功。這就是法天順地的「中和之美」。

以「和」為美的思想，春秋時期就已萌芽㉘。到孔子時，更以「和」做為認識和批評事物（包括《詩》）的重要標準。如《論語》說：

禮之用，和為貴，先王之道斯為美，小大由之。（《學而》）

《關雎》樂而不淫，哀而不傷。（《八佾》）

但是，同是提倡「中和之美」，董仲舒卻與孔子並不相同。這首先表現在他們的思想基礎不同。孔子的思想基點是「仁」。所謂「克己復禮為仁」，「為仁由己，而由人乎哉」（《論語·顏淵》），「我欲仁，斯仁至矣」（《述而》），就是把施加於外的「禮」轉化為個體內心自覺的要求。孔子的思想，正是奠基在對個體人性善的基礎之上的。因此，他的「中和之美」乃是對人的精神本身的一種合禮而和平的要求（《中庸》釋「中和」正與孔子思想一致）。董仲舒則比較複雜，從人性論說，他是兼取孔、孟的性善論和荀子的性惡論，而偏重於後者㉙。因而在具體問題的論說上，其思想基礎便不太一致。如前面討論其「《詩》無達詁」時，我們說它是基於儒家高揚個體人格，也即基於人性善的基礎之上的。但這一思想基點在董子的整個思想體系中只是一個「分支點」，他最為基本的思想支點，還是順天法天。以天制君，以君制民，是他整個思想的根本思路。這實際上主要是繼承荀子，把治人的綱領又從人的內心轉移到外在約束上來，而以荀子人性惡思想做為「總支點」。這樣，體現到他的「中和之美」思想之上，本著循天法地的思路，他便處處贊天譽地，他的「中和之美」首先就是「天地之美」。於是，也便產生了他與孔子的第二個不同，即理論的側重點不同。孔子的「中和之美」實際上是要求所表現的情感應是有節制、有限度的情感，要適度而和諧。並且，這一要求並不是由外在的某種東西施加於人的，而是人通過受教育、受啟發和學習而從內心生發的自覺的規範意識。董仲舒的「中和之美」則是由天而人。首先是天地運作中有「中和之美」，按照法天順天的思想原則，人類的養生也應與天地相應，講求「中和之美」；人類的社會活動也應當遵循這一原則。對人來說，「中和之美」不是內心的自覺要求，而是法天順天的必然結論。

根據以上討論，當可看出，董仲舒的「中和之美」說，仍然不是一種文藝思想。他在講述這一思想時，甚至根本就沒有涉及到文藝（**如詩樂**）。他的基本思路，是由天地具有「中和之美」，而落實為養性修身應當遵循的一個原則，與其天人感應的經學思想體系是一致的。但是，他在提倡養性修心應當行中保和的時候，涉及人的情感，認為怒、喜、憂、懼皆宜「反中」。如此，則不僅與孔子、《中庸》的中和思想有可通之處，也可以由此切入，去挖掘它的文學思想的意義。從根本上說，「中和之美」若作為一種文藝觀念來看，是儒家詩教（樂教）當中一個重要的內容。無論是孔子的「樂而不淫，哀而不傷」，《呂氏春秋．適音》的「太巨則志蕩，太小則志嫌，太清則志危，太濁則志下」（**節錄**），還是《詩大序》的「發乎情，止乎禮義」，《中庸》的「發而皆中節」等等，莫不如是。董子的「中和之美」也不例外。但是，若拋開它的政治教化意義，僅從文藝的情感表達這一點來看，提倡「中和之美」，講求情感表現的含蓄蘊藉，而反對狂喜巨悲，反對偏激情感的極端抒發，也不失為一種很好的文藝審美理想。正如錢鍾書所說：「夫長歌當哭，而歌非哭也；哭者情感之天然發洩，而歌者情感之藝術表現也。『發』而能『止』，『之』而能『持』，則抒情通乎造藝，而非徒以宣洩為快，有如西人所嘲『靈魂之便溺』矣㉚。」

第三節　「發憤著書」說及其超越時代的意義
——司馬遷的著述思想

夫《詩》、《書》隱約者，欲遂其志之思也。昔西伯拘羑里，演《周易》；孔子戹陳、蔡，作《春秋》；屈原放逐，著《離騷》；左丘失明，厥有《國語》；孫子臏腳，而論兵法；不韋遷蜀，世傳《呂覽》；韓非囚秦，《說難》、《孤憤》；《詩》三百篇，大抵聖賢發憤之所為作也。此人皆意有所鬱結，不得通其道也，故述往事，思來者。

《史記·太史公自序》（《報任安書》與此大同）這段著名的敘論，人所周知。以往人們對它的理解，大都把它作為一種文學創作的普遍現象，揭示其「坎坷人生造就成功文學」（即歐陽修《梅聖俞詩集序》所謂「窮而後工」）的深刻含義。在這個認識上，無出錢鍾書之右者。錢氏綜核古今中外，聯類互證，詳盡地闡釋了「發憤著書」說的創作論意義和它的廣泛深遠影響㉛。

但是，「發憤著書」之說是緣何產生的？它的本來內涵究竟是什麼？它在當時的政治文化背景中究竟有怎樣的價值？這些問題，還是有準確認識的必要。

一

一般認為，司馬遷之所以提出「發憤著書」的思想，是與他因李陵事件而遭腐刑有關。這一說法不為錯，但似乎顯得疏闊而偏頗。依照這一認識，就只能把「發憤著書」解釋為遭受不平待遇之後，內心產生憤鬱並由憤鬱激發出著書的強烈願望，把憤怨不平的情感傾注到文字中去。但是，《太史公自序》中分明還有這樣的說法：

是歲，天子始建漢家之封，而太史公留滯周南，不得與從事，故發憤且卒。……執遷手而泣曰：「……今天子接千歲之統，封泰山，而余不得從行，是命也夫，命也夫！余死，汝必為太史。為太史，無忘吾所欲論著矣。」

這裏所謂「發憤」，顯然不具備今人一般賦予「發憤著書」說的上述意義，而是一種著史的強烈願望以及不能完成事業的痛切遺憾之情。這便啟示我們應當重新思考「發憤著書」的確切含義。

實際上，司馬遷之提出「發憤著書」說，李陵事件是一個因素，但更重要的是一個「契機」；它的更確切的意義乃是「導火線」，而絕不是全部的動因。事實上，在司馬遷的心中，始終有兩個難以解脫的情結，姑且稱之為「孝祖情結」和「聖人情結」。前者是基於血緣觀念而彌散出來的家族榮譽感和羞恥感，不只一個「孝」字；後者是由家族榮譽感和不凡大志激發出來的強烈責任感和使命感。這兩種深固的情結，經李陵之禍的加入和催化，糾結一處，最終形成了「發憤著書」的思想。

司馬遷出身於太史世家，他對「司馬氏世典周史」的家族榮譽甚感自豪。這一點從《太史公自序》歷述家族譜系的字裏行間，可以明顯見出。其父司馬談臨終的囑託，也深深地含有這樣的意思：

余先，周室之太史也。自上世嘗顯功名於虞夏，典天官事。後世中衰，絕於予乎？汝復為太

> 史，則續吾祖矣。……余死，汝必為太史；為太史，無忘吾所欲論著矣。且夫孝，始於事親，中於事君，終於立身。揚名於後世，以顯父母，此孝之大者。

司馬談把盡孝與家族榮譽聯繫在一起，重托司馬遷復興祖業。司馬遷對此有深刻的認同。在《太史公自序》中，他說：「余維先人嘗掌斯事，顯於唐虞，至於周，復典之。故司馬氏世主天官，至於余乎。欽念哉！欽念哉！」在《報任安書》中，於憤怨不平之間常常流露世典周史的自豪。「僕賴先人緒業」，「幸以先人之故，使得奏薄伎」……從這些自謙自嘲的敘說中，無不流露出其濃烈的家族榮譽感。

也正因於此，司馬遷在入蠶室遭腐刑之後，倍感羞恥，視之為司馬氏的奇恥大辱。《報任安書》屢道此意：

> 故禍莫憯於欲利，悲莫痛於傷心，行莫醜於辱先，詬莫大於宮刑。刑餘之人，無所比數。
>
> 夫以中才之人，事有關於宦豎，莫不傷氣，而況於慷慨之士乎？……僕賴先人緒業，得待罪輦下二十餘年矣。所以自惟，上之不能納忠效信……下之不能積日累勞，取尊官厚祿，以為宗族交遊光寵。……
>
> 人固有一死，或重於太山，或輕於鴻毛，用之所趨異也。太上不辱先，其次不辱身……最下腐刑，極矣！

如此深重的羞恥感，來自於非但不能光宗耀祖，反而極大地辱沒了先人的境遇。此外，還有一個文化上的重要來源。古來即有孝的觀念。在這一觀念中，完整地保護好父母所賜的身體，是其中重要的內容。《孝經》首章即云：「身體髮膚，受之父母，不敢毀傷，孝之始也。」朱熹《論語集注・泰伯》「曾子有疾」條說：「曾子平日以為身體受於父母，不敢毀傷，故於此使弟子開其衾而視之。」並引尹氏注：「父母全而生之，子全而歸之。曾子臨終而啟手足，為是故也。」《大戴禮記・曾子大孝》亦有云：「樂正子春下堂而傷其足，傷瘳，數月不出，猶有憂色。門弟子問曰：『夫子傷足瘳矣，數月不出，猶有憂色，何也？』樂正子春曰：『善如，爾之問也。吾聞之曾子、曾子聞諸夫子曰：天之所生，地之所養，人為大矣。父母全而生之，子全而歸之，可謂全矣；不虧其體，可謂全矣。故君子頃步之不敢忘也。今予忘夫孝之道矣，予是以有憂色。』」司馬遷不僅是損傷了父母所賜的身體，更是失去了傳宗接代的工具。在他「行莫醜於辱先，詬莫大於宮刑」、「太上不辱先，其次不辱身，最下腐刑」、「事有關於宦豎，莫不傷氣」這樣的認識下，可知他是謹守上述孝道的；唯其如此，他在精神上、觀念上的恥辱感，達到無法解脫的程度：「僕以口語遇此禍，重為鄉黨所笑，以汙辱先人，亦何面目復上父母丘墓乎？雖累百世，垢彌甚耳！是以腸一日而九迴，居則忽忽若有所亡，出則不知其所往。每念斯恥，汗未嘗不發背沾衣也。」（《報任安書》）

遭受宮刑，使司馬遷的孝心和家族榮譽感受到毀滅性打擊，他不只是倍感羞恥，還想到了死。這裏仍然有儒家傳統觀念的積澱和支撐。《孟子・告子上》說：「生亦我所欲，所欲有甚於生者，故不為苟得也；死亦我所惡，所惡有甚於死者，故患有所不避也。」與史遷同時代的董仲舒也說：「君子生以辱，不如死以榮」；「天施之在人者，使人有廉恥；有廉恥者，不生於大辱。」並引曾子語：

「辱若可避，避之而已；及其不可避，君子視死如歸。」（《春秋繁露．竹林》）司馬遷既然視腐刑為「最下」之辱，如何不會想到一死了之：「夫人情莫不貪生惡死，念父母，顧妻子。至激於義理者不然，乃有所不得已也。」（《報任安書》）這裏就包含有「不生於大辱」、「視死如歸」的意思。但是，司馬遷並沒有輕易選擇死，他對死有更高境界的認識：「人固有一死，或重於太山，或輕於鴻毛」；他所以受辱不死，是另有原因：

僕雖怯懦欲苟活，亦頗識去就之分矣，何至自沈溺縲絏之辱哉！且夫臧獲婢妾，由（猶）能引決，況僕之不得已乎？所以隱忍苟活，幽於糞土之中而不辭者，恨私心有所不盡，鄙陋沒世而文彩不表於後世也。（《報任安書》）

著史大業未就，故忍垢蒙恥而苟活，期於完成事業。而這樣一種選擇，又與他內心深處的「聖人情結」緊緊相聯。

司馬遷「年十歲則誦古文」㉜，二十乃漫遊全國：

二十而南游江、淮，上會稽，探禹穴，窺九疑，浮於沅湘；北涉汶、泗，講業齊、魯之都，觀孔子之遺風，鄉射鄒、嶧；戹困鄱、薛、彭城，過梁、楚以歸。（《太史公自序》）

他的漫遊，並不是毫無目的的遊玩山水風物，而是為著史書、承祖業而進行的一次實地考察。所遊歷之處，都是滿富史跡、史事的名勝，都被他以不同需要寫入了《史記》，就是明證。

有目的的遊歷說明，「司馬氏世典周史」的家族史，對史遷的激勵是十分深切有力的。他童年誦史著，成年漫遊考察，無不是為將來的著史做準備。史遷的大志，同時也是乃父司馬談所熱切期望的：

> 夫天下稱誦周公，言其能論歌文、武之德，宣周、邵之風，達太王、王季之思慮，爰及公劉，以尊后稷也。幽、厲之後，王道缺，禮樂衰，孔子修舊起廢，論《詩》、《書》，作《春秋》，則學者至今則之。自獲麟以來，四百有餘歲，而諸侯相兼，史記放絕。今漢興，海內一統，明主賢君、忠臣死義之士，余為太史而弗論載，廢天下之史文，余甚懼焉。汝其念哉！
> （《太史公自序》）

這段話值得注意的是，司馬談對周公的稱讚，不同於其他儒者的美其輔政，而是著眼於周公所做的那些「史官」的工作。此外，司馬談例敘周公「宣達」周史、孔子著作《春秋》，今則缺如，以此期望於史遷。司馬遷自小的著史大志，經其父如此一番臨終囑託而彌堅，成為他隱忍奇恥大辱、苟活著史的精神動力。

在《太史公自序》中，司馬遷把乃父的上述認識表述得更明確了：

> 先人[33]有言：「自周公卒五百歲而有孔子。孔子卒後至今五百歲[34]，有能紹明世，正《易傳》，繼《春秋》，本《詩》、《書》、《禮》、《樂》之際？」意在斯乎！意在斯乎！小子何敢讓焉。

司馬遷在自謙自儆中，按照五百年一循環、五百年出一聖的天命意識，隱然將自己置於與周公、孔子並列的「聖人」鏈環之中。到這裏，司馬遷把「世典周史」的家族榮譽、自小立志著史的遠大志向，因於此種「聖人」理想，而昇華為一種不可解脫的責任感和使命感。這一強烈深切的「聖人情結」，同上述「孝祖情結」糾結一處，成為史遷生命中堅不可摧的精神支撐，成為他深懷奇恥大辱而苟活著述的精神支撐。

討論司馬遷的「發憤著書」說，不能離開他的《史記》寫作，否則就成為無意義的空談；而《史記》的寫作，也離不開司馬遷著史的動機。根據上述分析，「發憤著書」思想的提出，原因是多樣的，非只李陵之禍一端；其內涵也是十分厚重的，絕非一句「坎坷人生造就成功文學」所能包容。它固然有因憤鬱而寫作的含義，更有緣於家族榮譽感、責任感和使命感而立志著史以顯名後世的含義；它的形成，有社會政治遭際的背景，更有司馬遷本人歷史的、思想的深厚背景。因此，「發憤著書」的「憤」字，實際上有兩種意義：憤也，亦奮也；一名而兩訓。非徒泄怨而已，也有「發奮遂志」的含義。

二

深入剖析司馬遷的「發憤著書」思想，可以見出兩種相互連帶的關係：一是社會政治與著述的關係，一是情感與著述的關係。司馬遷如何看待這兩個關係呢？仍然應該聯繫《史記》的寫作來認識，而不能僅從《太史公自序》（或《報任安書》）那幾句話中得到詳確的說明。

從社會政治與著述的關係進行考察，首先應當說，司馬遷並不是一個偏激的政治叛逆者，他對政治的褒貶美刺，大體是遵循實錄精神的「良史」之作為。太初元年，史遷已做太史五年，他與壺遂有過一次討論。在確認了「《春秋》上明三王之道，下辨人事之紀，別嫌疑，明是非，定猶豫，善善惡惡，賢賢賤不肖，存亡國，繼絕世，補敝起廢，王道之大者」的「大義」之後，壺遂問難道：「孔子之時，上無明君，下不得任用，故作《春秋》，垂空文以斷禮義，當一王之法。今夫子上遇明天子，下得守職，萬事既具，咸各序其宜。夫子所論，欲以何明？」史遷則如是作答：

余聞之先人曰：「伏羲至純厚，作《易》八卦。堯舜之盛，《尚書》載之，禮樂作焉。湯武之隆，詩人歌之。《春秋》采善貶惡，推三代之德，褒周室，非獨刺譏而已也。」漢興以來，至明天子，獲符瑞，封禪，改正朔，易服色，受命於穆清，澤流罔極。海外殊俗，重譯款塞，請來獻見者，不可勝道。臣下百官力誦聖德，猶不能宣盡其意。且士賢能而不用，有國者之恥；主上明聖而德不布聞，有司之過也。且余嘗掌其官，廢明聖盛德不載，滅功臣世家賢大夫之業不述，墮先人所言，罪莫大焉。余所謂述故事，整齊其世傳，非所謂作也。而君比之於《春秋》，謬矣。（《太史公自序》）

由此可知，司馬遷並不認為寫歷史必須遵循《春秋》的「貶天子，退諸侯，討大夫，以達王事」這一條路徑，也可以歌功頌德。其關鍵，是要實錄史事，所謂「述故事，非所謂作」（**與孔子「述而不作」同**），就是這個意思。這一著史思想也是啟發於乃父司馬談（「**聞之先人**」）。司馬談遺囑中也有這樣的話：「今漢興，海內一統，明主賢君忠臣死義之士，余為太史而弗論載，廢天下之史文，余甚懼焉，汝其念哉！」實是要求史遷對漢代盛世歌德頌美。司馬遷在綜合了《春秋》的「貶、退、討」和乃父的歌德思想基礎上，認同孔子的「述而不作」，而提升為實錄的著史思想，是歷史思想的進步。而且，根據上文的討論，「孝祖情結」和「聖人情結」，才是司馬遷寫《史記》最主要最根本的動機，他並沒有站在漢家政治的對立面。「僕以為戴盆何以望天，故絕賓客之知，忘室家之業，日夜思竭其不肖之材力，務壹心營職，以求親媚主上。」（《報任安書》）他對武帝採取的本是恭順盡職的態度。

更重要的，從《史記》的實際情形來看，它並不像東漢王允所定性的那樣，是一部「謗書」（見《後漢書．蔡邕傳》）。一個根本的證據，就是司馬遷持有對漢家政權合理性的認同以及對劉姓統治的維護態度㉟。這一基本的立場，也並未因為他的實錄而發生根本改變。如，實錄劉邦的狡詐無賴，並沒有改變他對漢世「得天統矣」（《高祖本紀》）的根本認識；實錄景帝的陰鷙刻深（如對晁錯），同時極力肯定景帝平定七王之亂、維護中央政府是一個重大政績：「諸侯驕恣，吳首為亂。京師行誅，七國伏辜。天下翕然，大安殷富。作《孝景本紀》第十一」（《太史公自序》）；對武帝，司馬遷無疑有一個從稱頌到憤怨的認識改變，但他還是本著良史的實錄精神，全面客觀地記錄了武帝的政績：「漢興五世，隆在建元。外攘夷狄，內修法度，封禪，改正朔，易服色。作《今上本紀》第十二」（同上）。按：《太史公自序》乃是《史記》全書完成之後所作，這些篇目內容的摘要，當是司馬遷所寫的原本內容。只是因為《景紀》、《武紀》散失，今存者為後人所補，所以看起來與《自序》所述不甚相符，似並不能代表司馬遷的完整態度。或疑司馬遷受刑後可能改寫一些內容，或說「太史公作《景帝紀》，極言其短及武帝過，武帝怒而削去」（見衛宏《漢書舊儀》注及《魏書．王肅傳》），均屬猜測之辭，並無確證。可以確信者，自然應以《自序》之提要為准。

所以花些篇幅對司馬遷著史的社會政治態度略作辨正，是鑒於對「發憤著書」說存在一種普遍的也是偏頗的認識，即很表面化地把「憤」解釋為一種消極怨憤的情感，把「發憤著書」解釋為單一的

「洩憤著書」。仿佛一部《史記》不過是司馬遷發洩私怨的東西。而實際情形則是，司馬遷在對社會政治與著述關係的實際操作上，「不虛美，不隱惡」（《漢書．司馬遷傳》載劉向、揚雄語），確具實錄品格。因此，所謂「發憤著書」在政治與著述這層關係上的含義，從司馬遷的實際寫作來看，恐怕並非「洩憤說」所能全部包含。有褒有貶，有美有惡，愛恨分明，這說明在司馬遷看來，政治與著述的關係並非單一地刺譏惡政，同時還有讚美善政的一面。這便又回到了前文所引的史遷回答壺遂的話：「余所謂述故事，整齊其世傳，非所謂作也。」司馬遷的實踐和思想是相當一致的。

再從情感與著述的關係來看，所謂「大抵聖賢發憤之所為作」，也不能單純地解釋為憤鬱、悲怨。對司馬遷來說，這個「情感」，除了因李陵之禍而產生的怨憤之外，根據上文對其寫作動機的分析，還有基於「孝祖情結」的家族榮譽感和基於「聖人情結」的使命責任感。這後兩種生命的強大的動力，無時無刻不深深而有力地激勵著司馬遷強烈的創作衝動、創作欲望。李陵之禍的怨憤和寫作動機的感奮、激奮，才是「發憤著書」在情感與著述這層關係上的全部含義。

根據以上的討論，司馬遷那段著名的話中，「西伯拘羑里」、「孔子戹陳蔡」、「屈原放逐」、「左丘失明」、「孫子臏腳」、「不違遷蜀」、「韓非囚秦」以及「《詩》三百篇大抵聖賢發憤之作」，無不可以從兩個方面去解釋，具有雙重意義：

㈠遭際不平的怨憤

㈡有所作為的發奮

所謂「此人皆意有所鬱結，不得通其道也，故述往事，思來者」，也不只是因怨憤而鬱結不通，同時也由於發奮而產生鬱結不通的感受；鬱結感未必只限於遭遇坎坷，「求之不得，寤寐思服」也會產生鬱結。聯繫司馬遷的寫作動機和寫作實際，只有這樣來理解「發憤著書」才是全面的，符合實際的。

三

「發憤著書」，在政治與著述、情感與著述兩個意義層面上，都超越了同時代的思想水準，而成為當時最先進的著述思想。

政治記述上的「不虛美，不隱惡」，美刺井然，是非鮮明，非但與大一統的政治形勢有相當抵觸，也與當時一般士人的思想態度不相謀合。公孫弘「每朝會議，開陳其端，使人主自擇，不肯面折庭爭」，「奏事，有所不可，不肯庭辯」；「常稱以為人主病不廣大，人臣病不儉節」（**《漢書．公孫弘傳》**）。武帝以封禪禮儀之事問兒寬，寬對以「唯聖主所由，制定其當，非群臣之所能列」（**《漢書．兒寬傳》**）。如果說，像公孫弘、兒寬這類士人，由於他們職任顯達、置身朝廷核心，而必然表現為順君頌政的話，董仲舒則有所不同，他不在政權的核心，主要是一個思想家而非政治家。他對當朝政治和帝王是怎樣的態度呢？他不僅發揮「《春秋》大一統」的政治思想為當朝提供思想基礎，而且強調君權至上。首先他重新宣導君權天授：「受命之君，天意之所予也」（**《春秋繁露．深察名號》**）；「唯天子受命於天，天下受命於天子」（**《為人者天》**）。其次，他通過辨析名號，論證了帝王的獨尊地位：「尊者取尊號，卑者取卑號。故德侔天地者，皇天右而子之，號稱天子。其次有五等之爵以尊之，皆以國邑為號。……無名姓號氏於天地之間，至賤乎賤者也」（**《順命》**）；

「號為諸侯者，宜謹視所候奉之天子也。號為大夫者，宜厚其忠信，敦其禮義，使善大於匹夫之義，足以化也。士者，事也；……士不及化，可使守事從上而已。」（**《深察名號》**）再次，他提出「強幹弱枝」：「強幹弱枝，大本小末，則君臣之分明矣」（**《十指》**）；「君人者國之本也。夫為國，其化莫大於崇本。」（**《立元神》**）由此可見，董仲舒從各個方面非常理性地論證了帝王的權威。當然，他設置了一個「天」，用以制約君王，而且他還有通過「天」使民意得以間接制約帝王的思想㊱，但並不影響他對俗世間帝王至上之地位的確認。因此，儘管董仲舒也有「士不遇時」的深切感憤，但在思想上是維護君權至上的。

認定君權至上的一個直接結果，就是要恪守「君善臣惡」的思想和行為。如董仲舒說：「君不名惡，臣不名善；善皆歸於君，惡皆歸於臣」（**《王道通三》**）；「功出於臣，名歸於君」（**《為人者天》**）；「忠臣不顯諫，欲其由君出。」（**《竹林》**）善政是君主的功勞，惡事是臣下的罪過。因此，作為臣子是不能指責或道說君主的過錯的；君王無錯，錯在罪臣。公孫弘之「不肯面折廷爭」，兒寬之「唯聖主所由」，就是為了維護「君善臣惡」這個政治遊戲的規則。而汲黯「面折，不能容人之過」，「其諫，犯主之顏色」，搞得武帝十分惱怒，終因「數直諫」而「不得久居位」。（**《漢書．汲黯傳》**）

而司馬遷的「發憤著書」思想，本著「述而不作」、「不虛美，不隱惡」的實錄精神，不隱晦帝王之諱（**當然也實錄君王善政，如對文帝**），在當時是十分難得的。在眾口無異辭的「君善臣惡」聲浪中，史遷堅持「不虛美，不隱惡」，就成為超越時代思想水準的穎異激越之音了。

在情感與著述關係的意義層面上，司馬遷也超越了武帝時期的思想水準。儒家從未否定過情感存在的合理性，但是限制情感抒發的過極。《詩大序》提出「發乎情，止乎禮義」，《禮記．樂記》則禮樂並提，「樂由中出，禮自外作」，認為樂生於人心而必須以禮節制。而司馬遷則擺脫了這些束縛，提出「發憤著書」。前已言及，「憤」字對司馬遷來說有兩層含義：一是著史的強烈欲望，二是受刑之後的怨憤之情。它們糾結一處，熔入到《史記》的寫作之中。清人袁文典《讀〈史記〉》云：

余讀《太史公自序》，而知《史記》一書實發憤之所為作。其傳李廣，而綴以李蔡之得封，則悲其數奇不遇，即太史公之自序也。匪惟其傳伍子胥、酈生、陸賈亦其自序，即進而屈原、賈生信而見疑、忠而被謗，痛哭流涕而長太息，亦其自序也。更進而伯夷，積仁潔行而餓死；進而顏子好學而早夭，皆其自序也。更推之而傳樂毅、田單、廉頗、李牧，而淮陰、彭越，而季布、欒布、黥布，而樊、灌諸人，再推之而如項王之『力拔山兮氣蓋世』，乃『時不利而騅不逝』，與夫豫讓、荊軻諸刺客之切膚齒心、為知己者死，皆太史公之自序也。所謂『借他人之酒杯，澆胸中之塊壘』，誠不禁其擊碎唾壺、拔劍斫地、慷慨而悲歌也。於是乎傳信陵、孟嘗、平原、春申四公子之好客急人之義；而於是乎傳朱家、劇孟、郭解諸遊俠之不愛其軀、赴士之厄，與魯仲連之排難而解紛；而於是乎傳管仲之受利於鮑子，晏子之解驂以救越石父而願為之執鞭。嗟乎！讀史至《史記》，讀《史記》至此，有不為之拍案叫絕、廢書而三歎也哉㊲！

這一段精彩的讀書心得，固然有許多地方不免誇張或牽強，確也讀出了《史記》中流動著的司馬遷的怨憤之情。但是，我們還不能把這種「政治怨情」看作是發洩私憤，而是一位以生命著史、一位高瞻遠矚的歷史學家對歷史上之政治實質的深刻透視，自然他也把自己的政治遭際溶進了這一實質之中。因為：

第一，司馬遷受刑後的心緒不唯是怨憤，而且是思想更加清醒深刻：

僕之先非有剖符丹書之功，文史星曆，近乎卜祝之間。固主上所戲弄，倡優所畜，流俗之所輕也。（《報任安書》）

且西伯，伯也，拘於羑里；李斯，相也，具於五刑；淮陰，王也，受械於陳；彭越、張敖，南面稱孤，系獄抵罪；絳侯誅諸呂，權傾五伯，囚於請室；魏其，大將也，衣赭衣，關三木；季布，為朱家鉗奴；灌夫，受辱於居室。此人皆身至王侯將相，聲聞鄰國，及罪至罔加，不能引決自裁，在塵埃之中，古今一體。安在其不辱也？由此言之，勇怯，勢也；強弱，形也。審矣！何足怪乎？（同上）

對自己政治地位的認識，對臣子在皇權中「積威約之勢」的考察，使司馬遷在痛定思痛之中，對於皇權至上的政治實質有了更清醒更深刻的體認。他把這種思想貫徹到《史記》寫作中去，聯繫到自己慘痛的身世，能無怨乎？

第二，司馬遷寫歷史人物的命運，並非只憑怨憤之情的支撐，而是以大量的事實組構其傳記，偶發感慨而已。比如寫李廣，在大小七十餘戰中選取了四個戰役作重點記述，顯現了李廣其人經歷、性格的主要方面。在此基礎上，與李蔡、與程不識做些比較，以突現李廣的不平際遇；雖有史遷的怨憤溶入其中，卻並非強加，反而使事情的本質更加明確了。

因此，《史記》雖不乏史遷的怨憤之情，但那是以深刻洞明的思想認識，本著良史的實錄精神，而清醒地溶入其中的。從這一點說，司馬遷個人的遭際和怨憤，已不僅僅屬於他自己，而代表了集權政治下的一種普遍現象，具有典型意義。

總上所論，如果說司馬遷的第一種「憤」——著史的強烈欲望，還是符合儒家「立德、立功、立言」三不朽傳統的話，那麼後一種「憤」——揭露集權政治的冷酷和隨意，臣子命運的「不由自主」和政治祭品地位，卻是對「君善臣惡」、「發乎情，止乎禮義」之類儒家政治觀念、經學觀念的切實背叛。正是在這一點上，司馬遷的「發憤著書」思想，再一次表現出它超越時代的品質，這也正是「發憤著書」說真正的價值所在。

---

① 蔣凡《兩漢文學批評》，見王運熙、顧易生主編《中國文學批評通史．先秦兩漢卷》之第二編，上海：上海古籍出版社一九九六年版。

② 《漢書．河間獻王傳》說劉德所得「古文先秦舊書」有：「《周官》、《尚書》、《禮》、《禮記》、《孟子》、《老子》之屬，皆經傳說記，七十子之徒所論。」因此，劉德及其門客得以廣采博收。

③ 如《隋書．音樂志》引沈約《奏答》云：「漢初典章滅絕，諸儒捃拾溝渠牆壁之間，得片簡遺文，即編次以為《禮》，皆非聖人之言。《月令》取《呂氏春秋》；《中庸》、《表記》、《防（坊）記》、《緇衣》，皆取子思子；《樂記》取公孫尼子；《檀弓》殘雜，又非方幅典誥之書也。」又如張守節《史記．樂書》正義：「其《樂

記》者，公孫尼子次撰也。」

④《漢志》著錄有「周官經六篇」。顏師古注：「即今之《周官禮》也，亡其《冬官》，以《考工記》充之。」按：今存《周禮》之《春官宗伯》有《大司樂》章。

⑤《漢書．河間獻王傳》云劉德修學好古，搜求民間善書，其「得書多，與漢朝等」。可知漢初因書禁取消，獻書之事必多。

⑥關於《樂記》之作者和時代的爭議，可參看《〈樂記〉論辯》一書，北京：人民音樂出版社一九八三年版。

⑦參見文淵閣《四庫全書總目》、胡朴安《詩經學》、張西堂《詩經六論》、徐澄宇《詩經學纂要》、劉光義《漢武帝之用儒及漢儒之說詩》（臺灣商務印書館一九六七年版）等著的歸納。

⑧本表引用之《史記．樂書》，據張晏說在班固所云「亡十篇」之內。蓋為褚少孫所補者。按：褚氏為元、成間人，《魯詩》博士（見《漢書．儒林傳》），距《史記》成書晚約四十年。他補《史記》，必有所本，非妄人臆語。又其補《史記》之體例有三：一是直接補入，無所標識者，如《禮書》、《樂書》；二是標以「褚先生曰」者，如《外戚世家》；三是雖無「褚曰」，卻在補文前空格以示區別者。（參見趙翼《廿二史箚記》卷一《褚少孫補〈史記〉不止十篇》條）嚴謹有別，必有所謂。其無所標識而徑入《史記》者，或即大體為史遷原文耶？無考不可妄測。然即非原作，恐亦絕非褚氏鑿空之談，宜有史遷主要思想在。故本表仍以《樂書》為證。

⑨《詩序》之分大、小，未知始於何時。唐初陸德明《經典釋文．毛詩音義上》稱「舊說」：「舊說云：起此至『用之邦國焉』，名《關雎序》，謂之小序；自『風，風也』訖末，名為大序。沈重云：『案鄭《詩譜》意，大序是子夏作；小序是子夏、毛公合作，卜商意有不盡，毛更足成之。或云：小序是東海衛敬仲所作。』今謂此序止是《關雎》之序，摠論《詩》之綱領，無大小之異。」

⑩朱熹《詩集傳序》云：「人生而靜，天之性也；感於物而動，性之欲也。夫既有欲矣，則不能無思；既有思矣，則不能無言；既有言矣，則言之所不能盡而發於咨嗟詠歎之餘者，必有自然之音響節奏，而不能已焉。此詩之所以作也。」又：「詩者，人心之感物而形於言之餘也。心之所感有邪正，故言之所形有是非。」用以說明《大序》的詩歌發生思想，最恰切不過。

⑪《春秋繁露．同類相動》云：「天有陰陽，人亦有陰陽。天地之陰氣起，而人之陰氣應之而起；人之陰氣起，而天地之陰氣亦宜應之而起；其道一也。明於此者，欲致雨則動陰以起陰，欲止雨則動陽以起陽。……非獨陰陽之氣可以類進退也，雖不祥禍福所從生，亦由是也。無非己先起之，而物以類應之而動者也。故聰明聖神，內視反聽，言為明聖，內視反聽。故獨明聖者，知其本心皆在此耳。」雖認識到天感人和人感天兩個方面，但其所強調者，無疑在「己先起之，而物以類應之」。因此，突出人的主體性，從而賦予人以社會責任，是儒家思想的重要特點（參見李澤厚《中國古代思想史論．孔子再評價》）。儘管孔孟和荀的思想有所不同，但在這一點上是相通的。董子不例外，《樂記》也不例外。

⑫孔穎達《毛詩正義》卷一疏釋《關雎序》「治世之音、亂世之音、亡國之音」，有云：「《序》既云情見於聲，又言聲隨世變。……《樂記》云：『其哀心感者，其聲噍以殺；其樂心感者，其聲嘽以緩。』彼說樂音之中，兼有二事。……哀樂出於民情，樂音從民而變，乃是人能變樂，非樂能變人。案《樂記》稱人心『感於物而後動，先王慎所以感之者』，故作樂以和其聲，樂之『感人深，其移風易俗』。又云：『志微噍殺之音作而民剛毅，廉直莊誠之音作而民肅敬，寬裕順成之音作而民慈愛，流僻邪散之音作而民淫亂。』如彼文，又是樂能變人：樂由王者所制，民逐樂音而變。此言民能變樂，彼言樂能變人。……《禮記．問喪》稱『禮者，非從天降，非從地出，人情而已矣』，是禮之本意出於民也。《樂記》又曰『凡音之起，由人心生也』，樂者『樂其所自生』，是樂之本意出於民

也。《樂記》又曰『夫物之感人無窮，而人之好惡無節，則是物至而人化物也。人化物也者，滅天理而窮人欲者也。於是有悖逆詐偽之心，有淫泆作亂之事。……故先王制禮作樂為之節』，是王者采民情制禮樂之意。禮樂本出於民，還以教民，與夫雲出於山復雨其山，火生於木反焚其木，復何異哉！」孔氏區分「人能變樂」、「樂能變人」兩層意思，疏釋堪稱精到！惜乎未能進一步看透人心在「物——心——詩（樂）」中的樞紐地位。

⑬ 此僅就《荀子·樂論》言。實際上，荀子在別處也特別強調「心」的重要地位。如其《天論》：「心居中虛以治五官，夫是之謂天君」；《解蔽》：「心者，形之君也，而神明之主也」，「心不使焉，則白黑在前而目不見，雷鼓在側而耳不聞」；《正名》：「心有徵知。徵知，則緣耳而知聲可也，緣目而知形可也」；等等。但均非涉及文藝問題。

⑭ 參見徐復觀《中國藝術精神》第一章《我國古代以音樂為中心的教育》節，瀋陽：春風文藝出版社一九八七年版。

⑮ 如《論語·衛靈公》：「行夏之時，乘殷之輅，服周之冕，樂則《韶》舞。放鄭聲，遠佞人；鄭聲淫，佞人殆。」《陽貨》：「惡鄭聲之亂雅樂也。」《荀子·樂論》：「禁淫聲……使夷俗邪音不敢亂雅」；「姚冶之容，鄭、衛之音，使人之心淫；紳端章甫，舞《韶》歌《武》，使人之心莊。故君子耳不聽淫聲，目不視女色，口不出惡言。」又，《樂記》排斥鄭、宋、衛、齊之音，引文見前。

⑯ 見蔡鍾翔、黃保真、成復旺《中國文學理論史》（一），北京：北京出版社一九九一年版，第七十八頁。

⑰ 《樂本》：「清廟之瑟，朱弦而疏越，壹倡而三歎，有遺音者矣。」差可解此「易」字。

⑱ 折中孟、荀的人性論以說事，是漢儒的一般作法。董仲舒《春秋繁露·深察名號》即說：「性比於禾，善比於米。米出禾中，而禾未可全為米也；善出性中，而性未可全為善也。」又其《實性》：「性者，天質之樸也；善者，王教之化也。無其質，則王教不能化；無其王教，則質樸不能善。」這與《樂記·樂本》所謂「人生而靜，天之性

也；感於物而動，性之欲也。物至知知，然後好惡形焉。好惡無節於內，知誘於外，不能反躬，天理滅矣。……是故先王之制禮樂，人為之節」云云，在義理上是相同的：折中孟、荀而多取於荀子。

⑲ 關於董子禮樂思想的特點，可參見蔡鍾翔撰《中國文學理論史》第一卷第一編之第二章第五節。蔡氏對董子禮樂思想的梳理和把握，非常準確。北京：北京出版社一九九一年版。

⑳ 本書引用《春秋繁露》，均據蘇輿《春秋繁露義證》，北京：中華書局一九九二年版。

㉑ 天，原作「人」。據盧文弨、蘇輿說校改。

㉒ 朱自清《詩言志辨》，載《朱自清古典文學論文集》上冊，上海：上海古籍出版社一九八一年版，第二〇八頁。

㉓ 勞孝輿《春秋詩話》，見《續修四庫全書》第一七〇二冊。

㉔ 此段自「《詩》云」到「何遠之有」，始見於《論語·子罕》。孔子本意是：只要親情濃在，就無礙於空間距離的遠近。董子引用在此，意思不同了。

㉕ 參見李澤厚《中國古代思想史論·孔子再評價》，北京：人民出版社一九八五年版。

㉖ 見顧易生、蔣凡撰《中國文學批評通史·先秦兩漢卷》，上海：上海古籍出版社一九九〇年版。

㉗ 《史記·孔子世家》云：「子思作《中庸》。」知《中庸》產生很早。但它有「今天下車同軌，書同文」之語，事宜在秦統一中國之後，或為後人竄入者耶？

㉘ 詳可參見李澤厚、劉綱紀《中國美學史》第一卷，北京：中國社會科學出版社一九八四年版，第八十六—一〇一頁。

㉙ 參見本章第一節論《樂記》的「樂內禮外」說注文。

㉚ 《管錐編》第一卷《毛詩正義·詩譜序》論「詩」之一名三訓。北京：中華書局一九七九年版，第五十七—五十八頁。

㉛ 參見《管錐編》第三卷論《報任少卿書》，北京：中華書局一九七九年版，第九三五—九四〇頁；《詩可以怨》，載舒展選編《錢鍾書論學文選》第六卷，廣州：花城出版社一九九〇年版。

㉜ 《史記索隱》：「案：遷及事伏生，是學誦《古文尚書》。劉氏（伯莊）以為《左傳》、《國語》、《系本》等書，是亦名古文也。」按：周壽昌《漢書注校補》（載《續修四庫全書》第二六七冊）已指出，遷十歲時伏生已百多歲，故隨伏生習《尚書》是不可能的。又程金造《史記管窺·遷十歲所誦古文考》（西安：陝西人民出版社一九八五年版）認為，所謂「古文」，系指《左傳》、《國語》。說同劉伯莊。

㉝ 司馬貞《索隱》：「先人，謂先代賢人也。」這個解釋，顯然與下文云「至今」不符。而張守節《正義》的解釋是：「先人，司馬談也。」此說才是正確的。

㉞ 崔適《史記探源》卷八：「此文是元封元年之言也，上距哀公十六年孔子卒，實止三百七十年。而云五百歲者，此以祖述之意相比，所謂斷章取義，不必以實數求也。」北京：中華書局一九八六年版，第二三六頁。

㉟ 參見陳桐生《中國史官文化與〈史記〉》第八章《「謗書說」辨》，汕頭：汕頭大學出版社一九九三年版。

㊱ 參見本書第三章第一節。

㊲ 袁文典《讀〈史記〉》，見李根源輯、楊文虎等校注《永昌府文征》第三冊《文錄》卷十二，昆明：雲南美術出版社二〇〇一年版，第二四三四頁。

第六章　西漢後期創作思想的承遞與新變

從公元前八十七年漢昭帝劉弗陵即位，到西漢末的約一個世紀，是西漢文學思想發展的第三個時期。自昭帝始元六年（前八十一）二月召開的鹽鐵會議始，儒家經學開始擺脫其「緣飾吏事」的附庸地位，走向了與政治真正親合的歷程，由此而產生了一系列的思想文化變化。同時，前一時期的重要作家如兩司馬、東方朔、枚皋等，或辭世，或消聲匿跡；而西漢後期首先出現的作家如王褒、劉向等，則要到宣帝中期始出現，並且帶來了文風的變化①。據於此，本書把這個階段劃分為西漢文學思想發展的最後時期。

第一節　政治、經學的衰變與士人心態的變化

一

考察西漢後期政壇的總體狀況，可以「君權旁落、政局多變」八個字概括之。這一政治特徵，與武帝時期的皇權極盛、政治大一統，乃至與西漢初期君主大臣為鞏固劉姓中央統治的共同努力，都大不相同。由此也帶來了思想文化的一系列變化。

公元前八十七年，年僅八歲的劉弗陵即位，難理國家大事。因此，武帝臨終前托孤霍光，升其職為大司馬大將軍，「受遺詔輔少主」，與左將軍上官桀、車騎將軍金日磾共同輔政。從這時開始，西

漢進入了外戚專權的歷史時期（**昭帝皇后上官氏，即上官桀的孫女、霍光的外孫女**）。昭帝元鳳元年（前八十）九月，上官桀、上官安父子與大將軍霍光爭權而敗北，霍光始獨掌國權，直到宣帝地節二年（前六十八）三月辭世。兩年多後，即地節四年（前六十六）七月，宣帝借大司馬霍禹（**霍光之子**）謀反之機，清除霍氏勢力，廢去皇后霍氏（**霍光之女**），霍家專權到此基本結束。宣帝雖是號為「欲效武帝故事」的中興之主，但仍大用外戚。與宣帝直接相關的外戚實權者，有三系人物：一是宣帝祖母史良娣一系，有史高（**史良娣兄史恭之子，宣帝表叔**），宣帝末拜為大司馬車騎將軍，領尚書事，輔政直至元帝初元五年（前四十四）；二是宣帝母王翁須一系，有王接、王商（**均宣帝舅父之子**），王接於元帝時繼史高為大司馬，王商元帝時為右將軍、光祿大夫，成帝時繼匡衡為丞相；三是宣帝皇后許氏一系，有許延壽（**皇后許氏的叔父**）、許嘉（**許延壽之子**），許延壽宣帝時為大司馬，是史高的前任，許嘉於元帝時繼王接為大司馬。宣帝外戚史、王、許三氏交替專權，直至元、成之間。成帝以後，元帝的皇后王氏（**與宣帝母非是一氏**）一系幾乎壟斷政壇，「家凡十侯，五大司馬，外戚莫盛焉」（**《漢書·外戚傳》**）。成帝時，王鳳、王音、王商、王根（**均為成帝之舅父**）、王莽（**成帝舅父王曼之子**）交替為大司馬，權傾朝野。時有民歌《雞鳴》唱道：「兄弟四五人，皆為侍中郎。五日一時來，觀者滿路旁。黃金絡馬頭，熲熲何煌煌。」就是諷刺王氏鼻息干虹的。哀帝時，王氏勢力遭黜，而易之以傅氏（**哀帝祖母系**）、丁氏（**哀帝母系**），傅喜（**哀帝表叔**）、丁明（**哀帝舅父**）、傅晏（**哀帝表叔**）及董賢（**哀帝妃之兄**）相繼為大司馬；而哀帝末，是職又終歸王莽。從平帝以後，就是王莽的天下了，直至其攝政、篡國。西漢後期，在外戚擅權的同時，中宦也加盟其中，元帝時的弘恭、石顯，就曾一度操縱國政。

以外戚為主，中宦為輔，沆瀣爭鬥，交替專權，成為這一時期政壇的主要景觀。並且，在這一時期，丞相一職大都形同虛設，毫無實權，而一概聽命於大司馬。這或許與武帝臨終托孤給大司馬霍光，而霍光又開啟權臣專政之途有關，更與大司馬掌握軍隊直接相關。據《漢書．百官公卿表》，大司馬一職是武帝元狩四年（前一一九）初置（**授衛青**），乃由太尉一職轉稱而來。此職「金印紫綬，掌武事」，成帝時又為之「置官屬，祿比丞相」。然則大司馬專權，其實質便是武人政治。故而，不唯君權旁落，丞相以下的文官也都失去了實際權力。西漢後期的政治失序、政局多變，正是由君權旁落、外戚（中宦）專權及武人政治的狀況所造成。僅舉二例以證：

元帝初即位，蕭望之以曾任太子太傅「見尊重」，拜前將軍輔政。「勸道上以古制，多所欲匡正，上甚鄉納之。」而中書令弘恭、石顯於宣帝時即以「中書宦官用事」，「久典樞機」。元帝即位後，二人又與外戚大司馬史高相勾結，「論議常獨持故事，不從望之等」。蕭望之「以為中書政本，宜以賢明之選。自武帝遊宴後庭，故用宦者，非國舊制，又違古不近刑人之義」，於是奏明元帝，建議中書令一職應當「更置士人」。這就得罪了弘恭、石顯及外戚史高等人。恰值此時，有名曰鄭朋者，欲親附外戚許、史及中宦弘、石，遂受計上疏，告發蕭望之有欲罷退史高及許、史二氏之謀。弘、石二人又巧舌如簧，奏稱望之「數譖訴大臣，毀離親戚，欲以專擅權勢，為臣不忠，誣上不道」，而系望之獄中。後來雖然被赦出獄，卻被免去其前將軍、光祿勳之職。數月後，元帝復欲起用望之為相，而弘、石二人又抓住蕭伋（**蕭望之之子**）上書為父鳴冤之事，奏稱望之「不悔過服罪，深懷怨望，教子上書，歸非於上」，再次收捕望之。望之遂飲鴆自殺。（**以上見《漢書．蕭望之傳》**）

成帝時，王鳳為大司馬大將軍，領尚書事，專橫跋扈。《漢書．元后傳》記載的兩件事，可見一斑：

大將軍鳳用事，上遂謙讓無所專。左右常薦光祿大夫劉向少子歆通達有異材。上召見歆，誦讀詩賦，甚說之，欲以為中常侍，召取衣冠。臨當拜，左右皆曰：「未曉大將軍。」上曰：「此小事，何須關大將軍？」左右叩頭爭之。上於是語鳳，鳳以為不可，乃止。其見憚如此。

上即位數年，無繼嗣，體常不平。定陶共王來朝……天子留，不遣歸國。上謂共王：「我未有子，人命不諱，一朝有它，且不復相見。爾長留侍我矣！」其後天子疾益有瘳，共王因留國邸，旦夕侍上，上甚親重。大將軍鳳心不便共王在京師，會日蝕，鳳因言「日蝕陰盛之象，為非常異。定陶王雖親，於禮當奉藩在國。今留侍京師，詭正非常，故天見戒。宜遣王之國。」上不得已於鳳而許之。共王辭去，上與相對涕泣而決。

由此不難窺見王鳳專擅欺君之甚。

君權旁落，外戚中宦交替專權，政局多變，給這一時期的思想文化及士人心態帶來巨大影響。

二

儒家經學發展到西漢後期，有兩大明顯特徵，一是地位有所提高，傳播更加廣泛；二是與政治不斷親合。因此，呈現出極大發展（或普及）和政教合一的兩種趨勢。

昭帝於始元六年（前八十一）二月，召集了一次鹽鐵問題討論會。對此，《漢書・公孫劉田王楊蔡陳鄭傳・贊》曰：

所謂鹽鐵議者，起始元中。徵文學賢良問以治亂，皆對願罷郡國鹽鐵酒榷均輸，務本抑末，毋與天下爭利，然後教化可興。御史大夫弘羊以為，此乃所以安邊竟、制四夷，國家大業，不可廢也。當時相詰難，頗有其議文。至宣帝時，汝南桓寬次公治《公羊春秋》，舉為郎，至廬江太守丞，博通善屬文，推衍鹽鐵之議，增廣條目，極其論難，著數萬言，亦欲以究治亂，成一家之法焉。

班固所述，有三點非常清楚：第一，這次會議是以是否罷除鹽鐵等國有為論題，而「問以治亂」之事。其實質不是一次「經濟會議」，而是一次政治思想的大爭論；第二，參加會議的人員明顯分為兩派：文學賢良和大夫桑弘羊等。前者主張罷除「鹽鐵榷沽」，「務本抑末，毋與天下爭利」而「興教化」，後者則以為鹽鐵等國有，乃是「國家大業，不可廢」；第三，桓寬《鹽鐵論》固然是依據會議記錄所整理，但似非原本照錄，他同時也「推衍增廣，極其論難」，欲「成一家之法」。

對於這次重要會議，《漢書》只在卷六十六（見上引）及《食貨志下》有所記載，而極簡括。但是，有兩個基本事實（或傾向）是清楚的：第一，「這是一次王道與霸道兩條政治路線面對面鬥爭的會議」②，這一點僅從班固的記述中即可見出；第二，這次會議有明顯的傾向性。首先是召集者漢昭帝劉弗陵，「通《保傅傳》、《孝經》、《論語》、《尚書》」（《昭帝紀》始元五年六月詔），本學儒術。其次是會議的實際操縱者霍光（是年昭帝年僅十四），一向重視儒術，主張「公卿大臣當用經術明於大誼」（《雋不疑傳》）；「重經術士……以為群臣奏事東宮，太后省政，宜知經術」（《夏侯勝傳》）。《昭帝紀》贊亦曰：「光知時務之要，輕傜薄賦，與民休息。……舉賢良文學，問民所疾苦，議鹽鐵而罷榷酤」，是知霍光傾向於王道。再次是參加這次會議的人，《鹽鐵論．本議》云：「惟始元六年，有詔書，使丞相、御史與所舉賢良、文學語。」這批賢良文學雖多不可考，但均為「懷《六藝》之術」的儒者無疑[3]。御史大夫即桑弘羊，站在賢良文學的對立面。至於丞相田千秋，本「無他材能術學」，雖位居丞相，武帝時唯「與御史、中二千石共上壽頌德美，勸上施恩惠，緩刑罰，玩聽音樂，養志和神，為天下自虞樂」，昭帝時則曰「唯將軍（**霍光**）留意，即天下幸甚」（**《漢書．田千秋傳》**），是一個無所作為、近乎沒有立場的庸相。因此，這次會議明顯是傾向於倡儒排他、興王黜霸的。

本書所關注的，正是這樣一個事實：自鹽鐵會議始，儒學在漢代的命運開始有所改變，從武帝時的「潤飾吏事」中逐漸擺脫出來，地位有所提高。六十幾名賢良文學[4]在昭帝、霍光的支持下，與「大夫」展開面對面的爭論，而毫無憂懼唯唯之色，常令大夫「繆然不言」，這在西漢歷史上還是從未有過的事。正是從這次會議開始，西漢儒學才真正興盛起來。

首先是儒學的地位真正提高了，儒生也往往被授任要職。如宣帝甘露三年（前五十一），又召開了石渠閣會議：「詔諸儒講《五經》同異，太子太傅蕭望之等平奏其議，上親稱制臨決焉。乃立梁丘《易》、大小夏侯《尚書》、穀梁《春秋》博士。」（**《宣帝紀》**）參加這次會議的碩儒，《易》家有施讎、梁丘臨（**梁丘賀之子**），《書》家有歐陽地餘、林尊、周堪、張山拊、假倉，《詩》家有韋玄成、張長安、薛廣德，《禮》家有戴聖，《春秋》家有公羊學的嚴彭祖和穀梁學的劉向、尹更始等人[5]。會議檔次之高、重儒之甚，以及帝王親臨決議的待遇，在西漢都是唯一的盛會。

再如自宣帝始，較多授儒生以要職[6]。宣帝丞相韋賢，「兼通《禮》、《尚書》，以《詩》教授，號稱鄒魯大儒」；另一丞相魏相，「少學《易》」，「明《易經》，有師法」。宣帝御史大夫蕭望之（**後為太傅**）「治《齊詩》，事同縣後倉且十年，以令詣太常受業。復事同學博士白奇，又從夏侯勝問《論語》、《禮服》，京師諸儒稱述焉」。元帝更是加大用儒力度，其三個丞相中有二人為碩儒：韋賢之子韋玄成「少好學，修父業」，「復以明經歷位至丞相」，故鄒魯有諺語道：「遺子黃金滿籝，不如一經」；匡衡，善《齊詩》，「諸儒為之語曰：無說《詩》，匡鼎來；匡語《詩》，解人頤」。元帝御史大夫，如貢禹「以明經潔行著聞，征為博士」；薛廣德嘗「以《魯詩》教授楚國，龔勝、舍師事焉」，後經蕭望之舉薦，「為博士論石渠」。成帝時丞相六人，四人明經：匡衡（**見前**）；張禹，「從沛郡施讎受《易》，琅邪王陽、膠東庸生問《論語》」。既皆明習，有徒眾，舉為郡文學」；翟方進，「讀經博士，受《春秋》積十餘年。經學明習，徒眾日廣，諸儒稱之」；孔光，「孔子十四世之孫也」，「經學尤明」。成帝大司空二人：何武，「詣博士受業治《易》」；師丹，「治《詩》事匡衡」。至哀平之時，政要基本是孔光、平當、何武等人。其中的平當，曾任哀帝丞相，初亦「以明經為博士，公卿薦當論議通明，給事中」。（**以上均見《漢書》各自本傳**）

其次，是儒學教育也因朝廷的支持、鼓勵而得到極大發展。

元帝初元五年（前四十四）四月的詔書說：「博士弟子毋置員，以廣學者。」（**《元帝紀》**）不再限制招收太學生的名額。察《漢書．儒林傳》，武帝建元五年（前一三六）初置太學生時，「置弟子五十人」；昭帝時「增博士弟子員滿百人」；「宣帝末增倍之」；至元帝不限名額。「數年，以用度不足，更為設員千人」；「成帝末，或言孔子布衣養徒三千人，今天子太學弟子少，於是增弟子員三千人。歲餘，復如故」；「平帝時王莽秉政，增元士之子得受業如弟子，勿以為員，歲課甲科四十人為郎中，乙科二十人為太子舍人，丙科四十人補文學掌故云。」期間雖有反復或變換方式，但太學生及「如弟子」的數量，整體上趨向由極少增至很多。

平帝元始三年（公元三年）夏，「立官稷及學官。郡國曰學，縣、道、邑、侯國曰校。校、學置經師一人。鄉曰庠，聚曰序。序、庠置《孝經》師一人」（《平帝紀》）。按：西漢在正式設立太學之前，京外個別地方或亦有類於學校的設置。如《漢書．循吏傳》載，景帝末，文翁守蜀，便「修起學宮於成都市中，招下縣子弟，以為學官弟子，為除更繇。高者以補郡縣吏，次為孝弟力田。……縣邑吏民，見而榮之。數年，爭欲為學官弟子，富人至出錢以求之。由是大化。……至武帝時，乃令天下郡國皆立學校官，自文翁為之始云。」文翁首創郡邑學官，其主要目的不在研學或培養吏員（**儘管偶有補為吏者**），而在教化百姓。所以班固列文翁入《循吏傳》，且稱譽其「由是大化」。武帝「令天下郡國皆立學校官」，推廣文翁的治民經驗，目的也在於此。而做為與京師太學配套的教育措施，自上而下正式建立起一個系列的學校制度，設經師以教授、研經，則是從平帝時開始的。這兩種教學制度的實施和發展，使儒家經學在很大程度上得到了推廣和普及。

總之，西漢後期經學的地位得到空前提高，傳播也更加廣泛了。這是此一時期儒學發展的第一個明顯趨向。

第二個明顯趨向是，受董仲舒的影響，經學與政治進一步親合。其主要表現有二：一是災異論政十分普遍，幾乎到了議政必言災異的程度；二是把經術做為論政和施政的根據，而非僅僅做為「緣飾」。

《漢書．眭兩夏侯京翼李傳．贊》對這一時期以災異議政的狀況，有一概要述評：

幽贊神明，通合天人之道者，莫著乎《易》、《春秋》。然子贛猶云：「夫子之文章，可得而聞；夫子之言性與天道，不可得而聞已矣。」漢興，推陰陽、言災異者，孝武時有董仲舒、夏侯始昌，昭、宣則眭孟、夏侯勝，元、成則京房、翼奉、劉向、谷永，哀、平則李尋、田終術。此其納說時君著明者也。察其所言，仿佛一端。假經設誼，依託象類，或不免乎「億則屢中」⑦。仲舒下吏，夏侯囚執，眭孟誅戮，李尋流放，此學者之大戒也。

這裏講的，基本是「學者」的災異論政。實際上，天子、朝臣言政，也莫不如是。例如：元帝永光元年（前四十三），「春霜夏寒，日青無光」。元帝乃責備丞相于定國「其憂不細」。定國惶恐，上書請退。元帝復書勸留，其中即有「陰陽不調，災咎之發，不為一端而作」等語，勸慰定國不必把災異之變攬咎於一己⑧。（《漢書．于定國傳》）

宣帝丞相魏相，「明《易經》，有師法」。曾「采《易陰陽》及《明堂月令》奏之」，其中有云：

陰陽未和，災害未息，咎在臣等。臣聞《易》曰：「天地以順動，故日月不過，四時不忒；聖王以順動，故刑罰清而民服。」天地變化，必由陰陽；陰陽之分，以日為紀。日冬夏至，則八風之序立，萬物之性成，各有常職，不得相干。……明王謹於尊天，慎於養人，故立義和之官，以乘四時，節授民事。君動靜以道，奉順陰陽，則日月光明，風雨時節，寒暑調和。三者得敘，則災害不生，五穀熟，絲麻遂，草木茂，鳥獸蕃。民不夭疾，衣食有餘。若是，則君尊民說，上下亡怨，政教不違，禮讓可興。夫風雨不時，則傷農桑；農桑傷，則民饑寒；饑寒在

身，則亡廉恥，寇賊奸宄所由生也。臣愚以為陰陽者，王事之本，群生之命，自古賢聖未有不由者也。（《漢書．魏相傳》）

魏相之言，把陰陽災異同政治之關係的認識，做了極概括的說明。朝臣與外戚的爭鬥中，也往往以災異而論外戚之禍。如蕭望之對霍氏的批評。宣帝地節三年（前六十七）夏，「京師雨雹，望之因是上疏，願賜清閒之宴，口陳災異之意」，他說：「《春秋》昭公三年大雨雹，是時季氏專權，卒逐昭公。……今陛下以聖德居位，思政求賢，堯舜之用心也。然而善祥未臻，陰陽不和，是大臣任政，一姓擅勢之所致也。」（**《漢書．蕭望之傳》**）又，《漢書》之《外戚傳》、《元后傳》中多此類例證。

甚至吏員任用，也聯繫災異狀況而決定。如成帝初年，「數有災異」，丞相司直何武上書舉薦辛慶忌云：「光祿勳慶忌行義修正，柔毅敦厚，謀慮深遠。前在邊郡，數破敵獲虜，外夷莫不聞。乃者大異並見，未有其應，加以兵革久寢。《春秋》，大災未至而豫禦之。慶忌宜在爪牙官，以備不虞。」後遂拜辛慶忌「為右將軍諸吏散騎給事中，歲餘徙為左將軍。」（**《漢書．辛慶忌傳》**）

在災異論政的同時，經學與政治親合的另一種表現，就是把經典做為議政、施政的根據。例如昭帝始元五年（前八十二），發生了一件假冒衛太子案。有一男子妄稱自己是在武帝末的巫蠱事件中得以逃生的衛太子。因為事關重大，「丞相、御史、中二千石至者並莫敢發言」。而京兆尹雋不疑則「叱從吏收縛」此人。有人勸他「是非未可知，且安之」，不疑說：「諸君何患於衛太子！昔蒯聵違命出奔，輒距而不納，《春秋》是之。衛太子得罪先帝，亡不即死，今來自詣，此罪人也。」雋不疑據《春秋》而決事，「天子與大將軍霍光聞而嘉之」，稱：「公卿大臣當用經術明於大誼。」「由是（雋不疑）名聲重於朝廷，在位者皆自以不及也。」（《漢書·雋不疑傳》）

再如平當，「每有災異，當輒傅經術言得失」。同時，他也往往據經義而論事。元帝時，丞相韋玄成曾奏罷太上皇廟。平當上書反對，說：「昔者帝堯南面而治，先『克明俊德，以親九族』（按：《尚書·堯典》語），而化及萬國。《孝經》曰：『天地之性人為貴，人之行莫大於孝，孝莫大於嚴父，嚴父莫大於配天，則周公其人也。』夫孝子善述人之志，周公既成文武之業而制作禮樂，修嚴父配天之事，知文王不欲以子臨父，故推而序之，上極於后稷而以配天。此聖人之德，亡以加於孝也。高皇帝聖德受命，有天下，尊太上皇，猶周文武之追王太王、王季也。此漢之始祖，後嗣所宜尊奉以廣盛德，孝之至也。《書》云：『正稽古建功立事，可以永年，傳於亡窮』。」元帝聽從其言，遂復太上皇廟。（《漢書·平當傳》）

以經典經義為議政、施政的根據和出發點，在武帝時曾有出現。元狩元年（前一二二），淮南王劉安謀反，武帝派董仲舒的弟子呂步舒查辦，呂即在未請示武帝的情況下，以《春秋》之義為謀反者定罪。事後武帝並未怪罪他。（見《漢書·五行志上》）但是，以經義決事的現象，在武帝時期無論如何稱不上普遍；普遍起來，乃是西漢後期的事。

三

然而，經學地位的提高和空前的發展，卻並沒有給經學和「經術士」帶來多少好運。由於君權旁落、政局多變，不僅使經學盛極而衰變，也導致了士人的坎坷與分流。

關於西漢後期經學的最終衰落，論者多指責經學本身學理上的原因，如迷信的神學色彩和煩瑣的解經方式等。誠然有此原因，但不可忽視的一點是：通經致用才是西漢經學的根本特徵所在。經學的興起、發展和衰落，只有從這一線索去尋求其原因，才是抓住了問題的關鍵。西漢後期經學之所以盛極衰變，正是在「致用」上面出了問題。概而言之，由於武帝時期儒學的「緣飾」地位和士人的俳優或類俳優地位，不僅令士人深感壓抑、鬱怨、無奈，也積聚了爆發的能量。到西漢後期，緣於皇權衰落、政局多變的政治環境，借助自上而下昌儒興儒的東風，士人們本著通經致用的理想和參政議政的傳統品格，掀起了一股政治批評的思潮。他們引經據典，評說政治的利弊得失，使經學在致用的道路上達到了最輝煌的成就。但是，正是與此同時，經學和「經術士」也必然地遭到政治的更加強有力的反擊和報復，致使士人或分流或引退，經學也隨之衰微了。下面結合例證予以具體說明。

政治批評的矛頭直指劉姓統治者的，如：

《春秋》學者眭弘，「以明經為議郎」。昭帝元鳳三年（前七十八），泰山「有大石自立」，「昌邑有枯社木臥復生」，「上林苑中大柳樹斷枯臥地，亦自立生」。眭弘以此為契機，「推《春秋》之意」，以為「石柳皆陰類，下民之象；泰山者，岱宗之岳，王者易姓告代之處。……此當有從匹夫為天子者」，因上書勸昭帝禪讓帝位給「賢人」，「以承順天命」。眭弘從根本上徹底否定劉姓統治的結果，是以「妄設妖言惑眾，大逆不道」之罪被殺。（**《漢書．眭弘傳》**）無獨有偶，成帝時，齊人甘忠可作《天官曆》、《包元太平經》十二卷，以言「漢家逢天地之大終，當更受命於天」。亦以「假鬼神罔上惑眾」之罪下獄病死。（**見《漢書．李尋傳》**）

夏侯勝，「少孤，好學，從（**夏侯**）始昌受《尚書》及《洪範五行傳》，說災異」。宣帝初即位，欲頌武帝功德，令群臣議設武帝「廟樂」。獨有夏侯勝表示強烈反對。他說：「武帝雖有攘四夷、廣土斥境之功，然多殺士眾，竭民財力，奢泰亡度，天下虛耗，百姓流離，物故者半。蝗蟲大起，赤地數千里，或人民相食，畜積至今未復。亡德澤於民，不宜為立廟樂。」（《漢書·夏侯勝傳》）宣帝是西漢後期唯一特別景慕武帝政治又有集權力度的帝王，夏侯勝竟敢說武帝「亡德澤於民」，其結果自然少不了要「下獄」，囚禁兩年之久。

政治批評的矛頭指向外戚的，如：

《齊詩》學者翼奉，元帝初即位，「數言事宴見」，以為「治道要務，在知下之邪正」。「今左右亡同姓，獨以舅后之家為親，異姓之臣又疏。二后之党滿朝，非特處位，勢尤奢僭過度，呂、霍、上官足以卜之，甚非愛人之道，又非後嗣之長策也」。（《漢書·翼奉傳》）幸好元帝仁儒，而外戚史、許二氏又不如前朝霍氏及以後的王氏那樣跋扈，翼奉方能免禍。但是，儘管元帝很賞識翼奉之學，也未予重用，只卒官於諫大夫而已。

《尚書》學者李尋，主張純用經術通明之士，而罷黜外戚。在對哀帝問時，他把「川水漂踊，與雨水並為民害」的災異現象，完全歸罪於外戚專政：「其咎在於皇甫卿士之屬⑨。」以為時政狀況是「智者結舌，邪偽並興，外戚專命，君臣隔塞，至絕繼嗣，女宮作亂」。因此，「宜少抑外親，選練左右，舉有德行道術通明之士備天官，然後可以輔聖德，保帝位，承大宗」。但是，長期以來外戚專權的定勢很難改變，「成帝外家王氏未甚抑黜，而帝外家丁、傅新貴，祖母傅太后尤驕恣，欲稱尊號」。丞相孔光、大司空師丹諫爭，「久之，上不得已，遂免光、丹而尊傅太后」。李尋也只落得個「上雖不從尋言，然采其語。每有非常，輒問尋」，唯備問而已。不久，李尋因支持甘忠可「當更受

命」之議，建議哀帝「宜急改元易號」而下獄。還算幸運的是，未被殺頭，「減死一等，徙敦煌郡」。（《漢書．李尋傳》）

政治批評的矛頭指向佞幸的，如：

《易經》學者京房，當元帝中宦石顯專權之時，與元帝討論用人問題，以古論今，以為「任賢必治，任不肖必亂，必然之道也」。並進一步指出，「今陛下即位以來，日月失明，星辰逆行，山崩泉湧，地震石隕，夏霜冬雷，春凋秋榮，隕霜不殺，水旱螟蟲，民人饑疫，盜賊不禁，刑人滿市」，皆緣於今之重用奸佞之故；而今之奸佞，正是「上最所信任，與圖事帷幄之中、進退天下之士者」。矛頭直指石顯。石顯「疾房，欲遠之」，慫恿元帝放京房外任郡守。京房自知外任於己不利，故三上封事陳述忠誠，卻終於被石顯誣陷為「非謗政治，歸惡天子」而棄市。（《漢書．京房傳》）

西漢後期士人與外戚中宦政治鬥爭最輝煌動魄的一幕，是圍繞《尚書》學者鮑宣發生的。鮑宣歷成、哀、平三朝，而主要活動在哀帝時。「宣每居位，常上書諫爭，其言少文多實。」是時，「丁、傅弟子並進，董賢貴幸」。鮑宣上書厲諫：「竊見孝成皇帝時，外親持權，人人牽引所私以充塞朝廷，妨賢人路，濁亂天下，奢泰無度，窮困百姓。是以日蝕且十，彗星四起。危亡之徵，陛下所親見也。今奈何反覆劇於前乎！」他直接表示對外戚中宦的反感和厭惡：「敦外親小童及幸臣董賢等在公門省戶下，陛下欲與此共承天地，安海內，甚難！」鮑宣對國家政權的認識也是當時最先進的：「天下乃皇天之天下也。陛下上為皇天子，下為黎庶父母，為天牧養元元，視之當如一。……奈何獨私養外親與幸臣董賢？」他警告哀帝說：「治天下者當用天下之心為心，不得自專快意而已也。上之皇天見譴，下之黎庶怨恨，次有諫爭之臣，陛下茍欲自薄而厚惡臣，天下猶不聽也。」鮑宣諫爭如此激烈，哀帝深感不快，然「以宣名儒，優容之」。是時災異又生，鮑宣再次上書，直斥董賢之害：「侍中駙馬都尉董賢，本無葭莩之親，但以令色諛言自進，賞賜亡度，竭盡府藏。……海內貢獻，當養一君，今反盡之賢家，豈天意與民意邪！」

鮑宣懷著對漢廷的赤誠忠心，「盡死節」以厲諫，「死亡所恨」，著實感動了哀帝。哀帝也部分採納他的建議，如復用孔光、何武、彭宣，而黜免孫寵、息夫躬即是。但是，他直言利害、不留情面的直諫，不僅損害了帝王的尊嚴，更深深地惹惱了外戚和董賢。不久，因一件禮儀上的小事得罪丞相，以「亡人臣禮，大不敬，不道」的罪名入獄。這時，中國歷史上爆發了首次驚心動魄的學生運動。以博士弟子王咸為領袖，千餘名太學生會聚起來，攔截丞相上朝車馬，「又守闕上書」，義救鮑宣，京師震動。哀帝及達顯們迫於壓力，「遂抵宣罪減死一等，髡鉗」，「徙之上黨」。（以上均見《漢書．鮑宣傳》）命是保住了，但從此朝中又少了一位正言直諫的士臣。

通經致用的結果，士人們或盡忠言不見採納，或遭貶、入獄甚至丟掉性命。這樣的命運，無論是對位極三公的士人，如蕭望之（被迫自殺）、匡衡（罷免）、薛廣德（罷免）、翟方進（被迫自殺）等人來說，還是對中吏以下的士人如蓋寬饒（自殺）、賈捐之（棄市）、楊惲（被殺）、劉向（兩度入獄）等人，以及上面例舉諸人來說，都是難以避免的。從上述可見，導致這種必然結果的一個重要而直接的原因，就是外戚中宦專權、政局動盪不定。在冰冷、慘澹甚至血淋淋的現實面前，在許多教訓之後，西漢後期的士人們開始漸漸分流。一些人轉為曲學阿世，如谷永。谷永習《易》，成帝初年上對策，唯攻內宮女寵及「后宮親屬」，主張「尊賢考功」，任用「溫良上德之士」。但是，成帝「委棄不納」，又且「謙讓委政元舅大將軍王鳳」。谷永遂見風使舵，還在「議者多歸咎」王鳳之時，便「知鳳方見柄用，陰欲自托」。於是再上書，阿附王氏，以為「不可歸咎諸舅」，那些指責王氏的言論「皆瞽說欺天者也」。於是王鳳提拔他當了光祿大夫。谷永即致書言謝：「永斗筲之材，質薄學朽，無一日之雅，左右之介，將軍說其狂言，擢之皂衣之吏，廁之爭臣之末，不聽浸潤之譖，不食膚受之訴，雖齊恒、晉文用士篤密，察父、悊兄覆育子弟，誠無以加！齊客隕首公門以報恩施，知氏、孟嘗猶有死士，何況將軍之門！」（《漢書・谷永傳》）真是無特操、噁心之極！好在這樣的士人並不太多，更多的則或在心理上或在行動上漸漸與政治疏離。

四

西漢後期士人與政治漸漸疏離，表現方式各有不同。或雖仍在朝中卻失去了參政議政的興趣，有的轉向了專心研經；或抽身隱退，遠離政治漩渦，而在某種程度上呈現著道家思想的回歸。前者如：

夏侯勝，宣帝本始二年（前七十二）五月，因激烈批評武帝而下獄，到本始四年（前七十）夏遇大赦出獄，囚禁達兩年餘。在獄期間，夏侯勝沒條件再議論政事了，於是為同時、同事下獄的黃霸[10]講授《尚書》，「系再更冬，講論不怠」。出獄後，任諫大夫給事中，「朝廷每有大議，上知勝素直，謂曰：先生通正言，無懲前事」，不許他講話。夏侯勝也便專心研經，「撰《尚書》、《論語》說」，直至辭世。（《漢書・夏侯勝傳》）

不願為官而傾心研經的士人，還有如龔舍。「舍通《五經》，以《魯詩》教授。」哀帝時，「征為諫大夫，病免。復征為博士，又病去。頃之，哀帝遣使者即楚，拜舍為太山太守。……既至數月，上書乞骸骨。上征舍，至京兆東湖界，固稱病篤。天子使使者收印綬，拜舍為光祿大夫。數賜告，舍

終不肯起，乃遺歸。」此後以研經、教授而終。（《漢書．龔舍傳》）

西漢後期，還有另一些士人，鑒於政局險惡而及時引退避禍。例如：

齊《論語》學者、博士諫大夫王吉，於昭、宣之際，屢次上書言事，倡言禮治、任賢、去奢泰以及重農抑商等，宣帝「以其言迂闊，不甚寵異」。於是，王吉即謝病返鄉。（《漢書．王吉傳》）

《春秋》學者疏廣，宣帝時曾為博士太中大夫、太傅等職，甚「見器重，數受賞賜」。其侄兒疏受同時為太子少傅，「父子並為師傅，朝廷以為榮」。但是，正值仕途榮盛之時，疏廣卻對疏受說：「吾聞『知足不辱，知止不殆』，『功遂身退，天之道』也。今仕官至二千石，宦成名立，如此不去，懼有後悔。豈如父子相隨出關，歸老故鄉，以壽命終，不亦善乎！」即日「父子俱移病」，告退。（《漢書．疏廣傳》）

從某種意義上說，這些儒家學者的進取與引退，實體現了儒、道思想的消長交織。武帝時期，儘管有楊王孫那樣以「裸葬返真」的驚人之舉「以矯世」，從而實現對武帝多欲奢侈之批判的黃老學者[11]，也有如汲黯那樣身在朝中而無情批評時政的黃老學者[12]，但是，這樣的人物在當時既不成主流，而且，無論是楊王孫頗具轟動效應的「裸葬」，還是汲黯的厲言直諫，在根本精神上其實更多儒家意義，欲有所為，而與道家乖離。但是到了西漢後期，情況就不大一樣。隱退者雖是儒生，但他們以其實際行為，表現出了與政治疏離的傾向。正是在這一關鍵點上，他們體現著道家的精神實質。比如疏廣，雖一介儒者，但知激流勇退。返鄉後，「日令家共具設酒食，請族人故舊賓客，與相娛樂。數問其家金餘尚有幾所，趣賣以共具」。有人勸他留些家財，多購田宅留給子孫。疏廣曰：「吾豈老誖不念子孫哉？顧自有舊田廬，令子孫勤力其中，足以共衣食，與凡人齊。今復增益之以為贏餘，但教子孫怠墮耳。賢而多財，則損其志；愚而多財，則益其過。且夫富者，眾人之怨也；吾既亡以教化子孫，不欲益其過而生怨。」（《漢書．疏廣傳》）這種知足常樂、富貴生危的思想，也足具道家精神。

司馬遷的外孫楊惲，「頗為《春秋》」。宣帝地節四年（前六十六），因率先揭發霍禹謀反而封侯，拜中郎將。楊惲為官時，清廉嚴謹，不容情面，由此而開罪太僕戴長樂。長樂見機上書誣告，楊惲遂以「稱引妖惡言」、「妄怨望」之罪免為庶人。楊惲失爵去職，「家居治產業，起室宅，以財自娛」，不以失官丟爵為念。他對官場厭倦了。在《報孫會宗書》中說：「（惲）懷祿貪勢，不能自退，遭遇變故，橫被口語，身幽北闕，妻子滿獄。」他對此頗為悔恨。而「君子游道，樂以忘憂；小人全軀，說以忘罪。……是以身率妻子，戮力耕桑，灌園治產」，欲「長為農夫以沒世」。他對這種農田生活很是愜意：

田家作苦，歲時伏臘，亨羊炰羔，斗酒自勞。家本秦也，能為秦聲。婦，趙女也，雅善鼓瑟。奴婢歌者數人，酒後耳熱，仰天拊缶，而呼嗚嗚。其詩曰：「田彼南山，蕪穢不治。種一頃豆，落而為萁。人生行樂耳，須富貴何時！」是日也，拂衣而喜，奮袖低卬，頓足起舞。（《漢書．楊惲傳》）

不容否認，楊惲的熱戀田園，不乏苦中作樂、憤世疾俗之情，然而他對官場的厭惡、對「全軀」的潛念、對田園的滿足感，確是真實的。在某種意義上可以說，楊惲的追求和情感傾向，正是西漢後期士人疏離政治、回歸自我之道家傾向的一個典型代表。

或專經，或退居，在思想形態上體現為儒、道並行的總體風貌。這種狀況，到王莽執政時期就更明顯了。王莽攝政以後，大多儒生都採取了不合作的態度。或以為儒生不以王莽為正統故不仕，固然有此原因；但是恐怕還有更直接更現實的政治原因：「平帝即位，王莽秉政，陰有篡國之心，乃風州郡以罪法案誅諸豪桀，及漢忠直臣不附己者。」（**《漢書．王貢兩龔鮑傳》**）曾經被千餘名太學生救出的鮑宣，以及《易經》學者何武等，均被殺害，「郡國豪桀坐死者數百人」。（**參見《漢書．何武傳》**）另外一事對士人的震恐也很大。平帝初，王莽之子王宇，鑑於乃父過於專橫，「恐帝長大後見怨」，便與《尚書》學者吳章密謀，「夜以血塗莽門，若鬼神之戒，冀以懼莽。章因對其咎」。事情洩露後，王莽不僅殺了親子，誅滅外戚衛氏，而且連坐殺戮「百餘人」。吳章自難免於一死，其千餘名弟子，「莽以為惡人党，皆當禁錮，不得仕宦」。（**《漢書．雲敞傳》**）

一方面，王莽廣建學校，在郡國、縣、道、邑、侯國、鄉、聚各級地方設置學、校、庠、序，以廣施教化，並且遍招學者，「徵天下通知逸經、古記、天文、曆算、鐘律、小學、《史篇》、方術、《本草》及以《五經》、《論語》、《孝經》、《爾雅》教授者」（**《平帝紀》**），另方面卻大開殺戒，被殺者中不乏儒生士人，令士人心有餘悸。因此，西漢末期的士人在經歷了近一個世紀的動盪浮沉之後，尤其是在王莽血淋淋的屠刀面前，多推故不仕，不與王莽合作，也就是一種必然的選擇。王莽時期的名士，「郇越、相，同族昆弟也，並舉州郡孝廉茂材，數病，去官」；郭欽、蔣詡哀帝時皆為官，「王莽居攝，欽、詡皆以病免官，歸鄉里，臥不出戶，卒於家」；「齊栗融客卿、北海禽慶子夏、蘇章遊卿、山陽曹竟子期皆儒生，去官不仕於莽。」（**以上均見《漢書．王貢兩龔鮑傳》**）在這一股不合作的潮流中，有三個人各具代表性，特色突出。

一個是龔勝，「好學明經」，曾三舉孝廉，「再為尉，壹為丞，勝輒至官乃去」。王莽居攝時，龔勝更加採取不合作態度。莽初臨政，即派員慰問龔勝，「將帥親奉羊酒存問」。接著又兩次請他做官，先是拜為講學祭酒，後來又拜為太子師友祭酒，「秩比上卿」，龔勝均推病，堅辭不受。以為「吾受漢家厚恩，亡以報，今年老矣，旦暮入地，誼豈以一身事二姓，下見故主哉？」遂不復開口，自絕飲食十四日而死。（**《漢書．龔勝傳》**）這是一個直言維護漢家正統而不合作的典型。

一個是薛方，「以明經飭行顯名於世」。曾一度為郡掾祭酒，但不應朝廷徵召。王莽「以安車迎方」，薛方辭謝道：「堯、舜在上，下有巢、由。今明主方隆唐虞之德，小臣欲守箕山之節也。」（**見《漢書．王貢兩龔鮑傳》**）薛氏引用《莊子．逍遙遊》的故事，表明「予無所用天下為」的志趣。這是一個頗具道家精神而不合作的典型。

一個是揚雄。歷成、哀、平、新莽四朝，仕宦始終不達。然而他「清靜亡為，少耆欲，不汲汲於富貴，不戚戚於貧賤，不修廉隅以徼名當世」。哀帝時，丁、傅、董賢把持國政，「諸附離之者或起家至二千石」，而揚雄自著《太玄》，「有以自守，泊如也」。至平帝時，「三世不徙官」。「及莽篡位，談說之士用符命稱功德，獲封爵者甚眾，雄復不侯，以耆老久次轉為大夫。恬於勢利乃如是！實好古而樂道，其意欲求文章成名於後世。」（**《漢書．揚雄傳》**）這是一個大隱朝中、潛心研經著述而不合作的典型⑬。

綜合本節所論，西漢後期的士人，與武帝時期士人的「俳優心態」相比，苦悶相同，但是更多不同的內容。一方面是經學地位極大提高，儒生不僅不再被「俳優畜之」，甚至可任朝中要職，另方面是政局動盪險惡而帶來的恐懼甚至屠殺。這時期的士人就是在如此無奈和恐懼的心態下生存的。此其一。武帝時期，因為俳優、緣飾的地位，士人們多無厲言直諫（**如汲黯那樣的士人極少**），但也很少有丟了性命的。西漢後期則不同，士人們因於昌儒興儒的政治迷惑，把武帝時期政治高壓下憋了一肚皮的話宣洩了出來，結果遭到政治的強力反擊，或貶或退，或囚或殺。詭譎變幻的時局，帶給他們更大的威脅。此其二。第三，正是由於上述兩個不同，使得西漢後期士人在生存方式的選擇上，表現出與武帝時期士人的不同：武帝時的士人很少有隱退者，而這一時期的士人隱退幾乎成了一股潮流。當然，這股潮流是隨著士人們對險惡政局之實質的認識程度而漸漸形成的，到西漢末，表現最為明顯。士人們的隱退，表現為或專經，或看重生命的價值，其中實有道家思想回歸的趨勢。在這一意義上，揚雄實可做為西漢後期士人的一個縮影。梅福⑭上書成帝時的一段話，或許最可說明此時士人的真實心態：

> 今陛下既不納天下之言，又加戮焉。夫鳶鵲遭害，則仁鳥增逝；愚者蒙戮，則知士深退。……自陽朔（成帝年號）以來，天下以言為諱，朝廷尤甚。群臣皆承順上指，莫有執正。……折直士之節，結諫臣之舌，群臣皆知其非，然不敢爭。天下以言為戒，最國家之大患也。（《漢書．梅福傳》）

儒士向以治國平天下為己任，但當他們發現笑臉背後是屠刀，他們就不得不遠逝深退。對於士人來說，此種境遇，不唯是委屈怨憤的，更加是恐懼的。如果說武帝時期的俳優地位是辱及士人的人格，那麼西漢後期的「笑裏藏刀」更威脅到士人的生命。這一時期道家思想的回歸，與此關係甚大。

第二節　摹仿及其衰落

本節只討論西漢後期大賦的創作，具體說就是討論揚雄的《蜀都》、《甘泉》、《河東》、《羽獵》、《長楊》五賦。所以把大賦截取出來作專門討論，是因為：

第一，這一時期的大賦創作，實際上是武帝時期創作的延續，揚雄繼司馬相如之後，再一次使大賦創作走向輝煌。但是，若從西漢後期的整個創作情況來看，大賦的創作是一個很獨特的現象，它絕不同於這時期大量出現的重視抒情、回歸自我而質樸無華的其他辭賦作品。正是在這個意義上，本書認為揚雄的大賦是武帝時期創作的摹仿和延續。儘管揚雄的大賦體現著某些新的發展，但根本上的摹仿性質，使它缺乏生機，極盛而衰。

第二，《漢書．藝文志》著錄「揚雄賦十二篇」。如果把《解嘲》、《解難》兩篇算進去，則今尚存有十一篇，即：《蜀都賦》、《甘泉賦》、《河東賦》、《羽獵賦》、《長楊賦》、《解嘲》、《解難》、《酒賦》、《太玄賦》、《逐貧賦》和《覈靈賦》**（此篇僅存殘句）**⑮。其中僅五篇為大賦，餘皆為表現真實情志的詠物或言理作品。眾所周知，揚雄晚年對大賦**（包括他自己的大賦作品）**持否定態度，而且從揚雄一生的志趣、行止、著述來看，寫作大賦，僅是他初至京師時逞才顯能的「偶一為之」。所以，僅就揚雄本身來說，創作大賦也是很獨特的現象。

第三，有學者認為，西漢後期的文學創作完全是摹擬性的，認為「復古是這一時期文學創造性消退的現象之一」，並且引用了前人的評說為佐證⑯，來論證西漢後期的「貌取舊制，因襲盛漢，實為一時風勢」⑰。且不說其所引顧氏語為批評明人而非前漢人，也不說其引洪氏語所提出並予批評的摹擬作品皆後漢之作（**引語中被有意省略的部分，是洪氏所例舉的傅毅、張衡、崔駰、馬融、曹植、王粲、張協七人的作品**），僅就洪氏明確指出的揚雄模擬東方朔一條看，不也是「尚有馳騁自得之妙」嗎？而且，揚雄的《解嘲》是否模擬了東方朔《答客難》，也還可以商榷。不能認為類似心境下寫出同樣體裁文章的後人，便一概是模仿前人的；若可如此推論，整個文學史豈不成了一部「創作摹仿史」？人事反復，情志有類，而遣詞成文，創意發端，允有獨出機杼而迥然相異者。從整體傾向觀之，西漢後期士人心態與武帝時期很不相同，其實際的創作情形，若僅限於大賦的範圍，可以認同其摹仿的基本性質，但尚有發展，非是與司馬相如一模同出（**詳下**）；若擴展到整個創作實際，則所謂摹仿之批評，本書便不敢苟同了。

所以，本書把西漢後期的大賦單列一節，作專門討論。

據《漢書．揚雄傳上》，「孝成帝時，客有薦雄文似相如者。……召雄待詔承明之庭。正月，從上甘泉，還，奏《甘泉賦》以風」。同年「三月，將祭后土」，上《河東賦》；同年「十二月羽獵」，上《羽獵賦》；翌年「秋」，上《長楊賦》。由此可知，揚雄這四篇大賦，是作於他初游京師的約兩年時間之內。

那麼，揚雄究竟是哪一年初入京師的呢？《漢書．揚雄傳下》云：「初，雄年四十餘，自蜀來游京師，大司馬車騎將軍王音奇其文雅，召以為門下史，薦雄待詔。」這段材料，有兩個關鍵點：一是揚雄「四十餘」來游京師。據《漢書．揚雄傳下》，揚雄「年七十一，天鳳五年（**公元十八年**）卒」，則揚雄生於漢宣帝甘露元年（前五十三）。所以，「四十餘」來游京師，最早也應該是漢成帝永始四年（前十三），因為這一年揚雄四十一歲。二是「大司馬車騎將軍王音」舉薦揚雄待詔。據《漢書．百官公卿表》和《成帝紀》，王音自成帝陽朔三年（前二十二）秋始為大司馬車騎將軍，直至永始二年（前十五）春正月卒。如此，則揚雄之初入京師，最晚也應在永始元年（前十六）的秋冬。可見，《揚雄傳》這段敘述，本身即齟齬不清。因此，學者或疑其「四十餘」當為「三十餘」之誤，或疑其「王音」當為「王商」之誤⑱。而究竟是哪個地方錯訛了呢？還應參之以下面這條史料：

> 孝成帝時，客有薦雄文似相如者。上方郊祀甘泉泰畤、汾陰后土，以求繼嗣。召雄待詔承明之庭。正月，從上甘泉，還，奏《甘泉賦》以風。……（《漢書．揚雄傳上》）

據《漢書．成帝紀》，成帝於初即位的建始元年（前三十二）十二月，即罷除甘泉、汾陰祠，改建長安南北郊。直至永始三年（前十四）十月，才恢復甘泉泰畤、汾陰后土之祠。這裏說，揚雄初入京師時，成帝「方郊祀甘泉泰畤、汾陰后土，以求繼嗣」，這就等於是說，揚雄初入京師最早也應在永始三年十月。而王音卒於永始二年春正月。因此，認為「王音」乃「王商」之誤的看法，是正確的。據《漢書．百官公卿表》，永始二年「正月乙巳，大司馬音薨。二月丁酉，特進成都侯王商為大司馬衛將軍」，永始四年「十一月庚申，大司馬商賜金，安車駟馬免」。而僅僅一個月後，到元延元年「正月壬戌，成都侯商復為大司馬衛將軍。十二月乙未，遷為大司馬大將軍。辛亥薨」。可見，當揚雄初入京師，成帝「方郊祀甘泉泰畤、汾陰后土，以求繼嗣」之時，擔任大司馬之職的是王商。是王商舉薦了揚雄，而不可能是王音。這樣，根據上述，揚雄之初入京師，最早也應該在永始四年。

揚雄究竟是哪一年初入京師，還應該完整地考量下面這條史料：

> 孝成帝時，客有薦雄文似相如者。上方郊祀甘泉泰畤、汾陰后土，以求繼嗣。召雄待詔承明之庭。正月，從上甘泉，還，奏《甘泉賦》以風。……其三月，將祭后土，上乃帥群臣橫大河，湊汾陰。……雄以為臨川羨魚不如歸而結罔，還，上《河東賦》以勸。……其十二月羽獵，雄從。……故聊因《校獵賦》以風。（《漢書・揚雄傳上》）

由此可見，揚雄之《甘泉賦》、《河東賦》、《羽獵賦》（《校獵賦》），乃是陸續作於同一年的正月、三月和十二月，其事由分別是跟隨成帝郊祭甘泉汾陰、祭后土和羽獵。覈諸《漢書・成帝紀》：「（元延）二年春正月，行幸甘泉，郊泰畤。三月，行幸河東，祠后土。……冬，行幸長楊宮，從胡客大校獵。」明顯可見，兩處記載一一相應，若合符契，足可證明：揚雄此三賦乃是作於成帝元延二年。如此，則揚雄初入京師的年份，必然是元延元年（前十二），這一年揚雄四十二歲。這樣，上述所有史料便全部都順理成章了。

要之，《甘泉賦》、《河東賦》、《羽獵賦》，是作於元延二年；《長楊賦》，作於元延三年秋。至於《蜀都賦》，則當是揚雄蟄居蜀地時為逞才揚名而作。

揚雄為什麼短時期內寫出那麼多後來連自己都否定了的大賦作品？首先，「雄少而好學，不為章句，訓詁通而已。博覽無所不見，為人簡易佚蕩」。不拘泥於章句經學，博覽群書的知識儲備，以及其發散疏達的性格，是他創作大賦的素質條件；其次，「先是時，蜀有司馬相如，作賦甚弘麗溫雅。雄心壯之，每作賦，常擬之以為式」。百年之前的蜀人司馬相如，因作大賦而揚名，兩次榮歸故里，為朝廷辦事。揚雄乃蜀人，必將以此為榮而效法之；再次，揚雄初入京師，尚不知朝廷政治的譎詭險惡，以其才美疏曠，開始時當亦有以才干主、獲爵得位的理想。因此，在他初入京師的兩年內，寫下這麼多大賦，實有其必然性。考諸其大賦的創作意圖：反對「奢泰」並「微戒齋肅之事」而「奏《甘泉賦》以風」；「以為臨川羨魚不如歸而結網」而「上《河東賦》以勸」；以為宮館苑囿太過奢麗，而帝王不應「奪百姓膏腴谷土桑柘之地」，「故聊因《校獵賦》以諷」；鑒於「農民不得收斂」，成帝卻大肆圍獵以「誇胡人」，故作《長楊賦》，「藉翰林以為主人，子墨為客卿以風」。（**以上均見《漢書．揚雄傳》**）可見，揚雄開始確乎是政治熱情很高，想要參政議政的。因此，當可作如是推論：就其處世態度的情況看，他的大賦乃是寫於初仕期間對政治尚有較大興趣的階段；就其選擇大賦來表現自己的才學和政治熱情的實際來看，乃是源於他自身的學養和性格，更主要的，是受到同鄉司馬相如的巨大影響。當他經歷了多年（**自成帝元延元年至成末哀初，即前十二～前六年**）的仕宦沉浮，認識到官場的譎詭險惡之後，從成末哀初起，其興趣就轉向研經、著經之上了。大約也正是從那時起，他開始悔恨以前的大賦寫作。所以，寫作大賦，在揚雄的一生中，實在是很獨特的一件事。

揚雄的五篇大賦，其無真情實感，其鋪排誇麗，其體式組構，確如許多學者所指出的，基本是對司馬相如大賦的摹仿。這一點無需再論。但是，揚雄的作品對司馬相如的大賦還有所發展，或光大之或變化之。主要表現在以下三個方面：

第一，拓展了大賦的題材領域。司馬相如的《天子游獵賦》，誇飾苑囿，模山範水，描繪宮殿，排比物產，烘染田獵，這些題材為揚雄的《羽獵賦》、《長楊賦》所繼承。但是揚雄又開拓了新的摹寫領域，一是寫祭祀，如《甘泉》、《河東》二賦；二是把筆觸從京師移到了外郡，從苑囿、田獵發展到描摹都市、郡邑的繁華，如《蜀都賦》。後一題材領域的開拓，影響後人尤巨，使中國賦史增添了一個「都」系列，最富盛名者如班固《兩都賦》、張衡《二京賦》、左思《三都賦》等。

第二，進一步加強了大賦「勸百諷一」的特色。相比較而言，司馬相如的大賦，還有一些比較明顯的語句表述其諷諫意圖。如《子虛賦》結尾，借烏有先生之口說：「問楚地之有無者，願聞大國之風烈，先生（一作王）之餘論也。今足下不稱楚王之德厚，而盛推雲夢以為驕，奢言淫樂，而顯侈靡，竊為足下不取也。必若所言，固非楚國之美也。有而言之，是章君之惡也；無而言之，是害足下之信也。」在這裏，司馬相如儘管預設了「楚王之德厚」的前提，以示婉諷而非直諫，儘管其全篇行文的誇飾淫麗最終埋沒了這點諷諫之語，但畢竟尚有意義明確的諷諫語句。到了揚雄，這一點「明確」也消失了。固然，根據班固的評介，揚雄的大賦也是具有諷諫意圖的，但在具體作品中卻很難體會、分辨。《蜀都賦》通篇鋪誇其山水之雄偉、物產之豐饒，全無諷諫之意。這是揚雄入仕前的創作，蜀人誇蜀，無可厚非。但其餘四賦，號為諷諫，實則全然難以體會。《甘泉賦》全篇「神」氣蕩漾，仙風繚繞，令人無法體會班固所介紹的「以微戒齋肅之事」的意圖；恰恰相反，只感到有美無諷、有勸無諫。《河東賦》更其如此，它在歌頌了五帝三皇的美德後，繼而頌美「函夏之大漢」，認為五帝三皇時代「彼曾何足與此功」！文中亦有漢世宜踵武五帝三皇之「高蹤」的意思，但在大漢盛世無與倫比的煊染中，無論如何也體會不到班固所謂「臨川羨魚不如歸而結網」的諷諫。《羽獵賦》以大部篇幅摹繪田獵場面，進而讚歎漢世優於「唐虞、大夏、成周」的「崇哉乎德」，而曲終奏雅，以「上猶謙讓而未俞」一句，轉帶出君王的仁政廣施來。應當說，只在此一篇大賦中，還可以隱約體會到揚雄的諷諫之意，但它以作者所希望的帝王的樣子來敘寫當今帝王的仁政，以期指示當今帝王的應循之路。這樣做的效果，只能導致帝王對自己的行為感到十分滿足，而達不到諷諫目的。《長楊賦》也是如此。它借翰林主人之口宣講高祖滅暴秦、文帝施仁政、武帝建事功的偉業，而「今朝廷純仁，遵道顯義」；今上之校獵，乃是「平不肆險，安不忘危」的練兵備戰。並且，成帝仍「恐後世迷於一時之事，常以此取國家之大務，淫荒田獵」，所以又在仁政愛民上採取了許多措施。這番敘寫，仍是作者所希望於帝王的思想行為。但效果卻成為讚揚頌美，根本不能體會其鑒於「農民不得收斂」而諷諫的意義。

因此，揚雄的大賦，在欲諫反勸的道路上，比司馬相如走得更遠。

第三，除上述兩個方面是對司馬相如的發揚光大之外，揚雄的大賦在寫作上還有所變化。首先，是描摹對象集中，篇幅也就相對縮短了。司馬相如的《天子游獵賦》，苑囿、湖泊、山水、宮闕、物產、宴飲等無所不寫，不只描摹田獵一端。雖琳琅滿目，但嚴格說來不甚切題。揚雄則不同，《蜀都賦》專寫蜀都山水雄偉、物產豐饒，《甘泉》、《河東》二賦專寫天子祭祀，《羽獵》、《長楊》二賦專寫天子田獵，題材比較集中。這也許是他作品相對短小的重要原因。揚雄曾說：「辭人之賦麗以淫，詩人之賦麗以則」，其中恐也包含有這一層意思。揚雄的大賦在構思、取材上，確是比較規範的。其次，是表現手法較之司馬相如有含蓄委婉之處，這主要是指他「以美為諷」的思想表達方式。他並不直接指責成帝的錯誤，也不直述自己的真正思想，而往往通過有意曲解帝王的行為（如《長楊賦》把遊玩田獵說成是備戰練兵），或者把帝王描摹成他理想的模樣（如《羽獵賦》），以此來婉轉地表達他的思想⑲。自然，這一手法正是造成諷諫意義更趨減弱的原因之一，但僅從藝術表現來看，卻未嘗不是大賦寫作的一種良好發展傾向。

據上所述，揚雄在司馬相如的基礎上，或發揚光大，或發展變化，使大賦的創作達到又一高峰。

但是，揚雄的努力，並沒有使大賦創作在西漢後期繁榮起來。從數量上看，除揚子的五篇作品外，不聞尚有其他作品。更多的則是詠物、言理、抒情類小賦或辭作；從品質上看，儘管揚子在上述三個方面有所創獲，但並未根本上改變枚、馬的大賦模式，乏情依舊，鋪排依舊，體式依舊。換言之，摹仿成為其大賦創作的主要特色。不能把切身的真情實感融入創作而獨出機杼，必然缺乏創造性。一味摹仿，只能使大賦創作缺乏生機而走向衰落。這是西漢後期大賦衰敗的第一個主要原因。第二個原因是，大賦的傳統模式與西漢後期的士人心態不相吻合。如果說，武帝時期的士人，在俳優心態下尚可以寫作大賦以聊作逞才、遊藝的話，那麼，處於高名顯位而又空前危險、熱心治平而終究收斂退隱的西漢後期士人，無論從哪方面背景來看，他們都不大可能有心情去創作鋪張揚厲的大賦。昌明經術，使他們馳騖於習經；通經致用，使他們關心政教合一；政局多變，使他們戰戰兢兢；囚禁殺戮，更令他們多思退隱。可以說，西漢後期的士人終其一生，無時無刻不在為通經致用、仕宦保命而「認真」地生存和思考。他們根本沒有閒暇時間，也沒有或激昂或幽恨的心情去雕琢、錘煉長篇巨制的大賦。在君權旁落、權臣交替專政的政治環境中，在昌明儒術、重用儒生與囚儒殺士之間，他們必須考慮如何生存的問題。當然，他們有鬱悶不舒的心情要抒發，有生活的思考要宣講，於是出現了許多短小快捷、不暇雕飾的小賦或辭作。他們沒有也當然不會選擇鋪排誇麗的大賦。於是，大賦衰落了。它的再次興起，只有到漢世「中興」的東漢初年，在那樣的政治文化環境下才會出現。

揚雄晚年堅定地批評大賦，或許正是表達對自己「不合時宜」地寫出了一些大賦而悔恨，或許也同時表達著自己作為一代宏儒竟然模仿他人作為的悔恨；當然，更是他以一個大師級學者的眼光，全面審視大賦之意願和效果之反差的結果。無論如何，揚雄在大賦寫作的問題上，自己否定了自己，這也折射出西漢後期大賦的衰落。

第三節　回歸自我、重視抒情、不求華贍的創作傾向

西漢後期士人榮極慘極的尷尬處境，政局動盪中難以把握命運的深切痛苦，使他們苦悶、恐懼、怨憤，也使他們冷靜而成熟。他們開始重新思考「士」的問題，也把他們的思想情感寫進了小賦或辭作之中。這一道創作風景，正是伴隨著他們對政局混亂的不斷體認以及他們疏離政治的心態而出現的。

一

王褒是西漢後期首先出現在文壇上的作家⑳。據《漢書．王褒傳》，「神爵、五鳳之間，天下殷富，數有嘉應。上頗作歌詩（**按：今均不傳**），欲興協律之事」。益州刺史王襄「聞王褒有俊材」，遂召請相見，「使褒作《中和》、《樂職》、《宣布詩》（**按：今亦失傳**）」。王褒又為這三首詩做傳，後名之以《四子講德論》，被蕭統收入《文選》（**見卷五十一**）。《四子講德論》完全是對宣帝「美政洪恩」及其遍得「天符人瑞」的讚頌。開首即引孔子的話：「蓋聞國有道，貧且賤焉，恥也。」這都說明王褒開始是懷有進取入仕的政治熱情的。經王襄舉薦，王褒應召入朝。在對宣帝詔問（**嚴可均《全漢文》定名為《聖主得賢臣頌》**）中，王褒真誠地闡述了他對賢士之作用以及君、士遇合的看法：

> 夫賢者，國家之器用也。所任賢，則趨舍省而功施普；器用利，用力少而就效眾。……由是觀之，君人者勤於求賢而逸於得人。
>
> 世必有聖知之君，而後有賢明之臣。……故世平主賢，俊艾將自至。
>
> 故聖主必待賢臣而弘功業，俊士亦俟明主以顯其德。上下俱欲，歡然交欣，千載壹合，論說無疑，翼乎如鴻毛過順風，沛乎如巨魚縱大壑。其得意若此，則胡禁不止、曷令不行？化溢四表，橫被無窮，遐夷貢獻，萬祥畢溱。（《漢書．王褒傳》）

認為得賢士對於治理國家至關重要，而君士遇合須以相互需要、相互信任為基本前提。如此深刻明晰地討論士的作用以及君士遇合問題，在西漢士人中是不多見的[21]。但是，宣帝對王褒深刻洞明的議論卻頗不在意，而僅以文學侍臣待之。「數從褒等放獵，所幸宮館，輒為歌頌，第其高下，以差賜帛」；當太子病時，「詔使褒等皆之太子宮虞侍太子，朝夕誦讀奇文及所自造作」。有諫者認為宣帝會聚這些人歌頌造作乃是「淫靡不急」之事，宣帝則說：

> 辭賦，大者與古詩同義，小者辯麗可喜。辟如女工有綺縠，音樂有鄭衛，今世俗猶皆以此虞說耳目。辭賦比之，尚有仁義風諭，鳥獸草木多聞之觀，賢於倡優博弈遠矣。（《漢書．王褒傳》）

這些話，看起來是替王褒等人辯護，實則擬之為「倡優博奕」。其態度與武帝之於司馬相如、東方朔、枚皋等，何其相似乃爾！這樣的待遇，何談君士之相互需要、相互信任？王褒的內心一定是非常痛苦的。

從神爵、五鳳年間（約公元前五十七年前後）應召入仕，到他奉使益州死於途中，約八年左右時間㉒。此期間，王褒曾為諫大夫，但實際上一直只是一個文學侍臣。所以，王褒把內心的苦悶便發抒到創作上了。

《漢書．藝文志》錄有「王褒賦十六篇」，而見於本傳可知其名目者，只有「《甘泉》、《洞簫頌》」二篇，今亦僅存此二篇（**其中《甘泉賦》為殘篇**）。另外，《楚辭》中還收有其辭作《九懷》。王逸評《九懷》曰：「褒讀屈原之文，嘉其溫雅，藻采敷衍，執握金玉，委之汙瀆，遭世溷濁，莫之能識。追而愍之，故作《九懷》，以裨其詞。」概與東方朔《七諫》、嚴忌《哀時命》等同一性質，是借屈原之酒杯，澆自己之塊壘者，不擬詳說。在此，只想討論一下《洞簫賦》。

前人說《洞簫》，多僅注意其美文的價值。但是，如果聯繫王褒的志向和遭際共同斟酌，則此賦實有以簫自況性質：「原夫簫幹之所生兮，於江南之丘墟。……徒觀其旁山側兮，則嶇嶔巋崎，倚巇迤㠧，誠可悲乎其不安也。彌望儻莽，聯延曠盪，又足樂乎其敞閑也。」作為簫之原料的竹，生長於江南的崇山峻嶺之中，不安於偏遠閉塞的環境，又為所生之地的雄闊莽蕩而自喜，這不正是作為蜀人的作者未出仕時的環境和心緒嗎？「託身軀於后土兮，經萬載而不遷。吸至精之滋熙兮，稟蒼色之潤堅。」竹子滋潤於天地之精華而品質美堅，恰是作者對自身美質的象喻。「孤雌寡鶴，娛優乎其下兮。……秋蜩不食，抱樸而長吟兮」，正是作者懷才不遇心情的表白。「幸得謚為洞簫兮，蒙聖主之渥恩」，作者終於道出了喻意所指，「聖主渥恩」自是說他得到了宣帝的召納。「於是乃使夫性昧之宕冥，生不睹天地之體勢，闇於白黑之貌形。憤伊鬱而酷䊐，愍眸子之喪精。寡所舒其思慮兮，專發憤乎音聲。」竹子得「聖主」所用，本望能「因天性之自然」而發揮其才智。沒想到經過一番加工，卻變成了自己不願變成的樣子。「眸子喪精」，已不能「睹天地之體勢」；「寡所舒其思慮」，而只配「專發憤乎音聲」了。這豈不是王褒入仕後，政論治言（如其《聖主得賢臣頌》）不被重視，而只作為文學侍臣「輒為歌頌」之處境和心境的絕好寫照嗎？賦作的後半部分，寫音樂的教化作用及音樂準則，純為儒家言，是王褒政教理想的表達。這大約是作者在憤鬱之餘，仍不免要再次申述自己的思想，以明其心跡所注。因此，僅僅把《洞簫賦》視為一篇美文，甚至判定為「娛樂宮廷之作」[23]，是不確切的。

《洞簫賦》在寫作上的貢獻頗可重視。首先，作為詠物小賦，較之以前的作品，有了質的飛躍。如枚乘、孔臧都寫過《柳賦》，在那裏，只見對柳之婀娜多姿的描摹，而不見作者的情感。《洞簫賦》則不同，作者以簫自況，把自己的遭際和情感完全融入簫的描述之中。這是小賦創作倍可讚賞的嶄新發展。其次，全文只描寫樂器和音樂，從樂器的製作，到樂聲的摹畫，到樂用的闡述，完整而集中。枚乘《七發》曾有對音樂的描繪，但只是全篇的一個小部分，王褒則開創了全文寫音樂的先河。有了這兩大重要突破，自然不應說《洞簫賦》僅僅有「小小的貢獻」[24]。在某種意義上，它正是西漢後期創作風氣轉變的發端和標誌。它以其嶄新的姿態和極大成功，引導著西漢後期的小賦創作回歸自我，走向抒情，漸漸擺脫了大賦的影響和規約[25]。當然，西漢後期文風的轉變，不能僅僅歸功於一篇《洞簫賦》，更重要的原因是政局的詭譎多變和士人收斂退隱的心態所致。然僅就文學創作範圍內說，《洞簫賦》確是風氣轉變的當然樣本和標誌。

揚雄和劉歆，是晚於王褒的辭賦作家。他們同歷成、哀、平、莽四朝，同是學者而作辭賦，與純是作家的王褒有所不同。

揚雄的非大賦作品，滿富真情實感，比他的大賦更值得重視。依今存者，可分為詠物和說理論辯兩類。前者如《酒賦》，載於《漢書．遊俠傳》。賦前有小序云：「黃門郎揚雄作《酒箴》，以諷諫成帝，其文為酒客難法度士，譬之於物。」賦曰：

> 子猶瓶矣。觀瓶之居，居井之眉，處高臨深，動常近危。酒醪不入口，臧水滿懷，不得左右，牽於纆徽。一旦叀礙，為瓽所轠，身提黃泉，骨肉為泥。自用如此，不如鴟夷。鴟夷滑稽，腹如大壺，盡日盛酒，人復借酤。常為國器，託於屬車，出入兩宮，經營公家。由是言之，酒何過乎？

賦作顯然是在諷喻官場之險惡、混濁。瓶與鴟夷（**皮袋**）乃是兩種為官態度：瓶清澈透明，行止謹慎，然而雖「臧水滿懷」，才質清明，終不免一朝罹禍，粉碎如泥；鴟夷難看糊塗，懵懂而不修行止，卻能得其善終。揚雄本意並不在臧否兩種仕宦態度之優劣對錯，只在發抒對仕宦唯危、如履薄冰現狀的感慨。這樣的詠物賦就不同於漢初的純粹詠物（**如梁孝王群僚七賦**），而是與王褒《洞簫賦》同道，融入了作者深切的思想情感。

揚雄的說理論辯賦，同樣是把他對生活的真實感受和思考混溶進去。哀帝時，揚雄潛心著作《太玄》，「有以自守，泊如也」。有人嘲諷他不思進取，不能事君耀祖，揚雄乃作《解嘲》，言漢世海清河晏，江山一統，不同於戰國的時勢。「故世亂則聖哲馳騖而不足，世治則庸夫高枕而有餘」，「故為可為於可為之時，則從；為不可為於不可為之時，則凶」。所以自己斂心守志，草創《太玄》。如此看來，揚雄似乎真是心靜如水了。其實不然。「當今縣令不請士，郡守不迎師，群卿不揖客，將相不俯眉。言奇者見疑，行殊者得辟。是以欲談者宛舌而固聲，欲行者擬足而投跡。」考之實際，西漢後期士人處境固然空前危艱，但同時得做高官者、批評時政者亦夥，非如揚雄所言。揚雄發此偏激感受，正說明他內心深處還藏有懷才不遇的憤鬱情緒。這樣的論理，就不再是純粹客觀，也有深濃情感在其中了。

《逐貧》、《太玄》二賦，則是揚雄對生存方式的思考。《逐貧賦》也表現了作者對境遇的不平之情：「人皆文繡，余褐不完。人皆稻粱，我獨藜飧。貧無寶玩，何以接歡?宗室之燕，為樂不槃。」於是他要把貧窮趕走。然而，揚雄對生存的思考終歸道家：「處君之家，福祿如山。忘我大德，思我小怨。堪寒能暑，少而習焉。寒暑不忒，等壽神仙。桀跖不顧，貪類不干。人皆重蔽，子獨露居；人皆怵惕，子獨無虞。」「貧」對揚雄的這番開導，實則正是揚子對生存方式的理性選擇。《太玄賦》更是直抒其道家理想：「觀大易之損益兮，覽老氏之倚伏。省憂喜之共門兮，察吉凶之同域。……自夫物有盛衰兮，況人事之所極。」但他又不完全認同道家：「屈子慕清，葬魚腹兮。伯姬曜名，焚厥身兮。孤竹二子，餓首山兮。斷跡屬婁，何足稱兮。辟斯數子，智若淵兮。我異於此，執太玄兮。蕩然肆志，不拘攣兮。」既反對屈原的以身殉道，不贊同宋伯姬的守禮尚名而自焚其身，同時，也反對伯夷叔齊的逃隱深山。固不類儒，亦頗與隱逸之道相異，而主張「蕩然肆志，不拘攣兮」，蓋與東方朔大隱金馬門者同趣。考核他一生的行事，正是如此。從這裏，也可以看出揚雄儒、道交織的思想狀況。

劉歆的創作，《漢書·藝文志》不載。今存其《遂初賦》、《燈賦》及《甘泉宮賦》殘篇。《燈賦》詠物，體式類於漢初，但不見頌主之辭；唯其云「惟茲蒼鶴，修麗以奇。……以夜繼晝，烈者所依」，或有所寄慨。《甘泉宮賦》今存片斷，是對宮殿及其周圍環境的描寫。可注意者，它的描寫絕不同於大賦那樣生僻堆砌，如云：「封巒為之東序，緣石闕之天梯。桂木雜而成行，芳肸向之依依。翡翠孔雀，飛而翱翔，鳳凰止而集棲。」明潔流暢，純樸少華，誠為大賦之後一股可喜的清新之風。

當然，最能體現劉歆創作成就的是《遂初賦》[26]。前有小序交代了此作的背景和主旨：「歆好《左氏春秋》，欲立於學官。時諸儒不聽，歆乃移書太常博士，責讓深切，為朝廷大臣非疾。求出補吏，為河內太守。又以宗室不宜典三河，徙五原太守。是時，朝政已多失矣，歆以論議見排擯，志意不得。之官，經歷故晉之域，感今思古，遂作斯賦，以歎征事而寄己意。」按：小序所言之事，載於《漢書．劉歆傳》；考之作品，亦誠如小序所謂「感今思古」之作。它開首即交代了「守五原之烽燧」的旅行目的，繼之以徵史而論；又由古及今，發抒憤鬱不平，而接以描繪悲哀之景；最後表達了「守信保己，比老彭兮」的道家思想。應該特別說明的是，其史論部分，重點是敘說晉人自毀公族以至滅國的史實，這就把創作緊緊圍繞著自己的遭際而展開，整個作品都是作者自己的所遇、所感、所思，從而具有了濃烈的情感和鮮明的自我。這一點是大可重視的。

《遂初賦》在寫作上也有突出的貢獻。首先，它是西漢後期第一篇抒情的辭作。王褒的《洞簫賦》，抒情意味很濃，但它的體制還是詠物賦；揚雄的作品如《解嘲》、《逐貧賦》，也深含濃濃的情感，但實為言理論辯之作。《遂初賦》才是完完全全的抒情體作品。其次，它比較注意抒情手法的變化。有繼承賈誼以來借古抒情者，如：「雖韞寶而求賈兮，嗟千載其焉合？昔仲尼之淑聖兮，竟隘窮乎蔡陳；彼屈原之貞專兮，卒放沈於湘淵；何方直之難容兮，柳下黜而三辱；蘧瑗抑而再奔兮，豈材知之不足？揚蛾眉而見妬兮，固醜女之情也；曲木惡直繩兮，亦小人之誠也。」還有借景以抒情：

> 野蕭條以寥廓兮，陵谷錯以盤紆。飄寂寥以荒昒兮，沙埃起而杳冥。迴風育其飄忽兮，迴颼之泠泠。薄涸凍之凝滯兮，茀谿谷之清涼。漂積雪之皚皚兮，涉凝露之隆霜。揚雹霰之復陸兮，慨原泉之淩陰。激流澌之漻淚兮，窺九淵之潛淋。颯悽愴以慘怛兮，慽風漻以洌寒。獸望浪以穴竄兮，鳥脅翼之浚浚。山蕭瑟以鵾鳴兮，樹木壞而哇吟。地圻裂而憤忽急兮，石捌破之砨砨。天烈烈以厲高兮，廖琫窗以梟窂。雁邕邕以遲遲兮，野鸛鳴而嘈嘈。望亭隧之皦皦兮，飛旗幟之翩翩。回百里之無家兮，路修遠之綿綿。（《古文苑》卷五）

肅殺衰敗的景象與作者遭逐而淒涼的心境合而為一。哀景悲情，相合相切，於是景變成了情之景，情表現為景之情。這種手法，在西漢後期的辭賦作品中出現，且運用比較自如圓熟，是很了不起的事。再次，《遂初賦》是漢代「紀行賦」類作品的開山之作，後漢的班彪、班昭、蔡邕等，都有此類作品。

西漢後期，還有一位女作家班婕妤。她的作品今存小賦二篇（**《自悼賦》**、**《擣素賦》**）、詩一首（**《怨歌行》**）。《自悼賦》㉗載於《漢書．外戚傳》，沒有疑問。但《擣素賦》後人多疑是晉以後的偽作。至於《怨歌行》一詩，亦有指為偽作者，但從西晉人多所擬作，尤其是陸機《班婕妤》詩有「婕妤去辭寵，淹留終不見。寄情在玉階，托意惟團扇」這樣稱述《怨歌行》內容的詩句看，似應是班氏原作㉘。《怨歌行》以團扇自喻，抒發常恐失寵的憂懼以及始寵後棄的悲哀，與其《自悼賦》情事、心態皆同，應是作於同一情境下。《漢書．外戚傳》云「婕妤誦《詩》及《窈窕》、《德象》、《女師》之篇，每進見上疏，依則古禮」，學養、教養俱佳。後因趙飛燕「自微賤興」而隆寵，班婕妤乃「稀復進見」。終因趙氏譖其「挾媚道，祝詛后宮，詈及主上」而失寵。「婕妤恐久見危，求共養太后長信宮，上許焉。婕妤退處東宮，作賦自傷悼。」《自悼賦》寫自己從入宮到遭貶過程中的心態變化和感受，深刻而細膩，十分感人。如其寫得寵時的心態：

每寤寐而累息兮，申佩離以自思。陳女圖以鏡監兮，顧女史而問《詩》。悲晨婦之作戒兮，哀褒、閻之為郵；美皇、英之女虞兮，榮任、姒之母周。雖愚陋其靡及兮，敢舍心而忘茲？歷年歲而悼懼兮，閔蕃華之不滋。

把勤勉自修、憂衰懼棄的心態，刻畫得非常到位。再如寫貶廢之後的感受：

潛玄宮兮幽以清，應門閉兮禁闥扃。華殿塵兮玉階苔，中庭萋兮綠草生。廣室陰兮帷幄暗，房櫳虛兮風泠泠。感帷裳兮發紅羅，紛綷縩兮紈素聲。神眇眇兮密靚處，君不御兮誰為榮？……惟人生兮一世，忽一過兮若浮。已獨享兮高明，處生民兮極休。勉虞精兮極樂，與福祿兮無期。

打入冷宮的淒涼、無聊、思君、怨君，以及百般無奈之後的自我安慰之情，都得到極好表現。

二

以王褒、揚雄、劉歆、班婕妤為代表的創作潮流，標誌著西漢後期一種新的創作思想的生成：回歸自我，抒發真情。當然，這一創作思想不是憑空凸現的，從時代環境看，它是受到西漢後期政治文化及士人心態規約的結果；從歷史承變看，它是對西漢前中期創作思想有所承傳又創造發展的結果。前一方面，上文已有論述；現只就後一方面略加梳證。

西漢前期賈誼的創作，曾是比較重視自我和抒情的。《鵩鳥賦》中充滿道家精神的生命意識，《弔屈原賦》中弔屈況己的情感抒發，不難看到其中作者鮮明的自我意識。西漢中期東方朔、董仲舒、司馬遷等人的創作，悲慨士不遇時，也有鮮明的自我和情感在其中。這種創作精神一脈相傳，直至西漢後期。但是，西漢後期的重視自我和抒情，有與前兩個階段很不相同者：

第一，由於時代狀況不同，士人心態不同，他們的創作內涵也不同於從前。賈誼的生命意識和他的悲歎，只不過是一時受挫後的即時感受。無論從西漢前期士人心態的整體趨向，還是從賈誼本身的去取趨從來看，這種「離心」的心態都不是主流。因此，賈誼《鵩》、《弔》二作中所呈現的心態和創作傾向，在漢初並非普遍現象，也不是發展的趨勢。武帝時期東方朔等人，儘管感慨士之不遇，但他們並沒有道家思想的基礎，並沒有遠離政治、政權的心願；怨歸怨，仕還仕。他們只是為武帝太忽視自己的進取效世之心，而以俳優蓄之的待遇而感到傷心。因而，他們的悲怨，與西漢後期也不相同。西漢後期的士人作家，在險峻多變的政局裏，在大興大敗的生命浮沉中，切切實實地感受到生命的可貴，真真確確地認同道家所提倡的生存方式的必要。因此，他們的重視自我，是更加深切更加沉重的；他們的情感，更具有真切的現實和思想的根基。

第二，正由於上述原因，西漢後期回歸自我、重視抒情的創作傾向，在力度上是空前的。像王褒《洞簫賦》這樣以簫自況、深切抒情的作品，劉歆《遂初賦》、班婕妤《自悼賦》這樣切切實實講述身世遭際，從而抒發真情的作品，都比前此的同類作品來得明確、深刻而沉重。

因此，作為一種創作思想，重視自我和抒情，對西漢後期的文學創作來說，乃是在承遞前人的基礎上，賦予了它許多新的時代意義。

還應指出的是，西漢後期的非大賦創作，還有純樸質實、不求華贍的創作傾向。以上所分析的作品，除《洞簫賦》尚存有大賦鋪誇逞辭的影響外，其餘的作品基本都是不甚追求華辭麗句的。

回歸自我、重視抒情、不求華贍的創作傾向，從根本上說，與西漢後期道家思想的復歸直接相關。前文已詳細論證，道家思想的回歸是時代政治環境所必然決定的。作家們把對道家思想的認同，直接寫入其創作中。揚雄的《太玄》、《逐貧》二賦，大抵申說道家主張，無論矣。劉歆的《遂初賦》，也在吟詠「雖窮天地之極變兮，曾何足乎留意。長恬淡以歡娛兮，固賢聖之所喜」，「寵倖浮寄，奇無常兮。寄之去留，亦何傷兮。大人之度，品物齊兮。舍位之過，忽若遺兮。求位得位，固其常兮。守信保己，比老彭兮」。甚至班婕妤的《自悼賦》，也能以「惟人生兮一世，忽一過兮若浮。已獨享兮高明，處生民兮極休」自慰其淒清。同時，從創作思想說，也包涵有道家的精神實質。重視自我和抒情，在終極意義上，與儒家的突出自我又把自我納入到倫理秩序的群體中去不同，而是受到道家思想的支配。自然，道家等齊萬物，否認分別，甚至否定自己的生命，但那是極富「理性精神」的道家境界，是道家的終極思想。而那些「俗世間」的道家精神，恰是「拔一毛而利天下不為」的貴己、貴生思想；它把人的自我意識啟動，讓人重視自己的（個體的）存在價值，從而看重一己的生存問題。這一思想在西漢後期的創作中，就表現為回歸自我和抒發真情。此外，純樸無華的創作傾向，也是道家精神的折射。儒家重視禮，從而也看重「文」。「周監於二代，鬱鬱乎文哉！吾從周」

（《論語・八佾》），就是儒家重視禮文思想的經典表述。因此，儒家文藝觀念中從來不否認文飾的重要性。道家則不同，因為它看重世界的本原狀態和生命的天然性質，它極力反對人工和雕飾。因而，追求純樸、自然和真實，也就成了道家文藝思想的必然主張。西漢後期創作中不求華贍的傾向，正是這一思想的體現。

① 關於分期，可參見本書第三章引言；關於文風的變化，詳見本章第三節。
② 王利器《鹽鐵論校注・前言》，北京：中華書局一九九二年版，第二頁。
③ 參見王利器《鹽鐵論校注・前言》，北京：中華書局一九九二年版。
④ 《鹽鐵論・刺復》：「今賢良文學臻者六十餘人，懷《六藝》之術，騁意極論。」又其《雜論》：「賢良茂陵唐生、文學魯萬生之倫六十餘人，咸聚闕庭。」
⑤ 參見湯志鈞等撰《西漢經學與政治》，上海：上海古籍出版社一九九四年版，第二一八—二一九頁。
⑥ 武帝時雖有公孫弘、兒寬位列三公，但那是「以儒術緣飾吏事」的點綴；昭帝時霍光亦曾有「重經術士」之議，但尚未及實現。
⑦ 顏師古注：「言仲舒等億度，所言既多，故時有中者耳，非必道術皆通明也。」
⑧ 關於西漢後期帝王大講災異的情況，在許多詔書中均有明顯表現。可參見湯志鈞等撰《西漢經學與政治》第五章第三節有關內容。上海：上海古籍出版社一九九四年版。

⑨ 顏師古注：「皇甫卿士，周室女寵之族也。」

⑩ 《漢書．夏侯勝傳》：「丞相義、御史大夫廣明劾奏勝非議詔書，毀先帝，不道；及丞相長史黃霸阿縱勝，不舉劾，俱下獄。」

⑪ 《漢書．楊王孫傳》：「孝武時人也，學黃老之術。」

⑫ 《史記．汲鄭列傳》：「黯學黃老之言，治官理民，好清靜。」

⑬ 揚雄曾作《劇秦美新》一文，招致後人的批評和異議。唯《文選》五臣注李周翰之說最確：「王莽篡漢位，自立為皇帝，國號新室。是時雄仕莽朝，見莽數害正直之臣，恐己見害，故著此文，以秦酷暴之甚，以新室為美。將悅莽意，求免於禍，非本情也。」

⑭ 梅福，字子真，九江壽春人，歷成、哀、平三朝。「少學長安，明《尚書》、《穀梁春秋》」。成帝時為南昌尉。兩次上書，成帝不納，梅福遂「居家，常以讀書養性為事。至元始（平帝年號）中，王莽顓政，福一朝棄妻子，去九江，至今傳以為神仙」（《漢書．梅福傳》）。

⑮ 此外，《水經注》卷二十四《瓠子河》還稱引其《河水賦》兩句：「登歷觀而遙望兮，聊浮游於河之巖。」（《四部叢刊》影印武英殿聚珍本）按：各本《水經注》皆作「河水賦」，唯楊守敬、熊會貞《水經注疏》據《漢書．揚雄傳》勘校為「河東賦」（參見陳橋驛《水經注校證》，北京：中華書局二〇〇七年版）。察《漢書．揚雄傳》所載《河東賦》，有「登歷觀而遙望兮，聊浮游以經營」二句，與此二句相似，未知孰是。至於《漢書．揚雄傳》所載之《反離騷》以及只載名目的《廣騷》、《畔牢愁》，實是楚辭體，馬積高《賦史》也算作賦，本書不同意這一說法，故不予討論。

⑯ 如引用洪邁《容齋隨筆》卷七「七發」條：「枚乘作《七發》，創意造端，麗辭腴旨，上薄《騷》些，蓋文章領

袖，故為可喜。其後繼之者……規仿太切，了無新意」；又：「東方朔《答客難》，自是文中傑出，揚雄擬之為《解嘲》，尚有馳騁自得之妙。至於崔駰《達旨》，班固《賓戲》，張衡《應閒》，皆屋下架屋，章摹句寫」；又如引顧炎武《日知錄》卷十九「文人摹仿之病」條批評明代復古派等。

⑰ 說見許結《漢代文學思想史》第三章第一節，南京：南京大學出版社一九九〇年版。

⑱ 參見陸侃如《中古文學系年》，北京：人民文學出版社一九八五年版，第九——十頁。

⑲ 關於此點，可參見龔克昌《漢賦研究．揚雄賦論》，濟南：山東文藝出版社一九九〇年版。

⑳ 《漢書．藝文志》有「劉向賦三十三篇」，知劉向也是此時一大作手。惜乎其作品亡佚太甚，今天已近乎不存。費振剛等輯校《全漢賦》，錄有劉向賦九篇，或缺訛，或殘句，或僅存目（《全漢賦校注》，廣州：廣東教育出版社二〇〇五年版）；龔克昌等《全漢賦評注》，輯錄八篇，情形相同（《全漢賦評注》，石家莊：花山文藝出版社二〇〇三年版）。此外，《楚辭》載其《九歎》，類同嚴忌《哀時命》、東方朔《七諫》、王褒《九懷》，「追念屈原忠信之節」（王逸語）。故本書難以討論劉向的辭賦創作。

㉑ 唯景帝時鄒陽的《獄中上梁王書》和成帝時梅福的《上書言王鳳專擅》，可與擬比。

㉒ 關於王褒卒年，《漢書》本傳云：「方士言益州有金馬碧雞之寶，可祭祀致也。宣帝使褒往祀焉，褒於道病死。」按此事《漢書》並無別載，唯《後漢書．西南夷傳》注引有王褒《碧雞頌》句，未言時間。蓋不可考也。然既是宣帝時事，則最晚也當在宣帝卒年（前四十九）。故云約仕宦八年左右。

㉓ 見馬積高《賦史》，上海：上海古籍出版社一九八七年版，第八十三頁。

㉔ 見馬積高《賦史》，上海：上海古籍出版社一九八七年版，第八十三頁。

㉕ 當然，《洞簫賦》仍不免留有大賦遣詞造句鋪誇佶屈的風氣。這是創作文風轉變過程中的必然現象。

㉖ 從體式看，《遂初賦》實為楚辭類，不同於賦。

㉗ 此作亦為楚辭體，非賦。

㉘ 參見方祖燊《漢詩研究》，臺北：正中書局一九六九年版，第七十一—七十二頁。

第七章　西漢後期經學文學思想的進展與道家文學觀念的回歸

第一節　經學對文學思想的進一步滲透

同前兩個階段一樣，西漢後期也沒有文學思想的專述，還是只能從這一時期的文獻當中去審慎地分辨、挖掘其中可以視為文學觀念的東西。這一時期文獻中所涉及的文學觀念（**揚雄另立專節，除外**），大抵有對情感的看法、質文觀念、文用問題以及以天人陰陽觀念解釋《詩經》四個方面。前三個方面多繼承前說，創獲不多，但也各有其可注意之處；以天人陰陽觀念釋《詩》，因其比較集中而有條理，表現出鮮明的特色，最可見出經學對文學觀念的滲透。

一

這一時期的士人仍然確認以創作來抒情的合理性，劉歆即明確地說：「詩以言情。情者，性之符也。」（《初學記》卷二十一引《七略》）他們甚至認同抒發憤鬱之情：

> 憤伊鬱而酷䀋，愍眸子之喪精；寡所舒其思慮兮，專發憤乎音聲。（王褒《洞簫賦》）

遭紛逢凶，蹇離尤兮。垂文揚采，遺將來兮。

外彷徨而遊覽兮，內惻隱而含哀。……願假簧以舒憂兮，志紆鬱其難釋。歎《離騷》以揚意兮，猶未殫於《九章》。（以上劉向《九歎》）

但是與此同時，他們又強調發乎情止乎禮。如劉向說：

……言之不足，故嗟歎之；嗟歎之不足，故詠歌之。夫詩，思然後積，積然後滿，滿然後發。發由其道而致其位焉。（《說苑．貴德》）

認為抒發情思應遵循一定之「道」而實現某種恰切的目的，也就是要求抒情要有某種限制。在《說苑．修文》中，劉向把這個意思說明確了：「夫先王之制音也，奏中聲，為中節。……故君子執中以為本」；他批評小人之樂「執末以論本」，「和節中正之感不加乎心」，不似君子之音的「溫和而居中」。這就是要求抒情要符合中和之道，不偏不倚。

劉向所以重申發乎情止乎禮，也仍然是出於政教、感化的需求，所謂「樂非獨以自樂也，又以樂人；非獨以自正也，又以正人」（《說苑．修文》）是也。

上述這些關於情思的說法，無非是重復前此已有的思想，至多只有認同以示強調的意義。但有一點值得特別提出，即在音樂感人、化人的過程中，劉向有新的見解：

雍門子周以琴見乎孟嘗君，孟嘗君曰：「先生鼓琴，亦能令文悲乎？」雍門子周曰：「臣何獨能令足下悲哉！臣之所能令悲者，有先貴而後賤，先富而後貧者也。不若身材高妙，適遭暴亂無道之主，妄加不道之理焉；不若處勢隱絕，不及四鄰，詘折儐厭，襲於窮巷，無所告愬；不若交歡相愛，無怨而生離，遠赴絕國，無復相見之時；不若少失二親，兄弟別離，家室不足，憂感盈匈。當是之時也，固不可以聞飛鳥疾風之聲，窮窮焉固無樂已。凡若是者，臣一為之，徽膠援琴而長太息，則流涕沾衿矣。今若足下，千乘之君也。居則廣廈邃房，下羅帷，來清風，倡優侏儒處前，迭進而諂諛；燕則鬬象棋而舞鄭女，激楚之切風，練色以淫目，流聲以虞耳；水遊則連方舟，載羽旗，鼓吹乎不測之淵；野遊則馳騁弋獵乎平原廣囿，格猛獸；入則撞鐘擊鼓乎深宮之中。方此之時，視天地曾不若一指，忘死與生，雖有善鼓琴者，固未能令足下悲也。」（《說苑．善說》）

在這裏，劉向不是像前人論音樂感人那樣，把琴師演奏和聽者受感動視為一種直接緊密的因果關係，而是在兩者之間加入了一個中介條件，即聽者的情境（心境）。他認為，由前者導致後者，必須有這個中介條件起作用方可實現。因此，緊接上面的引文之後，是雍門子周分析孟嘗君將要遭受的災難和悲涼處境，使之「泫然泣涕，承睫而未殞」，也就是使孟嘗君心裏具備了那個中介情境，然後「引琴而鼓之」，致使孟嘗君「涕浪汗增欷」。劉向在創作與接受者之間，析出接受者的情境（心境）這個中介，來說明藝術創作的感人作用，無疑是更深刻細緻了。

二

在文質關係上，這一時期的觀念也多是對前人的繼承。如說質須待文：

文學曰：非學無以治身，非禮無以輔德。和氏之璞，天下之美寶也，待礛諸之工而後明；毛嬙，天下之姣人也，待香澤脂粉而後容。（《鹽鐵論．殊路》）

故美玉蘊於碔砆，凡人視之怢焉；良工砥之，然後和其知寶也。精練藏於鑛樸，庸人視之忽焉；巧冶鑄之，然後知其幹也。（王褒《四子講德論》）

又說先質後文：

故食必常飽，然後求美；衣必常暖，然後求麗；居必常安，然後求樂。為可長，行可久，先質而後文，此聖人之務。（《說苑．反質》）

再說文質彬彬：

商者，常也；常者，質；質主天。夏者，大也；大者，文也；文主地。故王者一商一夏，再而復者也。……《詩》曰：「雕琢其章，金玉其相。」言文質美也。（《說苑．修文》）

德彌盛者文彌縟，中彌理者文彌章也。（同上）

以上這些思想，都沒有超越先秦儒家的文質觀念。值得注意的，倒是劉向關於「志誠」與「文」之關係的看法。他說：

夫取人之術也，觀其言而察其行。夫言者，所以抒其胸而發其情者也。能行之士，必能言之，是故先觀其言而揆其行。（《說苑．尊賢》）

鐘鼓之聲，怒而擊之則武，憂而擊之則悲，喜而擊之則樂。其志變，其聲亦變，其志誠通乎金石，而況人乎？（《說苑．修文》）

鍾子期夜聞擊磬聲者而悲，旦，召問之曰：「何哉？子之擊磬若此之悲也。」對曰：「臣之父殺人而不得，臣之母得而為公家隸，臣得而為公家擊磬。臣不睹臣之母三年於此矣，昨日為舍市而睹之。意欲贖之，無財；身又公家之有也；是以悲也。」鍾子期曰：「悲在心也，非在手也。心非木石也，悲於心而木石應之，以至誠故也。」（《新序．雜事四》）

劉向認為，人的言談動靜，乃是其內心世界的披露和表現。並且，「其志變，其聲亦變」，內心的情志對外現的言行有決定作用。因此，他特別強調「志誠」、「至誠」。正是在這一點上，可以見出其與先秦儒家的內在精神聯繫。《易傳．文言》說：「君子進德修業：忠信，所以進德也；修辭立其誠，所以居業也。」朱熹《周易本義》闡釋道：「忠信，主於心者，無一念之不誠也；修辭，見於事者，無一言之不實也。雖有忠信之心，然非修辭立誠則無以居之。」朱熹把修心與修辭，都歸結到「誠實」之上，使心、辭在誠實的統一要求下，實現內外一致。這一解釋是符合《易傳》本義的①。

由此當可看出劉向與《易傳》的相通之處，而《易傳．系辭下》云：「將叛者其辭慚，中心疑者其辭枝，吉人之辭寡，躁人之辭多，誣善之人其辭遊，失其守者其辭屈。」更可視為劉向之「其志變，其聲亦變」的同道。《禮記．樂記》所謂「唯樂不可以為偽」，在一定意義上也可同等視之。

儒家講「誠」，不同於道家之「誠」。如《莊子．漁父》也說：「真者，精誠之至也。不精不誠，不能動人。」但是道家的「誠」，是本於天性的自然情性，不必經過「化性起偽」的修煉過程。儒家之「誠」，也認為是人的天性（如孔、孟），但是這個天性之「誠」要經過啟發、引導甚至教育才能顯現出來；道家說「精誠動人」，是以淳真的自然情感打動人。儒家說以誠感人，是指用那種啟發教化出來的合乎禮義的真情去感化人，使接受者得到「正確」的感染。以此衡之劉向的「志誠通乎金石」，當知是屬於儒家的系列——因為上文所舉的例證，都是在談「知人」、「化人」等政教問題，充滿儒家的致用精神。

如果拋開劉向的本義，就可以做如此認識：劉向指出「情」與「文」的直接因果聯繫，從而特別強調「至誠」，其結果就是突出了人的內在情志的重要性，提高了情感、情志的地位。這一點，無論對文學創作還是對文學思想的發展，都是大可珍視的。這就是從文學思想的認識角度所看到的「志誠通乎金石」。

三

在文用的問題上，西漢後期也沒有什麼突破。如劉向在《列女傳》中，通過講述一些詩的本事，總結出「作詩明指」、「作詩明意」、「作詩諷喻」等思想②；在《說成帝定禮樂》文中說「宜興辟雍，設庠序，陳禮樂，隆《雅》、《頌》之聲，盛揖讓之容，以風化天下」（《漢書．禮樂志》）；在《戰國策書錄》中說「陳禮樂弦歌移風之化」。以及賈捐之《棄珠崖議》中說「欲與聲教則治之」（《漢書．賈捐之傳》），等等，都不外乎前此已有的諷諭、美刺、教化的思想。應該一提的，是王褒歌德頌世的主張：

> 夫樂者，感人密深，而風移俗易。吾所以詠歌之者③，美其君術明而臣道得也。……好惡不形，則是非不分；節趨不立，則功名不宣。……況聖德巍巍蕩蕩，民氓所不能命（讀為名）哉！是以刺史推而詠之，揚君德美，深乎洋洋，罔不覆載。……昔周公詠文王之德，而作《清廟》，建為頌首。吉甫歎宣王「穆如清風」，列於《大雅》。夫世衰道微，偽臣虛稱者，殆也；世平道明，臣子不宣者，鄙也。鄙殆之累，傷乎王道，故自刺史之來也，宣布詔書，勞來不怠。……於是皇澤豐沛，主恩滿溢，百姓歡欣，中和感發，是以作歌而詠之也。（《四子講德論》）

如此鮮明的作歌以歌德頌世的主張，有漢以來還不曾有過；差可與之比擬者，唯有司馬談、司馬遷父子著史以頌世的思想④。王褒這一思想本身並沒有多麼深刻的意義可言，可注意者，是它反映了士人心態的一點微妙變化。因為在這一思想上反映出來三個錯位：一是它沒有出現在所謂大漢盛世的武帝時代，而出現在西漢由盛轉衰的前期；二是它與西漢後期（甚至西漢中期）的創作實際不合；三是它與王褒本人的主要創作（如《洞簫賦》）也不相吻合。所以，這是一個比較偶然而獨特的主張。考之《漢書．王褒傳》，《四子講德論》是王褒被徵召前夕的作品，時值宣帝神爵、五鳳年間（前六十一～前五十四）。前此，昭帝時召開鹽鐵會議，興儒倡仁；宣帝雖「欲效武帝故事」，號稱中興之主，但在對儒家的態度上卻並不像武帝那樣以文飾、附庸待遇之，王褒出仕後六、七年，即甘露三年（前五十一），宣帝召開石渠閣會議，討論五經同異，並親臨決議，這是歷史上從未有過的事。與武帝時期對士人以俳優蓄之、對儒學以緣飾待之相比，昭、宣時期還是比較優待儒士的（元、成之後，外戚、中官擅權加劇，始大肆迫害儒生），而且，政治狀況也較武帝時期寬鬆。這種情形，使士人看到了希望，在某種程度上會產生親政的心緒。王褒的《四子講德論》正是產生於這種狀況下；何況，它又是王褒出仕前夕的作品，因而它提出頌世歌德是可以理解的。當王褒體會了政治風雲詭譎殘酷之後，他當然不會再去歌德了（如《洞簫賦》）。但是，若換個角度來看，王褒提倡頌世歌德，也正是儒家進取干政、臧否美刺精神的一個方面的體現，這又與西漢後期經學興盛的情況相符合。總之，折射出西漢後期士人心態的一個片斷，在一個方面暗合時代思潮，這就是王褒主張作詩以頌世的認識價值。

四

如果說上述三個方面，基本是西漢後期士人重申前說以示認同或強調，那麼以天人感應觀念說《詩》，則比較集中地體現了這一時期經學思想對文學觀念的深入滲透。這一思想，散見於翼奉、匡衡、劉向的言論以及《緯書》之中。

陰陽五行、天人感應的觀念，其基本的理論內涵就是把天、地、人三者視為一個完整的系統，說明它們之間的相似性，揭示它們之間的因果聯繫。集中構建這一思想體系的董仲舒，在其《春秋繁露》裏，詳細論證了天、地、人之間的這種關係⑤。西漢後期士人以陰陽、天人感應說《詩》談藝，就是奠基於這一思想基礎之上的。

《齊詩》學者翼奉，「好律曆陰陽之占」。元帝初，待詔宦者署，上封事陳述所謂「六情十二律」的知人之法，把人的情性同方位、時辰、陰陽糾結一處共說，把自然現象和人的情性牽合粘揑，相信「察其所由，省其進退，參之六合五行，則可以見人性，知人情。……五性不相害，六情更興廢。觀性以曆，觀情以律，明主所宜獨用，難與二人共也」。由此可知，翼奉希望把對人的判斷客觀化，付諸一些自然現象之上，從而為人主提供一套知人用人的法則。因此，他的這一根基於天人感應觀念的「六情十二律」的知人法則，原本是有著非常明確的政治實用目的的。正是在這一思想中，翼奉提出了「《詩》之為學，情性而已」的判斷。這一判斷，實際上並不是肯定「詩是表現情感的」這樣的觀念，而是以《詩》為經（「為學」），用以衡量和判斷人事人情。因此，在元帝初元二年（前四十七）的上奏封事中，他就說：「天地設位，懸日月，布星辰，分陰陽，定四時，列五行，以視（讀為示，下同）聖人，名之曰道。聖人見道，然後知王治之象，故畫州土，建君臣，立律曆，陳成敗，以視賢者，名之曰經。賢者見經，然後知人道之務，則《詩》、《書》、《易》、《春秋》、《禮》、《樂》是也。《易》有陰陽，《詩》有五際，《春秋》有災異，皆列終始，推得失，考天心，以言王道之安危。」（以上引文均見《漢書．翼奉傳》）這就把包括《詩》在內的六經，都看作了符合陰陽天人觀念的致用於王道的東西。這才是「《詩》之為學，情性而已」的真正含義所在⑥。

與翼奉同師傳習《齊詩》的匡衡，其說《詩》思想概同翼奉。元帝初，上疏答元帝問政治得失，有云：「臣聞天人之際，精祲有以相蕩，善惡有以相推，事作乎下者象動乎上，陰陽之理各應其感，陰變則靜者動，陽蔽則明者晻，水旱之災隨類而至。」這正是天人感應的思想。基於此，在上成帝疏中，匡衡談到他對《六經》的看法：「臣聞《六經》者，聖人所以統天地之心，著善惡之歸，明吉凶之分，通人道之正，使不悖於其本性者也。故審《六藝》之指，則人天之理可得而和，草木昆蟲可得而育，此永永不易之道也。」《六經》可以統合天、地、人，使之歸於正道，且有和育天人萬物的實效。這樣的認識，自然是以天人感應思想為其支柱的。匡衡說《詩》，也貫徹著這一思想。如云：「孔子論《詩》，以《關雎》為始，言太上者民之父母，后夫人之行不侔乎天地，則無以奉神靈之統而理萬物之宜。」儒家說《關雎》，始終強調其「室家之道修，則天下之理得」的重大意義。匡衡在此基礎上，又賦予它更豐富的內涵：后夫人修行不僅應當「原情性而明人倫」，且須合乎天地之心。他認為《關雎》一詩的意義，正在於此。若以匡衡自己的話來概括他的說《詩》，就是「明自然之道，博和睦之化」，他把《詩》、自然和社會三者融會貫通，而言《詩》以致用。（**以上引文均見《漢書．匡衡傳》**）

劉向歷宣、元、成三朝，屢次上書議政，而往往說災異、談天譴。元帝永光元年（前四十三）的《條災異封事》，集中體現了他以天人感應說《詩》的思想。在這篇奏疏中，劉向強調天人相和：

臣聞：舜命九官，濟濟相讓，和之至也。眾賢和於朝，則萬物和於野。故簫《韶》九成，而鳳凰來儀，擊石拊石，百獸率舞。四海之內，靡不和寧。及至周文，開基西郊，雜遝眾賢，罔不肅和，崇推讓之風，以銷分爭之訟。文王既沒，周公思慕，歌詠文王之德，其《詩》曰：「于穆清廟，肅雍顯相；濟濟多士，秉文之德。」當此之時，武王、周公繼政，朝臣和於內，萬國歡於外，故盡得其歡心，以事其先祖。其《詩》曰：「有來雍雍，至止肅肅，相維辟公，天子穆穆。」言四方皆以和來也。諸侯和於下，天應報於上，故《周頌》曰「降福穰穰」，又曰「飴我鳌麰。」鳌麰，麥也，始自天降。此皆以和致和，獲天助也。

「眾賢和於朝，則萬物和於野」，「朝臣和於內，萬國歡於外」，這就是劉向傾慕的以和致和、天人相和的境界。其所引詩句，分別見於《周頌》的《清廟》、《雝》、《執競》和《思文》四篇。前二首祭文王，第三首祭武王，第四首祀后稷。劉向認為，後人所以祭祀、仰慕、懷念這些先祖，正是由於他們能夠以和致和，使天人相和。

相反的，在那些不能以和致和的時代，則是災異屢現，人民怨憤，天人共怒：

下至幽、厲之際，朝廷不和，轉相非怨，詩人疾而憂之曰：「民之無良，相怨一方。」眾小在位而從邪議，歙歙相是而背君子，故其《詩》曰：「歙歙訿訿，亦孔之哀！謀之其臧，則具是違；謀之不臧，則具是依！」君子獨處守正，不橈眾枉，勉強以從王事，則反見憎惡讒訴，故其《詩》曰：「密勿從事，不敢告勞，無罪無辜，讒口嗷嗷！」當是之時，日月薄蝕而無光，其《詩》曰：「朔日辛卯，日有蝕之，亦孔之醜！」又曰：「彼月而微，此日而微，今此下民，亦孔之哀！」又曰：「日月鞠凶，不用其行；四國無政，不用其良！」天變見於上，地變動於下，水泉沸騰，山谷易處。其《詩》曰：「百川沸騰，山塚卒崩，高岸為谷，深谷為陵。哀今之人，胡憯莫懲！」霜降失節，不以其時，其《詩》曰：「正月繁霜，我心憂傷；民之訛言，亦孔之將！」言民以是為非，甚眾大也。此皆不和，賢不肖易位之所致也。

這裏所引詩篇，分別見於《小雅》之《角弓》、《小旻》、《十月之交》（**第三、四、五、六、七例均此詩**）、《正月》四篇詩作，都是譏刺幽王時政的作品。劉向把這些詩歌都解釋為對小人在位、君子遭讒從而導致日月無光、天變地動的歷史時代的批判，也即對賢不肖易位、天人不和的批判。

從正反兩方面闡述了天人相和的政見後，劉向總結說：「由此觀之，和氣致祥，乖氣致異；祥多者其國安，異眾者其國危。天地之常經，古今之通義也。」這是劉向本篇奏疏的核心思想。本書所關注的，是劉向在論證這一天人相應、相和的政見時，引《詩》為證，把《詩》篇解釋到這一思想體系中去了。它具體地體現了西漢後期秉承董仲舒的經學思想，並把這一思想滲透到文學觀念之中的情形。

這一時期以天人感應觀念說《詩》談藝的，還有讖緯書。一般認為，讖緯產生於哀、平之際⑦，這可能是個誤解，它的起源時代實在漢初。關於這個複雜問題，此處不能展開討論。文淵閣《四庫全書總目．易類六》附錄《易緯》案語云：「緯者，經之支流，衍及旁義」，認為它是對儒家經典的一種闡發。這個看法，大旨不錯。簡要言之，讖緯思潮是伴隨著漢代儒學的興起，得以發展起來的；它的本質，是一種政治文化思想⑧。因此，讖緯書之說《詩》談藝，仍然不是闡發文學思想，至多也只是接觸到一些文學觀念。

讖緯書談《詩》論樂，是把自然、社會與《詩》樂三者聯繫起來，說明它們的一體關係。如云：

> 《詩》者，天地之心，君德之祖，百福之宗，萬物之戶也。（《詩緯．含神霧》）
>
> 《詩》者，天文之精，星辰之度，人心之操也。（《春秋緯．說題辭》）

這就是把《詩》作為總理天地、人事和人心的樞紐。換言之，《詩》體現著與自然、社會和個人的必然的內在聯繫及其一體性。讖緯書論樂也是如此：

夫神守於心，游於目，窮於耳，往乎萬里而至疾，故不得而不連，從胸臆之中而徹太極，援引無題，人神皆感，神明之應，音聲相和。（《樂緯．動聲儀》）

這裏講「精鶩八極，心游萬仞」的現象，也終究歸結到天人相應相和之上。至於《詩緯．含神霧》把不同地域與不同音聲聯繫起來，如云：「夫齊，地處孟春之位，海岱之間，土地汙泥，流之所歸，利之所聚。律中姑洗，音中宮角」，「秦，地處仲秋之位，男懦弱，女高瞭，白色秀身。音中商」；《樂緯．葉圖徵》把音樂與君臣民、天文地理統一起來，如云：「天地以和氣至，則和氣應；和氣不至，則天地和氣不應。鐘音調，下臣以法賀主。鼓音調，主以法賀臣。聲音調，主以德施於百姓。琴音調，主以德及四海。八能之士常以日冬至成天文，日夏至成地理。作陰樂以成天文，作陽樂以成地理。」這類材料就更都是讖緯書基於天人感應觀念，把《詩》樂納入天、地、人的統一系統之中的具體證明了。

所以簡要臚述經學家及讖緯書以天人感應觀念說《詩》論樂的思想，是要說明：在西漢後期，除了認同前此已有的一些經學文藝觀念之外，還以比較有特色的方式或途徑，鮮明地呈現出經學對文藝觀念的深入滲透。

第二節　揚雄本儒兼道的文學思想

不可否認，揚雄的思想及其文學觀念充滿了矛盾。追本溯源，這種矛盾狀態乃是來自他的儒、道二家兼收並蓄。從一些地方看，揚雄是一個堅定的醇儒，他不僅摹仿《易經》寫了《太玄》，仿照《論語》著作《法言》，認為其所著述乃是「勿雜而已矣」的純正的「仁義」之論（《法言・問神》），從他對劉安、司馬遷的評陟中也可見出其以儒為准的的思想：「淮南說之用，不如太史公之用也。太史公，聖人將有取焉；淮南，鮮取焉爾。必也，儒乎？乍出乍入，淮南也；……多愛不忍，子長也。仲尼多愛，愛義也；子長多愛，愛奇也。」（《法言・君子》）甚至，他還表示了揚孟抑荀的立場：「或問：孟子知言之要，知德之奧。曰：非苟知之，亦允蹈之。或曰：子小諸子，孟子非諸子乎？曰：諸子者，以其知異於孔子者也。孟子異乎？不異。或曰：孫卿非數家之書，侻也；至於子思、孟軻，詭哉！曰：吾於孫卿，與見同門而異戶也。惟聖人為不異。」（同上）由此可見，揚雄在思想態度上，不僅不容許對儒術有所出入，而且菲薄一切不完全符合孔子的思想。但是，揚雄的實際思想狀況，卻非但存在著與劉安類似的情形（指其儒、道兼取），也接受了荀子極大影響（詳下），與其思想態度頗不相諧。這說明，在揚雄的思想深處，本就存在著較大的矛盾。這一矛盾狀態，也直接影響到他對於文學的觀念。

—毫無疑問，揚雄是主張徵聖、宗經的（這一主張最早由荀子提出⑨），其《法言》中多有此類言論：

> 舍舟航而濟乎瀆者，末矣；舍《五經》而濟乎道者，末矣。棄常珍而嗜乎異饌者，惡睹其識味也；委大聖而好乎諸子者，惡睹其識道也。……曰：惡由入？曰：孔氏。孔氏者，戶也。
>
> 好書而不要諸仲尼，書肆也；好說而不要諸仲尼，說鈴也。
>
> 萬物紛錯，則懸諸天；眾言淆亂，則折諸聖。或曰：惡睹乎聖而折諸？曰：在則人，亡則書，其統一也。（以上《吾子》）
>
> 大哉！天地之為萬物郭，《五經》之為眾說郛。
>
> 書不經，非書也；言不經，非言也。言、書不經，多多贅矣。（以上《問神》）
>
> 或問：《五經》有辯乎？曰：惟《五經》為辯。說天者，莫辯乎《易》；說事者，莫辯乎《書》；說體者，莫辯乎《禮》；說志者，莫辯乎《詩》；說理者，莫辯乎《春秋》。舍斯，辯亦小矣。（《寡見》）

由此可見，揚雄堅定地尊崇孔子而排斥諸子（孟子例外），主張聖人在則從聖，聖人亡則從其書

（經），認為《五經》是包籠世間萬物一切正確道理的經典。因此，一切思想都應以《五經》為鵠的和標準。

但是，揚雄本人也未能做到這一點。首先，他認為「經可損益」、「聖人多變」：

或曰：經可損益歟？曰：《易》始八卦，而文王六十四，其益可知也。《詩》、《書》、《禮》、《春秋》，或因或作，而成於仲尼，其益可知也。故夫道非天然，應時而造者，損益可知也。（《法言．問神》）

或曰：聖人之道若天，天則有常矣；奚聖人之多變也？曰：聖人固多變。……聖人之書、言、行，天也；天其少變乎？

或曰：聖人自恣與？何言之多端也！曰：子未睹禹之行水與？一東一北，行之無礙也。君子之行，獨無礙乎？如何直往也！水避礙則通於海，君子避礙則通於理。（以上《法言．君子》）

揚雄既已堅決主張征聖、宗經，非經不從，非聖不聽，則是以聖、經為准的；然而於此又云聖人和經典都是多變無端、可以損益變化的。那麼又徵誰從何呢？自然，可以按照揚雄所謂「道非天然，應時而造」，去依照徵聖宗經的理路推論，認為經典的損益變化也是由歷代聖人完成的（**如從文王到孔子**），但是在悠長的歷史發展過程中，究竟誰可承擔聖人的職責呢？而且，既是如此，為什麼一定要尊崇孔子而排斥諸子（**如荀子**）呢？由此可見，揚雄思想中徵聖宗經與經典損益變化之間不可調和的矛盾，這不是用「揚雄的思想是辯證的」答案能夠解釋的。因為二者之間無法「辯證」，要麼固守徵聖宗經，認為經孔子整理的《五經》是絕對正確的，要麼承認發展變化的合理性，肯定後人的發展創造，二者必居其一，方能使思想消除矛盾，成為一種可具有某種「標準」的思想（**如揚雄所努力的那樣**）。

於今觀之，揚雄的尷尬，正由於他企圖為人們指示一種「標準」的唯一正確的思想。然而，作為真正的學者和思想家，揚雄自有一種追求真理的客觀精神。在提倡徵聖宗經的同時，他又表述了一種很實用的觀點：

> 或問「新敝」。曰：新則襲之，敝則益損之⑩。（《法言·問道》）
>
> 或曰：以往聖人之法治將來，譬猶膠柱而調瑟，有諸？曰：有之。曰：聖君少而庸君多，如獨守仲尼之道，是漆也⑪。（《法言·先知》）
>
> 夫道，有因有循，有革有化。因而循之，與道神之；革而化之，與時宜之。故因而能革，天道乃得；革而能因，天道乃馴。夫物，不因不生，不革不成。故知因而不知革，物失其利；知革而不知因，物失其均。革之匪時，物失其基；因之匪理，物喪其紀。（《太玄·玄瑩》）

這裏講因革承變的關係，確是辯證圓融的。它所提供的標準，便是前引所謂「道非天然，應時而造」。並且，揚雄還道出了一個與此相聯繫的更為客觀的標準：「君子之言，幽必有驗乎明，遠必有驗乎近，大必有驗乎小，微必有驗乎著。無驗而言之謂妄。」（**《法言·問神》**）認同因時權變，主張言必有驗，一言以蔽之，就是：一種思想是否有價值，必須檢驗它是否適時、適用。這就又回歸到他所菲薄的荀子甚至法家上去了⑫。

一方面是提倡徵聖宗經，絕不允許有半點偏離孔、孟，另方面則強調「道非天然，應時而造」，主張「可則因，否則革」、「君子言必有驗」，揚雄確實陷入了難以調和的矛盾之中了。

其次，揚雄在尊孔崇經的同時，又倡言儒、道兼取：

或問天。曰：吾於天與，見無為之為矣。或問：雕刻眾形者匪天與？曰：以其不雕刻也，如物刻而雕之，焉得力而給諸？老子之言道德，吾有取焉耳；及搥提仁義，絕滅禮學，吾無取焉耳。（《法言．問道》）

儘管他反對老子貶損仁義，但對於老子的無為而無不為思想卻是認同的，以為可取。在這一點上，揚雄與陸賈是相同的，既守仁義，又用無為，可以見出揚雄有回歸黃老的思想因素。循此思路，揚雄又說：「允治天下，不待禮文與五教，則吾以黃帝、堯、舜為疣贅」（《法言．問道》）；「在昔虞、夏襲堯之爵，行堯之道，法度彰，禮樂著，垂拱而視天下民之阜也，無為矣。紹桀之後，纂紂之餘，法度廢，禮樂虧，安坐而視天下民之死，無為乎？」（同上）這是說，有為或無為，因時勢而確定，當為則為，不當為則無為。由此也可見出揚子儒、道相溶的思想特點。

然而，揚雄徘徊於儒、道之間時，始終堅守著儒家的根基：

或問：鄒、莊有取乎？曰：德則取，愆則否。何謂德、愆？曰：言天、地、人經，德也；否，愆也。愆語，君子不出諸口。（《法言．問神》）

汪榮寶《法言義疏》謂：「言天、地、人而經者，《易》、《春秋》也。」並引《易傳·系辭》、《春秋繁露》、《漢書》眭弘等傳《贊》為證。其中《春秋繁露·王道通三》說：「三畫而連其中，謂之『王』。三畫者，天、地與人也；而連其中者，通其道也。取天、地與人之中，以為貫而參通之。」因此，若一般地理解揚子上面的話，則是：把天、地、人三者捉置一處思考，能夠「通合天人之道」者，就是「德」，就是可取的。以此標準衡量鄒、莊，因為莊周「蔽於天而不知人」（《荀子·解蔽》），又「罔君、臣之義」，鄒衍「無知於天地之間」（以上《法言·問道》），均不能貫通天、地、人三者，故皆違背經義，屬於「愆語」，所以基本上不足取。但是在另一處，揚雄又指出了他們的可取之處：「或曰：莊周有取乎？曰：少欲。鄒衍有取乎？曰：自持。」（同上）少欲和自持，由於其也基本符合儒家精神，所以雄以為可取。總之，揚雄在牽合儒、道之時，乃是站在儒家的立場的。

從上述兩點，可以見出揚雄根本的思想矛盾：一方面，他賦予孔、孟和儒家經典以神聖不可侵犯的崇高地位，認為「視日月而知眾星之蔑也，仰聖人而知眾說之小也」（《法言·學行》），「天地之為萬物郭，《五經》之為眾說郛」，認為眾言淆亂，一切思想都應以聖人、經典為標準；另一方面，他又認為聖人、經言多變無端，經典可以損益，儒、道可以兼取，這就又破壞了其所謂「勿雜而已矣」的純儒理想，取締了聖、經不可侵犯的神聖地位。

揚雄的這一思想矛盾，與他所處時代的政治狀況和社會思潮、本人的經歷和性情等均有極大關係。而僅就其思辯方面看，這種矛盾的產生與揚雄的思想方法直接相關。在《法言》首篇《學行》中，揚雄即宣明了其思想觀點：「天之道，不在仲尼乎？仲尼駕說者也（讀為矣），不在茲儒乎？如將復駕其所說，則莫若使諸儒金口而木舌。」⑬這是說，孔子本就是受天之命、制作法度以號令天下者；孔子既死，後儒應該重新擔當起這個責任。因此，他在思想方法上就傾向於「新變」。《法言》即屢屢道說順時因變，如：

或問：道有因無因乎？曰：可則因，否則革。（《問道》）

非其時而望之，非其道而行之，亦不可以至矣。（《寡見》）

這種思想方法，與荀子的「法後王」，以及法家、黃老家所主張的「因變」思想是相通的。用這樣的思想方法去思考具體問題，必然會令揚雄徵聖宗經的理念式的「純儒」理想倍受尷尬。因而，揚雄雖褒孔、孟而抑荀，而在思想方法上實是受到荀子決定性的影響，造成了他思想深處的矛盾狀態。

但是，本書並無意誇大揚子的思想矛盾。以儒為主導而兼采道家，是揚雄思想的基本狀態。他的矛盾，更多呈現為學理或邏輯上的不諧調，而其基本的思想傾向還是儒家的。

二

揚雄本儒兼道的基本思想，直接貫徹到他的文學觀念中去了。這些接觸到某些文學思想的文字，可以從以下兩個方面予以討論。

首先是純粹的儒家的觀念。如其論樂（音讀如勒），論賦。

在揚雄看來，樂作為一種情感，已不單純是一種生理和心理的現象，他特別推崇那種合道之樂：

或謂：「仲尼事彌其年，蓋天勞諸，病矣夫！」曰：「天非獨勞仲尼，亦自勞也。天病乎哉？天樂天，聖樂聖。」（《法言．問明》）

汪榮寶《法言義疏》說：「于穆不已，天之所以為天也；學不厭，教不倦，聖之所以為聖也。各樂其道，何病之有？」釋義極確當。所以揚子屢次讚賞顏回之樂：

或曰：「使我紆朱懷金，其樂可量也？」曰：「紆朱懷金者之樂，不如顏氏子之樂。顏氏子之樂也，內；紆朱懷金者之樂也，外。」（《法言．學行》）

山雌之肥，其意得乎？或曰：「回之簞瓢，臞如之何？」曰：「明明在上，百官牛羊，亦山雌也；闇闇在上，簞瓢捽茹，亦山雌也；何其臞？千鈞之輕，烏獲之力也；簞瓢之樂，顏氏德也。」（《法言．修身》）

顏回之樂，不是心外的生活富貴的物質之樂，而是內心體道的精神之樂。揚雄交口讚譽，便是把情感的樂賦予了道的意義。這一點與孔子是一致的：「子在齊聞《韶》，三月不知肉味，曰：不圖為樂之至於斯也！」（《論語．述而》）「知者樂水，仁者樂山。知者動，仁者靜。知者樂，仁者壽。」（同上《雍也》）孔子早已把樂這種自然情感提升到了形而上的義域。

揚雄對賦的批評，主要指出的是賦具有淫麗虛浮、勸而不止的缺憾。如云：

或曰：「賦可以諷乎？」曰：「諷乎！諷則已，不已，吾恐不免於勸也。」（《法言．吾子》）

辭勝事則賦。（同上）

文麗用寡，長卿也。（同上《君子》）

或問：「屈原、相如之賦，孰愈？」曰：「原也過以浮，如也過以虛。過浮者蹈雲天，過虛者華無根。」（《文選》之《宋書．謝靈運傳論》李善注）

雄以為賦者，將以風也。必推類而言，極麗靡之辭，閎侈鉅衍，競於使人不能加也。既乃歸之於正，然覽者已過矣。……由是言之，賦勸而不止，明矣。（《漢書．揚雄傳》）

賦的這些特色，決定了它必然難以達到政教致用的目的；而虛華淫麗又不切實用的東西，向為儒家所抨擊。因此，揚雄對賦的批評，從其整體思想傾向來看，乃是站在儒家立場進行的。

其次是本儒兼道的文學觀念。可以從以下三個方面來看。

第一，關於心聲心畫。《法言．問神》說：

面相之，辭相適，捈中心之所欲，通眾人之嚧嚧者，莫如言；彌綸天下之事，記久明遠，著古昔之㖧㖧，傳千里之忞忞者，莫如書。故言，心聲也；書，心畫也。聲畫形，君子小人見矣。聲畫者，君子小人之所以動情乎？

這是說，面對一個需要認識或解釋的事物，只有言說可以抒發心中的欲望，糾調眾人之異說；只有著書可以彰明古今至理並傳之久遠。無論君子和小人，他們的言說和著述，都是真實心跡的表白，也正是從各人的言說和著書中可以分辨出孰為君子、誰是小人。由此，似乎可以得出這樣的結論：揚雄認為，言說和著述乃是各人真實情感、真實思想的表白。換言之，言說和著述是能夠表達或體現人的真實思想情感的。但是，若把緊接以上引文前面的一段話聯繫起來看，這個判斷就出現了問題：

言不能達其心，書不能達其言，難矣哉！惟聖人得言之解，得書之體。白日以照之，江河以滌之，灝灝乎其莫之禦也！

依此看來，揚雄似乎又不認為每個人都能夠做到「言心聲書心畫」，而唯有聖人能之。這樣，揚雄在這一段完整的敘說裏，明顯包含著兩個互相矛盾的判斷：言可盡意和言不盡意。因此，尚不能僅從字面上斷章取義地去闡釋「故言，心聲也；書，心畫也」這句話。按照揚雄的根本思路，言、書是否能夠達意，是因人而異的。要想準確理解其所謂「心聲心畫」之說，仍然應當回歸到他徵聖宗經的根本理想上來，這就是，「惟聖人得言之解，得書之體」，只有聖人可以做到言可盡意，只有聖人才能「言心聲書心畫」。所謂「通諸人之嚍嚍」、「彌綸天下之事」、「著古昔之㫘㫘」云云，都是指聖人的言、書。在這一點上，揚雄表現出一貫的徵聖精神。但與此同時，揚雄又認同道家的言不盡意說，認為「言不能達其心，書不能達其言」⑭。依照揚雄的思路，這種言不盡意的情形，乃是指聖人之外的人而言的⑮。可見，在「心聲心畫」的問題上，揚雄表現出了本儒兼道的思想特徵。

第二，關於神。《法言・問神》說：

或問「神」。曰：「心。」「請問之。」曰：「潛天而天，潛地而地。天地，神明而不測者也；心之潛也，猶將測之，況於人乎？況於事倫乎？」

揚雄肯定心（精神）的精鶩八極、遨遊萬仞的特性，可能有啟於《易．系辭上》：「《易》與天地准，故能彌綸天地之道。仰以觀於天文，俯以察於地理，是故知幽明之故。原始反終，故知死生之說。精氣為物，遊魂為變，是故知鬼神之情狀。與天是相似，故不違。知周乎萬物而道濟天下，故不過。旁行而不流，樂天知命，故不憂。安土敦乎仁，故能愛。範圍天地之化而不過，曲成萬物而不遺，通乎晝夜之道而知。故神無方而《易》無體。」《易傳》此云「仰觀天文，俯察地理」、「知周乎萬物」，固然也含有精神遨遊的意思，但它主要不是指聖人之心的特性，而是誇飾《易》作為經典的偉大意義，與揚雄所講「心之潛」是不同的。實際上，揚子所謂「潛天而天，潛地而地」的精神之特性，更可能來自莊子。莊子雖然沒有明確講述人的精神可以神遊萬物和過去、未來，但《逍遙遊》中描述無功、無名、無己的自由境界，確是在衝破時空制限之中，突現了人的主體精神，突現了精神的逍遙（**儘管在莊子看來，追求個人精神的逍遙本身也還是毫無意義的**）。在先秦典籍中所能找到的與揚子之「神」接近的思想資料，恐怕只有《莊子》。這或許可以說明，在此一問題上，揚雄受到了道家思想的影響。

但是與此同時，揚雄又接著說了另一番話：

昔乎，仲尼潛心於文王矣，達之；顏淵亦潛心於仲尼矣，未達一間耳。神在所潛而已矣。天神天明，照知四方；天精天粹，萬物作類。人心其神矣乎！操則存，舍則亡。能常操而存者，其惟聖人乎？聖人存神索至，成天下之大順，致天下之大利，和同天人之際，使之無間也。

心能神遊，然貴在「所潛」。汪榮寶《法言義疏》引真西山云：「潛之一字，最宜玩味。天惟神明，故照知四方；惟精粹，故萬物作睹。人心之神明精粹，本亦如此。惟不能潛，故神明者昏，而精粹者雜，不能燭物而應理也。」然而，「潛」於何處呢？《荀子．不苟》說：「君子養心莫善於誠，致誠則無他事矣。惟仁之為守，惟義之為行。誠心守仁則形，形則神，神則能化矣；誠心行義則理，理則明，明則能變矣。」荀子主張潛心於仁義，揚子更從其徵聖宗經的思想出發，明確指示應當潛心於聖。至此，揚雄又把神遊之心收籠於聖人、經典之上。可以見出，在「神」的觀念上，揚雄之思想仍然體現著本儒兼道的特徵。

第三，關於文質。一般看來，揚雄論文質問題並未超出先秦儒家的思想範圍。如提倡中正，反對以淫辭亂法度：

或問：「交五聲十二律也，或雅，或鄭，何也？」曰：「中正則雅，多哇則鄭。」「請問本。」曰：「黃鐘以生之，中正以平之，確乎，鄭、衛不能入也。」

或曰：「女有色，書亦有色乎？」曰：「有。女惡華丹之亂窈窕也，書惡淫辭之淈法度也。」（以上《法言．吾子》）

或曰：「君子聽聲乎？」曰：「君子惟正之聽。荒乎淫，拂乎正，沈而樂者，君子不聽

也。」（《法言・寡見》）

如主張事與辭、華與實相稱：

事勝辭則伉，辭勝事則賦，事辭稱則經。足言足容，德之藻矣。（《法言・吾子》）

實無華則野，華無實則賈，華實副則禮。（《法言・修身》）

在滿足了中正、相稱兩個根本前提的情況下，揚雄似乎有強調質待文飾的傾向。如說：

或曰：「學無益也，如質何？」曰：「未之思矣。夫有刀者礲諸，有玉者錯諸，不礲不錯，焉攸用？礲而錯諸，質在其中矣。否則輟。」（《法言・學行》）

或曰：「良玉不雕，美言不文，何謂也？」曰：「玉不雕，璵璠不作器；言不文，典謨不作經。」（《法言・寡見》）

聖人，文質者也。車服以彰之，藻色以明之，聲音以揚之，《詩》、《書》以光之。籩豆不陳，玉帛不分，琴瑟不鏗，鐘鼓不抎，則吾無以見聖人矣。（《法言・先知》）

以上說法，無論是中正、相稱，還是質待文飾，都是前此儒家的傳統思想，基本沒有什麼新意。

但值得注意者，是揚雄在強調禮文的同時，又讚賞大音希聲。如他說：

蓋胥靡為宰，寂寞為尸；大味必淡，大音必希；大語叫叫⑯，大道低回。是以聲之眇者不可同於眾人之耳，形之美者不可棍於世俗之目，辭之衍者不可齊於庸人之聽。今夫弦者，高張急徽，追趨逐耆，則坐者不期而附矣；試為之施《咸池》，揄《六莖》，發《簫韶》，詠《九成》，則莫有和也。（《解難》）

或問「大聲」。曰：「非雷非霆，隱隱耾耾，久而愈盈，尸諸聖。」（《法言．問道》）

《解難》的一段引文，是揚子鑒於他人對其《太玄》一書有所謂「抗辭幽說，閎意眇指，獨馳騁於有亡之際，而陶冶大鑪，旁礴群生……譬畫者畫於無形，弦者放於無聲」的批評，而做的回答。他人對《太玄》的批評，實際上是說由於它過於簡要而深奧，「歷覽者茲年矣，而殊不寤」。揚雄針鋒相對，打出了「大味必淡，大音必希」的旗幟，並且認為這樣的著述才是曲高必和寡的真美。《法言．問道》的引文也是如此，「大聲」未必如雷霆那樣巨大響亮，便於識別，但具有長久魅力。就如無味之大羹、無繁會之聲的大音，歷久彌雋。這一思想，就完全是接受了老子之說，與其重視禮文的思想又不相切合了。

但是，從總體傾向看，講文質副稱和質待文飾，還是揚子關於文質問題的基本思想，大音希聲只是處於次要地位的說法。因而本儒兼道的特徵，也同樣表現在他對文質的看法上。

綜上所述，揚雄在涉及文學觀念的幾個主要問題上，都體現著本儒兼道的特徵，與其思想特徵是基本一致的。這種情形，正是西漢後期由儒學大盛轉而回歸道家之時代的思想歷程，在揚雄身上的體現。正如揚雄在思想上有著難以自解的矛盾一樣，在文學觀念上也不同程度地呈現著儒、道之間的矛盾。這也正是揚雄的一大特徵，是揚雄所處時代的一大特徵。

①《易傳》的這段話是講君子修心養性的，而李鼎祚《周易集解》引翟氏語「修其教令，立其誠信，民敬而從之」予以解釋，把這段話當作對統治者的要求，不合《易傳》本義。

②如其《母儀傳．齊女傅母》：「傅母者，齊女之傅母也。女為衛莊公夫人，號曰莊姜。姜交好，始往，操行衰惰，有冶容之行、淫佚之心。傅母見其婦道不正，諭之云：『子之家，世世尊榮，當為民法則。子之質，聰達於事，當為人表式。儀貌壯麗，不可不自修整。衣錦絅裳，飾在輿馬，是不貴德也。』乃作詩曰：『碩人其頎，衣錦絅衣。齊侯之子，衛侯之妻，東宮之妹，邢侯之姨，譚公維私。』砥厲女之心以高節。以為人君之子弟，為國君之夫人，尤不可有邪辟之行焉。女遂感而自修。」《貞順傳．召南申女》：「召南申女者，申人之女也。既許嫁於酆，夫家禮不備而欲迎之。女與其人言，以為夫婦者，人倫之始也，不可不正。……嫁娶者，所以傳重承業，繼續先祖，為宗廟主也。夫家輕禮違制，不可以行。遂不肯往。夫家訟之於理，致之於獄，女終以一物不具，一禮不備，守節持義，必死不往，而作詩曰：『雖速我獄，室家不足。』言夫家之禮不備足也。」《貞順傳．黎莊夫人》：「黎莊夫人者，衛侯之女，黎莊公之夫人也。既往而不同欲，所務者異，未嘗得見，甚不得意。其傅母閔夫人賢，公反不納，憐其失意，又恐其已見遣而不以時去，謂夫人曰：『夫婦之道，有義則合，無義則去。今不得意，胡不去乎？』乃作詩曰：『式微式微，胡不歸？』夫人曰：『婦人之道，一而已矣。彼雖不吾以，吾何可以離於婦道乎？』乃作

詩曰：『微君之故，胡為乎中露？』終執貞一，不違婦道以俟君命，君子故序之以編《詩》。」

③指王褒所作《中和》、《樂職》、《宣布》三首歌德頌世的詩歌。

④參見本書第五章第三節。又，後漢初年，王充認為「古之帝王建鴻德者，須鴻筆之臣褒頌紀載，鴻德乃彰，萬世乃聞」，主張「臣子當頌」（《論衡・須頌》）。他在《論衡》之《齊世》、《宣漢》、《恢國》、《驗符》、《須頌》諸篇，集中歌頌大漢之功德。王充這個思想，當受到王褒之啟發。

⑤《春秋繁露》之《官制象天》、《王道通三》、《人副天數》、《同類相動》、《循天之道》諸篇，論述這個思想體系尤為集中。

⑥對於翼奉《詩》學思想之認識，尚可參見拙文《翼奉〈詩〉學著作存留考》（載《文學與文化》第八輯，南開大學出版社二〇〇八年二月）、《翼奉〈詩〉學思想之「五際」說考釋》（載《鄭州大學學報》二〇〇八年第一期）。

⑦關於緯書的起源，向有三說：一是起於孔子，二是起於秦代，三是起於西漢哀、平之際。學界一般以第三說為比較可信。（參見《周予同經學史論著選集》，上海：上海人民出版社一九八三年版，第四十五—四十八頁）

⑧關於讖緯之起源、發展演變及其性質等問題，可參見拙文《歷史維度的缺失——自唐迄今讖緯名義研究之述評》（載《中國古代近代文學研究》二〇一〇年第十一期）、《漢代讖、緯分合演變考》（臺灣輔仁大學《先秦兩漢學術》總第十六期，二〇一二年）。

⑨《荀子・勸學》：「學惡乎始？惡乎終？曰：其數則始乎誦經，終乎讀禮；其義則始乎為士，終乎為聖人。……《禮》之敬文也，《樂》之中和也，《詩》、《書》之博也，《春秋》之微也，在天地之間者畢矣。」《儒效》：「聖人也者，道之管也。天下之道管是矣，百王之道一是矣，故《詩》、《書》、《禮》、《樂》之歸是矣。」《正論》：「凡言、議、期、命，是非以聖王為師。」

⑩ 李軌注：「值日新，則襲而因之；值其敝亂，則損益隨時。」

⑪ 李軌注：「漆甚於膠。」

⑫ 如《荀子．性惡》云：「善言古者必有節於今，善言天者必有徵於人。」《韓非子．五蠹》云：「聖人不期修古，不法常可，論世之事，因為之備。」

⑬ 汪榮寶《法言義疏》：「『駕說者也』，猶云『沒矣』。……『復駕其所說』，謂修聖道於孔子既沒之後，譬復駕其已舍之車，有若孔子復生然也。……《論語》云：『天將以夫子為木鐸。』孔安國注云：『言天將命孔子制作法度，以號令於天下。』按：即所謂制《春秋》之義，以俟後聖也。『使諸儒金口而木舌』者，欲其宣揚聖人制作之義，亦如奮木鐸以警眾也。」

⑭《莊子．天道》：「世之所貴道者，書也；書不過語，語有貴也。語之所貴者，意也；意有所隨。意之所隨者，不可以言傳也，而世因貴言傳書。世雖貴之，我猶不足貴也，為其貴非其貴也。故視而可見者，形與色也；聽而可聞者，名與聲也。悲夫，世人以形色名聲為足以得彼之情！夫形色名聲果不足以得彼之情，則知者不言，言者不知，而世豈識之哉！」

⑮ 揚雄在此先說言不盡意而唯聖人能之，後又說「聲畫形，君子小人見矣。聲畫者，君子小人之所以動情」，邏輯上是矛盾的。此類矛盾在《法言》中多有，是揚雄思想的一個重要特點。本書所以如此斷言，乃是就其主要思想傾向推論，當無大錯。

⑯ 顏師古注：「叫叫，遠聲也。」

結語：依附於經學之上的西漢文學思想

西漢文學思想的根本特質是怎樣的？具體描述了西漢二百三十年間文學思想的發展歷程之後，就可以對這個基本問題做出回答了：它依附於經學之上，或者說是從儒家經學中衍生而來。

如果要問：西漢時期，究竟有沒有**今天所說的一般意義的「文學思想」**？恐怕會引起一些詫異。因為迄今為止，幾乎所有從文學（文藝）思想（或批評、理論）的角度研究西漢歷史的論著，都安然地把所研究的問題名之曰「文學（文藝）思想」，或是「文學（文藝）批評」、「文學（文藝）理論」。甚至有學者認為，中國「文學的獨立和自覺，是從戰國後期《楚辭》的創作開始初露端倪」，「到西漢中期就已經很明確了」①。如果西漢時期的文學既已**獨立並自覺**，則此一時期存在著一般意義的文學思想當然是不需懷疑的。但是，衡量文學是否獨立和自覺的根本標準是什麼？本書認為，這個標準就是：**文學是否與政教實現分離，文學是否已經不依附於政教而獨立成科**，而不能僅僅以個別具體、零散的現象作為判斷的根據。准此以觀，則西漢時期的文學尤其是文學思想，並沒有自覺和獨立，因為它基本上仍然是附著在儒家的政教學說——經學之上的。本書所描述的「西漢文學思想」，是以今天的眼光、站在現代的立場，從西漢的文獻中挖掘、整理出的**可以視為文學思想**的東西。而這些東西在當時的本來意義，並非文學思想。因此，就整個中國文學思想史來說，所謂「西漢的文學思想」，嚴格地說，只是「前文學思想」。

一

西漢前期，就創作而言，大抵有楚歌、散文和辭賦三種樣式。楚歌包括政治抒情詩和輔政頌世詩兩種題材的作品。前者如劉邦的《大風歌》、《鴻鵠歌》，戚夫人的《舂歌》，劉友的《歌》（諸呂用事兮）等，這些楚歌作品，儘管情感濃郁，但一概是政權爭奪的直接產物，更多「政治敘述」的意味，而不具備普遍的抒發性靈的意義；後者就是唐山夫人所作的《安世房中歌》，這組楚歌的意義非常單一和明確：頌世倡孝，為新建政權鼓吹。西漢前期的散文，包括陸賈、賈山、賈誼、晁錯、鄒陽等人的一批文章，他們的作品都是政論文章，是回應劉邦「試為我著秦所以失天下，吾所以得之者何，及古成敗之國」的號召而撰寫的。只有辭賦，開始確是抒情述志、獨抒性靈的，這就是賈誼的作品。《弔屈原賦》雖是借憑弔屈原來述說自己的不得志，有「政治敘述」的背景，但是這個背景在作品中只是潛在的，更明顯的表現形貌，是作家情感的噴發。而《鵩鳥賦》就更是抒發對人生的富有個性色彩的感慨和志趣了。可惜的是，後來的作家並沒有很好地繼承和發展賈誼辭賦的抒情述志的寫作方式。就今存資料看，只有與賈誼同時稍後的嚴忌，創作了一篇《哀時命》，模仿《離騷》，為屈原鳴不平，算是抒情意味很濃的，但是幾乎沒有作者自我的融入。嚴忌之後，漢初辭賦創作便起了明顯的變化。載錄於《西京雜記》卷四的枚乘、路喬如、公孫詭、鄒陽、公孫乘、羊勝等人的七篇小賦，就純然是歌功頌德、遊戲文字的樣子了，而絕無個人真情實感的投入。因此，綜觀漢初七十年的創作情形，其間或有抒情與實用交錯的狀況，但總的趨向是義無反顧地奔向實用，創作與政治、教化難以截然區分。

西漢前期的一些論著，如陸賈《新語》、賈誼《新書》、四家《詩》經解和《淮南子》等，其中都有一些論《詩》說樂的文字。然而他們心目中的《詩》、樂，內涵與今天極不相同。

陸賈繼承荀子的禮樂思想，認為《詩》、樂的產生，根本就是為著「緒人倫」、「匡衰亂」、「節奢侈」、「正風俗」、「通文雅」、「序科第」、「明大義」等等政教實用目的的（**參見《新語》之《道基》**、**《本行》篇**）。因此他特別重視文藝的實用性，尖銳地批評「棄本趨末，技巧橫出……加雕文刻鏤，傅致膠漆丹青、玄黃琦瑋之色，以窮耳目之好，極工匠之巧」（**《新語．道基》**）的風習，認為君主不應沉迷於「璧玉珠璣」、「雕琢刻畫」（**見《新語．本行》**），不應聽信華而不實的言論：「讒夫似賢，美言似信，聽之者惑，觀之者冥。」（**《新語．輔政》**）

賈誼同樣把儒家六藝視為禮制政治教育的綱領。他認為，禮樂是政治不可分割的組成部分：「夫樂者所以載國，國者所以載君。彼樂亡而禮從之，禮亡而政從之，政亡而國從之，國亡而君從之。」（**《新書．審微》**）所以，賈誼也同樣強調儒家六藝具有政治教化的功能與責任：「或稱《春秋》，而為之聳善而抑惡，以革勸其心；教之《禮》，使知上下之則。或為之稱《詩》，而廣道顯德，以馴明其志；教之樂，以疏其穢而填（**鎮**）其浮氣。」（**《新書．傅職》**）

《淮南子》思想比較龐雜，但是其中也不乏以儒家六藝為政教綱領的論說，如云：「溫惠柔良者，《詩》之風也；淳龐敦厚者，《書》之教也；清明條達者，《易》之義也；恭儉尊讓者，禮之為也；寬裕簡易者，樂之化也；刺幾辯義者，《春秋》之靡也。」（**《泰族訓》**）

顯而易見，陸賈、賈誼、《淮南子》等關於《詩》、樂的說法，不是把《詩》、樂作為文藝來看待，而是將它們視為政治教化的組成部分。

至於魯、齊、韓、毛四家解《詩》，更是如前人所說，「把《三百篇》作了政治課本」（聞一多《匡齋尺牘》之六）、「咸非其本義」（《漢書·藝文志》）。四家《詩》說不以《詩》為文學作品，是不待贅言的。

二

西漢中期的創作，辭賦是最為耀眼的景觀。眼下對西漢辭賦的研究還存在不少問題，比如：西漢時期辭賦創作的真實情形究竟怎樣？漢賦的根本特徵應該如何體認？限於資料和研究者的認識，這些極為重要的問題，都還難以徹底解決。在這裏，只想提出一個問題：從現存的西漢中期的辭賦來看，能否說明它標誌著此一時期文學的真正獨立？

要回答這個提問，恐怕應當根據此一時期辭賦創作的不同情形分別予以討論。這又陷入了一個困境：今天對這個時期辭賦創作的真實情形，還不是非常清楚[2]。現在，只能根據現存的史料，對此一時期辭賦創作的情形給予大略的分梳。今天存留的西漢中期的十七篇辭賦，從文體看，大體包括大賦、小賦、辭（類似楚辭）三種類型。其中辭作六篇，或懷人（如《李夫人賦》），或借他人的情事抒情（如《哀二世賦》、《長門賦》、《七諫》），或直抒胸臆（如《士不遇賦》），總之這類作品的抒情意味很濃。小賦九篇，這類作品往往以述志為主（如《美人賦》、《楊柳賦》、《蓼蟲賦》、《答客難》、《非有先生論》），也有抒情之作（如《悲士不遇賦》）。大賦二篇，即司馬相如的《子虛賦》、《上林賦》，實為一篇，《史》、《漢》之《司馬相如傳》均統稱為《天子游獵賦》。在這篇作品中，沒有抒情的成分，看不到作者的喜怒哀樂，它的最大特點是鋪排誇飾，遣辭用語繁難艱澀。

那麼，這些創作能否說明文學的獨立呢？辭作和小賦，偏重於抒情、述志，又往往使用形象或借喻的手法，當然是文學意味濃厚。大賦比較複雜，就其沒有真情實感的抒發來說，它缺少構成文學的關鍵因素；就其篇章結構的模式化、語句詞藻的豐富、摹繪和誇飾手法的頻繁運用來說，似又可以說它在文學的形式上做出了長足的發展。所以總的說來，這一時期的辭賦創作，向著文學方向發展的傾向應該說是比較明顯的。但是，仍然難以得出「西漢中期的文學已經獨立」的結論。因為在這個發展過程中，「文學的」和「非文學的」因素是融會在一起的。例如孔臧的《諫格虎賦》，是以賦的形式勸諫文帝不要「荒於遊獵」；劉勝的《文木賦》，是感謝魯恭王的饋贈。而大賦的本來目的，也是為諷諫而作（**至於其諷諫的效果如何，則是另外的問題**）。有這樣直接的實用（甚至應用）性質摻雜在辭賦作品之中，說明當時的辭賦還不完全是今天一般意義上的文學作品。並且，這個結論能否成立，還要考慮其他兩個因素：第一，辭賦而外的其他作品創作情形如何？第二，這個時期人們對「文學」的觀念如何？

西漢中期的散文創作非常繁榮，有為數眾多的政論，更有輝煌的巨著《史記》。儘管它們當中存在著優美的文字，絕妙的藝術構思和文字表現（**如《史記》的人物傳記**），後人也可以從文學的角度汲取豐厚的營養，但是，從根本上說，它們只是政論文和歷史著作，本來就不是文學作品。文學思想史可以對它們存而不論。在這裏，只簡要考察西漢中期的樂府詩歌。此一時期的樂府詩歌，包括貴族、文人的作品和民歌兩類。貴族、文人的樂府，包括《郊祀歌》十九章和《鐃歌》十八曲的一部分。正如本書第四章第一節所分析的，這些詩歌以祭祀、頌世為主題，直接服務於當時的政權，是政治生活的組成部分。民歌則有所不同，它們繼承《詩經》民歌的傳統，「感於哀樂，緣事而發」，率真抒情，有比興有形象，具備一般意義的文學作品的特徵。然而，民歌在中國文學史上，似屬於一個單獨的系統，雖特色鮮明，發展變化卻並不顯著，前代後世，風貌歷來如此，變化不大。儘管它在不同時期對主流文學有不同程度的影響，但是那些未經改造加工的本色的民歌，似從未能融入主流文學。就西漢而言，樂府民歌對主流文人似乎並無多少影響，因而也就對當時的「文學觀念」，未能起到什麼啟發或促動的作用。即使僅從創作實際看，此一時期的樂府詩歌，也還包括功利的**（貴族、文人的作品）**和非功利的**（民歌）**兩種情形，仍然是文學與非文學相混融的狀態。

那麼，西漢中期，人們對《詩》、樂以及創作活動的看法又如何呢？這主要體現在《毛詩大序》、《禮記・樂記》、董仲舒《春秋繁露》和司馬遷的著述思想之中。

《毛詩大序》認為，《詩》是先王用來「經夫婦，成孝敬，厚人倫，美教化，移風俗」的，其中「風」關乎邦國之政，「雅」「言王政之所由廢興」，「頌」的作用則是以優良的政績祭告天地、祖宗。《禮記・樂記》論音樂，以為「聲音之道與政通矣」，「樂者，通倫理者也。……是故先王之制禮樂也，非以極口腹耳目之欲也，將以教民平好惡，而反人道之正也」（**《樂本》**）。同樣是把音樂與政教緊密聯繫在一起。

再看《春秋繁露》，董仲舒也說：「君子知在位者之不能以惡服人也，是故簡六藝以贍養之。《詩》、《書》序其志，《禮》、樂純其美，《易》、《春秋》明其知。六學皆大，而各有所長。《詩》道志，故長於質。《禮》制節，故長於文。樂詠德，故長於風。《書》著功，故長於事。《易》本天地，故長於數。《春秋》正是非，故長於治人。」（**《玉杯》**）與《毛詩大序》、《禮記·樂記》的根本看法完全一致，無非都是強調《詩》、樂的政教意義。凡斯種種對《詩》、樂的看法，顯然不是把《詩》、樂當作文藝形式，而是當作了政治的組成部分，從而看重其政教的作用。

至於司馬遷的「發憤著書」說，討論動機、人生遭際與寫作之關係，接觸到了文學創作的問題。但是從《太史公自序》或《報任安書》的敘述看，既有《離騷》、《詩》三百這樣的文學作品，也有《周易》、《春秋》、《國語》、《呂覽》、《韓非子》這些學術性典籍。這一點也不奇怪，因為司馬遷本來就是在討論他對記載歷史的認識。即使從文學創作的視角來看，至少也說明：在司馬遷的思想中，文學和非文學還沒有區別開來。「發憤著書」說，實質上是內涵廣泛的著述思想。

因此，西漢中期無論是創作實踐，還是思想觀念，都沒有能夠說明文學或文學思想已經自覺和獨立的明確跡象。

三

西漢後期的創作，大體包括政論散文和辭賦。如前所述，政論散文不是文學作品，可以存而不論。辭賦也有大賦、小賦、辭三種不同的形式。西漢後期的大賦作品，具體說就是揚雄的《蜀都賦》、《甘泉賦》、《河東賦》、《羽獵賦》和《長楊賦》。其中的《蜀都賦》，是揚雄蟄居蜀地時的作品。通篇鋪敘誇飾蜀地山水之雄偉、物產之豐饒，還可以說表現了揚雄對家鄉的自豪感。其他四篇作品，據《漢書·揚雄傳》說，都是為進諫漢成帝而作（**至於有無諷諫的實際效果，則另當別論**），有著實用的目的。從「文學的」角度來看，這五篇大賦有對司馬相如的模仿，如體式結構、鋪排誇麗的表現、缺乏真情實感以及比司馬相如更甚的有勸無諷等。同時也有發展變化：第一，在表現對象上，拓展了大賦的題材領域，把祭祀和都市帶入大賦的描摹領域；第二，在表現方式上，一方面是描摹對象集中，不像司馬相如那樣在一篇作品中要寫很多不同類的東西，因而篇幅也就相對縮短，另一方面往往採取「以美為諷」的思想表達方式，有委婉含蓄之處。這說明，揚雄的大賦在藝術表現上有所進展。

從今存的文獻看，西漢後期的小賦和辭作家，主要有王褒、揚雄、劉歆和班婕妤。王褒的《洞簫賦》，是作者以簫自況的自傳性質的小賦，《九懷》則是借屈原之酒杯、澆自己之塊壘的辭作。兩篇作品都有比較濃厚的抒情色彩。揚雄的幾篇小賦和辭作，《酒箴》諷喻官場的險惡和混濁，《解嘲》抒發懷才不遇的憤鬱，《逐貧》和《太玄》表達對生存方式的思考，都個性鮮明，情感深濃。劉歆是劉漢宗親，他的辭作《遂初賦》，「感今思古……而寄己意」，把自己受到排擠的遭遇，同歷史上晉人自毀公族而滅國的史實融會一處，抒情濃烈。同時，這篇辭作比較注意抒情手法的變化，借古抒情和借景抒情交替使用，而且比較自如圓熟。班婕妤的《自悼賦》，是她失寵後所作，寫自己從入宮到遭貶過程中的心態變化和感受，細膩而感人。西漢後期的這些小賦和辭作，明顯而突出地表現著兩個特點：鮮明的自我和濃重的抒情色彩。與西漢中期尤其是前期的同類作品有著很大不同。因此也可以說，西漢後期的創作實踐，向著「文學的」方向跨進了一大步。

西漢後期可以看作是文學的觀念，主要體現在人們對抒情的看法、質文觀念、文用觀念、對《詩經》的闡釋以及揚雄的有關論述幾個方面。前三個方面基本是繼承前人成說，沒什麼突破，值得注意的是後兩個方面。

繼承董仲舒的思想體系，以天人感應觀念解釋《詩經》，是這一時期的重要特點。例如《齊詩》學者翼奉提出「六情十二律」的知人之法，把自然現象和人的性情牽合粘捏，為帝王提供了一套知人用人的法則。正是在這一思想中，翼奉提出了「《詩》之為學，情性而已」的判斷。他並不是在說「《詩》只是表現情感」這樣的觀念，而是以《詩》為經，用以衡量和判斷人事人情，「知人道之務」：「《易》有陰陽，《詩》有五際，《春秋》有災異，皆列終始，推得失，考天心，以言王道之安危。」（**《漢書．翼奉傳》**）他把《詩》同其他經典一道，都看作了符合陰陽天人觀念的致用於王道的東西。與翼奉同師的《齊詩》學者匡衡，其解《詩》的思想也基本如此。

劉向說《詩》也貫穿著天人感應思想。如其《條災異封事》論說「眾賢和於朝，則萬物和於野」、「朝臣和於內，萬國歡於外」的以和致和、天人相和的美政境界，就引用了《周頌》的《清廟》、《雝》、《執競》和《思文》四篇的詩句，用以說明後人所以祭祀、仰慕、懷念文王、武王、后稷這些先祖，正是由於他們能夠以和致和，使天人相和，政通人和。相反的，在那些不能以和致和的時代，則是災異屢現，人民怨憤，天人共怒。他又引用《小雅》的《角弓》、《小旻》、《十月之交》、《正月》四篇詩作，來說明「幽、厲之際，朝廷不和，轉相非怨」的狀況。劉向把這些詩歌都解釋為對小人在位、君子遭讒從而導致日月無光、天變地動的歷史時代的批判，也即對賢不肖易位、天人不和的批判。劉向在論證天人相應、相和的政見時，引《詩》為證，把《詩》作解釋到這一思想體系中去了。它具體地體現了西漢後期秉承董仲舒的經學思想，並把這一思想滲透到文學觀念之中的情形。

西漢後期以天人感應觀念說《詩》的，還有讖緯書中的不少片斷，如《詩緯．含神霧》說：

「《詩》者，天地之心，君德之祖，百福之宗，萬物之戶也。」《春秋緯．說題辭》說：「《詩》者，天文之精，星辰之度，人心之操也。」這就是把《詩》作為總理天地、人事和人心的門戶或樞紐。換言之，《詩》體現著與自然、社會和個人的必然的內在聯繫及其一體性。讖緯書論樂也是如此，如《樂緯．動聲儀》云：「夫神守於心，游於目，窮於耳，往乎萬里而至疾，故不得而不連，從胸臆之中而徹太極，援引無題，人神皆感，神明之應，音聲相和。」把音樂活動中精神遨遊的現象，也歸結到天人相應相和之上。再如《樂緯．葉圖徵》也道：「夫聖人之作樂，不可以自娛也，所以觀得失之效者也。故聖人不取備於一人，必從八能之士。……八能之士，常以日冬至成天文，日夏至成地理。作陰樂以成天文，作陽樂以成地理。」認為音樂可以感應（感召）天文、地理，形成天人的和睦。

揚雄的思想中存在著一個很大的矛盾，就是儒與道的矛盾。他一方面承繼荀子，主張徵聖、宗經：「舍舟航而濟乎瀆者，末矣；舍《五經》而濟乎道者，末矣。棄常珍而嗜乎異饌者，惡睹其識味也；委大聖而好乎諸子者，惡睹其識道也。」（《法言．吾子》）另一方面又提倡儒、道兼取：「或問天。曰：吾於天與，見無為之為矣。或問：雕刻眾形者匪天與？曰：以其不雕刻也，如物刻而雕之，焉得力而給諸？老子之言道德，吾有取焉耳；及搥提仁義，絕滅禮學，吾無取焉耳。」（《法言．問道》）認為老子貶損仁義的思想雖不可取，但無為而無不為的思想則是可取的。

揚雄基本思想中本儒兼道的矛盾，當然地影響到他的文學觀念，形成了以儒為主、兼取道家的特點。如其論賦，批評賦「極麗靡之辭，閎侈鉅衍」，「勸而不止」，難以達到諷諫的目的，就基本是站在儒家立場設論的。而在另外一些問題上，則更多地表現為儒、道兼包的特色。如關於「心聲心畫」，他一面說言論和著述能夠表達內心的真實思想感情：「面相之，辭相適，捈中心之所欲，通眾人之嚧嚧者，莫如言；彌綸天下之事，記久明遠，著古昔之唔唔，傳千里之忞忞者，莫如書。故言，心聲也；書，心畫也。聲畫形，君子小人見矣。聲畫者，君子小人之所以動情乎？」（《法言．問神》）一面又說只有聖人才能做到「言心聲書心畫」：「言不能達其心，書不能達其言，難矣哉！惟聖人得言之解，得書之體。」（同上）這就包含著言可盡意和言不盡意的認識矛盾。他認為只有聖人言可盡意，乃是根基於徵聖宗經的基本思想；他又認為一般人言不盡意，那是取自先秦道家的觀念。此外，在揚雄對「神」的解釋、文質觀念等方面，無不表現出本儒兼道的矛盾特徵。

綜觀西漢後期涉及到文學觀念的材料，儘管「文學的」特質比以前更為明顯些（如小賦和辭的創作中凸現自我和抒情，揚雄的文學觀念中具有更多道家的因素等），但經學對文學觀念的滲透，或者說是文學對經學的依附，是主要的、基本的。這一時期雖然在趨近「文學的」道路上，較之西漢中期有明顯進展（主要體現在小賦和辭的創作上），但是由於創作中還夾雜著不少非文學的因素，尤其在人們的思想觀念上文學還附屬於經學，很難說這個時期的文學已經自覺或獨立了。

最後還要對兩個問題做些簡要說明：

第一，漢代人對屈原及其作品的評論、揚雄對大賦的評論，一般都被視為真正意義的文學評論。但是若仔細考察，劉安、司馬遷（包括後漢的班固）等對屈原的評說，乃是集中在屈原的人格及其生存方式的選擇兩點之上，順便涉及兩句對《離騷》的評論。評陟作家的品行，如何算得真正的文學評論？揚雄論賦，也不是把賦作為一種文學樣式來進行「文學的」批評，而是從徵聖、宗經的立場出發，批評大賦不能致用反而適足以勸的弊端。因此，它們都不能算作真正的「文學」評論。

第二，劉向《別錄》和劉歆《七略》，都曾把「詩賦」單列一類予以敘錄，似可說明他們已認識到文學作品不同於政論、哲學、歷史的獨特性。但有一點不容忽視：他們都不曾把《詩經》也列入「詩賦」類，這恰好說明他們對文學別是一格尚無十分明確的認識。而且，即使承認劉向父子的分類是非常明確的，僅憑這一點，也不足以說明西漢時期的文學已經自覺和獨立。因為無論從創作實際還是從整體的思想觀念看，西漢時期人們對文學的看法均未超出政教的、實用的範圍，均未把文學從政教和經學中剝離出來。

總之，嚴格地說，西漢時期並沒有今天一般意義的文學思想的明確闡說。西漢人對於文學的一些觀念，莫不是附隸在他們的政治、哲學、經學思想之中，為其做論證的東西。西漢的文學還沒有自覺和獨立，西漢的文學思想更沒有自覺和獨立。

①　張少康《論文學的獨立和自覺非自魏晉始》，《北京大學學報》一九九六年第二期。

②　據《漢書．藝文志》，西漢中期的辭賦作品至少應有三百篇以上，今僅存十七篇。那些失傳的作品到底是什麼樣子，今天已很難說清了。參見本書第三章第二節。

附錄一：西漢主要作家年表

前二〇〇年（高祖劉邦七年）

賈誼生。按：《漢書．文三王傳》云：「梁孝王武以孝文二年與太原王參、梁王揖同日立。」又云：「梁懷王揖……立十年薨。」又，《漢書．賈誼傳》云：「梁王勝墜馬死，誼自傷為傅無狀，常哭泣，後歲餘，亦死，年三十三矣。」漢文帝二年為公元前一七八年，由此下推十年，則劉揖（即劉勝）卒於公元前一六九年。賈誼「歲餘亦死」，知賈誼卒於公元前一六八年。由此上推三十三年，則賈誼當生於公元前二〇〇年。

前一九六年（高祖十一年）

陸賈奉命使南越，封趙佗為南越王。還，拜為太中大夫。《漢書．陸賈傳》云：「時中國初定，尉佗平南越，因王之。高祖使賈賜佗印為南越王。」察《漢書．高帝紀下》，十一年「五月，詔曰：『……今立它（佗）為南粵王。』使陸賈即授璽綬，它稽首稱臣。……歸報，高帝大說，拜賈為太中大夫。」

陸賈於此年或其後上《新語》。《漢書．陸賈傳》云：「賈時時前說稱《詩》、《書》。高帝罵之曰：『乃公居馬上得之，安事《詩》、《書》！』賈曰：『馬上得之，寧可以馬上治乎？……』高帝不懌，有慚色，謂賈曰：『試為我著秦所以失天下，吾所以得之者，及古成敗之國。』賈凡著十二篇。每奏一篇，高帝未嘗不稱善，左右呼萬歲，稱其書曰《新語》。」此段文字，緊接陸賈拜太中大夫之後，故系於此。

又按：陸賈生卒年不可考。要當生於戰國末至秦初，卒於文帝末景帝初。

前一八三年（高后呂雉五年）

賈誼十八歲。《漢書．賈誼傳》云：「賈誼，洛陽人也。年十八，以能誦《詩》《書》、屬文，稱於郡中。河南守吳公，聞其秀材，召置門下，甚幸愛。」按：河南守吳公與李斯同邑，曾受學於李斯。

前一七九年（文帝劉恒前元元年）

賈誼二十二歲。文帝召賈誼為博士，一年內超遷為太中大夫。上疏請改正朔，易服色制度，定官名，興禮樂，並草創其儀法。見《漢書．賈誼傳》。

董仲舒約生於此年。按：此依蘇輿《董子年表》。蘇輿《董子年表》雖編自文帝前元元年至武帝太初元年（前一〇四），但蘇氏又稱「董子生卒年月無可考。要生於景帝前，至武帝朝以老壽終無疑」。蓋僅以此期間為董仲舒之大致活動年代。又，施之勉《董子年表訂誤》謂，董子生於高后元年（前一八七），卒於武帝元狩五、六年（前一一八～前一一七）；章權才《董仲舒生卒年考》、岳慶平《董仲舒生年考》更認為，董仲舒當生於高祖劉邦時期。暫系於此。

司馬相如約生於此年。按：關於司馬相如的生年，大致有兩種說法：㈠生於文帝前元元年（前一七九），學者大多持此說；㈡生於文帝前元八年（前一七二），龔克昌持此說。司馬相如之生年實不可確考，《史記・司馬相如列傳》：「以貲為郎，事孝景帝，為武騎常侍，非其好也。會景帝不好辭賦，是時梁孝王來朝，從遊說之士齊人鄒陽、淮陰枚乘、吳莊忌夫子之徒，相如見而說之，因病免，客游梁。」傳中「是時」究竟是哪一年？察《漢書・文三王傳》，梁孝王於景帝前元二年、三年、七年、八年、十三年共五次入朝。並於前元四年景帝立太子後，「招延四方豪桀，自山東遊士莫不至：齊人羊勝、公孫詭、鄒陽之屬」。而枚乘則在景帝即位之前，就已離開吳王到了梁孝王這裏（見《漢書・枚乘傳》）。那麼，梁孝王既然率領鄒陽、枚乘等人來朝，最早也當在景帝前元七年（前一五〇）。司馬相如很可能就是此時客游梁的。但是，據此仍然難以確定司馬相如的生年。假如他生於公元前一七九年，則是三十歲游梁；假如他生於公元前一七二年，則是二十三歲游梁。似均無不可理解。要之，司馬相如生於文帝初年無疑，姑系於此。

晁錯以太常掌故受詔，往從伏生習《尚書》。《漢書・晁錯傳》云：「以文學為太常掌故。……孝文時，天下亡治《尚書》者，獨聞齊有伏生，故秦博士，治《尚書》，年九十餘，老不可徵。乃詔太常，使人受之。太常遣錯受《尚書》伏生所，還，因上書稱說。詔以為太子舍人，門大夫，遷博士。……拜錯為太子家令。」這當是文帝初年之事，暫系於此。

前一七八年（文帝前元二年）

賈誼二十三歲。《漢書・文帝紀》云，二年冬十月，劉恒下《令列侯之國詔》。又《漢書・賈誼傳》云：「諸法令所更定，及列侯就國，其說皆誼發之。」是知賈誼曾於是年或昨年上疏言列侯就國諸事。劉恒欲以賈誼任公卿之位，遭周勃、灌嬰等人反對。其後，劉恒亦疏遠賈誼。

是年，賈誼作《無蓄》。按：《漢書．文帝紀》記載，是年正月，劉恒下《開籍田詔》；九月，劉恒下《勸農詔》。而《漢書．食貨志上》載錄了文帝即位之初賈誼上疏的一段文字（**即《無蓄》，又稱《論積貯疏》**），之後云：「於是上感誼言，始開籍田。」是知《無蓄》作於是年。另外，《憂民》亦勸農務本之意，可能也是此年之作。

晁錯上《論貴粟疏》。按：《漢書．食貨志上》緊接賈誼《無蓄》一文後，云：「晁錯復說上曰」，以下即載錄《論貴粟疏》。故系於此。又按：《資治通鑒》卷十五云，此疏作於文帝前元十二年。

賈山約於此年或其後一、二年上《至言》。《漢書．賈山傳》云：「孝文時，言治亂之道，借秦為諭，名曰《至言》。」此文直接指責文帝「馳驅射獵，一日再三出」，當作於文帝下令廢除「誹謗妖言之罪」（**前元二年五月**）之後；又，《漢書．賈山傳》在載錄此文後有「其後文帝除鑄錢令」云云，察《漢書．文帝紀》，「（前元五年）夏四月，除盜鑄錢令。」則《至言》必當作於前元二年與五年之間。暫系於此。

前一七七年（文帝前元三年）

賈誼二十四歲。任長沙王太傅。南渡湘水，作《弔屈原賦》。《漢書．賈誼傳》云：「於是天子後亦疏之，不用其議，以誼為長沙王太傅。誼既已適去，意不自得，及渡湘水，為賦以吊屈原。」

賈誼被貶長沙王太傅究在何年？《漢書．賈誼傳》載，賈誼為長沙王太傅三年，作《鵩鳥賦》，其辭有云：「單閼之歲，四月孟夏，庚子日斜，服集余舍。」顏師古注引應劭說：「太歲在卯為單閼。」至於此賦「單閼之歲」，一般有三種說法：第一，《史記》集解引徐廣說：「歲在卯曰單閼。文帝六年，歲在丁卯。」第二，清人汪中《賈子年譜》說，文帝五年，歲在癸卯，「單閼之歲」當是此年。第三，清人錢大昕《十駕齋養心錄》說，此「單閼之歲」應是丁卯年，但是古人有超辰之法，故此「單閼之歲」當是文帝七年。學界多從徐廣說，以此「單閼之歲」為文帝六年。由此上推三年，賈誼當在文帝三年被貶長沙，過湘水作《弔屈原賦》。

前一七六年（文帝前元四年）

賈誼二十五歲。《數甯》篇作於此年或以後。按：《數寧》有「因顧成之廟為天下太宗」云云。據《漢書．文帝紀》：「四年，作顧成廟。」

前一七五年（文帝前元五年）

賈誼二十六歲。上《諫鑄錢疏》。《漢書．食貨志下》云：「孝文五年，為錢益多而輕，乃更鑄四銖錢，其文為『半兩』。除盜鑄錢令，使民放鑄。賈誼諫曰……」，即此文。另外，《銅布》、《鑄錢》二篇也是反對私人鑄錢，似亦是年之作。

前一七四年（文帝前元六年）

賈誼二十七歲。作《鵩鳥賦》。按：說見前。

前一七三年（文帝前元七年）

賈誼二十八歲。徵為梁懷王太傅。按：見《漢書．賈誼傳》。

前一七二年（文帝前元八年）

賈誼二十九歲。作《淮難》篇。按：《漢書．文帝紀》：「八年夏，封淮南厲王子四人為列侯。」（**《漢書．王子侯表》同**）又，《漢書．賈誼傳》云：「時又封淮南厲王四子皆為列侯。誼知上必將復王之也，上疏諫曰……」，內容與《淮難》基本相同。

前一七一年（文帝前元九年）

賈誼三十歲。約於是年作《旱雲賦》。按：《漢書．文帝紀》：「九年春，大旱。」賈誼卒前的文帝時期，只有此年有旱災記錄，故推測《旱雲賦》當作於是年。

前一六九年（文帝前元十一年）

賈誼三十二歲。作《益壤》、《權重》。按：《漢書．文帝紀》：「（十一年）夏六月，梁王揖薨。」《漢書．賈誼傳》云：「梁王勝（**勝即揖**）死，亡子。誼復上疏曰……」，內容與《益壤》、《權重》基本相同。

晁錯奏《上書言兵事》、《守邊勸農疏》、《復言募民徙塞下》。《漢書．晁錯傳》云：「是時匈奴強，數寇邊，上發兵以禦之。錯上言兵事，曰……錯復言守邊備塞，勸農力本，當世急務二事，曰……上從其言，募民徙塞下。錯復言……」按：據《漢書．文帝紀》，文帝時匈奴四次寇邊，分別在前元三年、前元十一年、前元十四年和後元六年。其中後元六年這一時間似可排除，因為一年後文帝就死了，晁錯不可能直到此時才向文帝進言。又因為《晁錯傳》有「匈奴強，數寇邊」之語，而緊接這三篇上書就載錄他作於前元十五年的《賢良文學對策》，似可判定：這三篇上書最早也當作於前元十一年。今依《資治通鑒》卷十五的說法，暫將這三篇上書系於此。

前一六八年（文帝前元十二年）

賈誼三十三歲。卒。按：說見前。

前一六五年（文帝前元十五年）

晁錯上《賢良文學對策》，遷中大夫。《漢書．晁錯傳》云：「後詔有司舉賢良文學士，錯在選中。上親策詔之，曰：『惟十有五年九月壬子，皇帝曰……』錯對曰……時賈誼已死，對策者百餘人，唯錯為高第，由是遷中大夫。」

前一六一年（文帝後元三年）

東方朔生。《漢書．東方朔傳》云：「武帝初即位，徵天下舉方正賢良文學材力之士，待以不次之位。四方士多上書言得失。……朔初來，上書曰：『……臣朔年二十二，長九尺三寸……』」武帝即位在前一四〇年，上推二十二年，則東方朔當生於是年無疑。

前一六〇年（文帝後元四年）

枚乘去吳之梁。《漢書．枚乘傳》云：「吳王之初怨望謀為逆也，乘奏書諫曰……吳王不納。乘等去而之梁，從孝王遊。」這事發生在什麼時候呢？據《漢書．枚乘傳》：「乘在梁時，取皐母為小妻。」而景帝後元元年（前一四三），枚皐十七歲（**詳下**）。則枚乘在梁娶皐母為小妻，最晚也當在文帝後元四年。也就是說，枚乘當在文帝後元四年或之前至梁。又據《漢書．荊燕吳傳》：「孝文時，吳太子入見，得侍皇太子飲、博。吳太子師傅皆楚人，輕悍，又素驕。博爭道，不恭，皇太子引博局提吳太子，殺之。……吳王由是怨望，稍失藩臣禮，稱疾不朝。京師知其以子故，驗問實不病，諸吳使來，輒系責治之。吳王恐，所謀滋甚。……天子賜吳王几杖，老，不朝。吳得釋，其謀亦益解。……朝錯為太子家令，得幸皇太子，數從容言吳過可削。數上書說之，文帝寬，不忍罰，以此吳王日益橫。」說明文帝時吳王已經圖謀反叛，枚乘才會上書進諫。故暫系於此。

又按：枚乘生年無考。據《漢書．枚乘傳》云「武帝即位，乘年老，乃以安車蒲輪徵乘，道死」來看，枚乘當生於秦時。

前一五九年（文帝後元五年）

枚皐生。《漢書．枚皐傳》云：「（枚）乘之東歸也……（枚皐）年十七，上書梁共（**一作恭**）王，得召為郎。」據《漢書．枚乘傳》：「（梁）孝王薨，乘歸淮陰。」梁孝王卒於景帝中元六年六月（見《漢書．文三王傳》），其子劉買於次年（即景帝後元元年，前一四三）嗣位，為恭王（見《漢書．諸侯王表》）。由景帝後元元年上推十七年，枚皋當生於文帝後元五年無疑。

又按：枚皋卒年無考。

前一五六年（景帝劉啟前元元年）

董仲舒為博士。《史記．董仲舒傳》云：「以治《春秋》，孝景時為博士。」又，《漢書．董仲舒傳》：「少治《春秋》，孝景時為博士。」董仲舒為博士的具體時間難以確考，暫系於此。

司馬相如為武騎常侍。《史記．司馬相如傳》云：「以貲為郎，事孝景帝，為武騎常侍，非其好也。」司馬相如作武騎常侍的具體時間難以確考，暫系於此。

鼂錯為內史。《漢書．鼂錯傳》云：「景帝即位，以錯為內史。錯數請間言事，輒聽，幸傾九卿，法令多所更定。」

前一五五年（景帝前元二年）

鼂錯遷御史大夫。《漢書．百官公卿表下》云：「（景帝二年）八月丁巳，左內史朝錯為御史大夫。」

前一五四年（景帝前元三年）

鼂錯被殺。《漢書．鼂錯傳》云：「吳楚七國俱反，以誅錯為名。……丞相青翟、中尉嘉、廷尉歐劾奏錯曰：『……錯當要斬，父母妻子同產無少長皆棄市。臣請論如法。』制曰：『可。』……乃使中尉召錯，紿載行市。錯衣朝衣，斬東市。」又，《漢書．百官公卿表下》：「（景帝三年）正月壬子，錯有罪要斬。」

枚乘再次上書吳王，勸諫其不要謀反。拜弘農都尉，不久去官返梁。《漢書．枚乘傳》云：「吳王遂與六國謀反，舉兵西鄉，以誅錯為名。漢聞之，斬錯以謝諸侯。枚乘復說吳王曰……漢既平七國，乘由是知名。景帝召拜乘為弘農都尉。乘久為大國上賓，與英俊並遊，得其所好，不樂郡吏，以病去官，復游梁。」

前一五〇年（景帝前元七年）

司馬相如客游梁。按：說見前。

前一四五年（景帝中元五年）

司馬遷生。按：《史記．太史公自序》云：「（司馬談）卒三歲而遷為太史令，紬史記石室金匱之書。五年而當太初元年。」關於司馬遷的生年，主要說法有二，分別根據於唐人的兩條注文：一是以張守節《正義》為據：「案：（太初元年）遷年四十二歲。」若太初元年（前一〇四）司馬遷四十二歲，則當生於景帝中元五年（前一四五）。王國維、瀧川龜太郎、程金造、徐朔方等持此說。二是以司馬貞《索隱》為據：「《博物志》：『太史令、茂陵顯武里大夫司馬遷，年二十八，三年六月乙卯除，六百石。』」司馬談卒於武帝元封元年（前一一〇），《索隱》所謂「三年六月」是指武帝元封三年（前一〇八）六月無疑。由此上推二十八年，則司馬遷當生於武帝建元六年（前一三五）。郭沫若、李長之等持此說。今依王國維說，暫系於此。

司馬相如約於此年前後作《子虛賦》。《史記．司馬相如傳》云：「……客游梁。梁孝王令與諸生同舍，相如得與諸生游士居數歲，乃著《子虛之賦》。」今依龔克昌說，暫系於此。

前一四四年（景帝中元六年）

司馬相如退居成都。《史記．司馬相如傳》云：「會梁孝王卒，相如歸，而家貧，無以自業。」察《漢書．文三王傳》，梁孝王於景帝中元六年六月卒，則司馬相如歸蜀當在是年。

枚乘去梁歸淮陰。《漢書．枚乘傳》云：「孝王薨，乘歸淮陰。」梁孝王卒於本年。

前一四三年（景帝後元元年）

枚皋為梁共（恭）王郎。按：說見前。

前一四一年（景帝後元三年）

枚皋逃亡長安。拜為郎。出使匈奴。《漢書．枚皋傳》云：「……得召為郎。三年，為王使，與冗從爭，見讒惡遇罪，家室沒入。皋亡至長安。會赦，上書北闕，自陳枚乘之子。上得之大喜，召入見待詔，皋因賦殿中。詔使賦平樂館，善之。拜為郎，使匈奴。」按：文中之「上」，是指武帝。武帝於本年正月即位。

前一四〇年（武帝劉徹建元元年）

董仲舒上《天人三策》。《漢書・董仲舒傳》云：「武帝即位，舉賢良文學之士前後百數，而仲舒以賢良對策焉。」關於董仲舒上《天人三策》之時間，約有三說：建元元年、元光元年、元光五年，證據都嫌不足。綜核各種史料，董子對策當在建元年間，不會是元光時（**參見錢穆《兩漢博士家法考》**），故暫系於此。

司馬相如約於是年或其後上《天子游獵賦》，武帝以為郎。按：《史記・司馬相如傳》云：「居久之，蜀人楊得意為狗監，侍上。上讀《子虛賦》而善之，曰：『朕獨不得與此人同時哉！』得意曰：『臣邑人司馬相如自言為此賦。』上驚，乃召問相如。相如曰：『有是。然此乃諸侯之事，未足觀也。請為天子游獵賦，賦成奏之。』……賦奏，天子以為郎。……相如為郎數歲，會唐蒙使略通夜郎西僰中。」察《漢書・西南夷傳》，唐蒙初通夜郎在建元六年，則司馬相如上《天子游獵賦》、為郎當在建元初，暫系於此。

東方朔待詔公車。《漢書・東方朔傳》云：「武帝初即位，徵天下舉方正賢良文學材力之士，待以不次之位。四方士多上書言得失，自衒鬻者以千數，其不足采者輒報聞罷。朔初來，上書曰：『……』朔文辭不遜，高自稱譽，上偉之，令待詔公車，奉祿薄，未得省見。」

枚乘卒。《漢書・枚乘傳》云：「武帝自為太子聞乘名，及即位，乘年老，乃以安車蒲輪徵乘，道死。」

前一三八年（武帝建元三年）

東方朔上疏《諫除上林苑》。拜太中大夫、給事中。《漢書．東方朔傳》云：「建元三年，微行始出……微行以夜漏下十刻乃出……旦明，入山下馳射鹿豕狐兔，手格熊羆，馳騖禾稼稻秔之地，民皆號呼罵詈。……於是上以為道遠勞苦，又為百姓所患，乃使太中大夫吾丘壽王與待詔能用算者二人，舉籍阿城以南，盩厔以東，宜春以西，提封頃畝，及其賈直，欲除以為上林苑，屬之南山。……吾丘壽王奏事，上大說稱善。時朔在傍，進諫曰：『……』是日因奏《泰階》之事，上乃拜朔為太中大夫、給事中，賜黃金百斤。然遂起上林苑，如壽王所奏云。」

前一三六年（武帝建元五年）

司馬遷十歲。誦古文。《史記．太史公自序》云：「年十歲則誦古文。」《索隱》引劉伯莊說，「古文」指《左傳》、《國語》、《系本》（《世本》）等。

前一三五年（武帝建元六年）

董仲舒上書言災異。《漢書．五行志上》云：「武帝建元六年六月丁酉，遼東高廟災。四月壬子，高園便殿火。董仲舒對曰……」

司馬相如第一次出使巴蜀，作《喻巴蜀檄》。《史記．司馬相如傳》云：「相如為郎數歲，會唐蒙使略通夜郎西僰中，發巴蜀吏卒千人，郡又多為發轉漕萬餘人，用興法誅其渠帥，巴蜀民大驚恐。

上聞之，乃使相如責唐蒙，因喻告巴蜀民以非上意。檄曰……」又，《漢書．西南夷傳》：「建元六年……乃拜（唐）蒙以郎中將，將千人，食重萬餘人，從巴苻關入，遂見夜郎侯多同。」

前一二九年（武帝元光六年）

司馬相如第二次出使巴蜀，作《難蜀父老》。《難蜀父老》有「漢興七十有八載，德茂存乎六世」之語，知此文作於是年。按：《史記．司馬相如傳》云：「相如還報。唐蒙已略通夜郎，因通西南夷道，發巴、蜀、廣漢卒，作者數萬人。治道二歲，道不成，士卒多物故，費以巨萬計。蜀民及漢用事者多言其不便。是時邛、莋之君長聞南夷與漢通，得賞賜多，多欲願為內臣妾，請吏，比南夷。天子問相如，相如曰：『邛、莋、冉、駹者近蜀，道亦易通，秦時嘗通為郡縣，至漢興而罷。今誠復通，為置郡縣，愈於南夷。』天子以為然，乃拜相如為中郎將，建節往使。……相如使時，蜀長老多言通西南夷不為用，唯大臣亦以為然。相如欲諫，業已建之，不敢，乃著書，籍以蜀父老為辭，而己詰難之，以風天子，且因宣其使指，令百姓知天子之意。」據《漢書．武帝紀》，「發巴蜀治南夷道」在元光五年夏。此云「治道二歲，道不成」，蓋兼元光五、六兩年言之。

枚皋與東方朔共作《皇太子生賦》、《立皇子禖祝》。《漢書．枚皋傳》云：「武帝春秋二十九，乃得皇子，群臣喜，故皋與東方朔作《皇太子生賦》及《立皇子禖祝》。」武帝生於文帝後元七年（前一五七），此年二十九歲。

前一二八年（武帝元朔元年）

司馬相如免官閒居。約於此年作《長門賦》。按：《史記·司馬相如傳》云：「其後，人有上書言相如使時受金，失官。居歲餘，復召為郎。」又，《長門賦》序云：「孝武皇帝陳皇后，時得幸，頗妒。別在長門宮，愁悶悲思。聞蜀郡成都司馬相如天下工為文，奉黃金百斤為相如、文君取酒，因於解悲愁之辭。」據《漢書·外戚傳上》，陳皇后於元光五年被罷退長門宮。蓋幽居有日，才會不勝「愁悶悲思」。而相如是時丟官退居，心情自也苦悶，於是作賦藉以抒發，合其情理。故《長門賦》作年暫系於此。至於此賦是否陳皇后所求，不能確知矣。

前一二七年（武帝元朔二年）

司馬相如復召為郎（**說見前**）。約於此年作《諫獵疏》、《哀二世賦》。《史記·司馬相如傳》於「復召為郎」之後，云：「常（**《漢書》作「嘗」**）從上至長楊獵，是時天子方好自擊熊彘，馳逐野獸，相如上疏諫之。其辭曰：『……』上善之。還，過宜春宮，相如奏賦以哀二世行失也。其辭曰：『……』」暫系於此。按：龔克昌推測這兩篇作品應作於元光元年，可備一說。

前一二六年（武帝元朔三年）

司馬遷二十歲。游江南、齊魯等地。《史記·太史公自序》云：「二十而南游江、淮，上會稽，探禹穴，窺九疑，浮於沅湘；北涉汶、泗，講業齊、魯之都，觀孔子之遺風，鄉射鄒、嶧；厄困鄱、薛、彭城，過梁、楚以歸。」

司馬相如約於此年任孝文園令。作《大人賦》。《史記．司馬相如傳》在載錄其《哀二世賦》之後，緊接著就說：「相如拜為孝文園令。天子既美子虛之事，相如見上好仙道，因曰：『上林之事未足美也，尚有靡者。臣嘗為《大人賦》，未就，請具而奏之。』相如以為列仙之傳居山澤間，形容甚臞，此非帝王之仙意也，乃遂就《大人賦》。」暫系於此。

前一二〇年（武帝元狩三年）

漢武帝立樂府，令司馬相如等人作詩。今存《郊祀歌》十九章中有他的作品，然不能確知是哪幾首。《漢書．禮樂志》云：「至武帝定郊祀之禮，祠太一於甘泉，就乾位也；祭后土於汾陰，澤中方丘也。乃立樂府，采詩夜誦，有趙、代、秦、楚之謳。以李延年為協律都尉，多舉司馬相如等數十人造為詩賦，略論律呂，以合八音之調，作十九章之歌。」據《漢書．武帝紀》，武帝首次祠太一、祭后土，是在元鼎五年（前一一二）十一月的冬至日。那麼，「立樂府」之事最早也當在元鼎五年。但是，《史記》、《漢書》的《司馬相如傳》又說：「相如既卒五歲，上始祭后土。」司馬相如已死多年，怎能「造為詩賦」呢？要麼司馬相如沒有參與《郊祀歌》的寫作，要麼就是《漢書．禮樂志》對「立樂府」的時間的記載有誤，二者必居其一。又據《資治通鑒》卷十九：「是歲（指元狩三年），得神馬於渥窪水中。上方立樂府，使司馬相如等造為詩賦，以宦者李延年為協律都尉。」如果「立樂府」的時間是元狩三年，以上材料就可以說通了。故將相如參與作《郊祀歌》之事，暫系於此。

前一一九年（武帝元狩四年）

司馬遷二十七歲。約於此年或其後為郎中。按：《報任安書》云：「僕賴先人緒業，得待罪輦轂下二十餘年矣。」《報任安書》作於征和二年（前九十一），若上推二十九年，則司馬遷為郎中當在是年。但「二十餘年」是約數，故朱東潤說：「遷為郎中必在元狩四年或其後。」

司馬相如因病辭官，退居茂陵。作《封禪書》。《史記．司馬相如傳》云：「相如既病免，家居茂陵。天子曰：『司馬相如病甚，可往從悉取其書。若不然，後失之矣。』使所忠往，而相如已死，家無書。問其妻，對曰：『長卿固未嘗有書也。時時著書，人又取去，即空居。長卿未死時，為一卷書，曰有使者來求書，奏之。無他書。』其遺箚書言封禪事，奏所忠。忠奏其書，天子異之。」

前一一八年（武帝元狩五年）

司馬相如卒，壽約六十。按：《史記．司馬相如傳》：「司馬相如既卒五歲，天子始祭后土。八年而遂先禮中嶽，封於太山，至梁父禪肅然。」察《漢書．武帝紀》，武帝首祭后土在元鼎五年（前一一二）初（十一月的冬至日）。由此上推五年，即為元狩六年初。又，武帝封太山在元封元年（前一一〇）四月，由此上推八年，則是元狩五年（前一一八）初。根據馬、班的記述，會推算出兩個不同的卒年，相差一年。因此，關於司馬相如的卒年，就有了元狩五年、元狩六年兩種說法。後人又根據《史記》集解引徐廣云「元狩五年也」，多以為司馬相如卒於元狩五年。今暫系於此。

前一一〇年（武帝元封元年）

司馬遷三十六歲。奉使西征巴蜀以南。《史記・太史公自序》云：「奉使西征巴蜀以南，南略邛、笮、昆明，還報命。是歲，天子始建漢家之封。」

前一〇八年（武帝元封三年）

司馬遷三十八歲。繼乃父為太史令。《史記・太史公自序》云：「太史公卒三歲，而遷為太史令。」

前一〇四年（武帝太初元年）

董仲舒卒。按：此依蘇輿《董子年表》說。蘇輿以此為董仲舒之大致卒年，見前。又，施之勉《董子年表訂誤》謂，董子卒於武帝元狩五、六年（前一一八～前一一七）；章權才《董仲舒生卒年考》亦認為，董仲舒當「卒於武帝元狩之末或元鼎之初，享年八十有幾。」

司馬遷四十二歲。參定太初曆。開始作《史記》。《漢書・律曆志上》云：「至武帝元封七年（**即太初元年**），漢興百二歲矣，大中大夫公孫卿、壺遂、太史令司馬遷等言『曆紀壞廢，宜改正朔』。是時御史大夫兒寬明經術，上乃詔寬曰：『與博士共議，今宜何以為正朔？服色何上？』寬與博士賜等議，皆曰：『……』於是乃詔御史曰：『……其以七年為元年。』遂詔卿、遂、遷與侍郎尊、大典星射姓等議造《漢曆》。」又，朱東潤云：「《自序》稱太初元年奉先人之言，論次其文。作《史記》始於是年。」按：《太史公自序》在「五年而當太初元年，十一月甲子朔旦冬至，天曆始改，建於明堂，諸神受紀」與「於是論次其文」之間，插入大段答壺遂問的文字，於是人們忽略了前後的聯繫。又，《自序》緊接「論次其文」之後，有「七年而太史公遭李陵之禍」的記載。據《史記》之《李將軍列傳》、《匈奴列傳》及《漢書．武帝紀》，李陵降匈奴在天漢二年（前九十九）。對此，王國維解釋說：「蓋史公以二年下吏，至三年尚在縲紲，其受腐刑亦當在三年而不在二年也。」由天漢三年（前九十八）上推「七年」，「論次其文」正是此年之事。《漢書．司馬遷傳》把「七年」誤作了「十年」。

東方朔上《化民有道對》。《漢書．東方朔傳》云：「時天下侈靡趨末，百姓多離農畝。上從容問朔：『吾欲化民，豈有道乎？』朔對曰：『……』」按：東方朔此對中有「今陛下以城中為小，圖起建章」等語，察《漢書．武帝紀》，太初元年十一月「乙酉，柏梁台災。……二月，起建章宮。」顏師古注引文穎說：「越巫名勇，謂帝曰：越國有火災，即復大起宮室以壓勝之。故帝作建章宮。」

前一〇〇年（武帝天漢元年）

東方朔約於此年前後作《答客難》、《非有先生論》。《漢書．東方朔傳》云：「時方外事胡越，內興制度，國家多事，自公孫弘以下至司馬遷，皆奉使方外，或為郡國守相至公卿，而朔嘗至太中大夫，後常為郎，與枚皋、郭舍人俱在左右，詼啁而已。久之，朔上書陳農戰強國之計，因自訟獨不得大官，欲求試用。其言專商鞅、韓非之語也，指意放蕩，頗復詼諧，辭數萬言，終不見用。朔因著論，設客難己，用位卑以自慰諭。其辭曰：『……』又設非有先生之論，其辭曰：『……』」這段話中有「司馬遷奉使方外」云云，司馬遷奉命西征巴蜀，是元封元年（前一一〇）之事，可知東方朔

「上書陳農戰強國之計」當在元封元年之後。又，龔克昌《漢賦研究．東方朔評傳》云，此事必然在「李陵事件（天漢二年，前九十九）發生以前，因為司馬遷為李陵降匈奴辯說，遭宮刑（天漢三年），人們就不會拿他來炫耀了。」（**濟南：山東文藝出版社一九九〇年版**）今據龔克昌說，暫系於此。

前九十八年（武帝天漢三年）

司馬遷四十八歲。受腐刑。按：說見前。

前九十七年（武帝天漢四年）

司馬遷四十九歲。任中書令。《漢書．司馬遷傳》云：「遷既被刑之後，為中書令，尊寵任職。」《鹽鐵論．周秦》云：「一日下蠶室，創未瘳，宿衛人主，出入宮殿，由得受俸祿，食大官享賜，身以尊榮，妻子獲其饒。」所以王國維說：「是當時下蠶室者，刑竟即任以事。史公父子素以文學登用，奉使扈從，光寵有加。一旦以言獲罪，帝未嘗不惜其才。中書令一官，設於武帝。或竟自公始任此官，未可知也。」然王國維把司馬遷任中書令系於下一年（太始元年），似不如系於此年更為合適。

前九十一年（武帝征和二年）

司馬遷五十五歲。作《報任安書》。按：判斷此書作年，向來主要以書中「會東從上來」、「今少卿抱不測之罪，涉旬月，迫季冬，僕又薄從上上雍，恐卒然不可諱」等語為據。關於「會東從上來」，王國維解釋說：「《漢書．武帝紀》：是歲（**指太始四年，前九十三**）春三月行幸太山，夏四月幸不其，五月還幸建章宮。書所云『會從上東來』者也。」關於「今少卿抱不測之罪」云云，王國維說：「（太始四年）冬十二月行幸雍，祠五畤。書所云『今少卿抱不測之罪，涉旬月，迫季冬，僕又薄從上上雍』者也。」因此，王國維總結說：「《報安書》作於是冬（**指太始四年冬**）十一月無疑。」而朱東潤則認為，「會東從上來」是指司馬遷從武帝幸甘泉：「《漢書．武帝紀》：『征和二年夏，幸甘泉。』地在陝西淳化縣西北，去長安西北二百里，書中所謂『東從上來』者指此。」而「今少卿抱不測之罪」云云，必然是指任安因戾太子案入獄之事，「自不得舍征和二年受太子節一事，而別指茫無著落之事以實之」。至於王國維曾經質疑的「征和二年無東巡事，又行幸雍在次年正月，均與報書不合」，朱東潤解釋道：「《武帝紀》征和三年正月行幸雍，其間聚車騎繕甲乘者，自在二年之冬，書中所謂『薄從上上雍』者指此。薄，近也，見《淮南．本經》『旁薄眾宜』注。『薄從上上雍』者，猶言尚未從上上雍也，其時自在征和二年之冬。」因此，朱東潤認為，《報任安書》當作於征和二年。又按：王先謙《漢書補注》引何焯云：「時安為北軍使者，坐受戾太子節，當腰斬。」故依朱東潤說，暫系於此。

《史記》約於是年基本完成。《報任安書》有云：「僕竊不遜，近自託於無能之辭，網羅天下放失舊聞，考之行事，稽其成敗興壞之理，凡百三十篇，亦欲以究天人之際，通古今之變，成一家之言。」體味此言，《史記》似已基本完成。

前八十八年（武帝後元元年）

東方朔約於此年或以前一、二年內卒。按：《史記・孝武本紀》司馬貞《索隱》引桓譚《新論》：「太史公造書，書成，示東方朔。朔為平定，因署其下。太史公者，皆朔所加之者也。」又《史記・太史公自序》司馬貞《索隱》引桓譚說：「遷所著書成，以示東方朔，朔皆署曰『太史公』。則謂『太史公』，是朔稱也。」《史記》於征和二年基本完成，可知此時東方朔尚在世。又據《史記・滑稽列傳》：「至老，朔且死時，諫曰：『……』居無幾何，朔果病死。」這說明，東方朔死於武帝之前。而據《漢書・武帝紀》，武帝死於後元二年二月，則東方朔最晚也當死於是年。故暫系於此。

前八十七年（武帝後元二年）

司馬遷五十九歲。約於是年前後卒。按：關於司馬遷之卒年，王國維云：「史公卒年，絕不可考。惟《漢書・宣帝紀》載：『後元二年，武帝疾，往來長楊、五柞宮，望氣者言長安獄中有天子氣，上遣使者分條中都官獄系者，輕重皆殺之。內謁者令郭穰夜至郡邸獄，（丙）吉拒閉，使者不得入。』……由是言之，《宣帝紀》與《丙吉傳》之『內謁者令』，疑本作『中謁者令』。隋人諱『忠』，改『中』為『內』，亦固其所。此說果中，則武帝後元二年郭穰已為中謁者令。時史公必已去官或前卒矣。要之，史公卒年雖未可遽知，然視為與武帝相終始，當無大誤也。」故暫系於此。

前七十九年（昭帝劉弗陵元鳳二年）

劉向生。《漢書・劉向傳》云：「年七十二卒。卒後十三歲而王氏代漢。」所謂「代漢」，有兩種理解：一是指王莽居攝（公元六年），一是指王莽即帝位（公元八年）。漢代人述王莽代漢，一般均指其攝政。故所謂王莽代漢，實自孺子劉嬰居攝（公元六年）始（詳見錢穆《劉向歆父子年譜》），由此上推十三年，則劉向卒於公元前八年（漢成帝綏和元年）；再上推七十二年，則劉向生於公元前七十九年。

前六十八年（宣帝劉詢地節二年）

劉向十二歲。任輦郎。《漢書．劉向傳》云：「年十二，以父（劉）德任為輦郎。」

前六十一年（宣帝神爵元年）

王褒作《中和》、《樂職》、《宣布詩》及《四子講德論》、《聖主得賢臣頌》。被徵待詔。《漢書．王褒傳》云：「神爵、五鳳之間，天下殷富，數有嘉應。上頗作歌詩，欲興協律之事。……於是益州刺史王襄欲宣風化於眾庶，聞王褒有俊才，請與相見，使褒作《中和》、《樂職》、《宣布詩》，選好事者令依《鹿鳴》之聲習而歌之。……褒既為刺史作頌，又作其傳。益州刺史因奏褒有軼材，上乃徵褒。既至，詔褒為聖主得賢臣頌其意。褒對曰：『……』是時，上頗好神仙，故褒對及之。上令褒與張子僑等並待詔。」其中褒所作之「傳」，後錄入《文選》卷五十一，稱為《四子講德論》。王褒作文及待詔，在「神爵、五鳳之間」，而具體時間實不可確考，故暫系於此。

前六十年（宣帝神爵二年）

劉向二十歲。任諫大夫。《漢書．劉向傳》云：「既冠，以行修飭擢為諫大夫。」又云：「是時，宣帝循武帝故事，招選名儒俊材置左右。更生以通達能屬文辭，與王褒、張子僑等並進對，獻賦頌凡數十篇。」

王褒遷諫大夫。《漢書．王褒傳》云：「上令褒與張子僑等並待詔，數從褒等放獵，所幸宮館，輒為歌頌，第其高下，以差賜帛。……頃之，擢褒為諫大夫。」

前五十六年（宣帝五鳳二年）

劉向二十四歲。獻《枕中鴻寶苑祕書》，云可煉鑄黃金。宣帝令其掌此事，費多而不成。下獄，當死。後為其兄贖出。**（事見《漢書．劉向傳》）**按：《漢書．劉德傳》云：「地節中，以親親行謹厚，封為陽城侯。……立十一年，子向坐鑄偽黃金，當伏法。」察《漢書．外戚恩澤侯表》，劉德封陽城侯在地節四年（前六十六年）三月。下推十一年，則劉向煉鑄黃金事當在是年。

前五十五年（宣帝五鳳三年）

劉向二十五歲。約於是年或其後二、三年內受習《穀梁春秋》。按：《漢書．劉向傳》緊接在鑄偽黃金事之後，說：「會初立《穀梁春秋》，徵更生受《穀梁》，講論《五經》於石渠。」未明言其受《穀梁》在何時。石渠閣討論《五經》同異，事在甘露三年。故劉向受習《穀梁》，必在五鳳三年和甘露三年之間（前五十五～前五十一）。而受習一經並可講論，非短時可為，故暫系於此。

前五十三年（宣帝甘露元年）

揚雄生。《漢書・揚雄傳》云：「年七十一，天鳳五年卒。」由王莽天鳳五年上推七十一年，則揚雄當生於此年。

前五十一年（宣帝甘露三年）

劉向二十九歲。參與石渠閣《五經》同異的討論。拜郎中、給事黃門，遷散騎、諫大夫、給事中。《漢書・劉向傳》云：「講論《五經》於石渠。復拜為郎中、給事黃門，遷散騎、諫大夫、給事中。」

前四十九年（宣帝黃龍元年）

王褒卒。《漢書・王褒傳》云：「後，方士言益州有金馬碧雞之寶，可祭祀致也。宣帝使褒往祀焉。褒於道病死，上閔惜之。」此事《漢書》並無別載，既是宣帝時事，則最晚也當在此年。故暫系於此。

前四十八年（元帝劉奭初元元年）

劉向三十二歲。遷散騎宗正給事中。因謀議罷退外戚許、史及中宦弘恭、石顯而下獄，免官。《漢書・劉向傳》云：「元帝初即位，太傅蕭望之為前將軍，少傅周堪為諸吏光祿大夫，皆領尚書事，甚見尊任。更生年少於望之、堪，然二人重之，薦更生宗室忠直、明經有行，擢為散騎宗正給事中，與侍中金敞拾遺於左右。四人同心輔政，患苦外戚許、史在位放縱，而中書宦官弘恭、石顯弄權。望之、堪、更生議，欲白罷退之。未白而語泄，遂為許、史及恭、顯所譖愬，堪、更生下獄，及望之皆免官。」

前四十七年（元帝初元二年）

劉向三十三歲。因上書元帝，建議黜退弘恭、石顯，進用蕭望之而下獄，免為庶人。《漢書·劉向傳》云：「其春地震，夏，客星見昴、捲舌間。上感悟，下詔賜望之爵關內侯，奉朝請。秋，徵堪、向，欲以為諫大夫，恭、顯白皆為中郎。冬，地復震。時恭、顯、許、史子弟侍中諸曹，皆側目於望之等，更生懼焉，乃使其外親上變事，言：『……』書奏，恭、顯疑其更生所為，白請考奸詐。辭果服，遂逮更生系獄……更生坐免為庶人。……望之自殺。」據《漢書·元帝紀》：「（初元二年）十二月，中書令弘恭、石顯等譖望之，令自殺。」

前四十三年（元帝永光元年）

劉向三十七歲。上《條災異封事》。《漢書·劉向傳》云：「更生見堪、（張）猛在位，幾已得復進，懼其傾危，乃上封事諫曰……」按：劉向此封事有「初元以來六年矣」云云，知為是年所作。

前四十年（元帝永光四年）

劉向四十歲。著《疾讒》、《擿要》、《救危》、《世頌》共八篇。《漢書·劉向傳》云：「後三歲余，孝宣廟闕災。……會（周）堪疾瘖，不能言而卒。（石）顯誣譖（張）猛，令自殺於公車。更生傷之，乃著《疾讒》、《擿要》、《救危》及《世頌》，凡八篇。依興古事，悼己及同類也。遂廢十餘年。」按：《漢書．元帝紀》：「（永光四年）夏六月甲戌，孝宣園東闕災。」

前三十二年（成帝劉驁建始元年）

劉向四十八歲。更名向。拜中郎，領護三輔都水，遷光祿大夫。《漢書．劉向傳》云：「成帝即位，（石）顯等伏辜，更生乃復進用，更名向。向以故九卿召拜為中郎，使領護三輔都水。數奏封事，遷光祿大夫。」

前二十六年（成帝河平三年）

劉向五十四歲。受命校中秘書。《漢書．成帝紀》云：「（河平三年秋）光祿大夫劉向校中秘書。謁者陳農使，使求遺書於天下。」

劉向上《洪範五行傳論》。《漢書．劉向傳》云：「……詔向領校中《五經》秘書。向見《尚書．洪範》，箕子為武王陳五行陰陽休咎之應。向乃集合上古以來歷春秋六國至秦漢符瑞災異之記，推跡行事，連傳禍福，著其占驗，比類相從，各有條目，凡十一篇，號曰《洪範五行傳論》，奏之。」

劉歆隨父一同校書。按：劉歆生年無考，約與揚雄相若而少。《漢書．劉歆傳》云：「少以通《詩》、《書》、能屬文召，見成帝，待詔宦者署，為黃門郎。河平中，受詔與父向領校秘書，講《六藝》、傳記、諸子、詩賦、數術、方技，無所不究。」又，劉汝霖《漢晉學術編年》以為劉歆當在河平二年任黃門郎，可備一說。

前二十三年（成帝陽朔二年）

劉向五十七歲。上《論王氏封事》。按：此據《資治通鑑》卷三十。

劉向任中壘校尉。按：據《漢書．劉向傳》，向任中壘校尉，在奏《論王氏封事》之後，故暫系於此年。

揚雄三十一歲。作《反離騷》、《廣騷》、《畔牢愁》。按：《漢書．揚雄傳》：「乃作書，往往摭《離騷》文而反之，自崏山投諸江流，以吊屈原，名曰《反離騷》。又旁《離騷》作重一篇，名曰《廣騷》。又旁《惜誦》以下至《懷沙》一卷，名曰《畔牢愁》。」未明言作年。觀《反離騷》有「漢十世之陽朔」句，知此文作於陽朔年間，今依陸侃如說，暫系於此。

前十六年（成帝永始元年）

劉向六十四歲。上書諫復起延陵。《漢書．劉向傳》云：「營起昌陵，數年不成，復還歸延陵，制度泰奢。向上疏諫曰……」按：王先謙《漢書補注》云：「成帝以渭城延陵亭部為初陵，在建始二年。以新豐戲鄉為昌陵縣，在鴻嘉元年。罷昌陵反故陵，在永始元年。反故陵，即此傳所云『復還歸延陵』也。反故陵後，制度仍奢，故向上此疏。末云『初陵之橅，宜從公卿大臣之議』，明向此疏諫延陵制度之奢，非諫昌陵也。」又據《漢書．成帝紀》，鴻嘉元年始建昌陵，至永始元年七月，成帝下詔罷建，歷時五年未成。成帝詔有「其罷昌陵及故陵」之語，王先謙《漢書補注》引陳景雲曰：

「及，當作反。……反故陵，謂仍還渭城延陵。」

劉向作《列女傳》、《新序》、《說苑》。按：《漢書．劉向傳》云：「向睹俗彌奢淫，而趙、衛之屬起微賤，踰禮制。向以為王教由內及外，自近者始。故採取《詩》、《書》所載賢妃貞婦，興國顯家可法則，及孽嬖亂亡者，序次為《列女傳》，凡八篇，以戒天子。及采傳記行事，著《新序》、《說苑》凡五十篇，奏之。」本傳未明言此三書確作何年，然緊接在向上書諫復起延陵之後，故暫系於此。

前十四年（成帝永始三年）

揚雄四十歲。作《縣邸銘》、《王佴頌》、《階闥銘》、《成都城四隅銘》、《綿竹頌》、《蜀都賦》及《蜀王本紀》。按：揚雄《答劉歆書》云：「雄始能草文，先作《縣邸銘》、《王佴頌》、《階闥銘》及《成都城四隅銘》；蜀人有楊莊者為郎，誦之於成帝，成帝好之，以為似相如，雄遂以此得外見。」（《全漢文》卷五十二）又，《文選》卷七《甘泉賦》李周翰注：「揚雄家貧好學，每製作，慕相如之文，嘗作《綿竹頌》。成帝時直宿郎楊莊誦此文，帝曰：『此似相如之文。』莊曰：『非也，此臣邑人揚子雲。』帝即召見，拜為黃門侍郎。」是知《縣邸銘》、《王佴頌》、《階闥銘》、《成都城四隅銘》、《綿竹頌》，皆作於揚雄入京師之前。今依陸侃如說，暫系於此。至於《蜀都賦》、《蜀王本紀》，亦當作於入京師前，暫附於此。

前十二年（成帝元延元年）

揚雄四十二歲。自蜀入京師。《漢書．揚雄傳上》云：「孝成帝時，客有薦雄文似相如者。上方郊祀甘泉泰畤、汾陰后土，以求繼嗣。召雄待詔承明之庭。正月，從上甘泉，還，奏《甘泉賦》以風。」又，《漢書．揚雄傳下》載揚雄自序云：「初，雄年四十餘，自蜀來至，游京師。大司馬車騎將軍王音奇其文雅，召以為門下史，薦雄待詔。歲餘，奏《羽獵賦》，除為郎，給事黃門，與王莽、劉歆並。」由這兩段話確定揚雄入京師之時間，尚需參照以下兩條材料：第一，據《漢書．成帝紀》，成帝於初即位的建始元年（前三十二）十二月，罷除甘泉、汾陰祠，改建長安南北郊。直至永始三年（前十四）十月，才恢復甘泉泰畤、汾陰后土之祠。第二，察《漢書．百官公卿表》及《成帝紀》，王音自陽朔三年（前二十二）秋始為大司馬車騎將軍，直至永始二年（前十五）春正月卒。如果舉薦揚雄者確是王音，則至遲亦當在永始二年正月之前。根據《揚雄傳》的說法，揚雄被舉薦時，成帝正要「郊祀甘泉泰畤、汾陰后土」，但是當時成帝尚未恢復祭祀甘泉泰畤、汾陰后土。因此，陸侃如、張震澤均以為，揚雄自序之「王音」乃「王商」之誤。據《漢書．百官公卿表》，永始二年「正月乙巳，大司馬音薨。二月丁酉，特進成都侯王商為大司馬衛將軍」。永始四年「十一月庚申，大司馬商賜金，安車駟馬免」。元延元年「正月壬戌，成都侯商復為大司馬衛將軍。十二月乙未，遷為大司馬大將軍。辛亥薨」。如果是王商舉薦了揚雄，則以上多條史料就都順理成章了。故揚雄初入京師，當在是年。

前十一年（成帝元延二年）

揚雄四十三歲。作《甘泉賦》、《河東賦》、《羽獵賦》。《漢書．揚雄傳上》云：「孝成帝時，客有薦雄文似相如者。上方郊祀甘泉泰畤、汾陰后土，以求繼嗣。召雄待詔承明之庭。正月，從上甘泉，還，奏《甘泉賦》以風。」繼而又云：「其三月，將祭后土，上乃帥群臣橫大河，湊汾陰。既祭……陟西嶽以望八荒，跡殷周之虛，眇然以思唐虞之風。雄以為臨川羨魚不如歸而結罔，還，上《河東賦》以勸。」繼而又云：「其十二月羽獵，雄從。……故聊因《校獵賦》以風。」覈諸《漢書．成帝紀》：「（元延）二年春正月，行幸甘泉，郊泰畤。三月，行幸河東，祠后土。……冬，行幸長楊宮，從胡客大校獵。」明顯可見，兩處記載一一相應，若合符契。再徵之以上述考證，足可證揚雄此三賦作於是年。

劉歆作《甘泉宮賦》。此依陸侃如說，暫系於此。

前十年（成帝元延三年）

劉向七十歲。上書論災異。《漢書．劉向傳》云：「元延中，星孛東井，蜀郡岷山崩，雍江。向惡此異……懷不能已，復上奏。」按：《漢書．成帝紀》：「（元延元年）秋七月，有星孛於東井。……三年春正月丙寅，蜀郡岷山崩，雍江三日，江水竭。」

揚雄四十四歲。作《長楊賦》、《繡補靈節龍骨銘》及詩三章。《漢書．揚雄傳下》云：「明年（**指元延三年**），上將大誇胡人以多禽獸，秋，命右扶風發民入南山……張羅罔罝罘，捕熊羆豪豬虎豹狖玃狐菟麋鹿，載以檻車，輸長楊射熊館。……雄從至射熊館，還，上《長楊賦》。」又，揚雄《答劉歆書》：「雄為郎之歲……得觀書於石室。如是後一歲，作《繡補靈節龍骨銘》，詩三章。」（**《全漢文》卷五十二**）據《漢書．揚雄傳下》載揚雄之自序：「待詔歲餘，奏《羽獵賦》，除為郎，給事黃門。」《羽獵賦》作於元延二年十二月，即彼時為郎。「後一歲，作《繡補靈節龍骨銘》，詩三章」，便是此年。

前八年（成帝綏和元年）

劉向七十二歲。卒。荀悅《漢紀．孝成皇帝紀》云：「（綏和元年十二月）劉向說上曰：『宜設辟雍，陳禮樂，以風化天下。……』上以向言下公卿，立辟雍，會向病卒。」

揚雄四十六歲。作《酒箴》。《漢書．陳遵傳》云：「黃門侍郎揚雄作《酒箴》以諷諫成帝，其文為酒客難法度士，譬之於物。」從揚雄的官號及諷諫成帝之目的看，此文當作於揚雄為郎之後，成帝卒之前，故暫系於此。

前七年（成帝綏和二年）

劉歆為侍中太中大夫，遷騎都尉、奉車光祿大夫。復領《五經》，作《七略》。《漢書．劉歆傳》云：「哀帝初即位，大司馬王莽舉歆宗室有材行，為侍中太中大夫，遷騎都尉、奉車光祿大夫，貴幸。復領《五經》，卒父前業。歆乃集六藝群書，種別為《七略》。」成帝於綏和二年三月卒，哀帝於四月即位（見《漢書．哀帝紀》），王莽於七月免大司馬職（據《漢書．師丹傳》，**哀帝即位，師丹「代王莽為大司馬，封高樂侯」**。察《外戚恩澤侯表》，**師丹封侯在綏和二年七月。**）故知劉歆被王莽舉薦，當在哀帝初即位的前兩三個月內。

六月，哀帝下詔罷樂府。《漢書．哀帝紀》云：「六月，詔曰：『鄭聲淫而亂樂，聖王所放，其罷樂府。』」

前六年（哀帝劉欣建平元年）

劉歆更名「秀」。《漢書．劉歆傳》云：「初，歆以建平元年改名『秀』，字穎叔云。」

劉歆上《山海經》。按：嚴可均《全漢文》卷四十載劉歆《上山海經表》，中有「侍中奉車都尉光祿大夫臣秀領校秘書」云云，合觀其官名和名字，上《山海經》當在是年。

劉歆請立《左氏春秋》、《毛詩》、《逸禮》、《古文尚書》。移書讓太常博士。《漢書．劉歆傳》云：「及歆親近，欲建立《左氏春秋》及《毛詩》、《逸禮》、《古文尚書》皆列於學官。哀帝令歆與《五經》博士講論其義，諸博士或不肯置對，歆因移書太常博士，責讓之。」按：此事不詳究在何年，體味「及歆親近」之語，姑系於此。

劉歆出守河內，徙五原，作《遂初賦》。《漢書．劉歆傳》云：「歆因移書太常博士，責讓之曰：『……』其言甚切，諸儒皆怨恨。是時名儒光祿大夫龔勝，以歆移書，上疏深自罪責，願乞骸骨罷。及儒者師丹為大司空，亦大怒，奏歆改亂舊章，非毀先帝所立。……歆由是忤執政大臣，為眾儒所訕。懼誅，求出補吏，為河內太守。以宗室不宜典三河，徙守五原。」又，歆《遂初賦》有「守五原之烽燧」句，賦前小序亦云：「歆乃移書太常博士，責讓深切，為朝廷大臣非疾，求出補吏，為河內太守。又以宗室不宜典三河，徙五原太守。是時朝政已多失矣，歆以論議見排擯，志意不得。之官，經歷故晉之域，感今思古，遂作斯賦，以歎征事而寄己意。」

前四年（哀帝建平三年）

揚雄五十歲。作《太玄》、《解嘲》、《解難》、《太玄賦》。《漢書．揚雄傳下》云：「哀帝時，丁、傅、董賢用事，諸附離之者或起家至二千石。時雄方草《太玄》，有以自守，泊如也。或嘲雄以玄尚白，而雄解之，號曰《解嘲》。……客有難《玄》大深，眾人之不好也，雄解之，號曰《解難》。」據《漢書．百官公卿表》，哀帝建平元年四月，傅喜為大司馬；建平二年二月，丁明為大司馬衛將軍；元壽元年正月，丁明改任大司馬驃騎大將軍，傅晏繼任大司馬衛將軍；十二月，董賢繼任大司馬衛將軍；元壽二年六月，大司馬一職始由王莽繼任。本傳既云「丁、傅、董賢用事」，則《太玄》、《解嘲》、《解難》、《太玄賦》當作於此數年內。姑依陸侃如說，暫系於此。

前三年（哀帝建平四年）

揚雄五十一歲。上書諫勿許單于朝。《漢書．匈奴傳下》云：「建平四年，單于上書願朝五年（**五年即元壽元年**）。時哀帝被疾，或言匈奴從上游來厭人，自黃龍、竟甯時，單于朝中國輒有大故。上由是難之，以問公卿，亦以為虛費府帑，可且勿許。單于使辭去，未發，黃門郎揚雄上書諫曰：『……』書奏，天子寤焉，召還匈奴使者，更報單于書而許之。……單于未發，會病，復遣使願朝明年。……元壽二年，單于來朝。」又，《漢書．哀帝紀》：「（元壽）二年春正月，匈奴單于、烏孫大昆彌來朝。」

前一年（哀帝元壽二年）

劉歆為右曹太中大夫，遷中壘校尉。《漢書．劉歆傳》云：「會哀帝崩，王莽持政。莽少與歆俱為黃門郎，重之，白太后。太后留歆為右曹太中大夫，遷中壘校尉。」又，《漢書．哀帝紀》：「（元壽二年）六月戊午，帝崩於未央宮。」

公元一年（平帝劉衎元始元年）

劉歆為羲和官，京兆尹。《漢書．劉歆傳》云：「（歆）遷中壘校尉，羲和，京兆尹。」據《漢書．平帝紀》：「（元始元年）二月，置羲和官，秩二千石。……班教化，禁淫祀，放鄭聲。」

公元二年（平帝元始二年）

揚雄五十五歲。作《法言》及《自序》。按：此依陸侃如說。

公元五年（平帝元始五年）

劉歆治明堂辟雍，封紅休侯。《漢書．劉歆傳》云：「使治明堂辟雍，封紅休侯。」按：《漢書．平帝紀》：「（元始）五年春正月，祫祭明堂。……羲和劉歆等四人使治明堂辟雍……宣明德化，萬國齊同。皆封為列侯。」

劉歆著《三統曆譜》。《漢書．劉歆傳》云：「使治明堂辟雍，封紅休侯。典儒林史卜之官，考定律曆，著《三統曆譜》。……及王莽篡位，歆為國師。」是知歆著此譜，時在封侯與王莽篡位（居攝）之間，故系於此年。

揚雄五十八歲。作《訓纂》。《漢書·藝文志》云：「至元始中，徵天下通小學者以百數，各令記字於庭中。揚雄取其有用者，以作《訓纂篇》。」據《漢書·平帝紀》：「（元始五年）徵天下通知逸經、古記、天文、曆算、鐘律、小學、史篇、方術、本草，及以《五經》、《論語》、《孝經》、《爾雅》教授者，在所為駕一封軺傳，遣詣京師，至者數千人。」

公元六年（孺子劉嬰居攝元年）

揚雄五十九歲。續補《史記》。《後漢書·班彪傳》云：「武帝時，司馬遷著《史記》，自太初以後，闕而不錄。後好事者頗或綴集時事，然多鄙俗，不足以踵繼其書。」李賢注：「好事者謂揚雄、劉歆、陽城衡、褚少孫、史孝山之徒也。」又，王充《論衡·須頌》云：「司馬子長記黃帝以至孝武，揚子雲錄宣帝以至哀、平。」按：揚雄續補《史記》至哀、平訖，自當是元始五年以後之事。其最早續成亦當在是年，故暫系於此。

劉歆續《史記》。葛洪《西京雜記·跋》云：「洪家世有劉子駿《漢書》一百卷，無首尾題目，但以甲乙丙丁紀其卷數。先父傳之。歆欲撰《漢書》，編錄漢事，未得締構而亡。故書無宗本，止雜記而已，失前後之次，無事類之辨。後好事者以意次第之，始甲終癸，為十帙，帙十卷，合為百卷。洪家具有其書，試以此記考校班固所作，殆是全取劉書，有小異同耳。並固所不取，不過二萬許言。今抄出為二卷，名曰《西京雜記》，以裨《漢書》之闕。」按：劉歆《漢書》草稿，必然有昭、宣及其後的內容。今暫與揚雄一併系於此。

公元七年（孺子嬰居攝二年）

劉歆為揚武將軍。《漢書．翟方進傳》云：「（居攝二年九月）羲和、紅休侯劉歆為揚武將軍，屯宛。」

公元八年（孺子嬰初始元年）

揚雄六十一歲。作《州箴》、《官箴》。按：據陸侃如考證，《州箴》、《官箴》當作於元始五年以後，王莽始建國元年以前。故暫系於此。

公元九年（王莽始建國元年）

揚雄六十二歲。為中散大夫。作《劇秦美新》。《漢書．揚雄傳下．贊》云：「及莽篡位，談說之士用符命稱功德獲封爵者甚眾，雄復不侯，以耆老久次，轉為大夫。恬於勢利乃如是。」又據《王莽傳中》，「始建國元年……封拜卿大夫侍中尚書官，凡數百人」，揚雄當在其中。按：揚雄《劇秦美新》自稱「中散大夫」，而《漢書．百官公卿表》未載中散大夫一職。王先謙《漢書補注》云：「《續志》後漢……有中散大夫，六百石，無員（**按見《後漢書．百官志二》**）。考蕭由為中散大夫，見《蕭望之傳》，是前漢已有而不見於《表》。」前漢已有此職，還有其他史料，如《漢書．王莽傳下》云：「陽成修獻符命，言繼立民母。……莽於是遣中散大夫、謁者各四十五人分行天下，博采鄉里所高有淑女者上名。」又云，劉歆謀反敗露自殺後，王莽並未捕殺歆子劉疊，「但免侍中中郎將，更為中散大夫」。可確證前漢已有此職，並且職員較多。據《漢書．百官公卿表上》：「大夫掌論議，有太中大夫、中大夫、諫大夫，皆無員，多至數十人」；《後漢書．百官志二》：「凡大夫、議郎皆掌顧問應對，無常事，唯詔令所使。」可知中散大夫只是備問候使的閑職，俸祿不高，又沒有人數限制，往往多至數十人，實在不算什麼重要職位。故班固讚歎揚雄「恬於勢利」。又，揚雄《劇秦美新》有云：「諸吏中散大夫臣稽首再拜……作《劇秦美新》一篇。」（《全漢文》卷五十三）知此文當作於揚雄拜中散大夫之時。

劉歆為國師，嘉新公。《漢書．王莽傳中》云：「始建國元年……少阿、羲和、京兆尹、紅休侯劉歆為國師，嘉新公。」

公元十二年（王莽始建國四年）

揚雄六十五歲。作《逐貧賦》。按：此依陸侃如說。

公元十三年（王莽始建國五年）

揚雄六十六歲。作《元后誄》。《漢書．元后傳》云：「孝元皇后，王莽之姑也。……建國五年二月癸丑崩，三月乙酉合葬渭陵。莽詔大夫揚雄作誄。」

公元十六年（王莽天鳳三年）

揚雄六十九歲。答劉歆書述《方言》。揚雄《答劉歆書》云：「（君）又勑以殊言十五卷，君何由知之？……雄為郎之歲……得觀書於石室。……故天下上計孝廉及內郡衛卒會者，雄常把三寸弱翰，齎油素四尺，以問其異語，歸即以鉛摘次之於槧，二十七歲於今矣。」（《全漢文》卷五十二）揚雄於元延二年（前十一）為郎，至本年為二十七年，故系於此。

劉歆與揚雄書索取《方言》。今鄭興撰《左傳》條例、章句、訓詁等。劉歆《與揚雄書》云：「聞子雲獨採集先代絕言，異國殊語，以為十五卷。……願頗與其最目，得使入錄。」（《全漢文》卷四十）根據揚雄之答書，可知劉歆於是年向揚雄索《方言》。又，《後漢書．鄭興傳》云：「少學《公羊春秋》，晚善《左氏傳》，遂積精深思，通達其旨，同學者皆師之。天鳳中，將門人從劉歆講正大義。歆美興才，使撰條例、章句、訓詁及校《三統曆》。」此事具體時間難詳，暫系於此。

公元十八年（王莽天鳳五年）

揚雄七十一歲。卒。《漢書．揚雄傳下》云：「年七十一，天鳳五年卒。」

公元二十三年（王莽地皇四年，淮陽王劉玄更始元年）

劉歆自殺。《漢書．王莽傳下》云：「（地皇四年）七月……劉歆、王涉皆自殺。」

【說明】

㈠西漢作家行事，多難以詳考。本年表只是把主要作家之可考行事列出，並列出主要證據資料。

㈡本年表的製作，參用了前人及時賢的成果，助益頗多。具列於下，以明不敢掠美之意。

1.《賈誼年表》，〔清〕汪中撰，載所著《述學．內篇三》，《四部叢刊》本。

2.《賈子年譜》，〔清〕王耕心撰，載《賈子次詁》卷十四，《續修四庫全書》第九三三冊。

3.《賈誼生活時代大事年表》，載《賈誼集》，上海：上海人民出版社一九七六年版。

4.《賈誼年譜》，王洲明、徐超撰，載所著《賈誼集校注》，北京：人民文學出版社一九九六年版。

5.《董子年表》，〔清〕蘇輿撰，載所撰《春秋繁露義證》，北京：中華書局一九九二年版。

6.《董子年表訂誤》，施之勉撰，載《東方雜誌》第四十一卷第二十四期，一九四五年。

7.《董仲舒生卒年考》，章權才撰，載《社會科學評論》一九八六年第二期。

8.《董仲舒生年考》，岳慶平撰，載《中國哲學史研究》一九八八年第一期。

9.《東方朔生平大事記》，傅春明撰，載所著《東方朔作品輯注》，濟南：齊魯書社一九八七年版。

10.《司馬相如生平大事年表》，龔克昌撰，載所著《漢賦研究．司馬相如傳》，濟南：山東文藝出版社一九九〇年版。

11.《三談司馬相如生年與所謂東受七經問題》，劉開陽撰，載《成都大學學報》一九八七年第四期。
12.《太史公行年考》，王國維撰，載所撰《觀堂集林》卷十一，北京：中華書局一九五九年影印本。
13.《〈太史公行年考〉有問題》，郭沫若撰，載《歷史研究》一九五五年第六期。
14.《太史公年譜》，〔日〕瀧川龜太郎撰，載所撰《史記會注考證》，東京：東方文化學院東京研究所昭和七年~九年（一九三二~一九三四）版。
15.《太史公年譜訂證》，朱東潤撰，載所撰《史記考索》，上海：華東師範大學出版社一九九六年版。
16.《司馬遷生年為建元六年辨》，李長之撰，載所撰《司馬遷之人格與風格》，北京：三聯書店一九八四年版。
17.《關於司馬遷生卒年月四考》，程金造撰，載所撰《司馬遷與史記》，北京：中華書局一九五七年版。
18.《司馬遷生於漢景帝中元五年考》，徐朔方撰，載《杭州大學學報》第十三卷第三期，一九八三年。
19.《劉更生年表》，〔清〕梅毓撰，《積學齋叢書》本。
20.《劉向歆父子年譜》，錢穆撰，載《古史辨》第五冊，上海：上海古籍出版社一九八二年版。
21.《漢給事黃門郎揚雄生卒年考》，〔清〕陳本禮撰，載所撰《太玄闡秘》，《聚學軒叢書》

本。
22.《揚子雲生卒考》，〔清〕全祖望撰，載所撰《結埼亭集外編》卷四十，《四部叢刊》本。
23.《方言學家揚雄年譜》，董作賓撰，載《中山大學語言歷史研究所週刊》第八十五、八十六、八十七期合刊，一九二九年。
24.《揚雄著作系年》，王以憲撰，載《湘潭大學社會科學學報》一九八三年第三期。
25.《揚雄年表》，張震澤撰，載所著《揚雄集校注》，上海：上海古籍出版社一九九三年版。
26.《中古文學系年》，陸侃如撰，北京：人民文學出版社一九八五年版。
27.《漢晉學術編年》，劉汝霖撰，上海：上海書店一九九二年影印商務印書館一九三五年版。

附錄二：主要引用及參考文獻

十三經注疏　北京：中華書局一九八〇年影印原世界書局本
三家詩遺說考　〔清〕陳壽祺、陳喬樅撰　《皇清經解續編》本
詩三家義集疏　〔清〕王先謙撰　北京：中華書局一九八七年版
韓詩外傳集釋　許維遹撰　北京：中華書局一九八〇年版
詩集傳　〔宋〕朱熹撰　上海：上海古籍出版社一九八〇年版
詩古微　〔清〕魏源撰　《皇清經解續編》本
詩比興箋　〔清〕陳沆撰　北京：中華書局一九五八年版
毛詩鄭譜疏證　〔清〕馬征麐撰　《馬鍾山遺書》本
毛詩鄭箋平議　黃焯撰　上海：上海古籍出版社一九八五年版
詩經學纂要　徐澄宇撰　上海：中華書局一九三六年版
詩言志辨　朱自清撰　載《朱自清古典文學論文集》上冊，上海：上海古籍出版社一九八一年版
漢武帝之用儒及漢儒之說詩　劉光義撰　臺北：臺灣商務印書館一九六七年版
禮記集說　〔宋〕陳澔撰　上海：上海古籍出版社一九八七年影印原世界書局本
樂記論辯　北京：人民音樂出版社一九八三年版
春秋繁露義證　〔清〕蘇輿撰　北京：中華書局一九九二年版

春秋三傳及國語之綜合研究　顧頡剛撰　香港：中華書局香港分局一九八八年版
公羊學引論　蔣慶撰　瀋陽：遼寧教育出版社一九九五年版
經學歷史　〔清〕皮錫瑞撰　北京：中華書局一九五九年版
經學通論　〔清〕皮錫瑞撰　北京：中華書局一九五四年版
西漢經學與政治　湯志鈞等撰　上海：上海古籍出版社一九九四年版
兩漢經學今古文平議　錢穆撰　北京：商務印書館二〇〇一年版
今古學考　廖平撰　載《中國現代學術經典·廖平　蒙文通卷》　石家莊：河北教育出版社一九九六年版
蒙文通文集（第一、二卷）　蒙文通撰　成都：巴蜀書社一九八七年版
周予同經學史論著選集　周予同撰　上海：上海人民出版社一九八三年版
中國經學史的基礎　徐復觀撰　臺北：臺灣學生書局一九八二年版
中國經學史　馬宗霍撰　臺北：臺灣商務印書館一九七九年版
兩漢經學史　章權才撰　廣州：廣東人民出版社一九九〇年版
漢代經學史　洪乾祐撰　臺中：國彰出版社一九九六年版
文獻通考　〔元〕馬端臨撰　北京：中華書局一九八六年縮影本
經義考　〔清〕朱彝尊撰　《四部備要》本
經典釋文　〔唐〕陸德明撰　上海：上海古籍出版社一九八四年影宋刻宋元遞修本
四書章句集注　〔宋〕朱熹撰　北京：中華書局一九八三年版

漢學商兌　〔清〕方東樹撰　上海：商務印書館一九三七年版
兩漢三國學案　〔清〕唐晏撰　北京：中華書局一九八六年版
漢晉學術編年　劉汝霖撰　上海：上海書店一九九二年影印原商務印書館本
兩漢思想史（第二、三卷）　徐復觀撰　臺北：臺灣學生書局一九七六、一九七九年版
中國哲學發展史（秦漢篇）　任繼愈主編　北京：人民出版社一九八五年版
中國中古思想史長編　胡適撰　上海：華東師範大學出版社一九九六年版
緯史論微　姜忠奎撰　上海：上海書店出版社二〇〇五年版
讖緯論略　鍾肇鵬撰　瀋陽：遼寧教育出版社一九九一年版
黃帝四經注釋　余明光撰　載所著《黃帝四經與黃老思想》　哈爾濱：黑龍江人民出版社一九八九年版
漢代思想史　金春峰撰　北京：中國社會科學出版社一九八七年版
中國古代思想史論　李澤厚撰　北京：人民出版社一九八五年版
史記　北京：中華書局一九八二年版
漢書　北京：中華書局一九六二年版
後漢書　北京：中華書局一九八二年版
兩漢紀　北京：中華書局二〇〇二年版
史記探源　崔適撰　北京：中華書局一九八六年版
史記新證　陳直撰　天津：天津人民出版社一九七九年版

史記會注考證　〔日〕瀧川龜太郎撰　東京：東方文化學院東京研究所昭和七年～昭和九年（一九三二～一九三四）刊本
史記正義佚文輯校　張衍田撰　北京：北京大學出版社一九八五年版
史記考索　朱東潤撰　上海：華東師範大學出版社一九九六年版
漢書新證　陳直撰　天津：天津人民出版社一九七九年版
漢書補注　〔清〕王先謙撰　北京：中華書局一九八三年版
漢書藝文志拾補　〔清〕姚振宗撰　《二十五史補編》本
資治通鑒　〔宋〕司馬光撰　北京：中華書局一九五六年版
西京雜記　〔晉〕葛洪撰　北京：中華書局一九八五年版
西漢會要　〔宋〕徐天麟撰　上海：上海人民出版社一九七七年版
十七史商榷　〔清〕王鳴盛撰　《廣雅書局叢書》本
廿二史劄記校證　〔清〕趙翼撰　王樹民校證　北京：中華書局一九八四年版
宋書樂志校注　蘇晉仁、蕭煉子撰　濟南：齊魯書社一九八二年版
隋書．經籍志　北京：中華書局一九七三年版
文史通義校注　〔清〕章學誠撰　葉瑛校注　北京：中華書局一九八五年版
風俗通義校注　〔漢〕應劭撰　王利器校注　北京：中華書局一九八一年版

諸子集成　北京：中華書局一九五四年影印原世界書局本

呂氏春秋研究　王范之撰　呼和浩特：內蒙古大學出版社一九九三年版

荀子與兩漢儒學　徐平章撰　臺北：臺灣文津出版社一九八八年版

先秦齊學考　林麗娥撰　臺北：臺灣商務印書館一九九二年版

新語校注　〔漢〕陸賈撰　王利器校注　北京：中華書局一九八六年版

賈誼集校注　王洲明、徐超校注　北京：人民文學出版社一九九六年版

晁錯集　上海：上海人民出版社一九七六年版

淮南鴻烈集解　劉文典撰　北京：中華書局一九八九年版

枚叔集　《漢魏六朝名家集初刻》宣統三年排印本

董仲舒集　《漢魏諸名家集》萬曆刊本

司馬子長集　同上

東方先生集　同上

司馬相如集校注　朱一清、孫以昭校注　北京：人民文學出版社一九九六年版

劉中壘集　《漢魏六朝百三家集》光緒十八年長沙謝氏翰墨山房本

說苑校證　向宗魯撰　北京：中華書局一九八七年版

新序　《四部叢刊》本

王諫議集　《漢魏六朝百三家集》光緒十八年長沙謝氏翰墨山房本

揚雄集校注　張震澤校注　上海：上海古籍出版社一九九三年版

法言義疏 〔清〕汪榮寶撰 北京：中華書局一九八七年版
太玄經 〔晉〕范望注 《四部叢刊》本
劉子駿集 《漢魏六朝百三家集》光緒十八年長沙謝氏翰墨山房本
鹽鐵論校注 王利器校注 北京：中華書局一九九二年版
全上古三代秦漢三國六朝文 〔清〕嚴可均輯 北京：中華書局一九五八年版
先秦漢魏晉南北朝詩 逯欽立輯校 北京：中華書局一九八三年版
全漢賦校注 費振剛等校注 廣州：廣東教育出版社二〇〇五年版
全漢賦評注 龔克昌等評注 石家莊：花山文藝出版社二〇〇三年版
文選 〔梁〕蕭統編 〔唐〕李善注 上海：上海古籍出版社一九八六年版
樂府詩集 〔宋〕郭茂倩編 北京：中華書局一九七九年版
玉台新詠 〔梁〕徐陵編 北京：中國書店一九八六年影印原世界書局本
古詩源 〔清〕沈德潛編 北京：中華書局一九六三年版
古謠諺 〔清〕杜文瀾編 北京：中華書局一九五八年版
古詩箋 〔清〕王士禎編 聞人倓箋 上海：上海古籍出版社一九八〇年版
漢魏樂府風箋 黃節撰 北京：人民文學出版社一九五九年版
古文苑 〔宋〕章樵注 《惜陰軒叢書》本
西漢文紀 〔清〕梅鼎祚編 文淵閣《四庫全書》本

歷代賦匯　〔清〕陳元龍等編　文淵閣《四庫全書》本
古微書　〔明〕孫瑴輯　《守山閣叢書》本
緯書集成　〔日〕安居香山、中村璋八輯校，石家莊：河北人民出版社一九九四年版
楚辭補注　〔漢〕王逸注　〔宋〕洪興祖補注　北京：中華書局一九八三年版
楚辭集注　〔宋〕朱熹撰　上海：上海古籍出版社一九七九年版
四庫全書總目　北京：中華書局一九六五年影印本
文心雕龍注　范文瀾撰　北京：人民文學出版社一九七八年版
文心雕龍札記　黄侃撰　北京：中華書局二〇〇六年版
漢詩總說　〔清〕費錫璜撰　《昭代叢書》本
漢詩研究　方祖桑撰　臺北：臺灣正中書局一九六九年版
漢魏六朝文學論集　逯欽立撰　西安：陝西人民出版社一九八四年版
古賦辨體　〔元〕祝堯輯　文淵閣《四庫全書》本
賦話　〔清〕李調元撰　《函海》本
讀賦卮言　〔清〕王芑孫撰　《國朝名人著述叢編》本
復小齋賦話　〔清〕鋪銑撰　《檇李遺書》本
漢賦研究　龔克昌撰　濟南：山東文藝出版社一九九〇年版
賦史　馬積高撰　上海：上海古籍出版社一九八七年版

漢魏六朝樂府文學史　蕭滌非撰　北京：人民文學出版社一九八四年版
樂府文學史　羅根澤撰　北京：東方出版社一九九六年版
樂府詩述論　王運熙撰　上海：上海古籍出版社一九九六年版
諸子平議　〔清〕俞樾撰　上海：商務印書館一九三五年版
管錐編　錢鍾書撰　北京：中華書局一九七九年版
楚文化史　張正明撰　上海：上海人民出版社一九八七年版
士與中國文化　余英時撰　上海：上海人民出版社一九八七年版
兩漢魏晉之道家思想　陶建國撰　臺北：臺灣文津出版社一九八六年版
秦漢新道家略論稿　熊鐵基撰　上海：上海人民出版社一九八四年版
黃帝四經與黃老思想　余明光撰　哈爾濱：黑龍江人民出版社一九八九年版
黃老之學通論　吳光撰　杭州：浙江人民出版社一九九一年版
漢代美學思想述評　施昌東撰　北京：中華書局一九八一年版
漢代文學思想史　許結撰　南京：南京大學出版社一九九〇年版
中國文學批評史　郭紹虞撰　上海：上海古籍出版社一九七九年版
中國文學批評史　羅根澤撰　上海：上海古籍出版社一九八四年版
先秦兩漢文學批評史　顧易生、蔣凡撰　上海：上海古籍出版社一九九〇年版
中國文學理論史　蔡鍾翔、黃保真、成復旺撰　北京：北京出版社一九八七年版
中國文學理論批評發展史　張少康、劉三富撰　北京：北京大學出版社一九九五年版

中國文學理論史　王金凌撰　臺北：臺灣華正書局一九八七年版
兩漢文學理論之研究　朱榮智撰　臺北：臺灣聯經出版事業公司一九七八年版
中國美學史㈠　李澤厚、劉綱紀主編　北京：中國社會科學出版社一九八四年版
中國美學史大綱　葉朗撰　上海：上海人民出版社一九八五年版
美的歷程　李澤厚撰　北京：文物出版社一九八一年版
新亞學術集刊㈩賦學專輯　香港：香港中文大學新亞書院一九九四年刊行

後記

終於寫完了這篇博士學位論文，我卻並沒有可以鬆一口氣的感覺，反而更加忐忑不安起來。選擇這個課題來作學位論文，是考慮到中國文學思想史始終受到經學的深刻影響；而經學的確立，乃在西漢。不研究經學與文學思想的關係，中國文學思想史的很多問題就難以說清；要研究經學與文學思想的關係，莫如從西漢開始。並且，迄今的漢代文學批評史的研究，還很少對經學與文學思想之關係作出認真梳理。但是，一當深入接觸西漢史料，就感到有些力所難及。史學大師陳寅恪曾有「不敢讀先秦兩漢書」之歎，大有同感！蓋漢前史料不唯乏匱，史事難徵，而且今存史料之真偽及其具體產生時間，亦多有不可確考者。陳寅恪先生學識廣博精深，尚且謙以不能，況少學寡識之後生小子乎？並且，準確把握一段歷史，理清眾多線索，爬梳明白，還其原貌，又何其艱難！何況，在短短的兩年多時間內，要完成這件工作，復何止難上加難！我實在不知這篇論文是否能夠基本說清這段歷史？只求不走大樣而已。我已經盡力了。

能夠忝列羅師宗強先生門內，是我此生之大幸！先生之道德文章，有口皆碑。三年來，先生教誨不厭，使我這個學術門外漢，多少懂得了做學問是怎樣一回事。僅就這篇論文而言，從選題確定，到資料搜集，從觀點到論證，都得到先生的悉心指教。甚至在病榻上，恩師仍不斷傳道解惑。每念及此，總禁不住感激涕零！

三年以來，指導小組的陳洪先生、張毅先生、盧盛江先生，無論在學業還是在生活上，都給予我莫大的扶持和幫助，師恩、情誼常銘在心。同學好友，成其聖學兄、黃河學弟、黃勇學弟以及歷史系季乃禮博士、張秋生博士、李曉崗博士、徐永志博士，哲學系張加才博士、郁有學博士、晏輝博士……不僅常常與我切磋學藝，也在寂寞清苦的生活中給我以快樂。這是一段終生難忘的美好時光！

對我的父母和妻兒，我不知該說什麼。父母年逾古稀，我卻不能常常回去看望，三年啦，一次也不曾。我想，他們的頭髮大概更加花白了吧？三年來，我的妻子獨自帶著小兒支撐那個家，積勞成疾，動了手術之後也未曾好生休養，哪怕半月一週！小兒常常打電話來，問爸爸何時能回家，能陪他做遊戲？沒有妻兒深厚無私的愛，沒有他們默默的承當和無言的支持，我不會走到現在。

我還要特別感謝我的碩士導師林方直先生和恩師史震己先生，沒有他們的指引和鼓勵，我也不會走上今天的學術之路。

夜已深了，我分明看到遠處還有一盞燈在亮著。

張峰屹　一九九八年五月一日凌晨二時拉雜記於南開大學十七宿一二四室

初版附記

一九九五年九月，我考入了渴慕已久的南開園，拜師羅宗強教授攻讀博士學位。經與宗強師商議，確定以《西漢文學思想史》為題，寫作博士學位論文。開始的一年多，一邊閱讀、整理各類史料，一邊啃外語。真正開始動筆是在一九九六年十月，直到一九九八年四月論文定稿。在寫作過程中，恩師傾注了大量的心血和勞動，不只在思路、材料的運用、論證等方面給予悉心指導，還幫助我尋找一些資料。即使是在新加坡國立大學做客座教授期間，恩師也經常打國際長途回來，詢問我論文的寫作情況，及時賜教。並且，恩師在新加坡復印整本整本的書郵寄回來，讓我參考。這份關愛，絕不是一般意義的師生關係所能包容的！

論文寫成後，奉送中華書局傅璇琮先生、復旦大學王運熙先生、北京大學張少康先生、中國人民大學蔡鍾翔先生、南京師範大學郁賢皓先生、山東大學袁世碩先生和張可禮先生，進行通信評閱。傅璇琮先生、蔡鍾翔先生和本校李劍國先生、陳洪先生，又不辭勞苦，撥冗為我主持答辯。在評閱和答辯中，得到了先生們很多的獎掖和鼓勵。前輩學人對學術的孜孜以求、對後學的寬弘和提攜，令我十分感激，這種精神會成為我今後學術道路的動力和方向。

答辯之後，我根據各位先生的評議意見，對論文作了一些修訂。並制作了《西漢主要作家年表》，作為論文的附錄，這是遵從傅璇琮先生的意見增加的。

在論文即將出版之際，我要特別感謝南開大學博士論文出版基金的資助，感謝南開大學出版社的大力扶持，感謝社長蕭占鵬博士在百忙之中對我的熱忱關心和指導，感謝責任編輯薄國起先生為論文出版所付出的辛苦。

張峰屹　二〇〇〇年十月三十日於南開大學范孫樓之研究室

修訂版跋

這本小書，於二〇〇一年由南開大學出版社出版後，學界反響尚好，得到不少前輩學者和同仁的謬賞與鼓勵。但初版印數較少，坊間書肆早已難覓蹤影。常有相識不相識的朋友來信來電問索，無奈我亦捉襟見肘，餘貨不存，故每有修訂重印之想。

近年數度赴臺北參加學術交流活動，有幸得識臺灣南開大學校友會會長劉君恩廷，一見如故。恩廷兄宅心仁厚，古道熱腸，為兩岸文化交流做出了積極貢獻，也為南開校友在臺學術活動提供了極多周到貼心的幫助，實為難得！當他得知我有修訂重印此書的願望，便熱心促成了此次在臺出版。學人至好者，莫過立言傳道。恩廷仁兄的鼎力相助，是我終身難忘的事！

修訂舊著，火候實難把握。若增刪過多，則可能改變甚或失去原貌；若僅作字句訂正，則有違修訂之名。近十餘年，我主要從事漢代文學與文化的研習，自當又有不少新的體會和收穫。若把這些內容填充進去，可能會對西漢文學思想的描述，更為細膩周延些，但同時也可能改變了此書的原貌。斟酌再三，我以為還是在原書研究範圍和框架內，修正各種技術性錯誤，改正敘說不夠準確之處，補充或替換一部分史料，並適當增用了一些自己和他人的新的研究成果。如此，則可以既不改變原貌，又可使之稍趨完善。未知當否？

拙著再版之際，由衷感謝臺灣淡江大學教授、東華大學榮譽教授顏崑陽先生！崑陽先生之學望，早已瞻仰；得識先生，卻晚在二〇一〇年南開大學舉辦的「中國古代文學思想史國際學術研討會」

上，所幸一見而成忘年。先生之學術建樹和勳績，非晚生後學所能置評；惟有兩點深切感受，不吐不快：其一，先生之學術視野宏闊而深邃，由先秦而及六朝、唐宋，由文學史而及文學理論史、美學史，直至近年致力於建構「中國詩用學」，轉愈精深；與此同時，先生還兼擅古典詩詞、現代散文和小說之創作，真非一般書齋學者所可倫比。其二，先生樂於提攜後進，獎拔鼓勵後學的些微創意，無私膏潤中國學術的傳承和發揚，此亦非俯視獨造的學者所可比擬。先生賜序，倡導「人文學問」，我於先生身上得其精神矣。此種精神，將成為我今後的努力方向！

拙著能夠在臺出版，還要特別感謝臺灣資深媒體人、著名文化學者張寶樂老先生和臺灣商務印書館總編輯方鵬程先生！感謝主編葉幗英女士和編輯徐平先生！若不是他（她）們的慨然提攜，拙著便沒有機會請益於臺灣學界。

張峰屹　二〇一二年十二月三十日於南開大學范孫樓之研究室

通識叢書

西漢文學思想史

作者◆張峰屹
發行人◆施嘉明
總編輯◆方鵬程
責任編輯◆徐平
美術設計◆吳郁婷

出版發行：臺灣商務印書館股份有限公司
臺北市重慶南路一段三十七號
電話：(02)2371-3712
讀者服務專線：0800056196
郵撥：0000165-1
網路書店：www.cptw.com.tw
E-mail：ecptw@cptw.com.tw
網址：www.cptw.com.tw

局版北市業字第 993 號
初版一刷：2013 年 4 月
定價：新台幣 360 元

ISBN 978-957-05-2819-0

西漢文學思想史／張峰屹著. -- 初版. -- 臺北市：
臺灣商務，2013. 04
面；公分. --（通識叢書）

ISBN 978-957-05-2819-0 (平裝)

1. 文學思想史 2. 西漢

820.1921 102003327

讀者回函卡

感謝您對本館的支持，為加強對您的服務，請填妥此卡，免付郵資寄回，可隨時收到本館最新出版訊息，及享受各種優惠。

■ 姓名：________________ 性別：□ 男 □ 女

■ 出生日期：________年________月________日

■ 職業：□學生 □公務(含軍警) □家管 □服務 □金融 □製造
□資訊 □大眾傳播 □自由業 □農漁牧 □退休 □其他

■ 學歷：□高中以下(含高中) □大專 □研究所(含以上)

■ 地址：
____
____

■ 電話：(H) ________________ (O) ________________

■ E-mail：________________________________

■ 購買書名：________________________________

■ 您從何處得知本書？
□網路 □DM廣告 □報紙廣告 □報紙專欄 □傳單
□書店 □親友介紹 □電視廣播 □雜誌廣告 □其他

■ 您喜歡閱讀哪一類別的書籍？
□哲學．宗教 □藝術．心靈 □人文．科普 □商業．投資
□社會．文化 □親子．學習 □生活．休閒 □醫學．養生
□文學．小說 □歷史．傳記

■ 您對本書的意見？(A/滿意 B/尚可 C/須改進)
內容________ 編輯________ 校對________ 翻譯________
封面設計________ 價格________ 其他________

■ 您的建議：________________________________

____

※ 歡迎您隨時至本館網路書店發表書評及留下任何意見

臺灣商務印書館 The Commercial Press, Ltd.

台北市100重慶南路一段三十七號 電話：(02)23115538

讀者服務專線：0800056196 傳真：(02)23710274

郵撥：0000165-1號 E-mail：ecptw@cptw.com.tw

網路書店網址：http://www.cptw.com.tw 部落格：http://blog.yam.com/ecptw

臉書：http://facebook.com/ecptw